ÉVA, EUGÉNIE ET MARGUERITE

DE LA MÊME AUTEURE

GENS DU VOYAGE, UNE EXPÉRIENCE DE CARAVANING, RÉCIT, 2004

À PARAÎTRE

* * *LILI*, ROMAN

LINA SAVIGNAC

ÉVA, EUGÉNIE ET MARGUERITE

Roman

L'auteure tient à remercier Pierre Bélanger
pour son aide généreuse et ses précieux conseils.

Page couverture
Raymond Gallant

Infographie et mise en pages
SAGA

Catalogage avant publication de Bibliothèque et Archives Canada

Savignac, Lina, 1949-

Éva, Eugénie et Marguerite : roman

L'ouvrage complet comprendra 3 v.

ISBN-13: 978-2-923447-05-6 (v. 1)
ISBN-10: 2-923447-05-0 (v. 1)

I. Titre.

PS8637.A87E93 2006   C843'.6   C2006-941114-X
                PS9637.A87E93 2006

Dépôt légal

- Bibliothèque et Archives nationales du Québec, 2006
- Bibliothèque nationale du Canada, 2006

Les Éditions la Caboche
1054 rue Cormier
Beloeil (Québec)
J3G 3V3
Téléphone : (514) 258-4906
Courriel : info@editionslacaboche.com

À Léonie

Nées d'un rêve, Éva, Eugénie et Marguerite
ont trouvé sur leur route un homme patient
et attentif qui a su déployer un savoir-faire
exceptionnel.

Merci Raymond

ÉVA

Elle venait de loin Éva ; le coin de pays où elle a grandi à respirer l'air salin sentant bon le varech se limitait à la petite île perdue au nord du Nouveau-Brunswick. En 1909, son père, un grand Jersiais, avait adopté Miscou comme terre d'accueil. Il faut dire qu'il connaissait déjà l'isolement qu'impose une île. L'odeur du large imprégnait sa peau et ses jeunes mains calleuses avaient remonté plus d'une ligne chargée de poissons. Comme son grand-père et son père, il était rompu aux durs labeurs de la pêche, mais Johnny avait des rêves bien à lui et voulait plus. Là-bas, loin vers le nord-est de l'Amérique, on discourt sur l'abondance de morues si grosses que jamais mémoire d'homme n'a souvenir. Dan ce coin de terre française, selon le dire des vieux, perdure l'espérance d'une vie meilleure, dure certes, mais le sentiment de tout recommencer, de se tailler une vie à part grâce aux pêches quasi miraculeuses qui deviendraient pour Johnny source de fortune.

Le sol natal et celui d'Amérique présentaient-ils une différence après tout ? Entre les vents de la Manche et ceux du large golfe Saint-Laurent, une promesse soufflait. Les années d'avant-guerre furent une dure période pour les Acadiens, peu d'entre eux possédaient des richesses au début du vingtième siècle. Leur seule ressource consistait en la force brute des bras fournie par les nombreuses familles. Le Canada mettait tout en œuvre pour inciter à l'occupation de nouvelles terres cultivables et la colonie du Dominion encourageait l'immigration des pionniers parlant anglais. Comme beaucoup d'autres, Johnny débarque sur les terres fertiles de l'Acadie, au cœur même d'une population farouche et combative, défendant fièrement sa langue, son territoire et ses poissons.

Que l'Acadie est belle, accueillante et riche de sa culture française ! Habitué à la rudesse de Jersey, Johnny est convaincu qu'au début, sa vie comportera certaines difficultés et qu'il devra arracher sa part de bonheur à la mer, à la terre de roches et aux marais. Il n'en faut pas plus pour qu'il s'installe près de la mer, s'achète une barque suffisamment forte et grande pour prendre le large.

Les dimanches, son embarcation touche terre et Johnny va voir les filles de Lamèque, car femme il lui faut, s'il veut s'implanter solidement dans ce coin de pays. Malaisé pour un homme de vivre seul. Le sang du Jersiais est vif et veut donner des fruits. L'Acadie regorge de femmes fortes, vaillantes et souvent belles comme l'aurore. Johnny s'endimanche pour aller voir Rose, sa promise. Il s'est débarrassé de l'odeur persistante du poisson, a ajusté son col de celluloïd et enfilé son pantalon le plus neuf. Rose l'attend patiemment sur le bord de la mer, vêtue de sa robe de coton garnie d'un petit col de dentelle crochetée, seule parure qu'elle se permet ; ses cheveux relevés en chignon apportent la juste note d'élégance nécessaire pour séduire. Ses vieux souliers un peu avachis s'adaptent bien à la marche sur les cailloux de la grève. Son amoureux arrivera bientôt. Le cœur léger, Rose voit enfin poindre à l'horizon la voilure du bateau rouge. L'épaisse chevelure de Johnny, malmenée par le vent et par l'effort déployé à garder le cap, laisse entrevoir un homme passionné dont le rythme cardiaque s'active, car le galant sait fort bien que sa belle l'attend sur le rivage.

Peu d'expressions d'amour en ce temps-là, une éducation sévère ainsi que la religion musellent n'importe quelle ardeur.

Pour une fille de dix-huit ans, aussi jolie que Rose, sortir sans chaperon reste difficile. Les parents de la jeune fille lui font confiance et comptent sur elle pour se garder bien loin de toute tentation. Johnny, quant à lui, retient sa fougue avec toute la difficulté du monde. Leurs gestes et leurs baisers se veulent chastes comme la bonne société l'exige; jamais Rose n'accepterait d'écart de conduite sauvage. La belle invite le pêcheur à marcher le long de la grève, puis timidement, ils s'entretiennent de leurs projets. Conscient que la petite cabane où vit Johnny s'avère trop exiguë, le jeune Jersiais se dépêchera à construire une maisonnette, qui aussitôt terminée, accueillera la perle de son cœur.

Dès l'aube, un lundi matin de novembre 1910, le curé de la petite église de Lamèque célèbre le mariage de l'immigré et de la délicate fleur du jardin des Leblanc.

La douce madame Johnny Thompson sort de l'église sous un ciel gris. Bien loin derrière, elle repousse les présages de ce ciel avare. La vie promise par son époux sera belle et bonne. Dans sa barque rouge, le fier pêcheur ramène sa femme chez lui, à Miscou. Déjà, la petite maison du bord de la mer recueille les premiers soupirs si longtemps retenus des amants. La mariée a apporté son trousseau fait de rudes draps de lin et la courte-pointe, cousue par ses sœurs, sert d'écrin à leurs amours. Peu importe les murs sans peinture, les rares meubles et le peu de raffinement de la maison, les promesses d'espoir, elles, sont bien réelles. Johnny lui murmure que les meilleurs jours viendront et Rose ne veut entendre que ce seul chant. La nouvelle mariée mettra un peu de gaieté dans la maison en ajoutant un bouquet de fleurs sauvages dans la cuisine rappelant la fraîcheur des prés salés. Les rideaux de cretonne capteront la lumière du jour et retiendront la noirceur hors des murs de bois rugueux. Avec les moyens qu'offre l'île, Rose accomplira des merveilles. À elle seule, l'odeur du pain cuit embaumera l'air ambiant et Johnny

11

n'aura d'autre choix que d'y trouver le bonheur.

Le chant des sirènes annonce déjà à Rose une grossesse. Par un soir d'août, alors que la tempête rage, que la grève n'est que tourmente et que les déferlantes s'abattent sans ménagement sur le petit quai de Johnny, Rose met au monde une première fille. Seule et isolée sur cette île, elle subit les vagues de douleur et pousse jusqu'au dernier cri de la délivrance. Une mignonne petite brunette niche maintenant au creux de ses bras. Attendri et impuissant, Johnny regarde le bébé et passe son doigt rude sous le délicat petit menton. Cette fille de pêcheur se prénommera Éva ; Éva pour contrer la rudesse de la mer ce soir-là ou tout simplement parce qu'une vie nouvelle commence avec elle.

La morue se fait généreuse, pourvu que Johnny se lève tôt le matin et trime dur toute la journée ; à la tombée du jour, il ravaude ses filets. Que ce soit sous un soleil de plomb, le vent ou l'orage, Johnny rapporte de quoi nourrir sa petite famille ; le salaire, toutefois bien maigre, consiste en quelques cents pour une *chaudiérée* de poissons. Les Robin versent peu en espèces et de préférence, distribuent aux pêcheurs affamés des bons de ravitaillement échangeables à leur magasin, conservant ainsi l'aliénation des morutiers. Il suffit d'une mauvaise saison, d'une maladie ou d'un accident pour que le poisson qui leur servait de survie devienne source de pauvreté. Cette île, portant tant de promesses, ne réussit plus à les faire vivre comme si les rumeurs de guerre venant d'Europe ne suffisaient pas. Rose s'échine sur son jardin, l'entretient avec un soin jaloux, le préserve contre la marmotte gourmande, il ne donne pas la richesse et l'abondance de ses légumes. Par contre, cette terre fournit autant de pommes de terre qu'elle contient de roches. Malgré ses durs travaux Rose, trouve le réconfort dans les bras de son grand Jersiais et dans le sourire d'Éva ; cette enfant porte en elle l'avenir du monde et la douceur de son nom. Juste au moment où la petite fille réussit à poser ses petons l'un après l'autre sur le plancher glacé, sa place dans les bras de maman est déjà prise par un bébé gourmand qui pleure sans arrêt. Il crie jour et nuit réclamant l'attention de ses parents. Johnny voit déjà dans ce petit bout d'homme qui vient de naître l'espoir d'une barque plus grande, contenant plus de morues et rapportant plus d'argent, remettant en perspective le bonheur tant attendu. Les bras du petiot, pourvu qu'il grandisse vite et forcisse rapidement, allégeront sa tâche. Son père fier comme un paon le prénomme Léopold.

Durant ce temps, la timide et douce Éva s'épanouit comme une fleur et par neuf fois, on lui présente frères et sœurs. Elle n'en demandait pas tant. Sa mère Rose compte irrémédiablement sur l'aide apportée par sa grande fille. Déjà, la fillette se montre responsable pour surveiller un bébé qui marche à quatre pattes ou essaie de se tenir debout accroché à une chaise. Elle assiste également son père lorsqu'il vide le poisson sur le quai, étend correctement les bas et les torchons sur le bord de la clôture, aide à la cuisine, au ménage et au jardin. Pas le temps d'aller à l'école, encore faudrait-il qu'il y en ait une sur son île ; la seule se trouve à Lamèque et impossible pour elle de se rendre si loin. Il faudrait y aller en barque et son père en a besoin pour la pêche. Personne ne peut l'accueillir là-bas et à n'en pas douter, Rose aura besoin des services d'Éva pour longtemps. Les grossesses ont épuisé sa mère, sans compter que ses frères et sœurs sont encore jeunes. Johnny a beau pêcher du matin jusqu'au soir, la mer ne lui donne pas plus de morues que ses deux bras peuvent en sortir. Heureusement, Léopold grandit vite et suit déjà son père sur la mer. Souvent, il ne reste à la famille Thompson que les têtes des belles grosses morues tirées de la mer ; les filets larges, dodus et épais sont vendus à la Robin, ou salés, ou séchés sur les tréteaux pour les mettre sur le marché poissonnier des vieux pays. Nourrir tant de bouches avec quelques têtes de poisson arrache le cœur de Johnny et de Rose. Les œufs donnés par les poules ne suffisent pas et sur cette île, il y a peu de petites bêtes à chasser. Difficile de varier les menus. Éva récolte dans le maigre jardin de sa mère des patates plantées à la hâte au printemps. Rose ne peut pas tout faire. Dans un grand chaudron, elle place les têtes de poisson, ajoute un oignon et quelques pommes de terre, cela constituera l'ordinaire des repas. Bien souvent, Johnny se rend au large le ventre creux laissant aux enfants le reste du pain gris. Les petits corps s'étirent à n'en plus finir et chacun commence à connaître la faim. Le Jersiais part le cœur lourd vers la Robin et rapporte un peu de farine, un petit morceau de lard pour changer l'ordinaire ou du sirop pour la toux de Lucille. Il faudrait bien voir le docteur de Lamèque, mais pas d'argent, pas de soin. Bien souvent, la fraîcheur de la main de Rose constitue le seul remède disponible. Les souliers trop petits sont passés de l'un à l'autre et le dernier reçoit une paire de savates éculées. Le manteau de Rose est retourné pour en faire un à Éva ou à Lucille, Blanche héritera d'une jupe de coton cousue dans la robe fleurie empreinte des espoirs de sa mère lorsqu'elle attendait son amoureux sur la plage. Jacques recevra en partage les pantalons de Léopold, ceux-là mêmes qui ont fait les beaux jours du Jersiais. Les yeux gris de Rose se couvrent de larmes, les souvenirs sont parfois traîtres.

❖ ❁ ❖

Un jour qui ne fut jamais semblable aux autres, les parents d'Éva l'invitent à se reposer avec eux sur la galerie ou ce qui en tient lieu. Les bébés couchés, la veillée appartient aux plus grands.

14

Éva trouve bizarre que la voix de son père tremble légèrement, mais met ces hésitations sur le compte de la fatigue. Avec tout l'amour dont il se sent capable, Johnny déclare :

—Éva, ta mère et moi devons te dire quelque chose d'important. Demain ma grande, j'irai te mener à Caraquet ; j'ai trouvé une famille prête à t'accueillir. Les White sont disposés à te prendre comme servante ; ils exerceront le rôle de parents et prendront soin de toi. Nous partirons dès l'aube, termine le père à demi suffoqué.

Éva n'a sûrement pas bien compris, impossible qu'on l'envoie loin de sa mère, de Lucille, de Blanche et des autres. Son père a besoin d'elle pour nettoyer les morues, elle lui rend tant de services. C'est certainement pour quelques jours, le temps que maman se repose un peu et que papa pêche plus de poissons ; les choses s'arrangeront et elle reviendra.

Ce soir-là, Rose et Johnny se couchent le cœur plus lourd que jamais. Ils doivent donner Éva à une riche famille de la côte. De cette façon, elle mangera bien, sera habillée décemment, ira à l'école et survivra. N'ayant pas d'enfant, ses grands yeux gris séduiront le couple White ; ils l'adoreront eux aussi, aucun doute là-dessus. Johnny pense qu'un jour ou l'autre, ils devront se résoudre à donner une autre fille et garder les garçons. Rien que d'y penser, le ventre de Rose se déchire. C'est ça le bonheur ? Le septième ciel tant susurré à son oreille, lui faisant luire la vie calme comme une mer sous un soleil resplendissant ? Elle aurait dû refuser les belles paroles du Jersiais, attendre un meilleur parti ou ne jamais se marier. Rien de pire que de donner sa fille et penser en confier une autre ! La vie cache-t-elle tant de tristesse ? Au moins, celle d'Éva s'inscrira sous le signe du bonheur. N'ayant aucune instruction, ne sachant ni lire ni écrire, ces gens instruits sauront lui apprendre. Un bien grand sacrifice pour une bien mince consolation.

Assise, les genoux serrés sous sa robe bleue, Éva se sent triste. Elle a peu dormi. Ses frères et sœurs lui manqueront, mais au moins, elle soulagera ses parents d'une bouche à nourrir. Résignée, elle se retourne vers son père, quêtant un geste de tendresse qui ne vient pas et frissonnante elle attend d'arriver à la maison des White sur la côte.

La plus belle maison de Caraquet se trouve au milieu du village : blanche, immense, avec des lucarnes reluquant du côté de la mer et garnies de volets verts, un grand toit pentu et une large galerie à l'avant accueillant déjà le soleil matinal. Éva vivra là. Épouvantée même si son père la tient par la main, la porte garnie d'une vitre finement ciselée et donnant sur la rue principale s'ouvre, puis laisse apparaître une dame raide et sèche. Ses cheveux tirés et relevés en chignon accentuent son air sévère ; une robe noire agrémentée d'un col blanc ainsi que des bas noirs suivis de souliers plats complètent sa tenue austère. Ses deux bras ballants allongent sa fine silhouette, la rendant pareille à un fil. Johnny pousse sa fille de douze ans en avant de lui et la présente à la dame anguleuse.

—Voici ma fille Éva.

Madame White jette à la fillette un regard scrutateur et froid. Cet homme vient de lui donner une servante, elle lui doit bien une tasse de thé. On sait vivre chez les White... Johnny refuse et prétexte le long chemin de retour, la pêche à faire afin de se sauver le plus rapidement possible, laissant sa fille sur le pas de la porte. Aucune caresse, aucun bisou ne viendra accompagner ce départ à la sauvette. Éva se tient là sur le tapis natté, regardant partir le Jersiais. Le père a le cœur serré, mais certainement pas autant que sa fille qui se sent abandonnée comme un paquet de linge sale, malgré qu'elle porte sa belle robe bleue. Toute bête, les bras de chaque côté, elle attend qu'on lui indique ce qu'on veut bien faire d'elle. Elle ravale ses larmes essayant de comprendre tout le sens des paroles de sa mère :

—Ne pleure pas ma grande et fait confiance à la vie.

Après tout, ses parents ont voulu le meilleur pour elle. Fière, elle se redresse et suit madame White qui déjà lui indique sa chambre. Celle-ci s'étonne que la fillette n'ait apporté aucun bagage. Timidement, Éva entre dans la pièce située dans la soupente, dont la décoration apparaît des plus simples : un petit lit de fer noir recouvert d'une catalogne aux couleurs passées, une table de bois agrémentée d'un napperon de dentelle jaunie et une chaise droite. Un court rideau de tulle blanc rabat le peu de lumière que jette la lucarne. La chambre lorgne du côté de la rue principale et déjà Éva peut voir, tout près, le beau golfe bleu sur lequel son père est reparti pêcher. Elle trouve la chambre correcte, car d'habitude, elle partage son lit avec Lucille et Blanche. Elle se sentira à l'aise ici ; et cette couchette, comme elle semble confortable ! Éva bout déjà d'impatience de l'essayer.

De son côté, madame White éprouve de la déception ; elle devra habiller cette gamine, car la profession de son mari exige que chez le notable tout soit impeccable, sans compter les nombreuses réceptions qu'elle se doit de donner. Il est important que leur servante soit habillée de manière décente.

—Ce Thompson n'est même pas capable de m'amener sa fillette avec au minimum un vêtement de rechange.

La femme du notaire devra fouiller dans sa propre garde-robe quelque chose à lui donner et ce geste lui répugne.

—Attends ici, ne bouge pas.

La dame revêche repart d'un air décidé et sa jeune servante entend claquer ses talons sur le plancher de bois franc. Ignorant ce qui va se passer, elle ouvre la fenêtre et respire un bon coup d'air salin, repensant à sa douce île et à sa famille. Madame White revient au bout de quelques minutes et jette sur le lit un paquet de chiffon. Elle a déniché une tenue plus convenable pour le travail de maison et quelques tabliers.

—Je les exige toujours immaculés, compris ? Enfile ça et tu

viendras me rejoindre à la cuisine et surtout, ne tarde pas, il y a à faire ici.

Éva comprend vite, inutile d'insister, elle n'est ni idiote ni sourde. La jeune fille plie soigneusement sa robe bleue, la dépose dans un tiroir recouvert de papier blanc. Drôle d'idée de dépenser ainsi les belles grandes feuilles ; à Miscou, Rose garnissait les *tirettes* de bureau avec de vieux journaux ! Voici Éva en culotte et en jupon découvrant le legs de madame White : une robe grise sans col, trop facile à enfiler. La taille lui arrivant à la hauteur des hanches, l'ourlet aux chevilles et les manches trop larges lui donnent l'apparence d'un épouvantail à moineaux. Elle réussit à obtenir une longueur convenable en se ceignant la taille de son tablier ; quant aux manches, elles sont raccourcies en faisant deux tours aux poignets. Éva ressemble à une pauvresse ainsi attifée et le gris de ses yeux s'en trouve affadi. N'est-elle pas une pauvre en réalité ? Ses parents ne l'ont pas donnée par cause de richesse, puis refermant doucement les battants de la fenêtre, elle descend rejoindre madame White. Éva ignore tout de cette grande maison. Que de pièces ! Un long couloir aux murs lambrissés n'est percé que de portes fermées. Et cet escalier qui n'en finit plus de plonger. Elle fait attention pour ne pas *s'enfarger* dans sa robe. Ses vieux souliers ont triste mine lorsqu'elle les pointe vers les marches. Finalement, elle découvre le lieu du rendez-vous. Au milieu de la cuisine aux dimensions démesurées, une immense table de bois verni où trône un plat de porcelaine rempli de pommes. La fillette n'a jamais vu si grand. Le comptoir, recouvert de prélart, est creusé d'un évier avec une pompe à eau fermement fixée par de gros boulons. Il suffit de l'actionner pour que l'eau apparaisse dans un bassin. Maman serait si contente de voir tout ça. Tout à côté, un gros poêle en porcelaine blanche qui ressemble à un monstre avec ses quatre pattes noires bien plantées sur le plancher de bois franc, jette une douce chaleur. Des rideaux à petits pois verts ornent la grande fenêtre donnant plein Est complètent sommairement le décor. Ici, rien d'inutile, pas de fanfreluches.

—Tu m'aideras à faire la cuisine et ensuite, tu serviras les repas dans la salle à manger. Le travail de monsieur White en fait un homme fort occupé, il devient intraitable quant à l'heure des repas et ne tolère aucun retard. Après le service, tu mangeras à la cuisine. Ici, dit-elle en soulevant un couvercle sur le côté du poêle il y a un réservoir dans lequel tu puiseras l'eau chaude pour laver la vaisselle. Bien compris ? Bon, maintenant, nous avons une tarte à faire pour le dîner de monsieur White. Tu sais comment peler les pommes au moins ?

Rarement, Éva a vu tant de fruits. Une fois à l'automne, son père en avait rapporté une pour chacun des enfants de chez les Robin. Ses petites dents plantées dans la peau dure et rouge faisaient couler le jus sucré dans sa bouche. Madame White lui apprend comment confectionner une tarte : rouler la pâte, y déposer les fruits coupés, sucrer légèrement et placer sa tarte au centre du four chaud. Déjà, le fourneau renvoie l'odeur des fruits cuits. Ça sent si bon ! La petite pointe de cannelle ajoutée aux pommes donne la touche épicée qui émoustille les papilles de la jeune fille. Puis Éva découvre la salle à manger, elle qui trouvait déjà la cuisine belle, ici règne le raffinement : un ensemble de table et chaises de bois foncé, une nappe festonnée et brodée à la main sur laquelle s'agence des assiettes de porcelaine à bordure dorée. Un vaisselier rempli de toute sortes de plats de fantaisie occupe le coin. Regardant sa jeune servante manipuler les pièces de porcelaine, madame White remarque que la dextérité d'Éva est entravée par ses manches trop longues et trop larges. Elle l'avise de faire très attention de n'en briser aucune. Et ces couteaux, on dirait de l'argent ! Sa mère gardait dans son armoire deux ou trois ustensiles semblables qu'elle astiquait pour les grandes occasions. Sur une petite table d'appoint, un pot rempli de fleurs rouge vif, plus délicates que les fleurs des tourbières. Le parfum délicat des roses, comme les appelle madame, embaume toute la pièce. Rien vu de semblable.

Après son repas composé de rôti de porc, de carottes et d'une petite pointe de tarte qu'elle prend seule sur le coin de la table de la cuisine, Éva s'attaque à la vaisselle en usant de prudence pour ne rien abîmer. Elle qui d'habitude lavait des assiettes de métal émaillé doit redoubler d'attention. Même si elle grandit vite, la fillette doit quand même travailler sur le bout des pieds et inévitablement mouiller son tablier et ses manches. Les chaudrons pèsent lourd ici.

Le soir confine Éva à sa chambre. Elle a hâte d'essayer ce grand lit! Après s'être débarbouillé le nez et nettoyé le plat de porcelaine qui a servi à ses rapides ablutions, elle se déshabille, pose sa triste robe sur le crochet derrière la porte et saute dans le lit. Ce matelas de plume épais et moelleux accueillerait certainement deux personnes.

—Et tout ça, pour moi, dit-elle en se plantant en plein milieu du lit pour mieux mesurer tout l'espace restant.

Elle demeurera dans cette maison de Caraquet, grande et confortable; cependant, le rappel de son abandon reste douloureux. Les taquineries de ses frères lui manquent déjà et elle envie ses sœurs de profiter encore de la tendresse de leur mère. La fenêtre lui renvoie une mer noire où le soleil a disparu. Éva se sent un peu coupable du bon souper; sa famille a dû manger de la cambuse et du pain gris. Ici, la mie est si blanche! Madame White l'achète chez le boulanger. La patronne lui a également montré son jardin; les rosiers qui entourent le potager offrent des dizaines de fleurs en bouton ou à pleine maturité. Le labyrinthe intérieur est rempli de choux, de carottes aussi sucrées que celles qu'elle a mangées, de patates plus grosses que celles de l'île, de haricots verts et jaunes, de radis, de concombres et d'autres légumes qu'elle ne connaissait pas et soupçonnait encore moins l'existence; Éva est ébahie.

Madame White lui enseigne le cérémonial de la cueillette des légumes et laisse aux bons soins d'Éva le désherbage tellement harassant. Une petite fille a le dos moins raide et de toute façon, il faut bien qu'elle paie ce qu'elle mange ou dévorera par gourmandise. La charité a ses limites.

À douze ans, Éva se retrouve avec la corvée d'une maisonnée sur les bras. Son seul répit survient quand enfin le soir, elle se couche après avoir lavé sa robe grise et son tablier blanc. Elle coule dans un sommeil profond rêvant de barques rouges, de mer bleue, de poissons à étêter, de maman Rose et d'un grand gaillard qui l'attend au bout du quai. Tôt le matin, elle remet son vêtement tout raide d'avoir séché sur la chaise à côté d'elle, redescend à la cuisine couper le pain blanc, faire le thé de ses patrons, remplir le petit pot de confiture de fraises des champs et y déposer une cuillère d'argent. Après le départ de monsieur White, elle se permet un morceau de pain grillé sur le poêle encore chaud avec le sirop de confiture qui reste. Plus de fraises pour elle, mais elle aime tant le goût du sirop rouge qui coule à travers les yeux de sa tranche et lui colle les doigts. Jamais de sortie sauf pour aller avec madame White chez le boulanger ou au magasin général, d'où elle revient les bras chargés de paquets. Jamais de remerciements, pas de marque d'affection et encore moins de récompense. Les White sont corrects, mais chiches. Cette enfant, ils l'ont sorti de la misère, ils n'en feront pas une princesse. Il faut qu'elle sache garder son rang.

Dans la bibliothèque, monsieur se permet de fumer un cigare à l'occasion. Il y a une quantité incroyable de livres reliés en véritable cuir rouge, vert, brun, noir. Les lettres dorées indiquent une fois de plus la richesse de ses patrons. Si on peut se payer des caractères en or, une bordure dorée autour des assiettes et des fourchettes en argent, c'est qu'on est riche. Un jour, en enlevant la poussière, Éva se hasarde à en sortir un. Dès qu'elle l'entrouvre, une odeur particulière se dégage des pages.

On dirait que les lettres respirent. Elle aurait tant aimé savoir lire et apprendre toutes sortes de choses. Ouvrir un livre lui donne l'impression de libérer les mots tels des oiseaux en cage. Longs ou courts, tous s'envolent au gré de ses fantaisies et racontent des histoires. Le pays imaginaire dont Rose lui parlait avant de se coucher se cache-t-il là ? Heureusement, on ne l'a pas surprise dans sa quête de savoir. À l'île, on ne possédait pas de livre sauf, bien sûr, celui des prières de sa mère. Quant au Jersiais, pas besoin de lire, d'écrire ou de compter, les Robin le faisaient pour lui. Jamais madame White n'a proposé de lui montrer la lecture ou l'écriture ; il est plus important de savoir comment faire la lessive, laver les carreaux ou recoudre un ourlet à point caché que de lire de la poésie. De toute façon, cette enfant donnée ne doit pas en connaître trop. Plus on reste ignorant, moins on se rebelle. Éva se contente donc d'épousseter les volumes.

Petit à petit, elle découvre d'autres trésors derrière les portes. Dans la chambre de madame, une pièce tapissée de fleurs, un lit à baldaquin recouvert d'un édredon de satin rose occupe la majeure partie de la place ; sur le traversin de fantaisie, reposent deux grands oreillers frangés. La petite table, près du mur aveugle, héberge le vase de porcelaine finement décoré qui sert à la toilette de madame ; sur la coiffeuse d'à côté, logent miroir, brosses et peignes de nacre. Au milieu de ce meuble trône un coffret jouant une valse dès qu'on soulève le couvercle. Il contient les bijoux de sa patronne, elle seule en détient la clé. Une porte communique dans la pièce d'à côté, la chambre de monsieur. Celle-ci, plus sobre, flaire quand même le luxe. Dans un coin, un grand fauteuil de cuir noir est accompagné d'un tabouret qui sert de repose-pieds et tout près, un grand cendrier sur pied. Le lit, plus simple que celui de sa femme, offre le même confort. Un valet de nuit, où l'homme de loi dépose veston et pantalons, fait le guet, tandis que ses souliers de cuir fin reposent sur la planchette du bas. Monsieur White a acquis un ordre militaire, chaque chose est à sa place et rien ne traîne. Lorsque Éva entre dans cette pièce, elle ne refait que le lit, passe la vadrouille et époussette le grand bureau de noyer. La servante ne touche à rien d'autre, sa patronne lui interdit la moindre indiscrétion, de toute façon, jamais elle n'aurait osé jeter un coup d'œil à tous ces papiers confidentiels. Après tout, même à Miscou on sait vivre !

Et puis, il faut voir la salle de bain. Chez elle, il y avait une *bécosse* dehors. Ici, il y a une toilette en porcelaine ; juste au dessus, un réservoir carré où pendouille une chaîne. Il suffit de la tirer pour évacuer et impossible de savoir où va le contenu. Pour plus de confort, un siège noir recouvre la porcelaine froide. À un pas à peine, se trouve une baignoire sur pied où madame White fait ajouter des sels de mer odorants à l'eau chaude qu'Éva monte à l'étage. Il ne reste à la patronne que le plaisir de s'y glisser et faire trempette dans l'eau parfumée. Inutile de dire qu'Éva ne peut y prendre son bain, encore moins utiliser la toilette. Elle doit se laver dans sa chambre et employer le pot de nuit. Heureusement qu'au rez-de-chaussée, comme dans une armoire, il y a un cabinet d'aisances plus modeste que celui du deuxième et destiné aux visiteurs ; Éva peut utiliser celui-ci durant le jour.

La vie d'Éva se déroule au rythme de la monotonie entre les chaudrons, le torchon ou le dé à coudre. Grâce à l'air pur de Caraquet et à la bonne nourriture, la petite fille grandit, finit par remplir la robe terne et mettre de côté la bleue cousue par sa mère, le dernier lien qui restait avec elle. Peut-être que sa soeur Lucille aurait aimé la porter ? Jamais de visite de ses frères et soeurs. Le Jersiais et Rose sont sortis de sa vie et jamais elle n'a revu la barque rouge. Son père doit avoir trop à faire pour revenir la chercher. De l'autre côté de l'île, elle imagine que la vie continue comme avant : maigres repas, froid dans la maison quand l'insolent vent du nord s'acharne, isolant dès les premières gelées. L'île respire à peine durant l'hiver et consomme les maigres réserves amassées avec peine pendant l'automne.

⟡ ⟡ ❁ ⟡ ⟡

Pendant quatre ans, Éva vit au rythme tranquille de la grande maison ; parfois, un peu plus d'excitation quand les White reçoivent des amis. Non pas qu'elle rechigne sur la besogne, mais cela veut dire se lever aux premières lueurs du soleil où se coucher après que la lune soit haute dans le ciel. La servante se doit d'être un modèle de discrétion, faire comme si elle n'existait pas et comme par magie mettre les petits plats dans les grands sans faire de bruit, servir les invités en s'inclinant légèrement et se retirer comme un léger courant d'air. Madame et monsieur aiment impressionner leurs convives, alors ces jours-là, il faut se surpasser en cuisine et veiller à ce que chaque plat soit servi à la bonne température. La protégée de la femme du notaire acquiert du style rapidement. En accueillant cette jeune orpheline, Évelyne White se félicite de son flair.

Un jour d'été particulièrement chaud et humide, les patrons organisent une fête de famille, évènement rare, un pique-nique. Les neveux et nièces s'empressent d'accepter l'invitation de leur vieille tante se montrant tout à fait désintéressés, bien qu'on ne sache jamais, un décès arrive si vite... alors, il vaut mieux être en bons termes avec tante Evelyn et oncle Howard.

La pelouse, derrière la maison, devient le centre de la fête ; la patronne y installe une longue table qu'elle recouvre d'une nappe immaculée. Les assiettes de porcelaine, les précieux verres de cristal ainsi que l'argenterie sortent du buffet. Éva coupe des dizaines de roses et garnit la table de gros bouquets de fleurs allant du blanc, en passant par le saumon, jusqu'au rouge le plus

24

vif. Monsieur White sort de la cave son petit vin de cerise qu'il garde pour les grandes occasions et un de pissenlit dont il chante les louanges :

—Vous m'en donnerez des nouvelles !

Pour la première fois, Éva voit le patron décontracté même joyeux. Faut-il croire que toute cette jeunesse rend le vieux notaire plus avenant, à moins que ce ne soit son vin de pissenlit dont il se mouille allègrement le gosier ? Les pommiers chargés de fruits jettent une ombre bienfaisante en cette fin d'après-midi ; les jeux de criquet et de badminton ayant réchauffé neveux et nièces, ils y trouvent là une fraîcheur appréciable. D'autres préfèrent discuter politique, finances ou de cet après-guerre qui les a enrichis en faisant tripler le prix de leurs actions. L'économie du pays dépend des ressources naturelles exploitées par des intérêts étrangers, mais pourquoi s'énerver, l'argent est là, autant en profiter. Les anglophones n'ont pas cette triste attitude qu'ont les Canadiens français d'être nés pour un petit pain et à qui l'Église prône le retour à la terre. Parmi eux, un jeune homme plus réservé écoute. Debout, mains dans les poches, il sourit, acquiesce aux dires des uns et parle peu. Rouge de timidité, Éva circule parmi le groupe avec un plateau de canapés en baissant les yeux. Pressé, l'un de ces jeunes intrigants l'interpelle :

—Mademoiselle Éva, est-ce bien votre nom ?

—Oui monsieur.

—Apportez-nous donc de ce fameux vin de pissenlit que l'oncle Howard vante tant et quelques sandwiches, nous avons un petit creux, là, dit-il en montrant son estomac.

Au moment où elle se retourne pour aller chercher à la cuisine les fameux hors-d'œuvre, elle tombe nez à nez avec Thomas, le bousculant légèrement. Son plateau vacille et quelques bouchées tombent dans l'herbe. Rapidement, Thomas remet l'assiette en équilibre s'assurant également que la domestique retrouve son aplomb, puis ramasse les dégâts. Le jeune homme se noie dans un regard gris grand comme le monde et trouve finalement le moyen de bredouiller des excuses. Encore plus gênée, Éva réussit à lever les yeux. De quoi aura-t-elle l'air si elle continue à fixer ainsi le bout de ses chaussures ? Elle a beau être la servante, il faut qu'elle fournisse des explications. Incapable de prononcer le moindre mot, elle trouve son salut dans la fuite et court chercher le vin demandé. Intérieurement, les reproches fusent : il faut te ressaisir ma fille sinon, madame qui a l'œil à tout s'apercevra de ce qui se passe.

Heureusement, Évelyne est fort occupée avec la cousine Daisy du Massachusetts qui raconte, avec force détails, la nouvelle ruée vers l'or d'après la guerre, celle des émigrants du coton et des filatures. Reprenant son élan, Éva tente de se frayer un chemin afin de servir le vin et les sandwiches désirés. Elle évite volontairement le regard de Thomas qui s'amuse à ses dépens.

—Attention Éva, cette fois-ci, je ne ramasse pas les dégâts !

Rouge comme une pivoine, elle retourne se cacher à la cuisine et de toute façon, n'est-ce pas là sa place ? Elle a tant à faire et n'a guère le temps de s'occuper des garçons, il faut veiller à ce que personne ne manque de rien. L'humidité et la chaleur étouffante collent sa robe à sa peau ; si au moins elle pouvait se reposer cinq minutes, juste le temps de reprendre son souffle et de se remettre des émotions causées par ce jeune homme. Dans la cuisine d'été, l'air frais circule, quel bonheur ! À ce moment, Thomas apparaît dans le cadre de la porte en se donnant comme prétexte de rapporter sa coupe vide afin de lui éviter du travail. Éva reste figée. Thomas White se distingue vraiment des autres par sa beauté ; son blaser d'été et son chapeau de paille lui siéent à merveille. Jamais, elle n'a rencontré de jeune homme ayant cette élégance, en fait, jamais côtoyé de façon intime ce genre de séducteur... D'un sourire ensorceleur, il tend son verre. Il faut qu'elle réagisse ! Délicatement du bout des doigts, Éva reprend la coupe, évitant de toucher les siens et le remercie.

—Puis-je vous dire belle Éva, qu'il est dommage que vous cachiez les plus beaux yeux de brume jamais vus derrière un tablier de servante.

Elle reste bouche bée. Mal à l'aise, elle prétexte qu'elle doit retourner auprès des invités de madame, fuyant encore une fois. Toute la journée, elle tente d'éviter Thomas qui fatalement la croise quelque part et lui lance des sourires à décrocher le soleil.

Enfin, la fête tire à sa fin. Satisfaits, monsieur et madame White remercient leurs invités de s'être déplacés et promettent de rendre la courtoisie en faisant un saut, un de ces jours. Éva est épuisée, les pieds en feu et le cœur en *lavasse* ; elle doit maintenant ramasser la vaisselle et remettre le parterre en état. La vieille tante, comblée par le travail de sa pupille, se montre magnanime envers celle-ci :

—Éva, ne fais que la vaisselle, tu tombes de fatigue. Demain, tu termineras la tâche.

Éreintée, la jeune fille monte lentement vers sa chambre et se jette sur le lit sans se déshabiller. Dans sa tête tournoient les figures, les rires et les couleurs, revoyant les belles robes de chiffon, l'élégance des hommes. Et le sourire de Thomas revient encore et encore. Séduite, Éva entend tout de même la phrase lapidaire : *Elle n'est qu'une servante.* Son cœur en lambeaux la retourne à sa triste situation d'enfant pauvre et donnée. Quand donc sortira-t-elle de ce cercle de misère ? Elle s'ennuie de sa famille et aimerait tant voir le Jersiais apparaître dans la porte, la demander et prendre sa main pour la ramener dans sa barque.

L'image de sa mère devient de plus en plus floue ; après tout ce temps, ses frères et ses sœurs la reconnaîtraient-ils ? Les figures de son père et de Thomas se superposent, se mêlant l'une à l'autre, pour finalement disparaître dans le brouillard d'un sommeil lourd.

27

Le lendemain, un rayon de soleil taquine la lucarne et la réveille. Elle est si engourdie que l'eau fraîche du bassin de toilette réussit à peine lui redonner un semblant d'élan. Madame White, fraîche comme une rose, l'attend dans le jardin pour serrer table, chaises, jeu de croquet, filet et balles. Un peu partout, l'herbe foulée par des dizaines de pieds commence avec peine à relever la tête. Les pivoines malmenées penchent leur lourde caboche en avant et leurs pétales jonchent le sol. Aujourd'hui dimanche, lendemain de veille ou non, il faut assister à l'office religieux. Madame assiste toujours à la grand-messe de dix heures, quoiqu'il arrive. Éva se dépêche à terminer sa besogne, monsieur ne tolère aucun retard et d'ailleurs l'impatience de ce dernier commence à se manifester. Il a déjà attelé sa jument et tape du pied en attendant ces dames.

Monsieur le curé du haut de sa chaire observe déjà depuis quelques mois la jeune fille assise au côté d'Evelyn White. Les grands yeux gris d'Éva parlent pour elle. Calme, trop peut-être pour une fille de son âge ? Cette source qui coule sous le feuillage cache-t-elle une vocation religieuse ?

Lors de sa visite paroissiale, le bon curé Landry s'ouvre à madame White. Après que la paroissienne eut dûment payé sa dîme et son banc à l'église, il s'informe de sa pupille. La dame dit apprécier le travail d'Éva, louant sa discrétion et son dévouement.

—Avez-vous déjà pensé qu'Éva pourrait entrer au monastère des Trappistines ?

—Au monastère, vous n'y pensez pas monsieur le curé. J'ai besoin d'elle ici. Elle m'est devenue indispensable et monsieur White ne souhaiterait pas que j'assume à moi seule tout le barda d'une maisonnée. Il est impensable de me séparer d'Éva. Peut-être plus tard, le moment venu, nous lui trouverons un mari convenable, ce qui à mon avis ne presse pas. Elle pourrait aussi demeurer célibataire n'ayant pas de dot, pas de trousseau et il faut dire qu'ici, elle coûte peu. Mais qui sait ?

—Le diocèse de Moncton, responsable du monastère des Trappistines de Rogersville, recueille les orphelines pour en faire des religieuses vouées à la prière, à la méditation et au travail manuel. Vous pourriez faire un don à Dieu Madame White, offrir Éva au Seigneur. L'Au-delà lèvera le voile sur la noblesse de votre sacrifice et pensez à votre générosité d'avoir offert au monastère une fille que vous avez sortie de la misère. Croyez-moi, chère madame, vous n'y perdrez pas au change. Votre servante priera pour vous et je pourrais, le cas échéant, vous trouver une autre jeune fille de bonne famille. Discutez-en avec le notaire, faites-lui valoir le pour, ensuite passez me voir au presbytère. J'attends votre réponse.

La femme du notable ne sait que penser. Monsieur le curé Landry s'est montré très persuasif et en bonne chrétienne, comme elle l'a promis au prêtre, elle en parle à son mari. Celui-ci peu attaché à la fillette, ne rajoute rien et finit par penser que quelques prières de plus pour le ciel ne nuiraient pas.

—Nous aurons au moins le mérite d'offrir une âme à Dieu. De toute façon, Evelyn, fais comme bon te semble, tu as toujours agi de façon sensée. Mon avis demeure secondaire et j'ai d'autres chats à fouetter que de m'occuper de l'intendance d'une maison.

Sans trop savoir ce qui lui arrive, Éva se retrouve dans un train avec sa protectrice, en route pour Rogersville. Un maigre bagage l'accompagne, elle est si heureuse de prendre le train pour la première fois. Madame White laisse Éva s'asseoir près de la fenêtre. Il faut maintenant expliquer à sa protégée où elles vont et pourquoi. Celle-ci lui laisse quelques instants pour s'émerveiller au moment où la locomotive démarre. Les yeux arrondis, la jeune fille voit défiler les villages et déjà la mer s'éloigne. Un décor de champs, de boisés et de verdure prend la suite des côtes de la Baie des Chaleurs. Éva ne s'inquiète pas outre mesure, jamais sa patronne ne lui a imposé quelque chose de mauvais et elle ne doute pas, que cette fois-ci encore, elle veut son bien. Peut-être fait-on une promenade ou allons-nous rendre visite à un membre de la famille White? Au bout de plusieurs minutes, madame requiert son attention afin de répondre à la question de sa pupille. Hypocritement, la femme du notaire lui explique que depuis un certain temps, elle a remarqué les dispositions qu'elle semble avoir pour la prière, ainsi qu'une immense capacité d'abnégation.

—D'ailleurs, poursuit la grande dame sèche, monsieur le curé Landry a dépisté ta vocation religieuse. À Rogersville, un monastère de Cisterciennes accueille de nouvelles postulantes, des orphelines comme toi. Je fais donc le sacrifice de te donner à Dieu, moi qui te choyais tant; mon sacrifice ne sera pas inutile, le Seigneur me récompensera certainement.

—Les orphelines? Mais je possède une famille là-bas, à Miscou.

Éva n'a pas bien compris, elle rêve, on l'envoie dans un monastère. Encore une fois, on ne veut plus d'elle, on l'envoie ailleurs. Cela frise la tragédie. Qui donc la sortira de ce cauchemar?

—Mais qu'est-ce que je ferai là-bas?

—Prier ma fille, prier pour moi et ta famille.

—Je ne veux pas vous laisser, supplie la jeune fille.

—Pas de discussions inutiles, tu auras tout ton temps pour repenser à ta vocation. D'ailleurs, le curé Landry de Caraquet cautionne mon action et Dieu sait qu'il s'y connaît mieux que moi en matière d'appel divin ; de toute façon, la supérieure des Trappistines t'attend déjà. Je lui ai écrit pour annoncer ton arrivée et j'apporte avec moi une lettre signée par le curé de Caraquet.

Éva est sidérée, il ne lui reste qu'à regarder du côté de la fenêtre, ravaler ses larmes et oublier ce Judas l'Iscariote assis à ses côtés. Une fois de plus, elle subit l'humiliation d'être donnée et doit encore servir de monnaie d'échange. Ses parents lui avaient promis qu'elle mangerait bien, qu'on l'aimerait et qu'on l'instruirait. Jusqu'à aujourd'hui, elle n'a été que la servante et maintenant, on l'oblige à la prière afin d'assurer une meilleure place au ciel à cette femme qui n'a jamais posé le moindre regard de tendresse sur celle qui l'a servie durant quatre longues années.

—Si tu étais restée au bord de la mer, sur ta terre de Caïn, au milieu des crabes, des morues, du sable et des tourbières, ton avenir ne serait pas plus rose, dit sèchement la femme du notaire.

Rapidement, Éva résume ce à quoi elle doit encore renoncer. Les Trappistines, le nom parle par lui-même ; elle se sent comme une pauvre bête prise dans un piège. Trop vite, le train s'arrête à la gare ; elle aurait voulu que le voyage dure éternellement et préféré regarder le paysage se dérouler sans fin. Le wagon, dans lequel elles voyageaient, se vide de gros messieurs affairés allumant un cigare en vitesse et de dames élégantes, car cette mégère ne voyage qu'en première classe. Si seulement elle pouvait courir sans s'arrêter et disparaître à tout jamais. Mais pour aller où ? Elle n'a jamais été plus loin que chez le marchand général, le boulanger ou l'église de son village.

Un homme à la peau noire lui tend une main gantée de blanc pour l'aider à descendre les marches et lui souhaite une bonne journée. Son accompagnatrice lui ordonne froidement de ramasser son bagage et hèle un cocher.

—Au monastère des Trappistines ! lance madame White, habituée à ce qu'on lui obéisse.

Sur une colline surplombant la ville, un grand bâtiment de pierre grise attend les femmes qui consacrent leur vie à Dieu et les filles données à l'abbaye de Notre-Dame de l'Assomption. Il suffit de tirer une poignée activant une clochette pour qu'apparaisse la soeur portière.

—Bonjour ma soeur. Je me présente, madame White. La mère abbesse est au courant de ma venue et m'a elle-même fixé un rendez-vous.

—Entrez, je vous prie, dit la religieuse en les conduisant au parloir. Veuillez attendre ici.

Éva pénètre dans une petite salle presque vide. Dans un coin trône une immense statue de Saint-Benoît tandis que la Vierge occupe le coin opposé. La jeune fille s'attache aux pas de madame White ignorant quelle attitude emprunter. Quelques chaises, réparties çà et là le long des murs bruns deux tons, décorent maigrement la pièce et lui confèrent une impression de fadeur. Sa protectrice, aussi raide qu'un manche à balai, choisit le siège près de Saint-Benoît. Éva fait de même, place le bout des fesses sur le siège, dépose sa valise à ses pieds et attend. Ses mains posées sur sa jupe sont moites et tremblent un peu. Elle doit maîtriser ses émotions et éviter que cette félonne s'aperçoive du trouble engendré.

On dirait qu'à part elles, il n'y a personne d'autre ici. Aucun bruit, sauf celui de l'horloge au mur. Ici, le tic-tac doit accompagner les *Ave* pense la future postulante. Puis, enfin, une porte s'ouvre dans un bruit feutré. Une religieuse se dirige vers elles, ses pieds semblent glisser sous son épaisse robe ; un lourd chapelet pend à son côté et laisse entendre un faible cliquetis lorsqu'elle avance.

—Bonjour madame, je me nomme soeur Rita, directrice des postulantes. Êtes-vous Éva ?

Cette dernière n'a même pas le temps d'ouvrir la bouche que sa protectrice s'empresse de répondre pour elle.

—Oui, c'est Éva Thompson, la jeune orpheline mentionnée dans la lettre adressée à votre supérieure et d'ailleurs chaudement recommandée par le pasteur de Caraquet. Monsieur White et moi hébergeons cette demoiselle depuis déjà quatre ans et maintenant, elle désire vouer sa vie à Dieu.

—Est-ce exact Éva ?

Éva hésite. Elle voudrait dire à la religieuse que loin d'être une orpheline, elle a des parents, des frères et des sœurs. Madame White l'a amenée ici sous de faux prétextes et elle n'a nullement l'intention de passer sa vie à l'ombre d'un monastère ; mais aucun son ne passe ses lèvres. La Cistercienne prenant son silence pour de la timidité et une intériorité déjà toute religieuse lui indique de la suivre ; quant à madame, la mère abbesse désire la rencontrer afin de régler certains détails. Ça y est, tout est terminé ! Sa patronne s'apprête à quitter sans un geste de tendresse, à peine un au revoir du bout des lèvres et la voilà qui passe déjà la porte. La fille de Jersiais relève la tête même si on l'abandonne pour la seconde fois.

La jeune postulante se retrouve maintenant en compagnie de la religieuse qui trottine vers le couloir long à n'en plus finir. Éva tient sa valise serrée contre elle, puis la religieuse la fait patienter devant une porte fermée, affichant un nom. Ne sachant lire, Éva ignore donc où elle se trouve. Sœur Rita, après avoir frappé et attendu une faible réponse, s'agite un peu. La porte s'ouvre enfin et elle voit apparaître une énorme sœur noire et blanche. Cette dernière se trouve aussi grosse et courte que madame White est longue et sèche. Par contre, la douceur de la voix de la mère abbesse surprend et sa gentillesse également.

—Entrez ma fille et venez vous asseoir un peu, j'ai à vous parler. Laissez, sœur Rita s'occupera de votre bagage. Votre bienfaitrice vient juste de me quitter et elle semble très fière de votre vocation. Vous savez qu'ici on accepte les orphelines, les filles comme vous sans aucune famille, qu'on leur enseigne l'obéissance, la prière, la méditation et le travail.

Interrompant presque cette dernière, Éva rétorque :

—Je regrette ma sœur, il doit y avoir méprise, j'ai une famille. Mes parents, Johnny et Rose Thompson vivent à Miscou.

—Dorénavant, vous serez considérée comme une orpheline ; vous avez reçu asile chez les White. Chère enfant, vos pauvres parents vous ont donnée.

Comment répliquer, rajouter que son père l'a envoyé travailler comme servante chez le notaire, jamais il ne l'aurait laissée. Malheureusement, elle comprend de plus en plus qu'on la ballotterait d'un endroit à l'autre tant et aussi longtemps qu'on lui ferait la charité de l'héberger, de la nourrir et de l'habiller. Elle n'a donc plus un mot à dire.

—La directrice, sœur Rita, vous montrera votre cellule dans l'aile réservée aux postulantes.

L'entretien terminé, la mère abbesse se lève signifiant à Éva son congé. La responsable des nouvelles candidates l'introduit dans la minuscule chambre qui lui servira dorénavant de milieu de vie. Un lit de fer noir, un mince matelas, une couverture grise, un prie-Dieu, un grand crucifix plaqué au mur, un chapelet ainsi qu'un missel seront les seuls biens qu'elle possédera. Une petite fenêtre défendue par des barreaux lui renvoie une faible luminosité malgré la plénitude du jour. Habituée de voir la mer de la lucarne de sa chambre à coucher de la rue principale, Éva se sent prise au piège comme un serin en cage à qui on demande de chanter. Qu'a-t-elle fait à sa patronne pour mériter pareil sort, mise au couvent, un trou à rats perdu au milieu des champs et des épinettes ? Qu'a-t-elle fait à ses parents pour qu'ils l'abandonnent, ou pire, la donne à des étrangers ?

Assise sur son lit monacal, elle transforme sa tristesse en un sentiment jamais éprouvé jusqu'alors et qu'on nomme la colère. Elle regarde le paquet de linge plié dans un ordre spartiate déposé au pied du lit et commence à se déshabiller lentement.

La rage s'empare de son coeur. Encore une fois, elle quitte une peau. Elle avait déjà sacrifié sa robe bleue et maintenant, elle renonce au plus beau costume qu'elle n'ait jamais possédé afin de revêtir une tunique blanche de coton épais, ressemblant plus à une poche qu'à un vêtement, deux fois trop grand pour elle et retenue à la taille par une large ceinture de cuir brun. Elle passe par-dessus sa tête un scapulaire de toile noire, enfile des bas blancs pure laine et chausse des sandales de cuir fait pour résister aux multiples pas inutiles qui arpentent les corridors déserts. Un court voile blanc auréole son visage et met en valeur cette tenue monastique.

À peine le temps de ranger cérémonieusement son deux-pièces dans sa valise, que soeur Rita entre sans frapper.

—Vous avez fait diligence, ma fille. Donnez-moi maintenant votre mallette, je la déposerai moi-même au grenier ; ensuite, je vous amène à la chapelle où les postulantes sont réunies pour la prière de *none*. Suivez-moi.

Sans dire un mot, Éva s'exécute. Que peut-elle rajouter ? Elle sent les paroles monter, mais l'ordre de la Trappistine les bloque dans sa gorge. Elle suit fidèlement soeur Rita afin de ne pas se perdre dans ce dédale. Cette dernière trottine toujours, prenant la vitesse d'une souris surprise par un chat.

Les Cisterciennes sont un ordre voué à la prière, une des nombreuses règles de vie imposées par Saint-Benoît. Le lieu de culte est en effet rempli de religieuses de tous âges. L'autel central, derrière lequel Notre-Dame de l'Assomption monte au ciel porté par les anges, est flanqué de chaque côté des bancs des Trappistines. Deux rangées de sièges se font face, envahies par des soeurs recueillies en prière, où chacune d'entre elles intériorise sa dévotion, faisant du silence le compagnon de leur solitude. Les novices et postulantes occupent le banc d'en arrière ; par contre, la mère abbesse occupe la première place de la rangée d'en avant, suivie par les religieuses ayant prononcé leurs vœux perpétuels. De vieilles sœurs au visage ridé et au dos voûté chambranlent sous le poids des ans ou de leurs prières. Éva se glisse dans l'un des bancs libres désigné par sœur Rita ; celui-ci sera le sien à l'avenir. Aujourd'hui, elle observera ses compagnes et formulera sa prière dans son coeur.

Lentement et religieusement, la mère abbesse se lève, suivie par les autres Trappistines et commence alors les prières de *none* précédées par un large signe de croix. Éva suit le mouvement général, ne réussissant à formuler aucune prière, tant elle est perturbée. D'une voix claire et chantante, les soeurs répondent en choeur aux invocations de l'abbesse, puis dans un silence absolu, toutes se rendent à la salle de travail. Éva est alors présentée aux novices, soit celles n'ayant pas encore prononcé leurs voeux permanents ainsi qu'aux autres postulantes encore en période de probation. Comme ses compagnes, Éva recevra l'enseignement strict prescrit par la tradition de Saint-Benoît et la réforme cistercienne du XIIe siècle, soit depuis que les pères et mères du désert ont reçu l'Écriture sainte et la doctrine monastique.

Les jeunes postulantes doivent prouver sinon parfaire leurs compétences manuelles. Soeur Rita l'amène dans la salle de couture ; ici, on tire l'aiguille durant les heures de travail. Le jardin est également entretenu par les aspirantes ; la sœur jardinière la guidera le temps venu, ensuite la sœur cuisinière lui enseignera les rudiments de son art. Chacune doit mettre la main à la pâte afin de nourrir ses soeurs et préparer les repas de l'hôtellerie de l'abbaye, sans compter la tâche supplémentaire de la buanderie et de la ferme. On lui transmettra également le secret de la fabrication des hosties, des icônes et des articles de piété vendus au magasin du monastère.

—Vous voyez qu'entre vos prières, la messe quotidienne,

les oraisons, les méditations de l'Écriture sainte, il n'y a pas de quoi paresser ici. Avez-vous des questions ma fille?

Des centaines, pense Éva.

—J'ignore si vous avez bien compris la raison de votre présence au couvent. Dieu vous a fait la grande faveur de vous appeler à son saint Service. Vous participerez au mystère du Christ, dans le Christ; un pur don, une grande élévation à laquelle vous vous offrirez par les règles, la communauté, les vœux, l'ascèse, la solitude, le silence, le travail manuel au sein de la vie monastique. Soyez donc heureuse de contribuer à l'œuvre du Christ.

Éva décide de taire ses questions, peut-être la prière y répondra-t-elle?

—Dès aujourd'hui, je vous assigne à un travail simple consistant à ourler les draps de l'hôtellerie. J'espère que vous savez tirer l'aiguille au moins?

Fière d'elle, Éva ajoute qu'elle sait faire plus; en fait, elle excelle dans la broderie.

—Tut, tut, tut, l'interrompt la religieuse. Pas d'orgueil ici, ma fille, vous frôlez la suffisance; c'est un grave péché de se vanter. Laissez-nous le soin d'évaluer vos mérites. Soyez humble et baissez les yeux, votre regard frise l'impertinence. Contentez-vous d'ourler les draps, compris? Alors, suivez-moi.

Sœur Rita lui indique une chaise au bout d'une longue table de couture, lui remet une toile rêche faite de lin non assoupli par le lavage, du fil blanc, une aiguille et un vieux dé rouillé.

—Faites des petits points, je ne veux voir aucun *point de Jésus* dans votre ouvrage et de grâce, économisez le fil, nous vivons de charité.

Éva se met à l'oeuvre. Elle vient de se faire rabaisser le caquet et doit taire son talent de brodeuse, elle qui en était si fière. Coupant un bout de fil qui va du bout de son nez à l'extrémité de son bras, soit la longueur d'une aiguillée raisonnable, et s'apprêtant à enfiler son aiguille, la jeune fille d'à côté lui lance un regard rieur et mime sœur Rita, en chuchotant :

—*De grâce, économisez le fil, faites de petits points et épargnez-nous les points de Jésus.*

Éva la regarde ; qu'une envie, lui rendre son sourire, mais sœur Rita ayant encore l'oreille fine, s'approche en trottinant.

—Qu'ai-je entendu ? Vous parlotez déjà Éva ?

—Non ma sœur, je pense que vous avez entendu le bruit de mes ciseaux.

—Bon, je vous ai à l'œil jeune fille.

Puis, la directrice se dirige vers la porte où sa chaise l'attend et s'installe confortablement pour surveiller ses brebis. De son poste d'observation, elle voit tout ou presque. La voisine qu'Éva vient de sauver de la réprimande la gratifie d'un clin d'œil. Durant près de deux heures, elle s'incline sur le drap, puis sœur Rita agite fortement une clochette qui fait entendre un son aigrelet. Toutes, dans un geste commun, rassemblent fils, aiguilles, ciseaux et dés à coudre, les déposent dans une boîte en fer blanc, puis docilement plient leur ouvrage. Les jeunes nonnes prennent leur rang ; Éva suit le mouvement généralement et trouve sa place parmi les postulantes.

En silence, le cordon de religieuses s'ébranle vers la chapelle, chacune s'agenouille à son banc. La mère abbesse s'apprête à dire la prière des *vêpres*. Aussitôt les oraisons terminées, lentement, la chenille monacale se dirige vers le réfectoire. Une grande table de bois, de longs bancs, un immense crucifix et un lutrin composent l'essentiel du mobilier. En ordre, les religieuses se faufilent entre les bancs ; on dirait un fil noir passant dans le chas d'une aiguille. Devant chacune, un tiroir contenant leurs ustensiles. Éva se place à l'endroit assigné par sœur Rita, puis installe sur ses genoux une large serviette de table assez grande pour couvrir tous les genoux. Une sœur portant un tablier blanc passe maintenant avec un chariot rempli de bols de soupe et de tasses de thé. Celle-ci dépose devant Éva ce qui lui servira de repas. Ça sent bon le chou et la tasse remplie d'un liquide brunâtre fumant laisse échapper une odeur réconfortante. La jeune fille a faim et l'odeur lui rappelle la bonne soupe de sa mère, celle de madame White n'était pas aussi délicieuse. Bien que claire, celle-ci est chaude. Éva pose à peine sa cuillère dans le bol que sitôt elle est stoppée par la directrice presque en arrêt respiratoire.

—Le bénédicité ma fille, le bénédicité !

Éva s'arrête et regarde autour d'elle ; toutes les moniales baissent le regard et attendent le nez dans leur soupe. La mère abbesse se lève, entame un large signe de croix suivie par les cloîtrées et entonne la prière d'une voix de soprano. Un long *Amen* vient mettre fin à la patience des soeurs. Cette fois, Éva observe les autres avant de reprendre sa cuillère. Est-ce le bon moment ? Sa voisine de couture lui indique d'un léger signe de tête qu'elle peut débuter. Éva avale d'un trait le contenu de son plat. Bien sûr, personne ne laisse de nourriture, car ce serait faire insulte à la charité des villageois qui nourrissent les Trappistines en offrant des provisions. Éva aurait bien repris un peu plus de soupe, mais déjà les religieuses dégustent lentement leur thé. Déguster le mot est inexact. Oublions la légère pointe de cassonade qu'elle se permettait chez sa bienfaitrice. Le thé se prend nature ici et pas trop fort, il faut que les nonnes puissent dormir. L'infusion aussitôt terminée, une novice apporte un plat d'eau chaude, le place au centre de la table pour que chacune y lave ses ustensiles. La serviette de table, repliée avec soin, enserre le couvert qui invariablement aboutit dans le tiroir. Les femmes de Dieu apportent ensuite bol et tasse dans un grand plateau, ceux-ci seront lavés à la cuisine.

Six heures trente, l'heure de la récréation, ce qui veut dire la liberté de parler. Des petits groupes se forment naturellement et les postulantes se rassemblent autour d'une même table. Quelques-unes en profitent pour faire un peu de lecture, d'autres s'affairent au tricot ou à des jeux de société. Les jeunes religieuses affectionnent particulièrement le jeu de dominos offert en remerciements par une résidante de l'hôtellerie. Éva ignore où elle doit aller, puis elle sent tout à coup quelqu'un tirer sur sa manche. Sa voisine de couture l'invite à se joindre à elle.

—Bonjour, je m'appelle Lucille. Je te remercie, tu ne m'as pas dénoncée lorsque j'ai imité sœur Rita à la période de travail.

—Moi, je me nomme Éva Thompson et suis reconnaissante pour ton aide tantôt. La prochaine fois, même si je pouvais dévorer un loup tant j'ai faim, j'attendrai.

Lucille ! Elle a bien entendu ? Comme ce nom sonne doux à son oreille ; voilà qu'elle se retrouve rapidement à courir sur la grève en compagnie de sa sœur.

—Tu n'as pas entendu, tu rêves ou quoi ?

—Excuse-moi, oui je rêvais à la mer et à ma sœur, elle porte le même prénom que toi.

—Viens t'asseoir là-bas, nous serons plus à l'aise pour parler. Lucille saisit la main d'Éva, elle l'amène à l'écart.

—Tu es arrivée aujourd'hui ? poursuit la jeune postulante.

—Oui, cet après-midi, répond-elle timidement.

Éva peut-elle faire confiance à cette fille ? Vivant depuis si longtemps seule avec les White, elle n'a jamais pu se faire d'amie.

—Et toi, tu es arrivée au couvent depuis longtemps ? demande Éva.

—Trois mois et tu verras, on s'habitue vite ici : prière, travail et vice versa. Les prières, je m'en passerais souvent, mais jardiner et travailler à la ferme, ça j'adore ; jusqu'à présent, j'ai planté des haricots dans des rangs aussi serrés qu'une paire de fesses et cueilli les œufs du poulailler. Là, sœur Rita ne nous surveille pas, elle déteste les poules et se dit allergique à la plume. Comme la sœur fermière est un peu lente, je prends tout mon

40

temps et bâille aux corneilles à l'occasion.

Éva est pour le moins étonnée du franc-parler de sa nouvelle copine. La directrice circule parmi les novices et postulantes, surveille leurs activités faisant mine de s'intéresser à chacune. Elle déteste que ses filles restent inactives ou parlotent inutilement. Cependant, elle laisse Éva et Lucille faire plus ample connaissance tout en se préoccupant des propos de cette étourdie de Lucille. Trop vite, elle agite sa clochette et toutes se préparent en silence pour les complies.

Huit heures sonnent à l'horloge de la chapelle. Les moniales, novices et postulantes, tel un long ruban noir et blanc, se dirigent vers leur cellule qui les happe une à une. Pour la deuxième fois, Éva se retrouve seule ; pourtant, l'aile est remplie de chambrettes comme la sienne. Chacune cache autant de solitude. Elle se sent abandonnée, mise de côté. Chaque fois qu'elle trouve le bonheur et la sérénité, on la déménage en lui racontant des bobards. Jusqu'à quand ressemblera-t-elle à la girouette de monsieur le curé qui tourne au gré du vent ?

Lentement, Éva retire ses sandales ; le plancher de pierre froide la surprend, puis elle enlève son épaisse tunique pour ne conserver que son jupon. Après une toilette rapide, elle enfile une longue jaquette et une capine de coton blanc. Elle ressemble plus à un fantôme qu'à une religieuse attifée comme ça, un spectre dans la froidure de la cellule d'une âme donnée à Dieu. Sa vie lui échappe et les mois à venir seront réglés par la clochette de sœur Rita. Étendue sur le dos, elle cherche dans son cœur le sourire de Thomas et comprend que jamais plus, elle ne le reverra, pire, désormais on lui interdit de penser à lui. Elle connaît si peu de la vie et ce n'est certainement pas ici qu'elle apprendra. Et l'amour qu'en saura-t-elle ? Le pique-nique chez les White lui avait fait vivre un doux malaise causé par l'insistance d'un garçon. Devra-t-elle faire le deuil d'un mariage, de la joie d'être mère, d'avoir un foyer bien à elle ?

Que le curé lui ait joué un tour, va, mais que madame White entre dans le jeu l'ébranle. Sa confiance en eux et sa naïveté lui ont infligé un tort irréparable. Elle s'est fait avoir comme une débutante ! La petite lumière dans les ténèbres de son désespoir vit dans le sourire de sa nouvelle compagne, Lucille. Au bout d'un long moment, elle s'endort le chapelet entre les mains, pensant que tant qu'à être ici, il valait mieux prier. Elle demande à Notre-Dame-de- l'Assomption que des anges la porte, elle aussi, vers la sortie de ce monastère. Au milieu d'un sommeil profond, la clochette de sœur Rita la réveille brusquement. Pour être bien certaine que chacune soit bien tirée du lit, elle frappe de façon peu gracieuse à la porte et crie :

—*Benedicamus Domino.*

Ce à quoi chacune doit répondre :

—*Deo gratias.*

Sursautant, Éva s'assoit dans son lit, ne sachant plus trop où elle se trouve. Elle entend la religieuse qui répète sans arrêt la même phrase. Heureusement, le son de sa voix criarde décroît au fur et à mesure que la ruche se réveille. Encore endormie, elle vire sa tunique de tous les bords pour enfin retrouver le devant de cet amas de coton. Elle arrive à temps à la chapelle pour les *vigiles*.

—Quatre heures cinq, bien trop tôt pour prier, même le coq de la basse-cour dort encore.

Quarante minutes plus tard, la *Lectia Divina* s'impose. Isolées dans leur cellule, les Trappistines entrent en contact direct avec le mystère du Christ par la lecture spirituelle. La Parole exprime l'état de l'âme, suggère une réponse personnelle et la remplit. Ce résultat, fruit de l'étude, résulte de la Parole ayant trouvé le cœur de la religieuse. Éva resterait une vie entière devant son livre, elle ne découvrirait pas la valeur des mots inscrits. On a oublié de lui montrer à lire. Comment avouer son ignorance à sœur Rita ? Cependant, elle admire les enluminures toutes en fioriture et les grandes lettres de dentelles dessinées au début des textes. Jamais elle n'a possédé de livre bien à elle. Confesser qu'elle ne sait pas déchiffrer les mots, voudrait peut-être dire qu'on lui retirerait son livre d'Heures. Alors, elle se tait et essaie de méditer.

Enfin, le déjeuner! Éva a si faim qu'elle mangerait bien volontiers tous les œufs de la sœur fermière. Le réfectoire s'éveille; devant sa place, une religieuse aussi enfarinée que le boulanger de Caraquet, vient déposer une corbeille de pain remplie à ras bord et une motte de beurre frais. Inutile de penser que la confiture qu'elle affectionnait tant chez sa bienfaitrice se retrouvera sur la table. Cette douceur gastronomique est réservée aux retraitantes logeant à l'hôtellerie. Après que chacune eût pris un morceau de pain, le panier pourtant plein, est déjà vide. Éva en reprendrait encore et attend qu'on le remplisse à nouveau. Elle patiente en vain, car la sœur cuisinière ne revient que pour apporter une lourde théière en grès. Restant sur son appétit, Éva s'achemine vers la chapelle pour la prière de *laudes*. Assise à son banc, elle murmure les répons aux intentions chantées par la mère abbesse.

Huit heures trente tapant, le père Anselme arrive. Courtaud, l'abbé marche péniblement; il a revêtu la chasuble des jours de fête : une hostie brodée au fil d'or et d'argent trône au milieu de son dos et même le manipule brille autant. Cette fois, Éva ne reste pas muette, elle connaît le rituel de la messe pour y avoir assisté tant et tant de fois.

Dès neuf heures quinze, la période de travail reprend. Aujourd'hui, elle bordera encore des draps, mais cette fois, elle attend l'arrivée de sa compagne Lucille. Celle-ci brode au fil blanc les initiales de l'hôtellerie sur les taies d'oreillers. Aucun mot échangé, sœur Rita veille au grain, quoique des sourires et des yeux espiègles réussissent à lui échapper. Pendant qu'Éva et Lucille face à face tirent leur aiguille, une sœur chante un *magnificat*. Sa voix de soprano invite à la méditation et son chant sacré fait quasiment entrevoir une partie du ciel et ses multiples béatitudes. Les sœurs accordent le rythme de leur travail à celui de sœur cantique. Jamais Éva n'a entendu de voix si pure et la nostalgie du chant grégorien lui fait imaginer que le vent de son île s'attarde dans les murs du monastère. Tout à coup, un bruit sec vient mettre fin à sa rêverie ; le claquoir de sœur Rita ramène à l'ordre une postulante qui chuchote avec sa voisine, probablement des plaisanteries soupçonne la surveillante.

—Angéla ! Je vous surprends encore à dissiper votre compagne. Cette fois-ci, je vous mets en retrait et n'espérez pas aller vous distraire à la ferme ou au jardin. Votre cellule vous attend. Si vous tenez tant à parler, récitez votre chapelet et je crois qu'un rosaire ne serait pas de trop. Je vous ai averti plusieurs fois ce mois-ci et je me vois dans la triste obligation d'en parler à notre supérieure.

La jeune nonne baisse rapidement les yeux. Lucille, ayant suivi la scène du coin de l'œil, jette à Éva un regard qui en dit long et ajoute à voix basse :

—Bien fait pour elle, elle a la langue drôlement bien pendue celle-là.

—Lucille, cette remarque vaut pour vous aussi, lance sœur Rita pestant contre ses postulantes dissipées.

La récalcitrante soutient le regard de sa directrice et à la toute dernière minute, juste au moment où la religieuse se met à trottiner dans sa direction, elle baisse les yeux. On aurait entendu une mouche voler et seul le cliquetis du lourd chapelet de bois de la vieille nonne rompt le silence. Angéla, déjà sortie pour éviter l'aggravation de son cas, se dirige en courant vers sa cellule, trop contente d'avoir un petit congé. Prier ? Elle en profitera plutôt pour faire le farniente et bâiller aux corneilles. Peut-être, si le cœur lui en dit, elle piquera un petit somme.

Après le souper, Lucille accompagnée d'Éva va frapper à la

porte de la coupable; loin de la découvrir repentante, elles la surprennent à moitié endormie.

—Que faites-vous ici ? demande Angéla le scapulaire de travers et le voile guère plus droit. Vous allez mériter une punition à votre tour.

—Nous t'avons apporté un peu de pain, de quoi demeurer en vie jusqu'à demain, dit Éva. Soeur Rita est très fâchée et elle a déclaré devant toutes les postulantes et novices, qu'ici la parole est sacrée, c'est-à-dire qu'elle vient du Christ et qu'elle ne doit être tolérée qu'à la récréation, et ce, en toute retenue. Pendant qu'Éva donne le pain caché dans sa manche, Lucille fait le guet.

—Merci Éva, dit Angéla en tentant de se recoiffer et du même coup, attraper ses souliers flanqués sous le prie-Dieu. Le désordre total règne dans la petite cellule contenant pourtant peu de chose.

—Allez Éva il faut partir, l'avertit Lucille, sinon, nous goûterons nous aussi à la médecine de sœur Rita.

—J'arrive !

Les deux nonnettes se mettent à courir dans le couloir afin de regagner le groupe de religieuses qui se prépare déjà à la prière. Durant toute une semaine, Éva prie, médite, écoute les sermons du père Anselme et ourle des draps.

Elle montre à la directrice une résignation digne de sa vocation ou de celle qu'on lui a imposée. Dans sa vie de recluse, il existe cependant une contrepartie agréable; grâce à son pain, elle s'est enrichie d'une nouvelle amie, car dès le premier jour la complicité de Lucille lui était acquise. Elle se sent maintenant riche de partager la vigueur de sa jeunesse, celle qu'on veut museler par une robe et le silence. Elle s'amuse à jeter des oeillades à l'une et court dans les corridors avec l'autre. À dix-huit heures, c'est cours chez les postulantes, l'heure de l'enseignement divin. Encore une fois, Angéla, Lucille et Éva se retrouvent côte à côte participant avec les autres jeunes filles à l'initiation monacale. Le couvent se veut une école au service de Dieu, où les femmes désirant se consacrer à son service et faire partie de la grande famille des Trappistines progressent, avec amour dans leur foi, en suivant la voix des commandements de Dieu. En vérité, Éva s'ennuie durant les leçons, elle s'y perd. Bien sûr, elle aime le Seigneur, veut l'adorer et l'honorer selon les préceptes de l'Église, mais jusqu'où et jusqu'à quand encore devra-t-elle servir? Dieu, Madame White, maman, tout semble si mêlé dans sa tête et dans son cœur, règne la confusion la plus totale. Elle voudrait se révolter, tiraillée entre la colère d'être ici et la joie que lui procure ses nouvelles amitiés. Semaine après semaine, sœur Rita distribue les corvées aux postulantes. Enfin vient le tour d'Éva d'aider la sœur jardinière et à sa grande surprise, Angéla l'accompagnera. Le lendemain matin, après avoir expédié sa période de méditation et la sainte messe, elle trépigne de joie n'en pouvant plus tant elle a hâte d'aller jouer dehors. Seconder sœur Ludger, surnommée sœur laitue, équivaut à un jeu pour elle. Affublée d'un tablier de jute passé par-dessus sa tenue monastique, elle se présente avec un large sourire devant la vieille religieuse *crochie* par les ans et le travail à l'extérieur. Celle-ci aussi ridée qu'une vieille pomme, lente comme un escargot, porte des lunettes épaisses qui lui donnent un air de souris.

—Pourquoi l'a-t-on surnommée sœur laitue, on aurait pu l'appeler sœur souris? demande Éva en souriant.

Selon Angéla, on l'appelle laitue, parce que la vieille bique bichonne ses légumes et leur parle en transportant son arrosoir trop gros et trop lourd pour elle. Elle peine et se fatigue vite, pique un somme sous le pommier et à ce moment-là, on a tout notre temps pour parler et s'amuser un peu. Il m'arrive de lui dérober quelques carottes et de les grignoter tranquillement à l'ombre du poulailler.

—On pourrait donc t'appeler sœur lapin?

Les complices se mettent à rire et sœur Ludger, *dure de la feuille*, répartit maintenant la charge de travail sans se soucier de la raison de leur hilarité.

—Vous Éva, allez au poulailler, prenez ce panier et cueillez les œufs. De grâce, ne dérangez pas les poules couveuses et ne m'en brisez aucun. Vous Angéla, prenez cette bêche et binez-moi ce rang de haricots, pendant ce temps, j'arroserai ma laitue.

Au bout de quelques instants, on entend le coq lancer des cocoricos énervés, courant d'un bord et de l'autre de la basse-cour, perdant des plumes en fuyant le poulailler à toute vitesse.

—Dieu du ciel, que se passe-t-il là-bas? demande la vieille. Pardon Seigneur de vous avoir offensé, mais toutes ces jeunes écervelées me feront mourir un jour. J'ai le souffle court moi Seigneur, et qu'a-t-elle fait à mon coq cette vilaine? Viens mon Oscar, non, non, ne t'énerve plus, là, tranquille dit sœur Ludger en récupérant son coq. Expliquez-moi jeune fille, qu'avez-vous fait à mon Oscar pour le mettre dans cet état. J'ose imaginer que vous avez couru après lui? continue la vieille en haussant le ton.

—Non... oui, sœur Ludger, il harcelait une de vos poules et j'ai cru bon de l'en dissuader en l'éloignant un peu. Il me semble très malcommode votre Oscar.

—C'est un vieux coq et mon Oscar, comme vous dites, ne faisait rien de plus que son devoir; vous l'avez dérangé. Comment croyez-vous maintenant que je vais avoir des pous-sins?

—Je ne sais pas.

—Eh bien, comme vous ne savez pas lever les œufs cor-rectement et harcelez mon coq, prenez donc cette bêche et allez aider Angéla. Donnez-moi ce panier, dit-elle en le retirant brutalement des mains d'Éva, je ferai le travail moi-même. Pourquoi m'envoie-t-on toujours des innocentes ou des incompétentes?

Éva rejoint sa consoeur qui rit à gorge déployée.

—Qu'as-tu fait pour mériter la colère de sœur laitue, elle si douce d'habitude?

—J'ai poussé le coq qui s'apprêtait à monter sur une poule et l'idiot s'est mis à courir partout et à s'agiter.

—Éva! souffle Angéla en souriant, tu as osé.

—Oui, je n'aurais pas dû?

—Tu n'ignores certainement pas que le coq travaillait à?... Il honorait la poule, tu sais au moins ce que ça veut dire, honorer?

—Mmm... oui.

—Je gage que tu n'es même pas au courant comment on fait des bébés, nargue Angéla.

—Euh... non et que dois-je savoir au juste *mademoiselle-sait-tout*?

—Écoute, à la prochaine récréation, je te renseignerai, continue la jeune nonne fière d'en montrer à sa compagne.

Qu'est-ce qu'on lui cache? se demande Éva. Le coq, honorer, les bébés? Attaquant son rang de haricots, elle bine avec ardeur sous le lourd soleil d'été, puis enfin la cloche du dîner vient mettre un terme à son travail.

—Bon sang que j'ai faim!

Avec soin, elle se lave les mains au grand évier de pierre. Une source laisse couler un filet d'eau claire; elle joint ses paumes en coupelle et boit avidement. Il fait chaud dans le potager de sœur Ludger, au moins, le monastère garde la fraîcheur en ses murs.

Encore une fois, le repas pris en silence est accompagné de prières que psalmodie une moniale debout devant un petit lutrin. Ainsi, pendant que le corps des sœurs reçoit une nourriture terrestre, ces dernières se laissent imprégner de la Parole de Dieu, façonnant des femmes nouvelles. Enfin, la récréation qu'Éva attend avec impatience. Angéla l'attire dans un coin, prête à lui faire des révélations importantes.

—Personne ne doit savoir ce que je vais te dire, promis ? Ne me regarde pas comme ça, sinon je serai intimidée et ne pourrai continuer. Regarde tes sandales et surveille sœur Rita du coin de l'œil. Cela concerne l'amour ; as-tu déjà eu un petit ami ?

—Euh ! non.

Confuse, elle s'explique :

—Bien, avant je n'en ai jamais eu ; maintenant, depuis que je me retrouve entre ces quatre murs, les chances diminuent…

—Écoute, tu ignores vraiment comment on fait des bébés ou tu fais la *nounoune* ?

—Non !

Gênée d'avouer son ignorance, Éva crâne un peu.

—Cela se passe comme pour Oscar, l'homme monte sur la femme pour la servir. Il lui donne des baisers sur la bouche, gigote un peu et puis râle. Tout est fini ! J'essaie de te dire qu'Oscar faisait l'amour… à la poule.

—Que me racontes-tu là ? Je ne comprends rien à tes sous-entendus.

—Tu es nouille ou quoi ? Le coq et un homme, c'est pareil, s'impatiente Angéla.

Éva ouvre grand les yeux et laisse échapper un ouach !

—Silence, chuchote Angéla, tu vas alerter sœur Rita.

—Pareil ? insiste Éva en chuchotant.

—Oui, je m'évertue à te l'expliquer.

—Veux-tu dire que Thomas aussi ?

—Thomas ?

—Oui, Thomas White.

—Mais tu viens juste de me dire que tu ne connaissais pas de garçon.

À ce moment, la cloche de sœur Rita retentit, mettant fin à la leçon de reproduction d'Angéla. La prière n'attend pas et il faut reprendre le rang pour l'office de *none*. Tout le temps que durent les oraisons, Éva se sent mal à l'aise ; les révélations d'Angéla l'ont complètement troublée. Il ne faut plus penser à ça et prier. Ah ! Si seulement, elle en était capable. Le visage de Thomas râlant et s'énervant comme le coq la poursuit. À point nommé, le travail de l'après-midi vient la sauver de ses visions charnelles et anxiogènes. Retournant au jardin, Éva n'a ni le goût de s'amuser ni de côtoyer Angéla. La terre chaude et sèche lui renvoie une chaleur étouffante et sous son voile, Éva sue à grosses gouttes. Sœur Ludger remarque bien que les deux jeunes postulantes s'évitent, mais prend pour une saine médi-tation le silence de chacune. Au souper, Éva n'a pas d'appétit et Lucille s'inquiète.

—Mange voyons, tu as travaillé au jardin toute la journée, tu dois avoir faim ; sœur laitue te coupe-t-elle l'appétit ? chu-chote sa voisine.

Un signe de tête négatif sert de réponse. Tout le reste de la semaine, le ciel laisse tomber des trombes d'eau, inutile d'aller aider sœur Ludger ; elle s'occupera seule de ses poules pendant que le Seigneur arrose ses légumes. Éva retourne donc aux tra-vaux de couture en regardant la pluie couler le long des vitres et retrouve la tranquillité aux côtés de Lucille et de sa broderie. Pour l'instant, elle préfère s'abstenir de frayer avec Angéla. Son trop grand trouble ternit l'image de Thomas.

Son expérience auprès de sœur Thérèse, la cuisinière, lui vaut cette fois des félicitations. Ses prières se perdent dans des poches de farine et son énergie s'épuise tranquillement à pétrir le pain pour ses sœurs, en plus d'approvisionner l'hôtellerie et le magasin du monastère. La spécialité culinaire des Trappistines se limite aux brioches de la soeur Thérèse généreusement garnies de cassonade, de beurre et de noisettes. Jamais Éva n'en a mangé de meilleures, surtout quand elle les déguste à la cachette. La vieille soeur détient le secret le mieux gardé du cloître : ses pâtisseries, véritable tentation pour le ventre. Comme il faut bien transmettre la tradition et qu'Éva montre un certain talent, la cuisinière lève le voile sur la recette.

—Tu sais ma fille, je ne révèle pas mes trucs à toutes les postulantes qui viennent ici. Toi, tu sais faire ; maintenant, montre-moi ce dont tu es capable et fabrique-moi des brioches dignes de mon enseignement et surtout, gare au gaspillage. La sœur économe vient faire son tour chaque semaine pour contrôler les denrées que j'utilise et, foi de Saint-Antoine, elle connaît la quantité de sucre et de farine de mes recettes, car elle tient son inventaire à la tasse près.

Éva aime l'odeur du levain qui lui rappelle la boutique du vieux boulanger de Caraquet. Dans la cuisine de sœur Thérèse, l'hiver se fait moins sentir. Les fourneaux, toujours chauds, la réchauffent ; tous les jours, une grosse marmite de soupe mijote sur le feu. Le tempérament de la vieille cuisinière, pas malcommode pour un cent, s'accorde parfaitement avec son assistante. Curieuse et gourmande, Éva s'intéresse à tout et apprend vite.

—Si la vie t'avait menée ailleurs, avoue la cuisinière, tu aurais fait une bonne mère de famille. Personne n'aurait souffert de faim chez toi.

Éva n'écoute pas les compliments de soeur Thérèse, ce ne serait que pure vanité, par contre, elle désire savoir comment faire des galettes à la mélasse. Emballées séparément, elles sont vendues deux cents chacune au comptoir du magasin monastique. Dès qu'elle termine son travail à la cuisine, Éva s'élance à la course à travers les corridors afin de rattraper le long cordon de religieuses se dirigeant vers la chapelle. Elle prend son rang en silence lançant des œillades à sa complice Lucille. Les chants sacrés ont livré tout leur secret et les répons aux prières deviennent routine. Éva ne s'étonne plus de voir le père Anselme rougeaud et toujours essoufflé dire sa messe.

Un jour, au lieu de voir apparaître le vieil abbé, les nonnes aperçoivent sous les habits sacerdotaux un jeune moine qui marche en faisant des enjambées dignes d'un général.

—Qu'est-il arrivé au père Anselme ? Serait-il malade ?

Son remplaçant, d'un gabarit tout à l'opposé de son prédécesseur, sème la panique chez les postulantes. Sa jeunesse et sa beauté sont trop voyantes pour un Trappiste voué au cloître ; les novices, loin d'être sereines, redoublent de prières demandant assistance au Très-Haut pour passer cette période difficile. Quant aux vieilles sœurs à demi aveugles, les *Gloria* et les *Agnus Dei* arrivent à peine à leur garder les yeux ouverts, alors toute cette séduction ne dérange rien à leurs prières ; le service du Seigneur est assuré, peu importe l'ange qu'on leur envoie. Le messager de Dieu s'avère un grand timide. Pour la première fois, on l'envoie au monastère des Trappistines et il se sent mal à l'aise. Lors de la communion, l'émotion atteint son paroxysme lorsqu'il voit toutes ces sœurs agenouillées devant lui, les mains jointes sur la Sainte Table, offertes, langues tendues, prêtes à recevoir l'hostie de ses mains sacrées. Un léger tremblement accompagne son rituel et les jeunes sœurs ont toute la misère du monde à fermer les yeux au moment où le suppléant dépose sur leur langue le pain de vie.

À la récréation, qu'un sujet de conversation, le père Anselme reviendra-t-il ? Sœur Rita le recommande aux prières de ses protégées. Certaines poussent même la fantaisie jusqu'à prier pour garder le nouvel abbé, ce qui n'empêche pas le vieux Cistercien de reprendre vie… Le soir dans sa cellule, Éva essaie de se recueillir. L'émotion monte insidieusement en elle, ne laissant aucune place au flux divin qui réussirait pourtant à la calmer. Un immense brouillard s'installe dans sa tête, confondant le nouvel abbé et Thomas. Il faut pourtant chasser ces spectres de son esprit et que son cœur reprenne au plus vite le chemin de la quiétude. Sa vie monastique ne peut souffrir pareil tiraillement. Heureusement, le travail harassant du lendemain vient mettre en veilleuse son trouble. Elle pétrit le pain avec plus d'ardeur qu'à l'accoutumée accompagnant son labeur de quelques *Ave* de plus pour le pauvre père Anselme.

Faut-il croire que le Seigneur a exaucé ses colombes ? Deux jours plus tard, le rondouillard petit père revient au bercail. Les Trappistines n'ont pas ménagé leurs efforts et le médecin de Rogersville aidant, le bon abbé a repris du poil de la bête. Il ne marche pas plus vite que d'habitude, mais semble avoir le souffle moins court. La mère abbesse remercie le Seigneur d'avoir écouté les prières de ses dévouées et souhaite la bienvenue au convalescent. La paix revient au monastère.

Durant les mois qui s'égrènent tranquillement, Éva assume sa vie monastique. Heureuse ? Non, on ne peut pas dire qu'elle le soit, mais soumise, oui. N'ayant d'autre choix que de suivre le mouvement, elle s'incline ; ses gènes ne contiennent pas celui de la rébellion. Vivre avec la colère au cœur s'avère trop difficile et peu productif, bien qu'elle se souvienne des actes de trahison envers elle. Faire la paix ne veut pas dire oublier... Angéla et Lucille lui apportent juste le grain de folie nécessaire pour ne pas sombrer dans la morosité. La pétillante Lucille et ses clins d'oeil, son sourire en coin et ses moqueries lui sont dorénavant aussi nécessaires que la prière. Angéla, celle qui défie les interdits, repousse les limites de la soumission, lui transmet sa joie de vivre et une bonne dose de bravoure.

Lors de ses marches du dimanche, Éva a pris l'habitude de se recueillir sur les vieilles tombes du monastère. Là, sous l'ombre du saule pleureur, elle découvre la quiétude nécessaire à son équilibre. Au lieu de perdre son temps, elle s'astreint à un rituel. Tranquillement, elle désherbe le socle des monuments. Grâce à ses soins méticuleux, le cimetière devient un endroit agréable où les sœurs viennent se reposer sur le vieux banc de pierre et prier. La mère abbesse lui a donné la permission de planter quelques rosiers le long de l'allée centrale. À contrecoeur, la sœur jardinière dégarnit un coin du massif, permettant ainsi à Éva de fleurir les allées. Éva y cueille quelques roses qu'elle dépose dans la chapelle aux pieds de la statue de la Vierge. Depuis le début de ses visites, une petite croix blanche rendue grisâtre par le temps attire son attention. Une rose de porcelaine, déposée à sa base, lui fait croire que la mort de cette sœur cache un secret. D'ailleurs, aucune autre sépulture n'abrite de fleurs. Curieuse, Éva demande à Lucille qui connaît presque tous les racontars du monastère si elle sait pourquoi une rose de porcelaine orne le tombeau où d'ailleurs aucun nom n'apparaît. Trop heureuse qu'enfin ses indiscrétions servent à quelque chose, celle-ci se met à raconter. Une jeune novice, à la veille de prononcer ses vœux perpétuels, est soudainement atteinte d'une maladie bizarre. Un excès de fièvre la précipite dans un état comateux et tous les savants remèdes de la sœur apothicaire ne la sauvent de son tourment. Comme l'accès du médecin auprès des religieuses du monastère est limité, celle-ci sombre dans un coma encore plus profond et au bout de deux jours expire doucement. Nul n'a pu la soustraire d'une mort rapide. On l'a enterrée à toute vitesse ignorant la cause de son décès et craignant qu'une contagion ne vienne envahir le monastère. Le lendemain de son enterrement, on a trouvé la rose près de la croix et personne n'a jamais su qui l'avait déposée.

—Arrête Lucille, tu me donnes froid dans le dos.

Pour une fois, sœur Rita arrive à un moment opportun, interrompant la triste histoire qui met le cœur d'Éva en bouillie. La mère abbesse désire la rencontrer ; surprise, celle-ci la suit docilement pensant avoir fait une faute grave, ou bien sœur Rita a découvert quelque chose d'irrégulier. Après avoir frappé délicatement à la porte de sa supérieure, la postulante pénètre dans le bureau dénudé.

—Assoyez-vous Éva.

Inquiète, elle s'exécute ; son cœur bat la chamade.

—Ma fille, je dois vous entretenir d'un sujet sérieux, voire grave ; soyez assurée que je ne le fais pas de gaieté de cœur. Depuis bientôt douze mois, je vous observe et étudie votre comportement auprès de nous. Vous êtes arrivée ici sans doute avec des intentions louables certes, et de plus, vous m'avez chaudement été recommandée par le curé de Caraquet, qui a découvert en vous une âme simple, religieuse et dévouée. Loin de moi l'idée de remettre son jugement en cause et que votre vocation soit d'origine divine reste dans le domaine du possible, mais j'ai beau cherché en vous l'étincelle de ce feu sacré qui devrait vous consumer, je ne vois que tristesse et soumission. Je constate que de nouvelles amitiés se sont installées entre Lucille, Angéla et vous. Bien entendu, je ne cautionne pas cette camaraderie, au contraire, je la déconseille fortement. Vous devez consacrer votre amour à Dieu et à lui seulement. Je ne crois pas qu'ici vous soyez à votre place, mais avant de prendre toute décision à votre sujet, j'aimerais que vous ouvriez votre cœur à votre confesseur. Lui saura certainement réorienter le don de votre vie et ensuite, me conseiller sur la décision sans appel. Rencontrez donc le père Anselme au confessionnal après la messe.

Éva tombe des nues. Les commentaires de sa supérieure la blessent. Pas encore à sa place ici ! Ça devient une habitude. Pourtant, elle se sent en sécurité au monastère et ses amies lui apportent un peu de bonheur. Mais elle a beau prier, se questionner, elle ne sent pas cet appel divin. Fallait-il l'entendre ou le ressentir ? Éva ne sait pas ; elle qui appréciait la vie tranquille du monastère. Après la messe, comme convenu par la supérieure, elle se rend au confessionnal du père Anselme.

—Bénissez-moi mon père parce que j'ai péché...

—Tut, tut, tut, ne précipitez pas les choses, chuchote le vieil abbé. J'ai été investi d'une mission sacrée auprès de vous et je dois d'abord vous parler. Éva, vous êtes entrée au couvent pour répondre à la grâce de Dieu, ici on vous offre la spiritualité riche de la vie monastique. Depuis des siècles, les moniales se succèdent dans un but unique et commun, soit la recherche et la louange de Dieu. Le Seigneur touche quelque chose d'éternel en votre âme. Le véritable fondement de votre vie au cloître doit être celui de votre amour pour Dieu. Je ne désire pas vous sermonner, mais en ma qualité de confesseur, j'ai à cœur votre bien-être et celui de la communauté. Si votre vie ici s'avère non conforme à la règle de Saint-Benoît, vous devenez l'ivraie parmi le bon grain et nous croyons, le cas échéant, qu'il serait préférable que vous accomplissiez votre vie ailleurs. D'autres sacrifices vous attendent dans une autre vie et peut-être encore plus grands que ceux que vous accomplissez en ces murs. Vous trouverez aussi le Christ parmi vos semblables.

Ouf! Elle vient de recevoir un coup qui lui coupe le souffle. L'abbé l'a comparée à l'ivraie parmi le grain. Elle ne sait que dire; y a-t-il à répondre?

—Réfléchissez ma fille et repentez-vous. *In nomine patri et fillii et spiritus sanctis. Amen.*

Éva se lève, tire le rideau du confessionnal et s'affaisse dans le premier banc venu. Sonnée, elle essaie d'implorer la Vierge et son Fils afin qu'Ils l'éclairent et lui indiquent la voie à suivre. Le père Anselme lui demande de voir la flamme en elle, il n'y voit qu'une nébulosité croissante. Après quelques minutes de confusion, elle se ressaisit enfin et retourne à son travail, mais le cœur n'y est plus, un ressort s'est cassé. À la récréation, elle évite Lucille et Angéla, car dans sa tête, la voix de l'abbesse revient : *Je ne cautionne pas cette camaraderie, au contraire, je la déconseille fortement.*

La nuit, suivant cette conversation avec la mère abbesse et son confesseur, s'avère une des plus pénibles que la jeune postulante n'ait eu à passer, meublée par la recherche et la prière. Éva ignore où se trouve la bonne route, au monastère ou dans le monde. Choisir ce dernier se résume à vivre la vie ordinaire des White ou encore celle de ses parents. Demeurer au monastère sans éprouver de vocation, se limite à une duperie. Le repos fuit les âmes en quête de réponses. L'absence de sommeil lui a fait entrevoir un avenir trouble, sans espoir. Le lendemain, son travail en souffre et les points de l'ourlet, inégaux. Voilà qu'à nouveau sœur Rita vient la chercher.

—Ma fille, vous êtes demandée au parloir.

—Au parloir ?

—De grâce, ne criez pas ainsi jeune écervelée, vous dérangez vos compagnes. A-t-on jamais vu pareille tête de linotte ? Vous faites exprès ou quoi ? Oui, oui, le parloir, s'énerve cette dernière.

Éva n'en croit pas ses oreilles, depuis un an elle n'a jamais reçu de visite et se demande avec raison, qui peut bien venir la voir. Certainement cette traîtresse qui l'a laissée ici. Doucement, elle pénètre dans le parloir et aperçoit une dame sobrement vêtue. Impossible de reconnaître celle qui volontairement ou non lui tourne le dos. Faisant délibérément du bruit afin de signaler sa présence, elle la force à se retourner, puis interdite, celle-ci s'arrête. Les deux femmes s'interrogent du regard ; puis la visiteuse, ayant reconnu la future Trappistine, court se jeter sur elle en pleurant.

—Éva ma grande sœur ! Enfin, je te retrouve.

La religieuse reçoit dans ses bras la jeune femme en reconnaissant sa cadette Lucille.

—Mon Dieu Lucille, c'est bien toi? Merci Seigneur! Et les larmes inondent son visage blême.

Elles se repoussent, se regardent pour mieux se reprendre et pleurer ensemble, ne croyant pas la justesse de leurs retrouvailles.

—Lucille, ma petite sœur, devenue grande et belle.

—Je t'ai tant cherché Éva, tu ne peux pas savoir. Tu m'as tellement manqué. Un matin, papa t'a amenée dans la barque et tu n'es jamais revenue.

—Lucille, dis-moi vite, comment vont les autres: papa, maman, Louis, Léopold et Blanche?

À ce moment, le pas toujours feutré, sœur Rita passe le seuil de la porte, signifiant à sa protégée que le temps de la visite est malheureusement terminé.

—Déjà! s'écrie Lucille.

—Votre sœur a du travail qui l'attend, l'informe la Trappistine, néanmoins dimanche prochain, vous pourrez la visiter à loisir; à ce moment, les entretiens au parloir sont permis pendant trente minutes, soit après la messe de dix heures quinze.

Les deux sœurs s'embrassent une dernière fois et Lucille promet de revenir. À peine retrouvée, elle voit partir Éva aux côtés de la religieuse. La nonnette marche la tête dans le dos afin de regarder sa soeur le plus longtemps possible. Puis la lourde porte se referme. Comment résister à l'envie de courir dans le corridor, laissant sa directrice trottiner derrière elle? Comment ne pas chanter? Des *Alléluias* lui montent dans le cœur et elle finit par laisser échapper quelques notes d'un joyeux cantique. Vite, il faut dire la bonne nouvelle à Angéla et Lucille. Lucille, quel doux nom, réunissant dans son cœur deux personnes aimées, une sœur et une amie! Éva n'a pas connu un tel bonheur depuis si longtemps. Comme la récréation lui semble longue à venir. Il lui tarde de raconter ses retrouvailles. Du même coup, l'hésitation sur sa prétendue vocation disparaît complètement. Oui, elle sortira d'ici, suivra Lucille, sans égard à la vie que celle-ci mène. Le Seigneur l'a remise sur son chemin et ce serait lui faire grave injure que de refuser cette joie. Lucille représente maintenant toute sa famille. Sa mémoire lui restitue enfin le visage de Rose, la mer, la maison et la barque rouge. Par contre, au plus profond d'elle-même, elle ressent l'absence du Jersiais.

Enfin dimanche! Durant la messe, Éva trépigne d'impatience. Essayant de se calmer, elle gigote encore plus; ses jambes sont animées par un tourbillon intérieur qu'elle n'arrive pas à contenir. Sa voisine lui jette d'ailleurs un regard réprobateur qui veut en dire long. La messe terminée, Éva se met à courir et s'arrête presque dans les bras de sa directrice; il lui faut demander la permission de se rendre au parloir où sa sœur doit déjà l'attendre.

—Allez jeune étourdie, mais de grâce, calmez-vous et ne courez pas. N'oubliez pas que votre attitude doit être celle de l'épouse du Christ.

Contrairement aux recommandations de sœur Rita, Éva part à la course aussitôt que la religieuse tourne le dos. Dérapant aux coins, elle pousse la porte d'un geste vif.

—Lucille, ma petite sœur!

—Éva!

Cette fois, elles ne contraignent pas leur joie et la cadette sort de sa poche un mouchoir propre afin d'essuyer ses larmes épongeant du même coup le visage de son aînée.

—Éva, ça fait près d'un an que je te recherche. Après la mort de papa, maman a finalement dévoilé le nom de la famille de Caraquet qui t'a recueillie.

—Papa est mort?

Les larmes recommencent à mouiller ses yeux et à couler de plus belle sur ses joues creuses. Éva ne réussissait plus à le voir dans son cœur; il était absent.

—Il est parti pour la pêche et soudainement un grain s'est levé. Papa a mis tous ses efforts à garder le cap pour revenir à la maison. Le mât de son embarcation s'est brisé sous la force du vent et l'a frappé à la tête. Tombé dans le fond de sa barque, sans aucune conscience, la marée l'a ramené sur la grève. Léopold et moi avons aidé maman à le sortir de là. Le temps de prévenir le médecin de Lamèque et que celui-ci arrive à l'île, c'était déjà trop tard. Notre père était parti vers le Seigneur.

—Mon Dieu, et maman?

—La mort de papa l'a fait vieillir prématurément. Ses cheveux ont blanchi, des rides creusent son front et plus rien ne réussit à la sortir de sa tristesse. Maman dépérit à vue d'œil ; ne reste plus que Léopold à la maison. Louis est parti à la ville depuis six mois, quant à Blanche, elle travaille comme servante chez des Anglais de Bathurst. Les petits tournent en rond autour de notre mère ; elle ne sait plus donner d'amour et son goût de vivre a suivi papa. On la dirait vide en dedans. Elle n'est pas riche, car papa devait beaucoup d'argent aux Robin ; tout juste si elle a réussi à le faire enterrer entre quatre planches de sapin. La vraie misère Éva.

—Et toi, Lucille?

—Peu de chose. La vie a fait son bonhomme de chemin. Après ton départ, les parents ont complètement cessé de parler de toi, comme si la mort t'avait fauchée. Le cœur gros, maman en voulait beaucoup à papa. Je désirais absolument te voir et notre mère refusait de me dire quoi que ce soit à ton sujet. Il y a de ça un an environ, je l'ai tellement tourmentée qu'elle a finalement trahi le secret qui l'étouffait depuis tant d'années. Je me suis rendue chez les White de Caraquet qui t'ont accueillie. Au début, la femme du notaire refusait de me répondre, puis, elle a craché le morceau m'informant que tu étais entrée en religion, mais refusant obstinément de me dire dans quelle communauté et à quel endroit. La seule information que j'ai réussi à leur tirer du bec est l'adresse du curé Landry, disant que lui seul avait l'autorité de révéler ce secret. À plusieurs reprises, j'ai visité le curé de Caraquet et il a toujours refusé de me dire quoi que ce soit sur ton compte. Finalement, à bout de ressources, j'ai inventé une histoire, lui racontant que notre mère, très malade, te réclamait avant de partir.

—Pas vrai j'espère, rassure-moi.

—Ne t'inquiète pas. Le curé a finalement cédé et m'a affirmé que tu vivais depuis un an au monastère des Trappistines de Rogersville.

—Hélas, il a dit la vérité! Les White m'ont gardée durant quatre ans et bien traitée, mais comme une bonne à tout faire. Un jour, la patronne cautionnée par le curé Landry, m'a amenée jusqu'ici prétextant une vocation religieuse; jamais je n'ai donné mon consentement pour entrer au monastère. Ils se sont débarrassés de moi tout comme papa l'avait fait avant elle.

—Éva!

—Ne t'offusque pas Lucille, mon père m'a donnée aux White; il prétendait que ce couple m'aimerait et me ferait instruire parce qu'ils n'avaient pas d'enfant. Je n'ai été que leur domestique. Ils m'ont utilisée encore plus, en me foutant à leur tour au monastère à titre d'orpheline, afin que je prie pour eux. Voilà, mon histoire ne ressemble pas à celle de Cendrillon... Maintenant, j'agis encore comme servante, celle du Christ et vis selon sa Parole.

—Éva, es-tu heureuse ici?

—Non, ma seule joie, tu viens de me la donner.

—Es-tu obligée de rester longtemps ici?

—Selon la mère abbesse, je dois réfléchir à ma vocation; elle ne la trouve pas assez ferme pour demeurer au monastère, mais dès maintenant, tout s'éclaire. Lucille, si tu veux bien de moi, je pars avec toi et nous retournons à Miscou. J'ai envie de vivre, d'avoir une famille et qui sait, connaître l'amour un jour.

Lucille ferme les yeux et attend d'avoir le courage de raconter sa propre histoire.

—De l'amour, parlons-en. Écoute Éva, je n'habite plus à Miscou depuis quelque temps. J'ai rencontré un garçon de Lamèque et j'en suis tombée follement amoureuse; je l'aurais suivi au bout du monde et en fait, dès notre première rencontre, je ne me suis pas rendue plus loin que la grange derrière chez nous. Je lui ai tout donné, tout, tu comprends; maintenant, je suis en mauvaise position et j'ai déshonoré ma famille.

—En mauvaise position? Qu'entends-tu par là?

—J'attends un bébé. Maman a vite découvert le pot aux roses et maintenant, je me retrouve sans foyer. Jetée dehors comme une malpropre, elle m'a interdit de revenir à la maison et d'aller cacher ma honte ailleurs. Éva, je ne sais plus où aller.

—Maman ne t'a pas pardonné? Voyons, elle qui possède un cœur grand comme la terre.

—Non, elle a tant changé Éva. Je me suis creusé la tête et retourné le problème dans tous les sens, poursuit Lucille l'air piteux; peut-être aller vivre à Québec ou Montréal serait la solution, mais la seule chose que je refuse et dont je suis tout à fait certaine, c'est de vivre à nouveau à Miscou. Je dois avoir de l'orgueil pour deux maintenant. On ne colle pas à un village où on nous refuse asile.

—Attends Lucille, j'ai peut-être trouvé une idée, dit Éva illuminée. Si ton subterfuge a fonctionné une première fois avec le curé de Caraquet, tu pourrais le répéter pour la supérieure. Tu lui expliques que notre mère me réclame sur son lit de mort et ensuite, tu brodes. Le mensonge est grave, mais certainement pas impardonnable. Lucille, je te suivrai n'importe où, affirme la nonne qui veut à tout prix sortir de sa prison.

—Éva, ne fais rien que tu regretterais par la suite.

—Je t'ai retrouvée, je te garde, sans égard à ta condition. Je t'aime et t'aiderai à reprendre pied. À deux, on peut bouleverser la terre, s'enflamme Éva.

Celle qui d'habitude est soumise voit enfin une lutte à faire. Pour une fois, elle fera un choix.

—Où demeures-tu présentement ?

—Je vis dans une petite chambre chez une vieille dame, tout près d'ici.

Le temps de la visite trop vite écoulé, Éva doit dire adieu à Lucille. Rigoureuse, sœur Rita rappelle sa pupille à l'ordre. Elles se serrent dans leurs bras une dernière fois, puis Éva retourne à sa cellule. Il faut réfléchir, tout se bouscule dans sa tête. Si le Seigneur lui a donné une mission dans le monde, aussi petite fut-elle, elle se doit de répondre : présente. Lucille est grosse et dans l'embarras, mais malgré tout elle a eu le courage de persister et de la retrouver dans le fond de son couvent. Alors, son destin de fille donnée à deux reprises se trace sous ses yeux et aujourd'hui, elle doit le suivre.

—Seigneur ne me condamne pas et accorde-moi ton divin pardon. Je promets de faire le bien autour de moi, même si je dois avant tout vous offenser par un mensonge envers notre supérieure.

Éva finit par s'endormir le chapelet entre les doigts et rêve d'un ciel bleu, de nuages blancs comme des moutons, d'une maisonnette en bardeaux, d'enfants qui courent sur la plage… Trop tôt, sœur Rita vient tambouriner à sa porte pour les *vigiles*. Pour la première fois, elle s'impatiente et s'habille. Elle se demande comment Lucille se débrouillera avec la supérieure du couvent, mais elle fait confiance à sa sœur et à la vie. L'heure n'est plus aux doutes. Sa vocation court de grands risques et frôle le péril ; les paroles du confesseur ont laissé une trace dans son cœur : *De plus grands sacrifices vous attendent ailleurs.*

Éva évite ses amies tant elle a peur de se trahir ; peut-être l'une d'elles lira dans ses yeux gris le trouble qui la ravage tel un raz-de-marée balayant tout sur son passage. Après le maigre repas du midi, sœur Rita, tenant fermement son chapelet de bois entre ses doigts raides, s'approche d'elle en trottinant.

—Éva, notre mère abbesse désire vous rencontrer.

Lentement, la postulante se dirige vers le bureau de sa supérieure. Aussitôt entrée, celle-ci lui indique un siège du regard. Soumise, Éva s'installe et attend.

—Éva, j'ai une mauvaise nouvelle à vous apprendre. Votre sœur Lucille est passée me voir ce matin pour m'annoncer que votre mère, gravement malade, réclame votre présence. Je me suis rendue à sa supplique et vous permets d'aller à son chevet pour quelques jours. Ceci étant dit, je désire également faire le point sur votre vocation. J'imagine que vous avez réfléchi sérieusement et ose espérer que la visite de votre sœur ne vous a pas précipitée dans un choix douteux ?

—Non ma sœur. Grâce à l'intervention directive et rassurante du père Anselme, mon choix est maintenant éclairé. Il a joué un rôle de guide spirituel autant que vous ma sœur. Je désire quitter le monastère et servir Dieu dans la laïcité. Je souhaite consacrer ma vie à mon prochain, et même hors de ces murs, la prière saura être ma source de vie. Vous m'avez enseigné le don de soi, la réflexion et la méditation qui orienteront mon chemin vers le meilleur.

—Je pense, que votre décision s'avère sage, ma fille ! Si jamais la nouvelle vie que vous avez choisie ne vous rendait pas pleinement heureuse, sachez que le monastère et les Trappistines sauront vous accueillir à nouveau. En attendant, que le Seigneur accompagne vos pas dans la voie que vous choisissez. Sœur Rita s'occupera de votre départ.

La supérieure dépose un baiser maternel sur le front de celle qui les quitte, lui signifiant son attachement. Éva a le cœur gros. Ici, elle avait fini par se tailler une place bien à elle, avait appris à prier, à se laisser pénétrer par la Parole, à méditer ; elle y a aussi découvert l'amitié. En signe d'adieu, elle baisse humblement la tête devant la mère abbesse et sort sans bruit. De l'autre côté de la porte, sœur Rita attendait ; n'ajoutant aucun mot, elle accueille la petite postulante comme une mère qui sent le tourment de sa fille. La vieille religieuse pense qu'il faudra qu'Éva prenne bien garde à sa docilité, elle pourrait la faire souffrir au-delà du raisonnable. La directrice avait deviné qu'Éva les quitterait ; sa place n'était pas ici, mais dans le monde et elle doit y retourner, pour autant qu'il ne l'engloutisse pas. Regardant Éva, elle écrase une larme en la conduisant à sa cellule.

—Attendez-moi ici, je vais chercher vos vêtements civils, murmure sœur Rita.

Soulagée, Éva se permet de penser au bonheur. La mère abbesse s'est montrée bienveillante, bien que le subterfuge utilisé par sa sœur lui pèse sur la conscience. Comment s'en débarrasser ? La confession ? Inutile d'y songer ; jamais le père Anselme n'endosserait ce mensonge. Elle vivra donc avec le poids de sa faute, se sentant plus coupable que Lucille qui a commis la *menterie*. Sœur Rita entre dans la chambrette tenant à la main la valise qu'Éva portait lors de son arrivée au monastère. Celle-ci ouvre le carton et redécouvre son costume marine plié avec tant de soin. Enlevant son épaisse tunique, elle enfile son deux-pièces qui sent le moisi ; la jeune fille a maigri et le vêtement désormais trop grand garde les plis d'une longue année d'entreposage. Des souliers plats remplacent les lourdes sandales. Ses pieds ont élargi et sont un peu à l'étroit dans l'espace de cuir raidi par le temps. Tant pis, elle les délassera légèrement. Prenant son livre de prières, elle se signe de la croix et le dépose sur le prie-Dieu, puis se ravisant, elle demande :

—Sœur Rita, j'aurais un dernier désir avant de partir. Pourrais-je apporter le recueil avec moi ? Je m'en servirais pour continuer à vivre un peu de ma vie d'ici.

La directrice, ayant un pouvoir discrétionnaire sur ces petites choses, ne voit pas d'inconvénient à ce prêt à long terme. De plus, les prières ne sont jamais trop nombreuses, surtout dans ce monde de fous. Elle ramène sa protégée au parloir, sans un mot d'adieu. Seul son regard semble dire : *Bonne chance ma fille.* La lourde porte vient mettre une distance entre les deux femmes. Éva tiraillée entre la tristesse et la joie ignore si elle vient de perdre ou de gagner. Elle quitte une presque mère au profit d'une sœur. Témoin de la scène, Lucille qui attend au parloir, prend sa sœur par les épaules et amorce un mouvement de départ.

—Viens Éva.

Lucille la guidera dans le monde qu'Éva connaît si peu et si mal. Depuis cinq ans, la jeune fille a vécu à l'ombre des murs de la maison des White et du monastère. Maintenant, elle se retrouve en plein soleil, la vie devant elle et une sœur à ses côtés.

—Je t'amène chez moi et demain, si tu veux, nous partirons en train vers le Québec.

Soudainement prise de panique, Éva voit un trou béant s'ouvrir sous ses pas, sa vie rangée bascule sans le moindre au revoir à celles qu'elle aime. Et tout à coup, un dernier remords l'assaille.

—Lucille, j'ai peur !

—Ne crains rien, laisse-moi m'occuper de tout ; je saurai me débrouiller. Je possède un peu d'argent que le futur père m'a donné pour se débarrasser de moi.

—Mais cet argent est sale, Lucille !

Lucille fait taire les scrupules d'Éva, l'assurant que ces quelques piastres les sauveront de la faim. Pas très loin du monastère, en bas de la colline, la jeune fille aperçoit la petite maison jaune vif où Lucille pensionne. Cette dernière présente sa sœur à madame Garneau, sa logeuse, et paye ce qu'elle lui doit ;

demain, elles partiront. Entraînant Éva dans sa chambre, Lucille se sent heureuse. Enfin, elle a retrouvé sa complice et ne sera pas seule pour affronter les jours difficiles. Elle aussi craint, mais avec Éva à ses côtés, Lucille se sent ragaillardie. Elle invite sa sœur à s'asseoir sur le lit, le jugeant plus confortable et se réserve la chaise droite.

Toute la soirée et une grande partie de la nuit, elles refont l'historique des années perdues. Éva omet volontairement l'accident de Lucille, désirant ignorer certains détails. Imaginer sa cadette dans le foin avec un partenaire qui gigote comme le coq de sœur laitue, lui donne la nausée. Elle ne souhaite pas plus parler de ses parents; la mort accidentelle du Jersiais lui brise le cœur, bien qu'il ait trahi et abandonné sa propre fille. Et sa mère n'avait pas empêché son père d'agir, en plus, cette dernière a mis Lucille à la porte lui disant *d'aller cacher sa honte ailleurs*. Le cœur d'Éva devient plus dur. Il a été blessé et comme une vieille cicatrice qui tarde à s'assouplir, son cœur pardonne, mais n'oublie pas. À compter d'aujourd'hui, Lucille lui offre une vie différente de celle qui se dessinait au monastère, s'étiolant entre les oraisons et le travail. Peut-être connaîtra-t-elle l'amour et aura-t-elle des enfants qu'elle chérira par-dessus tout? L'image de Thomas revient la hanter, mais cette fois, elle le laisse tenir toute la place dans son coeur. Beau comme un dieu, fier comme un paon, les mains dans les poches, il la regarde. Ses yeux de brume ont-ils changé durant cette année de réclusion? Interrompant sa rêverie, elle revient au bavardage de Lucille.

—Nous prendrons le train jusqu'à Bathurst, puis un autre jusqu'à Montréal. Là-bas, tu verras, on se débrouillera. Une amie, en mauvaise position comme moi, m'a donné une adresse où nous pourrions loger quelque temps.

—Est-ce loin Montréal?

—Oui, nous voyagerons pendant deux jours. Maintenant, il faut se coucher si nous voulons partir demain. *L'avenir appar-*

tient à ceux qui se lèvent tôt.

Se déshabillant lumières éteintes, elles se couchent en jupon. Blotties l'une contre l'autre, les deux soeurs s'endorment presque immédiatement. La chaleur de leur corps retrouvée les engourdit pour ce qui reste de la nuit.

Dès six heures le lendemain matin, branle-bas de combat. Vite lavées, habillées, peignées, elles descendent à la cuisine prendre le déjeuner. Chacune d'elle engloutit deux tranches de pain beurré, tartiné d'une épaisse couche de miel et un grand verre de lait. Le ventre ainsi contenté, Lucille et Éva saluent madame Garneau avant de prendre leurs maigres valises déjà bouclées. Le mari de la logeuse a attelé sa jument pour conduire ces demoiselles à la station. Le train de Moncton arrive à huit heures et Lucille a peur d'être en retard, car ce matin-là, la pouliche Daisy ne se sent pas le cœur à l'ouvrage. Celle-ci avance paresseusement et les claquements de langue de son propriétaire réussissent à peine à lui faire accélérer le pas.

—Hue Daisy, allez ma belle !

Enfin, les jeunes femmes se retrouvent sur le quai de gare, billets en main. Dès que la locomotive s'arrête, elles se dirigent vers les wagons de queue, en deuxième classe. Des voyageurs descendent des voitures de tête et Éva croit reconnaître le steward à la casquette ronde comme un chaudron qui lui avait offert la main lors de son arrivée à Rogersville.

—*All aboard* !

L'agent de bord aide la timide Éva à monter ; celle-ci suit sa sœur sur les talons de peur de la perdre. Elles choisissent un banc et Lucille s'empare du fauteuil près de la fenêtre s'empressant de l'ouvrir, question de respirer un peu d'air frais. Non

68

loin d'elles, un gros monsieur à l'allure importante, déguste un immense cigare et rejette, avec une satisfaction non feinte, la fumée autour de lui empestant tous les voyageurs.

—Tu vas nous faire geler Lucille.

—Je me sens le cœur en *lavasse*.

—Tu as pourtant bien déjeuné ce matin.

—Je crois que c'est à cause du bébé.

—Ça donne mal au cœur?

La tête passée à travers le châssis, Lucille fait signe que oui, tout en aspirant de grandes bouffées d'air. Enfin, le train s'ébranle et le garçon de service avertit la passagère de refermer la fenêtre. À contrecœur, Lucille s'exécute et l'employé en profite pour vérifier leur billet; satisfait, il applique son poinçon et poursuit son contrôle. Éva se rappelle son précédent voyage avec madame White. La traîtresse avait le dos si raide qu'elle n'osait même pas s'appuyer sur le dossier de la banquette et affichait une face de carême à faire pleurer un Mardi gras. Sur le siège d'en face, une dame dont un œil est partiellement caché par un drôle de petit chapeau en équilibre précaire; une longue plume d'oiseau exotique vient faire contrepoids à cet échafaudage très élégant et heureusement, une épingle à chapeau vient solidifier cette joyeuse pyramide. Son large col de fourrure enrichit un tailleur vert, bien coupé, et un manchon de loutre engloutit ses fines mains gantées de cuir. À sa posture, on suppose une grande dame; son dos droit et ses jambes légèrement de côté viennent signer une éducation parfaite, sa classe impose. Éva et Lucille sur leur banc ressemblent à deux pauvresses, l'une avec sa robe de cotonnade défraîchie, sa veste à moitié boutonnée et ses souliers avachis, l'autre avec un costume bleu marin démodé et trop sérieux pour son âge. Même si Éva colle ses maigres genoux ensemble et pose correctement ses mains sur sa jupe, elle ne possède pas le panache de cette dame et Lucille encore moins. Au bout de deux heures, le train ralentit et au loin, on devine un quai.

—Ce doit être Bathurst, présume Lucille.

Absent, l'esprit d'Éva vagabonde quelque part dans un monastère où deux jeunes filles rient discrètement ; elle s'ennuie déjà de ses consoeurs et de la complicité qui les unissait ; elle n'a même pas pu les saluer, partie comme une sauvage. L'arrêt complet du train la ramène à la réalité.

—Bathurst ! crie le steward à s'en rompre les cordes vocales.

Elles attrapent leurs bagages dans le filet au-dessus de leur tête pendant que le train termine son dernier tour de roue et lance ce qui lui reste de vapeur. Sur le quai, le brouhaha de la foule accueille les voyageurs, les happe, pendant qu'une cohue bigarrée attend le prochain convoi pour Montréal. Les *au revoir* et les *à bientôt* fusent d'un côté comme de l'autre. Lucille s'approche du guichet où une préposée, cachée derrière une vitre trouée, reçoit les voyageurs qui forment déjà une queue. Montrant à la dame le bout de papier sur lequel sa destination est inscrite, Lucille s'informe si Sainte-Élisabeth se trouve bien sûr le chemin de Montréal.

—Un instant, répond l'employée, je demande à mon patron ; pas tous les jours que les gens vont là, marmonne-t-elle en s'éloignant.

Puis, elle revient.

—Oui, à environ quarante milles avant Montréal, vous débarquerez à Berthier Jonction.

—Alors, donnez-moi deux billets pour cette destination, reprend Lucille.

Les tickets en main, les demoiselles se dirigent vers un banc, elles doivent attendre près d'une heure. Éva en profite pour repérer les commodités, pendant que Lucille sagement assise surveille leurs médiocres bagages. Puis vient le tour de la future maman d'aller se dégourdir, elle en profite pour acheter

70

au petit stand de la gare un bout de pain pour les en-cas. Au bout du quai s'avance enfin un gros train rouge et noir. Le Chaleur procède à l'embarquement des passagers. Lucille s'empare de sa valise et entraîne sa sœur.

—Viens Éva, le monde nous appartient !

—Tu crois ? J'éprouve le sentiment qu'il est démesuré, trop grand pour moi. J'ai la trouille Lucille.

—Ne t'inquiète pas, moi aussi je suis épouvantée, mais actuellement, je me dois de protéger une autre vie et j'ai besoin de toi et de croire que tout va bien se passer.

À nouveau, les filles choisissent une place libre près de la fenêtre, mais cette fois, Éva s'y installe, sa sœur ne ressentant plus les nausées matinales. Alors le paysage commence à défiler dont le bleu profond de la Baie des Chaleurs. Pas même un frisson sur l'eau, le calme se livre à la méditation ; les maisonnettes de bois coloré sont plantées ici et là, de façons anarchiques, le long de la route de terre, ruban brun qui ne trouve de fin. De longues cordes à linge, où flottent des vêtements propres, montrent que cette maison vit ou que celle-là agonise parce qu'elle est envahie par les hautes herbes ; ces fils à étendre, suspendus au gré du vent, lui rappellent son île perdue. Les épinettes tordues par le vent du large, les bouleaux jaunis par l'automne, les érables rougis par la courte durée de la lumière et les mélèzes qui virent à l'or, colorent le fond du décor. La côte acadienne n'est pas riche, bien que le monde entier vive le faste et la richesse des années folles. On l'a presque oubliée… De peine et de misère, elle arrache à la terre et à la mer sa maigre subsistance, mais donne au pays autant d'enfants qu'une femme peut en porter. Les jardins maintenant désertés, les corneilles en prennent possession s'en déclarant reines et maîtresses ; installées sur les clôtures, elles semblent muettes derrière la vitre du train. Là-bas, sur l'autre côté, se profilent les villes de Maria, de Carleton, de Nouvelle et cet éperon qu'on nomme Pointe-à-la-Croix. Puis en vis-à-vis processionnent Belle-Dune, Charlo, Campbellton. À cet endroit, la Baie des Chaleurs se rétrécit tellement qu'elle atteint la dimension d'une rivière. Le train ralentit sa course et traverse avec précaution le pont ferroviaire menant à Matapédia. À cet endroit, un bref arrêt permet à quelques voyageurs de descendre, dont la dame au chapeau. Cette dernière, vite remplacée, voit son siège attribué à un prêtre se rendant à l'archevêché de Rimouski. Lucille jette un regard en coin à sa sœur et entrouvre les lèvres comme si elle voulait lui souffler une plaisanterie. Elle examine avec attention le curé, qui avec cérémonie déploie son bréviaire, y plongeant le nez tout en remuant les lèvres.

—Tu vois Lucille, intervient Éva pour distraire sa sœur du religieux, cette belle rivière sinueuse que nous suivons depuis un bout de temps, j'aimerais tant m'y arrêter, me tremper les pieds dans l'eau ; il y a si longtemps que je n'ai fait ces petites choses de rien du tout.

—Ne crois-tu pas que la saison des pique-niques est passée Éva ?

Un regard digne de sa complice du monastère, Éva pouffe de rire et raconte à sa soeur la fête champêtre des White ainsi que sa rencontre avec Thomas. Jamais, elle n'a osé parler de lui et livrer ses espoirs même les plus fous.

—Si tu l'avais vu Lucille, on aurait dit un ange descendu droit du ciel.

—Ou venu directement de l'enfer pour te tenter ma belle. De la façon dont tu m'en parles, il t'a courtisée ce Thomas.

—Moi, courtisée ? Voyons donc Lucille, jamais dans cent ans, d'ailleurs rien n'échappait à la patronne. Elle aurait bien fait une crise d'apoplexie si elle avait su que son neveu faisait les yeux doux à sa servante. Maintenant, il hante mes pensées, je le vois partout et me sens coupable. N'est-ce pas mal Lucille de se laisser posséder par l'image d'un homme ?

—Ne me demande surtout pas où se situent le bien et le mal. Impossible de jeter la pierre ; la première, j'ai succombé à la tentation et regarde dans quelle situation je me retrouve. Mais Éva, c'était si bon tout cet amour....

—Arrête, l'interrompt la nonne, je refuse d'en savoir plus sur l'amour et Thomas, je dois l'oublier, ses belles paroles et jusqu'à son image, continue-t-elle fermement.

Voulant alléger l'atmosphère qu'elle vient elle-même de créer, Éva poursuit ses histoires ; cette fois, elle lui fait le récit du remplacement du père Anselme.

—Imagine Lucille, le monastère nous envoie un jeune moine ressemblant à s'y méprendre à un Chérubin. Il a semé le trouble dans le couvent et les novices sans oublier les postulantes ont tant et si bien communié et prié durant sa présence que le vieux Trappiste a vite été remis sur pieds.

Elles éclatent de rire à la suite de la description qu'Éva fait du pauvre Anselme, le comparant à une limace qui souffle comme un bœuf. Durant ce temps, le train s'enfonce dans la vallée de la Matapédia. À Causapscal, il fait un second arrêt où des hommes et des femmes en sortent, rapidement remplacés par d'autres passagers. Au bout d'un moment, la locomotive se remet en branle et reprend sa vitesse de croisière. La *brunante* vient vite en cette saison et Éva se laisse bercer par le roulis des wagons, allant même jusqu'à fermer les yeux tout en tenant la main de sa sœur comme si elle avait peur de la perdre à nouveau. Lucille la laisse faire, trouvant dans le geste, réconfort. La future maman se pose mille et une questions dont, comment cacher ce ventre ? Pour l'instant, seul un œil averti découvrirait sa situation. Et que faire de l'enfant ? Peut-elle se permettre de le garder ? Envisager l'adoption serait un sacrifice beaucoup trop grand. Rien que d'y penser, son cœur se serre. Le fruit d'une folle nuit ne se déguise pas en courant d'air si facilement. Finalement à bout de force, elle ferme aussi les yeux.

—Rimouski, hurle le responsable de wagon.

Réveillées en sursaut par le steward forçant les dormeurs à ouvrir les yeux, elles sont heurtées par le prêtre en perte d'équilibre. Il *farfouille* dans ses bagages avant l'arrêt complet du train. Le voilà qui plonge entre les deux jeunes filles et réussit tant bien que mal à freiner sa course en s'agrippant à leur banc.

—Excusez-moi mesdames, bredouille-t-il, gêné.

Éva récupère de justesse la barrette du religieux et la lui remet dès qu'il a repris son aplomb. Un arrêt sec lui fait écarter les jambes, assurant cette fois-ci sa stabilité et préservant son orgueil.

—Au revoir mesdames, dit-il en soulevant sa coiffe.

Éva et Lucille, mal à l'aise du mauvais tour joué au pauvre vicaire par la loi de la gravité, esquissent un signe de tête poli. Retrouvant leur intimité, elles en profitent pour grignoter un bout de pain. Le ventre satisfait et la nuit aidant, elles finissent par sombrer dans un sommeil plus profond. Les Rivière-du-Loup, Québec, Trois-Rivières défilent dans la noirceur ; les sœurs sont absentes aux bruits ambiants. Tout à coup, Lucille est secouée par une grosse main.

—Mesdemoiselles, vous descendez ici.

—Ah oui ! dit Lucille en bâillant, où sommes-nous ?

—À Berthier Jonction mademoiselle.

Ramassant les valises et remettant un peu d'ordre à leur tenue, les deux sœurs descendent du wagon.

EUGÉNIE

Le printemps au Chenail-du-Moine s'avère une saison difficile pour les îliens. La glace envahit les Îles de Sorel et met les maisons sur pilotis à rude épreuve, les figeant entre les blocs de glace et l'eau du grand fleuve qui monte. Souvent, on a vu des inondations emporter plus d'un toit et même le fameux chenal tire son nom d'une de ces tragédies où on a retrouvé un moine à genoux mort dans la tourmente. Pourtant, l'été y brosse un des plus beaux tableaux du Québec : les îlots se garnissent de verdure et de folle avoine pendant qu'au pied du petit quai fabriqué de quelques planches, une chaloupe à fond plat attend que quelqu'un veuille bien la mettre en œuvre pour rapporter perchaudes, barbottes, achigans, brochets et anguilles qui abondent dans ce coin de pays. Quoi de plus agréable que de faire un tour de chaloupe au coucher du soleil et de voir tous ces oiseaux marins gîter, comme s'il y avait urgence ? Ce petit royaume respire la quiétude. À l'automne, le canard et la sauvagine remplacent sur les tables la traditionnelle *gibelotte*. On traque l'ailé dans des affûts et les appelants leurrent les naïfs. À l'occasion, on entend une détonation qui immobilise la pauvre bête en plein vol et le chasseur laisse aux chiens le soin de rapporter le gibier. L'hiver, personne ne s'ennuie ; on taquine la perche commune sous la glace, fait de la raquette sur les chenaux glacés ou encore visite famille et amis. Mais, au printemps, le fleuve en pleine débâcle vient gâcher tous les bénéfices acquis durant les autres saisons.

Le notaire Théophile Guertin en a assez de se mouiller les pieds. Tous les jours, il doit se rendre à Sorel pour veiller à ses affaires et revient en maudissant la température qui rend les chemins impraticables. Depuis belle lurette, sa femme voudrait vendre la maison et aller demeurer en ville ; mais d'une saison à l'autre, Théophile réussit toujours à retarder le déménagement et lui faire prendre son mal en patience.

—Regarde Delphina, ce magnifique soleil qui se lève sur les îles, chaque jour porte la promesse du monde. Vois-tu, quand je regarde toute cette majesté, ma vie se terminerait ici que j'en serais pleinement heureux.

Delphina n'aime pas rester au Chenail-du-Moine ; cet endroit se trouve éloigné de tout. On ne voit ici que des maisons sur échasses, sans aucun caractère et les cabanes de pêcheurs mal entretenues déguisent l'environnement. Non, elle rêve à autre chose qu'un lever ou coucher de soleil qui de toute façon exécute le même cycle, peu importe l'endroit où l'on se trouve. Toutes ses amies sont installées rue Georges, leurs maisons ne sont pas inondées chaque printemps et l'odeur de poisson n'est pas omniprésente autour de chez elles. Elles peuvent aller et venir à leur guise sur des trottoirs secs au lieu d'éviter ornières et trous de vase sans compter que leur mari ne risque pas l'enlisement à chaque sortie. Toute femme de notaire qu'elle soit, il lui faut plus de commodités et d'aisance dans sa maison. Delphina porte également un autre enfant qui naîtra à l'automne ; impensable qu'elle accouche seule comme la première fois. Elle n'est pas une sauvagesse ou une bête pour mettre bas au fond d'un rang, il lui faut un médecin. Tout juste si sa première fille, Élisabeth, a reçu toutes les considérations dues à sa condition d'enfant issue d'une famille de notables.

Un de ces jours plus invivable que les autres, le notaire revient de la ville les pieds complètement trempés et gelés.

—Sapristi Delphina, j'en ai assez de ce dégel qui s'éternise ; j'ai pris une décision, nous déménagerons à Sorel dès que je trouverai une maison convenable.

—Enfin Théophile, te voilà raisonnable ! soupire Delphina.

Puis revient un autre été et le ventre de Delphina grossissant augmente la pression déjà exercée sur le notaire. La beauté des fleurs des champs et la danse des longues herbes sur le bord de l'île aux Fantômes, retardent le déménagement de jour en jour. Théophile prétexte chercher le nid parfait pour installer sa belle Delphina. Chaque fois qu'il croit dénicher la maison qui, pense-t-il, plairait à sa femme, cette dernière trouve à redire. Cette résidence-ci, s'avère trop petite, celle-là, pas suffisamment éclairée ou mal entretenue sans oublier la dernière trouvaille de madame, soit, l'éloignement de ses compagnes de bridge. Enfin, l'opinion des époux tombe d'accord sur une grande maison de briques rouges affichant une tourelle à l'ouest et pouvant recevoir tous les meubles du couple Guertin. Des pièces bien ensoleillées et spacieuses reluquent du côté du fleuve ; le salon capable d'accueillir autant de fauteuils, de tables, de lampes, de tableaux que Delphina rêvait de posséder depuis si longtemps. L'escalier central gardé par une magnifique rampe de bois ouvragée termine sa course par de grosses feuilles de vigne stylisées. À l'étage, quatre grandes chambres occupent tout l'espace disponible dont l'une d'elle servira de salle de jeu ; inconcevable de vivre avec deux enfants qui lui courent entre les jambes. Cette fois, Delphina exige l'aide d'une servante. Elle ne peut quand même pas pour s'occuper de deux rejetons, d'une maison et avoir des activités sociales convenables. La jeune femme a épousé un homme de pouvoir, elle ne vivra certainement pas comme une pauvresse.

Une journée de novembre 1916, où le soleil offre généreusement ses derniers rayons apportant un peu de douceur, la petite Eugénie pousse ses premiers cris. Cette enfant approche la perfection, jolie comme un bouton de rose et possède une longue promesse de beauté devant elle. Un fin duvet blond couvre sa petite tête ronde, ses traits délicats malgré un long accouchement, sa lèvre déjà boudeuse et une moue capricieuse tirent un sourire à Théophile. Elle aura l'étoffe des Guertin. Sa grande sœur Élisabeth, âgée de deux ans, saute dans le lit de sa mère pour voir ce bébé chialeur ; la petite ne jalouse pas sa nouvelle sœurette, mais surveille sa place, car elle veut demeurer la préférée de son père et non ce paquet ridé braillard. Delphina aurait préféré un garçon. Tant qu'à endurer ces abominables et interminables douleurs, il valait mieux accoucher d'un fils, on les dit plus raisonnables et faciles à élever. Mais puisque le Seigneur lui a envoyé une fille, elle l'acceptera ; néanmoins, elle prend le Ciel à témoin que ce sera la dernière. Delphina s'arroge le droit de choisir le prénom de sa fille et Théophile ne voit aucun inconvénient à l'appeler Eugénie. La grand-mère de Delphina portait ce nom de baptême et jouissait d'une étonnante beauté. Est-ce un bon présage ? Inutile de dire qu'au-dessus des fonds baptismaux, Marie, Olivia, Eugénie montre déjà du caractère. Elle conteste l'eau froide dont vient de l'asperger le vicaire et la marraine tente de la consoler en lui présentant l'auriculaire à téter, mais peine perdue. Le bébé demande beaucoup, pleure constamment et refuse le sein nacré et gorgé de lait de Delphina. Théophile s'amuse, accusant sa fille de faire la fine gueule devant les plus beaux tétons de toute la ville.

—Théophile, retiens-toi, je t'en prie. Je ne trouve rien de

drôle à ce que cette gamine refuse de boire et fasse la pluie et le beau temps.

Eugénie se satisfait du biberon rempli de lait de vache et accepte volontiers que son père la berce dans ses bras et lui chante des chansons à boire. En fait, la petite se formalise peu des prouesses vocales, seul le rythme importe et les fausses notes de Théophile finissent par l'endormir. Fière de ses filles, Delphina les habille comme de véritables princesses, n'épargnant rien. Aussitôt que les petites boucles dorées d'Eugénie commencent à pousser, Delphina les coiffe y mettant des rubans de satin assortis à la couleur de ses robes d'organdi. Et que dire des bottines à boutons ! De loin les mieux habillées de la ville, elles ne dédaignent pas faire la parade devant leur père. À la messe du dimanche, Théophile donne cinq cents à Eugénie pour la quête du curé. Du bout de ses doigts gantés de blanc, elle les laisse tomber un à un dans le plateau tendu par l'enfant de chœur, de manière à ce qu'ils tintent. Elle tient également la main du notaire quand sur le perron de l'église celui-ci salue tout à chacun ; son père est connu et presque toujours les messieurs la gratifient d'un mot gentil. Eugénie leur répond par un petit geste de la tête ou consent un sourire. Très jeune, elle comprend le rôle important que jouent les hommes dans la vie et si les femmes veulent réussir dans cette société, elles ont intérêt à bien paraître.

Les Guertin sont l'attraction du carré royal quand le dimanche après-midi, le notaire et sa femme vont marcher et faire un brin de jasette avec les notables de la ville. Ce vieux parc, dessiné sur le modèle du drapeau anglais, date de l'époque victorienne ; dans les allées à angles, on circule avec panache. Au centre, soit à la jonction des minuscules chemins, une gloriette accueille occasionnellement une fanfare soulevant la foule. Encadré par les rues Charlotte, du Prince, Georges et du Roi, le parc offre l'ombre de ses grands ormes centenaires et sert de lieu de rencontre. Des bancs accueillent les gracieuses dames pendant que les messieurs paonnent dans leurs élégants costumes.

La vie d'Eugénie se trouve facilitée par la véritable adoration que lui porte son père ; la petite demoiselle n'a qu'à demander pour obtenir ce qu'elle veut. De ses deux filles, Eugénie devient sa préférée et il ne s'en cache pas. Élisabeth, verte de jalousie, multiplie les minauderies. Même si elle récite par cœur les déclamations apprises par sa nounou, Théophile reste de glace. Par contre, il s'intéresse aux histoires abracadabrantes qu'Eugénie invente au fur et à mesure. L'aînée entre dans une colère enfantine, car selon elle, sa beauté et son intelligence dépassent de loin celles de sa cadette.

On pourrait qualifier Sorel de ville dure. Ici, on traite le fer, on le modèle pour en faire des canons ou des bateaux ; cela demande une grande force physique. Le port accueille en outre des marins qui vont profiter d'un congé en ville pour se dégourdir, prendre une bière à la taverne et reluquer les femmes. Alors près du quai de la fonderie Leclerc, on voit traîner des hommes aux bras tatoués, n'ayant pas froid aux yeux, buvant et cherchant la bataille pour des broutilles. Souvent le notaire, témoin des bravades des marins, craint pour l'avenir de ses filles. La délicate Eugénie s'avère trop précieuse pour vivre dans une ville aussi rude.

Dès qu'Élisabeth atteint l'âge de commencer l'école, les Guertin envoient leur fille au pensionnat des Dames de la Congrégation Notre-Dame. Ainsi, elle apprendra le meilleur de ce que les religieuses enseignent : les bonnes manières, la bienséance, le bon langage, ainsi que les matières académiques indispensables à une éducation décente. Ces filles de Marguerite Bourgeois possèdent une excellente réputation. La docile Élisabeth se plie volontiers au pensionnat proposé par Delphina, comprenant que si elle veut faire un bon mariage avec un parti intéressant et intéressé, elle a avantage à suivre les conseils des religieuses. Quand arrive le tour d'Eugénie d'entrer au couvent, le refus, les lamentations et l'argumentation font parti de son arsenal.

—Jamais je n'entrerai au pensionnat, j'aime mieux mourir !

—Eh bien ! ma fille, réplique Delphina, tu as la mort un peu trop facile. Je te prédis plusieurs déceptions.

Patient, Théophile explique à la rebelle :

—Écoute ma douce, il faut t'instruire. L'école du rang ne te convient pas. Tu dois apprendre les manières convenables que seules les sœurs sauront t'inculquer.

—Mais j'ai des manières correctes, maman elle-même me les a apprises. Et m'instruire ? Je compte jusqu'à vingt et cela suffit.

—Oh mademoiselle, vingt ne me satisfait pas ! Si tu veux marier un homme de ta condition plus tard, il faut en savoir un peu plus, ne crois-tu pas ?

—Pourquoi faut-il me marier ? Je veux vivre avec toi toute ma vie.

—Alors, tu deviendras vieille fille, seule et âgée, comme les demoiselles Grandchamps.

—Ah ! ça non.

—Dans ce cas, mademoiselle Guertin, il faut aller étudier chez les religieuses comme Élisabeth, poursuit Théophile.

Après avoir discuté jusqu'à ce qu'elle arrive à bout d'arguments, Eugénie accepte enfin de rejoindre sa sœur.

—D'accord, je veux bien, mais à une condition, je reviens coucher ici. Je refuse le pensionnat.

Il faut au notaire beaucoup de patience, de discussions et exercer une grande pression sur sa femme pour réussir à lui arracher un consentement pour l'externat. Et Delphina qui pensait en avoir fini avec ses filles, eh bien non ! Il en restera une à la maison. Et dire qu'une nouvelle vie débutait pour elle ; la femme du notaire vient tout juste d'accepter la charge de dame patronnesse. La bonne société encourage fortement ce genre de partage et ses amies l'ont d'ailleurs chaudement recommandée auprès des autorités. De plus, le curé de la paroisse Saint-Pierre-de-Sorel se porte garant de madame Guertin.

Finalement, Eugénie part pour le couvent où elle découvre ce qui orientera le reste de sa vie : la dévotion. Les Dames de la Congrégation Notre-Dame ne font pas les choses à moitié et tant qu'à former de futures mères autant les modeler de façon à ce que le Christ tienne la première place dans leur foyer. Eugénie apprend le catéchisme et ânonne les commandements de Dieu et de l'Église, redoutant les péchés capitaux et leurs graves conséquences sur l'âme des mortels. En plus d'entendre une messe quotidienne à l'église, elle assiste à la grand-messe du dimanche prenant place aux côtés de ses parents dans le banc familial. Souvent, elle digresse et regarde davantage le défilé de mode. Les religieuses lui enseignent les différentes facettes de l'expression de la piété : chapelet, scapulaire, image sainte, missel, mois de Marie, dévotion à Saint-Joseph, enfant de Marie, confession hebdomadaire et procession ; toutes les dévotions y passent et Eugénie rapporte à la maison son savoir religieux frôlant à l'occasion le délire.

—Joseph, ne me dit pas qu'elle va entrer en religion, s'inquiète Delphina. Tout, mais pas ça !

—Non, je ne pense pas ma chérie, je mets toute cette ferveur sur le compte de l'engouement pour la nouveauté. Elle se calmera, tu verras.

—Je l'espère bien. Mais pour changer de sujet, je te trouve bien soucieux ces temps-ci Théophile.

—Dernièrement, j'ai beaucoup travaillé, mon étude déborde. Je te résume brièvement : un va-et-vient continuel de nouveaux clients désireux d'augmenter leur fortune en plaçant l'argent vite gagné par le boum économique ; naturellement, je dois faire des miracles pour chacun. Souvent, ces parvenus comprennent difficilement que je ne leur décrocherai pas l'eldorado. Contrairement à ces derniers, les anciens riches se montrent plus patients et savent que tôt ou tard, ils seront récompensés.

—Je me suis alors inquiétée pour rien. Pour ma part, dernièrement j'ai rencontré madame Paulhus. Quelle dame formidable ! Je pense m'en faire une bonne amie.

—Delphina, tu possèdes un sens inné pour découvrir des femmes de bonne société et l'art de te les allier.

<hr />

En plus de découvrir la piété, Eugénie aiguise son caractère en contestant les règlements du couvent : la récréation trop courte, le silence dans les corridors, la corvée du balayage à la fin de la classe ; tout devient sujet à discussion, sauf le brossage du tableau qu'elle accepte sans rechigner. Eugénie trouve chaussure à son pied en la personne de soeur Saint-Léonidas ; celle-ci ne discute pas longtemps. Elle ordonne et s'attend à l'exécution immédiate de sa demande, forçant la rebelle à contraindre ses envolées oratoires. Pire qu'une pie, Eugénie bavarde ; elle a hérité d'une langue bien pendue. Elle pépie à longueur de jour, ne se souciant guère si on l'écoute ou non. Elle dérange constamment ses compagnes qui travaillent consciencieusement penchées sur leur pupitre, si bien qu'un jour, elle reçoit une sanction digne de sa verve. Sœur Saint-Léonidas l'isole du reste des étudiantes en la plaçant dans un coin et pour rajouter à la sévérité de la punition place une table vide de chaque côté. Eugénie ne se gêne pas pour chiquer la guenille et traiter la religieuse, en cachette, de *poche*.

—Mademoiselle Eugénie, comme vous n'arrivez pas à tenir votre langue et à dire des choses sensées, vous copierez cent fois : *Dans la classe, je me tais.* De plus, vous analyserez également cette phrase cent fois. Cela mettra peut-être un peu de plomb dans votre cervelle d'oiseau.

—Rien que cent fois, ma sœur ?

—Tête dure, chez la directrice et tout de suite, mademoiselle Guertin.

—Oui, ma sœur... c'est bien ma sœur, répond Eugénie en traînant sur le dernier... sœur.

Son bulletin scolaire en souffre, non pas ses notes, mais les annotations concernant son comportement méritent peu d'éloges. Sœur Saint-Léonidas pèse lourdement sur le crayon et avertit les parents d'Eugénie qu'un comportement semblable ne sera nullement toléré dans ce couvent.

—Dieu du ciel ! Retenez-moi quelqu'un, crie Delphina. J'ai une caractérielle qui me jette en disgrâce.

—Non maman, je me suis défendue contre sœur Saint-Léonidas qui m'avait collé une copie et lui ai répliqué que cent fois, ce n'était pas beaucoup.

—Et impertinente en plus ! Théophile, occupe-toi d'elle, sinon je pense que demain matin un malheur sera inscrit en première page du journal.

—Raconte-moi ce qui s'est passé Eugénie, demande patiemment le père.

Avant d'entamer son chapelet d'excuses, elle grimpe sur les genoux de son père, passe son bras autour du cou et commence :

—Tu sais papa, je n'aime pas sœur Saint-Léonidas et tous ses ordres. Je préfère parler et jouer avec mes amies. Personne ne me comprend mieux que toi, puis se forçant pour faire apparaître une larme au coin de l'œil, elle poursuit..., si seule papa. Élisabeth étudie dans une autre classe et elle ne peut jamais me défendre.

Eugénie réussit à renifler et colle son nez morveux dans le cou de son père. Il craque devant la peine feinte par la fillette et ne réussit pas à la gronder.

—Tu vois Théophile, elle fait de toi ce qu'elle veut avec ses larmes de crocodile, intervient Delphina. Crois-moi, avec moi ça ne marcherait pas ce chantage-là.

Eugénie passe une enfance à l'abri du besoin. L'été, elle va même en vacances, luxe des riches. Sa marraine Olivia possède un chalet aux Grèves de Contrecoeur et l'amène souvent y passer quelques semaines. Lorsque le fleuve fait tache d'huile, laissant mille soleils miroiter, Eugénie ose une trempette, puis lézarde sur la couverture de laine à l'ombre du saule pleureur. Il ne faudrait surtout pas qu'elle rougisse et devienne brune comme une *gipsy* ; les hommes préfèrent une peau mate et rosée. Elle profite alors de ce temps donné par les dieux pour lire un roman-feuilleton ou parcourir une des nombreuses revues de mode qui traînent sur le canapé. Les jupes frangées, se portant en haut des genoux, font fureur ainsi que les longs colliers qui bougent au rythme des pas. Olivia possède une garde-robe dernier cri et Eugénie ne se prive pas pour enfiler soit une robe, soit un chemisier de soie ou coiffer un chapeau cloche qu'elle enfonce jusqu'aux yeux. Elle ajoute un foulard de soie et va même jusqu'à s'enorgueillir de son apparence ; les vaporeux replis de couleurs lui donnent un air de geisha.

Tous les soirs, Olivia donne un tour de manivelle au gramophone et écoute des airs d'opéra. Le volume monté au maximum a de quoi faire peur aux poissons de l'aquarium. Alors, elles se déguisent toutes les deux, mimant la passion de Carmen ou copiant la passionnée madame Butterfly rendant son dernier souffle.

—Crois-tu ma tante qu'on peut mourir d'amour?

—Et toi, qu'en penses-tu? dit celle-ci tirant la fumée à travers son porte-cigarette de nacre blanc.

—Je l'ignore... Les garçons me paraissent bêtes, insignifiants et sans manières. En fait, je n'en vois aucun qui soit de mon goût et surtout, aucun ne mérite que je meure pour lui.

—Tu verras Eugénie, quand ton cœur se laissera prendre au piège... tu verras, répond Olivia en faisant des volutes de fumée.

Olivia témoigne qu'une folle passion peut exister sans ajouter de détails. Elle n'en révèle pas suffisamment au goût de la fillette ce qui attise encore plus sa curiosité.

—Que dois-je voir tante Olivia?

—L'amour rend fou, ajoute celle-ci, joignant à sa révélation le geste d'une *prima donna* s'enroulant dans un châle invisible.

—Seigneur! Je ne crois pas vouloir me rendre jusque-là.

Olivia invite également Élisabeth aux Grèves, mais celle-ci refuse. Elle préfère, et de loin, courir ici et là en ville et lâcher son fou; les religieuses tiennent les cordeaux serrés durant toute l'année scolaire et Élisabeth, bien que sage normalement, se permet quelques folies de vacances. Delphina, trop occupée à ses réunions de dames patronnesses, accorde entière confiance à son aînée. L'éducation des bonnes sœurs devrait faire contrepoids à son manque de disponibilité maternelle. Théophile, de son côté, a plusieurs chats à fouetter et n'entre que tard le soir, caracolant légèrement à l'occasion. Les Guertin font preuve de très peu de sévérité en ce qui a trait au chaperonnage et ce laisser-aller réjouit l'aînée. Quant à Eugénie, elle est tellement portée sur les chapelets et les médailles qu'il serait bien surprenant qu'en rentrant du mois de Marie, elle fasse autre chose que de jouer à la corde à danser avec Madeleine sa meilleure amie.

—Mon Dieu que les enfants poussent vite durant l'été, déclare Delphina ! On dirait de la mauvaise herbe du Chenail-du-Moine. Je dois encore acheter des vêtements pour les filles, sans compter qu'une nouvelle robe pour ma soirée de bienfaisance de l'hôpital ne serait pas superflue. Théophile, me donnerais-tu un petit supplément ?

—Delphina, j'ignore ce que tu fais avec l'argent que je te donne chaque semaine. Loin de moi l'idée de te demander des comptes sur tes achats, mais je trouve que notre train de vie coûte très cher.

—Voudrais-tu que j'aie l'air d'une Cendrillon ?

—Bien sûr que non ma chérie, mais il faudrait que tu dépenses avec plus de discernement.

—Tant qu'à y être Théophile Guertin, coupe-moi les vivres.

Eugénie surprend bien involontairement la discussion de ses parents. D'abord, se faire comparer à de la mauvaise herbe ne fait plaisir à personne et puisque sa mère se permet de réclamer une nouvelle robe pour une soirée, elle est également en droit d'être vêtue convenablement. Est-ce sa faute si ses genoux maigrelets dépassent de sa robe de couvent et que ses orteils soient rendus au bout de ses souliers bruns ? Faisant mine de rien, elle entre en coup de vent dans le salon, ce qui a pour effet d'arrêter toute argumentation parentale.

—Regardez comme j'ai grandi, dit-elle en tirant sur la jupe de son *jumper*. Les sœurs exigent les uniformes à mi-jambe. Je vais avoir l'air d'une pauvresse mal fagotée, ajoute Eugénie en désignant sa robe trop courte.

—N'y aurait-il pas au pensionnat des élèves, plus vieilles que toi, prêtes à vendre leurs uniformes ? demande son père, tentant de limiter les dégâts.

—Théophile !

—Papa !

—Tu ne laisseras certainement pas ta fille porter les guenilles des autres. Je trouve cela indigne de toi ; tu agis en pingre
Théophile Guertin, j'ai été habituée à plus de largesses.

—Mes affaires ne vont pas rondement ces temps-ci.

—… pas mon problème, lance Delphina en colère.

Eugénie reste bouche bée, son père toujours prodigue la
priverait ? Il veut certainement rire et *étriver* sa mère.

La journée de la rentrée scolaire, Eugénie porte un costume neuf, conforme aux règlements des religieuses, des souliers
de cuir noir à la dernière mode, un sac d'école sortant droit de
chez le marchand général. Pour une plus grande conformité
entre les élèves, les sœurs exigent que cahiers, crayons, effaces
et autres articles soient achetés à leur magasin, ce qui leur
apporte une petite rentrée d'argent supplémentaire. La même
semaine, Delphina assiste à la soirée bénéfice dans une superbe
robe bleu nuit qu'elle s'est procurée chez les demoiselles
Grandchamps. La vaporeuse tenue, un tantinet trop décolletée,
transgresse les prescriptions de l'église, par contre, juste assez
pour attirer la convoitise des dames et les compliments des
messieurs. Son collier de perles, reçu à la naissance de sa première fille, apporte la petite touche de pureté nécessaire à son
regard incendiaire. Enviant sa mère, Eugénie fait une promesse :

—Quand je serai plus grande, je porterai des robes comme
celles de maman et je me tiendrai au bras du prince charmant.

Théophile rit de voir sa fille se projeter dans l'avenir. Celle-
là n'a pas fini de faire tourner des têtes et d'égratigner des
cœurs. Ce soir-là, Eugénie reste seule à la maison et au bout de
quelques minutes, s'ennuie déjà à mourir.

—Si j'allais prendre l'air au carré royal, personne ne le saurait et il ne se trouve qu'à deux pas d'ici, conclut Eugénie pour
se déculpabiliser de sa sortie interdite.

À douze ans, le carré royal, c'est risqué. Il fait noir et les rares lumières au coin de la rue n'arrivent guère à sécuriser le quartier. L'attrait de l'interdit l'emporte. Sur le trottoir, Eugénie marche en faisant claquer ses talons de manière à faire le plus de bruit possible pour décourager les entreprenants. Elle voudrait goûter à l'aventure, celle qu'Olivia lui a dépeinte : un banc, des amoureux, des baisers à en couper le souffle… Silencieusement, elle s'assoit sur un banc près de la gloriette et fière d'elle, profite de son escapade. Elle entend des chuchotements tout près d'elle et curieuse, elle scrute la nuit en ouvrant grand les yeux. Mais cette voix ne lui est pas inconnue ! Fixant le noir, elle parvient à distinguer une robe de couvent et des cheveux nattés. À son grand étonnement, elle reconnaît sa sœur. D'une enjambée, Eugénie s'approche pour découvrir Élisabeth accrochée au cou d'un marin.

—Élisabeth ! Que fais-tu là ?

—Eugénie !

—Tu traînes sur les bancs de parc avec la pire racaille de la ville ?

—Seigneur Eugénie, mêle-toi donc de tes affaires et retourne chez nous. Et toi, depuis quand sors-tu à cette heure ? Toute seule ?

—Je voulais vivre une aventure et faire des découvertes. Me voilà bien servie, ma propre sœur putasse au carré royal.

—Ferme-la, tu entends, tu parles comme une fille de ferme ! Je ne fais rien de mal, je jase avec mon ami Steven.

—Ton amoureux veut-tu dire ? J'ose imaginer que tu le présenteras à la famille. Papa et maman risquent de blanchir d'un seul coup, … un marin pour gendre.

Le jeune Steven ne demande pas son reste. D'abord, il ne connaît pas un traître mot de français et vient dans le parc pour prendre un peu de bon temps avec les filles, pas pour assister à une engueulade de poulettes. Il prend le parti de disparaître.

—Reviens Steven, ma sœur va partir, crie Élisabeth.

—Certainement, je m'en vais! rugit Eugénie. Je préfère ne pas revoir ton marin sur mon chemin, sinon je ne gage pas que je retiendrai ma langue.

—Tu t'ouvres la trappe et tu n'es pas mieux que morte, *griche* Élisabeth entre ses dents.

—Ah oui, eh bien, on verra!

Même si Eugénie défie Élisabeth, elle ne peut dénoncer à ses parents sa rencontre fortuite; avouer la faute de sa sœur serait confesser la sienne. Par ailleurs, elle cache un as dans son jeu pour le jour où elle devra faire plier Élisabeth. En entrant chez elle, Eugénie affiche une nouvelle assurance, celle de posséder un ascendant sur quelqu'un. Elle s'agenouille au pied de son lit et entame ses dévotions. On ne sait jamais, quelques prières contenant des indulgences peuvent toujours servir. Si elle sollicite le pardon de sa propre faute, le Seigneur lui accordera sa grâce et elle pourra ensuite marchander une petite faveur avec son Créateur. Afin de s'assurer qu'elle pense juste, la jeune fille s'informe à une connaissante en la matière : sa titulaire de classe.

—Ma sœur, pouvez-vous m'expliquer à quoi servent les indulgences?

—À réduire, d'autant que tu en as, le nombre de jours passés au purgatoire.

—Si j'ai gagné une indulgence, disons de vingt jours, cela voudrait dire que je passerais vingt jours de moins à expier mes fautes et que mes douleurs seront abrégées d'autant?

—Tu as bien compris.

—Et une indulgence plénière m'assure de monter au ciel directement, évitant un petit détour. Mes peines me sont complètement remises?

—Exact.

Eugénie découvre que grâce à ses indulgences, elle peut s'acheter le ciel. La jeune fille se met donc en quête de remise de peine. Derrière les images saintes, cadeau des sœurs et ornant désormais son missel, on donne souvent une amnistie, un rabais quoi ! Il suffit de prendre ses précautions, bien calculer son affaire et s'offrir le paradis, sans égard à la gravité de ses péchés.

❖ ❖ ❖

Branle-bas de combat rue Augusta. Delphina a engagé une armée de ménagères pour le grand ménage d'avant Noël. Tout y passe, de la cave au grenier ; torchon, plumeau, balai, sceau d'eau savonneuse sont entraînés dans une danse folle. Eugénie cherche où trouver refuge ; une femme pourtant un foulard noué sur ses cheveux grisonnants met sa chambre à sac. Sans ménagement, elle arrache le couvre-lit, le met en tas avec les draps bordés de dentelle et les rideaux de tulle blanc, puis ceux-ci vont rejoindre l'amas de chiffon sur le sol. D'une force peu commune, la domestique retourne le matelas de plume, le bat, le secoue et finalement au bout d'une interminable torture, le remet en place. Sa commode est aussi prise d'assaut et quasiment violée : jupons, camisoles, caleçons subissent une dure épreuve. Une inconnue vérifie la propreté de ses sous-vêtements et si elle s'avère douteuse, la fine lingerie va grossir le tas. Un linge s'attaque à ses tiroirs, délogeant la poussière indésirable, puis un papier parfumé vient recouvrir le bois rugueux. Sa garde-robe subit un traitement similaire : ses robes exposées au regard scrutateur des étrangères sont replacées par ordre d'utilité. Les tuniques noires du couvent alignées les unes après les autres forment une sombre chenille, puis suivent les blouses, jupes et tenues du dimanche aux couleurs vives terminent cet ordre militaire.

Au salon, règne une incohérence digne d'un champ de

bataille, Delphina surveille attentivement le travail de ses employées et garde un œil sur tout. On sort le tapis de Turquie à l'extérieur, l'étend sur une corde et l'attaque fermement avec un balai. Le nuage de poussière qui en sort confirme la force de frappe de la ménagère. Une autre décroche les tentures de velours grège et les aère au vent du fleuve. Le divan de brocart vert est changé de place et les coussins secoués si fortement qu'ils finissent par reprendre une forme convenable. Le foyer vidé de ses cendres attend la prochaine attisée, le froid ne saurait tarder. Les bibelots assaillis par un plumeau retrouvent leur éclat et la collection d'armes de Théophile n'échappe pas à la vigilance de la guenille. Le bureau du notaire ainsi que les chaises sont passés à l'huile citronnée ; les petits fessiers n'ont qu'à bien se tenir, car l'effet est, disons, glissant. Mais comme Delphina ne règne pas dans cette pièce, elle exige seulement qu'on lui redonne un peu de lustre et de panache.

Le hall d'entrée passe au savonnage. Rien de mieux que le savon de Marseille pour faire disparaître la crasse. Le notaire accueille ici des clients, souvent des habitants de Sainte-Anne, Saint-Aimé, Saint-Ours et Yamaska ; leurs pieds boueux laissent des traces sur le linoléum. La cuisine, située à l'arrière et donnant sur la cour, reçoit une cure de jouvence : armoires remises en ordre, fenêtres lavées, comptoir récuré à fond et poêle passé au noir de charbon. Delphina tient à ce que sa maison soit impeccable et la maîtresse de maison ne néglige rien. Satisfaite, elle déclare :

—Vois Eugénie comme ça sent bon ici.

—Moi je trouve l'odeur de l'encaustique désagréable, dit-elle en se pinçant l'appendice nasal.

—Tu as le nez trop fin ma fille. Comme future maîtresse de maison, tu dois reconnaître l'odeur de la propreté.

Dans le salon, Théophile ne retrouve plus rien ; sa femme a tant et si bien fait que tous les meubles ont changé de côtés. Un homme s'y perd dans cette folie féminine ; Delphina s'amuse de la situation.

—Si avoir changé la disposition du canapé et de quelques chaises te trouble mon ami, alors tu n'as pas fini d'être perdu. Que deviendrais-tu sans moi ? Tu me demandes constamment où se trouve ceci ou cela.

—Ris tant que tu veux, le petit somme dans mon fauteuil préféré n'est plus aussi efficace que d'habitude.

Il neige depuis deux jours, les Sorelois auront un Noël blanc ! Eugénie saute de joie, elle qui attendait avec impatience les premiers flocons pour étrenner son manteau de lapin blanc. Les riverains sont coupés de leur traversée quotidienne, le fleuve rend impraticable la navigation en chaloupe. Tous attendent patiemment que le froid solidifie cette grande mare d'eau. Maintenant, le pont de glace réunit à nouveau les deux rives, facilitant le commerce. Les chevaux fileront à toute allure sur la glace, rendant le trajet plus rapide et moins hasardeux qu'à la rame.

Cette année, le notaire reçoit ! Delphina et Théophile accueilleront les Guertin originaires de l'île : les belles-sœurs, beaux-frères, oncles, tantes et neveux devraient être présents pour le réveillon de Noël. Élisabeth et Eugénie, en congé pour la période des fêtes, aident Delphina à décorer la salle à manger : guirlandes, papiers crêpe, branches de sapin, gui, étoiles et anges de carton collés aux murs réussissent à donner à cette grande maison un air convivial. Le rouge et le vert ont la cote de popularité ; les lourds meubles de noyer paraissent moins ternes et des chandeliers posés un peu partout génèreront la magie de cette sainte nuit. L'argenterie astiquée durant le grand ménage trouve place près des assiettes gravées aux initiales des Guertin et devant chaque couvert, des coupes de fin cristal de Bohême.

Delphina s'est occupée elle-même de cette délicate opération n'ayant nullement confiance en ses filles surexcitées.

—Une table bien mise renvoie l'image d'une bonne hôtesse, ses invités la jugent sur ces détails. Retenez bien ça mesdemoiselles, ajoute la mère.

—Dis maman, demande Eugénie, nos cousins seront-ils présents, et tante Olivia ?

—Bien sûr, ta marraine viendra et mieux, elle couchera ici. Je trouve d'ailleurs tout à fait insensé qu'elle retourne à Yamaska ce soir, en ce qui concerne vos cousins, seulement les plus jeunes traverseront, les autres réveillonneront dans leur belle-famille.

—J'espère que Cyprien et Arthur viendront chuchote Élisabeth à sa sœur.

—Tout est en ordre dans le salon ? demande Delphina mettant fin au bavardage des filles.

—Oui maman, répondent-elles en chœur.

En effet, dans la pièce règne un ordre monastique. Le grand sapin, fixé dans le coin par les soins de Théophile, croule sous le poids des boules, des cheveux d'ange, des petites boucles et des bougies qu'on allumera plus tard. Cinq ou six boîtes recouvertes de papier brillant et enrubannées avec grand soin semblent destinées aux adultes. Pour les enfants, des bas de laine suspendus près de la cheminée recevront la visite de Santa Claus, il y déposera des pommes et des oranges ou quelques autres babioles. La fête préparée dans les moindres détails, il ne reste plus qu'à s'habiller pour la messe de minuit. Encore là, Delphina se surpasse, puisant dans les poches de son mari l'argent nécessaire. Sa robe de velours déloge toutes les autres ; le rouge sied à merveille à son teint foncé et dans ses cheveux noirs remontés en chignon loge une épingle à cheveux garnie de diamants, cadeau de son dernier anniversaire. Ses délicats souliers à talons allongent sa silhouette. Sa démarche est sûre, car depuis longtemps ses pieds sont rompus à cette servitude.

Élisabeth porte une jupe tartan bleu et vert et un chemisier immaculé dont le délicat col de dentelle supporte à lui seul toute l'élégance de l'adolescente. Plus jeune, Eugénie a opté pour une robe de taffetas rose ; l'ampleur de la jupe souligne sa mince taille et son corsage commence à montrer une féminité naissante. Delphina a autorisé comme bijoux, une chaînette au cou et un fin bracelet semblable à un fils d'or.

L'hôtesse a dû demander de l'aide pour recevoir tout ce monde. Elle sait faire les choses en grand, madame notaire ! Une domestique, engagée pour l'occasion, place dans le placard-penderie du hall d'entrée les manteaux, couvre-chefs et bottes de chacun. Aussitôt arrivée, Olivia s'empresse d'embrasser sa filleule.

—Tante Olivia, comme tu es belle ! s'exclame Eugénie.

—Et toi vilaine, encore grandie ? Tu ressembles à une vraie jeune fille maintenant.

—Dis-moi, tantôt tu me prêteras ton rouge pour les lèvres ? Je voudrais impressionner mes cousins.

—Eh bien, mademoiselle veut plaire ?

—Pourquoi pas, c'est défendu ?

—Au contraire ma belle, au contraire. Plaire est presque un devoir pour les femmes.

Le beau cousin Cyprien fait battre le cœur d'Eugénie un peu plus vite que d'habitude, un vrai dieu, au dire de la jeune fille. Toute la soirée, elle le *zieute* et la chaude nature qui éveille son corps à la séduction, finit par attirer l'attention du destinataire ; puis, la conversation accomplit le reste.

—Mes compliments Eugénie, je te trouve superbe ce soir, l'avenir promet...

Faisant mine d'ignorer les subtilités du cousin, elle se rapproche.

—Sais-tu Cyprien que maintenant, je suis âgée de treize ans et me trouve en septième année chez les Dames de la Congrégation ? déclare l'intéressée maladroitement. Et toi ?

—Moi, j'étudie toujours au séminaire de Saint-Hyachinte.

—Au séminaire ? Tu veux devenir prêtre ?

—Oui et non, le cours classique débouche sur des professions libérales comme notaire, avocat, médecin, mais également sur la prêtrise.

—Ah bon ! reprend Eugénie faisant mine de désintéressement.

Décidément, ce cousin si séduisant lui apprend des choses.

—Effectivement, j'ai l'intention de me diriger vers cette branche.

—Quelle branche ?

—La prêtrise, j'y pense depuis très longtemps.

Le mot est lancé, un si beau garçon, prêtre ! Le Seigneur exige beaucoup et même un peu trop au goût d'Eugénie. Il ne prend pas nécessairement les plus laids, ni les plus sots. Comme la jeune fille se situe encore aux premiers balbutiements de l'amour, elle songe à regret que son cousin aurait pu être un amoureux convenable. Comme elle-même s'astreint à des dévotions sévères afin d'acheter son ciel, elle offre à Dieu celui qui aurait pu devenir son futur mari. Bien qu'en y réfléchissant, son cousin… ne s'avère pas la meilleure option. L'Église interdit formellement le mariage entre parents, alors vaut mieux ne pas gaspiller ses indulgences si durement acquises pour un homme, aussi beau fusse-t-il. Elle attendra un cas plus sérieux pour les dépenser. Après le repas, les cousins, cousines, découvrent dans leur bas de laine, les fruits de circonstance. Aussitôt les cadeaux distribués, chacun laisse échapper des *oh*, des *ah*, des *tu n'aurais pas dû*, des *ce n'était pas nécessaire* puis finalement, tout le monde remercie l'enfant Jésus de ses largesses.

Un soir d'octobre 1929, le notaire Guertin rentre chez lui atterré. En une journée, il vient de tout perdre ; la plupart de ses actions en bourse ont fondu comme neige au soleil, ou pire, carrément disparu. Il est ruiné. Tout s'écroule autour de lui. Nul ne peut l'aider, l'économie du monde entier chute dramatiquement et plus on tient le haut de la société, plus la descente s'avère vertigineuse. Delphina a passé une soirée très agréable au bridge avec ses amies. Portée par l'euphorie, elle n'a pas l'oreille attentive et refuse d'entendre quelques récriminations que ce soit. Affalé dans son fauteuil, Théophile broie du noir.

—Delphina, je suis ruiné !

—Ruiné ? Tu veux certainement dire, fatigué ! Tu travailles trop dur, mon pauvre chéri.

—Non Delphina, ruiné. Tu es assez intelligente pour connaître la différence entre ces deux mots. Je ne possède plus un sou.

—Qu'entends-tu par là ?

—Plus un cent et plus d'honneur.

—Que signifie cette dramatisation ? Te voilà qui fais dans le théâtre ! Laisse-moi te dire que comme acteur, on ne peut plus piètre…

—Delphina, mes actions en bourse se sont effondrées et déjà des prêteurs ayant placé leurs économies par mon intermédiaire, me réclament leur argent.

—Attends, je m'assois, tu me donnes le vertige.

—Ressaisis-toi vite ma femme, j'ai besoin de ton aide.

—Comment ça, de mon aide ?

—Il faudra probablement que tu demandes à ton père une assistance financière pour nous sortir du trou.

—Jamais !

La réponse sort comme une balle de fusil.

—Eh bien ma belle, te voilà sur la paille !

—Écoute-moi bien Théophile Guertin, je ne me suis pas mariée avec toi pour connaître la déchéance, débrouille-toi comme tu peux, j'ai autre chose à faire que d'entendre tes jérémiades de riche déchu. Je monte me reposer, tu me donnes la migraine, oiseau de malheur.

Seul dans son fauteuil, le notaire remet sa vie en question. S'il ne peut compter sur sa femme et sa famille... Le notaire demeure une ressource fiable lorsqu'il s'agit de faire fructifier l'argent ou d'en emprunter. Les épargnants et les requins n'ont pas tardé à frapper à sa porte pour réclamer l'argent qu'il aurait dû placer pour eux. Intransigeante, Delphina ne recule devant aucune dépense et ses filles, habituées de tout recevoir dès qu'elles émettent un souhait, demandent autant. Elles exigent le meilleur en tout. Pour contenter les besoins sans cesse grandissants de Delphina, Théophile a triché, ce qui l'a précipité dans la malversation. Mais pourquoi accuser sa femme, ses filles ou n'importe qui pour ce qu'il a délibérément fait ? Depuis plus de deux ans, Théophile profite de l'argent de ses clients, soit en le jouant aux cartes ou bien le donnant à Delphina. Celle-ci offre de somptueuses réceptions où se retrouve le gratin de Sorel, s'achète des robes aussi belles que celles de la femme de Georges VI et fait de ses filles de véritables princesses. On a beau être notaire, il y a une limite à tout et la concurrence commence à être forte. Un jeune notaire, tout frais émoulu de l'université, vient de s'installer sur la rue du Prince. Sa pratique augmente de jour en jour et Théophile craint que sa clientèle le déserte au profit de ce jeune blanc-bec. Désespéré, il appelle de tous ses vœux que ses compromissions demeurent inconnues du public, d'ici ce temps-là, il tentera de se reprendre.

La curieuse Eugénie arrive au salon voir ce qui peut causer

tant d'émoi, elle vient d'entendre sa mère crier et monter à l'étage à toute vitesse. Son père, avachi dans le fauteuil club, semble ailleurs, son air sombre inquiète la jeune fille.

—Papa, quelque chose ne va pas?

—Viens t'asseoir à côté de moi ma grande, réchauffe-moi, j'ai tellement froid.

—Veux-tu une couverture de laine ou que j'allume un feu?

—Non, je suis transi, glacé jusqu'aux os, mais si tu te serres bien fort contre moi, je suis certain que dans quelques minutes, ça ira mieux.

Eugénie pose sa tête blonde dans le creux de l'épaule de son père.

—Voilà ça va mieux?

—Oui, je crois.

Eugénie et son père restent blottis l'un contre l'autre un long moment. Delphina, encore sous le coup de la colère, descend à la cuisine chercher un verre d'eau afin d'avaler deux cachets d'aspirine; jetant un coup d'œil meurtrier du côté du salon, elle aperçoit le père et la fille presque endormis dans les bras l'un de l'autre. Outragée, elle crie :

—Eugénie, descends de là tout de suite. Une jeune fille de ton âge ne doit jamais se retrouver assise sur les genoux d'un homme, même ceux de son père.

—Mais maman!

—Il n'y a pas de mais, descends immédiatement.

—Delphina, il n'y a rien de mal là-dedans, ajoute Théophile.

—Toi, ne rajoute plus un mot, j'ai les griffes acérées et je ne réponds pas de moi.

La mère prend sa fille par le bras en le serrant et la tire violemment, puis sort en coup de vent, son déshabillé vaporeux flottant derrière elle. Théophile reste muet. Comment une femme aussi gentille peut-elle se transformer en harpie au cœur sec et dur ? De son côté, Eugénie ne comprend plus rien, son père n'a pas l'air bien. Sa mère, loin d'essayer de savoir ce qui ne va pas, lui crache sa hargne. Décidément, les parents sont trop compliqués. Elle préfère aller dehors, même si le vent d'octobre cingle, un peu d'air lui changera les idées. Enfilant manteau de laine et béret, elle sort en laissant la porte ouverte derrière elle. Le vent du nord s'infiltre aux quatre coins de la maison et finit d'engourdir Théophile. Eugénie se rend au bord du quai Sincennes à quelques pâtés de maisons ; elle aime y perdre son temps, s'asseoir sur une pile de bois et scruter la rive du côté de l'île Saint-Ignace.

—Si au moins Cyprien était ici avec moi, il me raconterait des histoires gaies et je rirais un peu. Quels rabat-joie ces parents !

Perdue dans ses pensées, elle sursaute lorsqu'elle entend une voix cassée derrière elle.

—Bonjour ma belle, tu t'ennuies toute seule ?

Surprise Eugénie se retourne et au lieu de voir l'homme hantant sa pensée, elle aperçoit un marin, gros, sale, barbu, le béret posé sur le côté et le manteau largement ouvert malgré la température fraîche. Elle prend le parti de ne pas répondre et de bouder ce genre d'individu. Elle se détourne et regarde une fois de plus vers le fleuve. Puis, une grosse patte velue lui touche l'épaule.

—Eh ! la belle, quand on te parle, réponds !

Cette fois, Eugénie ignore quelle attitude emprunter : partir en courant ou affronter ce malpoli. Elle choisit la confrontation.

—Je ne vous parle pas pour la simple et bonne raison que je me contrefous de qui vous êtes, et s'il vous plaît, poursuit-elle sur un ton qui ne subit de contestation, ne me touchez pas.

—Oh, elle n'aime pas ça la petite demoiselle qu'on la courtise ! On va arranger ce léger problème tout de suite.

Cette fois, il la saisit par le bras et la force à se lever. Eugénie réussit à se dégager de la poigne de ce vaurien en se tortillant.

—Partez, ou je crie et appelle la police.

—Appelle-la ma belle, elle a bien d'autres chats à fouetter que de voler au secours d'une sainte nitouche.

Eugénie décide de battre en retraite, inutile d'envenimer la situation, cet individu commence à lui faire peur. Dès qu'elle esquisse un départ, le sale voyou l'attrape à nouveau lui collant un baiser sur les lèvres. Dégoûtée, Eugénie se débat, ce gros porc lui retient les deux bras en arrière et plus elle bouge, plus celui-ci cherche sa bouche et resserre son étreinte. Cette fois, elle est réellement paniquée et se met à crier de toutes ses forces.

—Inutile de crier ma jolie, nous sommes seuls ici, dit-il en commençant à ouvrir sa braguette.

Non pas ça, rugit-elle intérieurement. D'un geste semblable à une anguille, elle se met à gigoter de tous les côtés, s'enroulant sur elle-même et réussit à filer entre les mains poisseuses. Elle court aussi vite qu'elle peut en se faufilant à travers les cours des maisons, évitant les clôtures. Incapable de la rattraper, l'homme la laisse partir à regret.

—Dommage, elle était si mignonne cette petite.

À bout de souffle, Eugénie atterrit dans la maison plus qu'elle n'y pénètre. Elle vient d'avoir la frousse de sa vie. Sans dire un mot à qui que ce soit de sa mésaventure, elle monte à sa chambre, remplit le bassin d'eau qu'elle parfume de lavande et se lave, frottant sa bouche et ses joues aussi fort qu'elle peut endurer. Elle se sent sale de partout. Réussissant à calmer son cœur, elle enfile des vêtements propres en se promettant de ne plus jamais flâner sur le quai Sincennes à la tombée de la nuit. Sa mère qui récupère à peine de sa migraine l'interroge.

—Où étais-tu Eugénie?

La fillette offre un silence en guise de réponse.

—Je répète : où étais-tu?

—Dehors.

—Mais où, c'est grand dehors ?

Eugénie prise au piège et encore ébranlée par son expérience, sent le besoin de raconter sa mauvaise aventure.

—Je suis allée au quai Sincennes et j'ai…

—Au quai ! Mais ma grande foi du bon Dieu, je ne te reconnais plus Eugénie Guertin, te voilà pire qu'une fille de moins que rien ? Je te surprends couchée dans les bras de ton père et maintenant tu me dis que tu vas seule au quai, à cette heure-ci. N'as-tu aucune conscience de ce qui te guette, ou bien est-ce vraiment ce que tu recherches, petite vicieuse ?

Cette fois, c'en est trop, Eugénie se réfugie dans sa chambre, claquant la porte derrière elle, sans rajouter un traître mot. Qu'arrive-t-il à ses parents ? Elle ne les reconnaît plus. Son père ressemble à une larve et sa mère à un porc-épic. Elle vient d'avoir la frousse de sa vie et aurait aimé qu'on la réconforte un peu, mais voilà que sa mère la traite de vicieuse. Eugénie est confondue, elle sent bien en elle une nature chaude qui l'intimide suffisamment pour qu'elle soit obligée de s'en confesser régulièrement, mais il y a loin de son désir à agir comme une traînée. Cet homme aurait pu la violer sur place et sa mère, supposée la protéger, la reçoit comme une fille de rue.

Pendant ce temps, Théophile, anéanti, ne réussit pas à se ressaisir et Delphina ne se gêne pas pour rajouter à son tourment.

—Sais-tu d'où vient ta fille, Théophile Guertin ?

—Non et jusqu'à présent, je la considère comme étant notre fille.

—Quand elle ose aller faire la belle sur le quai Sincennes à l'heure où elle devrait dormir, cette enfant est la tienne. On dirait Olivia…

—Laisse Olivia tranquille. J'éprouve assez de difficultés comme ça, sans que tu viennes me raconter les frasques d'Eugénie. Delphina essaie de comprendre un peu, de te mettre dans la peau d'un autre, d'être empathique pour une fois, implore le notaire.

—Empathique, voilà un mot bien trop savant pour toi. Comment puis-je me mettre dans la peau d'un notaire ruiné et d'une fille dévoyée ? Je suis bien vue dans la société soreloise et vous me gênez.

Théophile se renfrogne ; devant cet orage de mots durs, il rentre les épaules et attend la prochaine éclaircie. Mais le ciel bleu espéré par le notaire ne réapparaît pas. Ses créanciers demeurent impitoyables.

—Paie ou on te fait casser les deux jambes.

Le pauvre homme n'entrevoit pas la fin du tunnel et sombre dans une dépression profonde.

<hr />

Un bruit sourd fait trembler toute la maisonnée.

L'homme s'affale sur son pupitre, l'arme à la main. Rapidement, une tache de sang macule le sous-main de cuir, ne laissant aucun doute sur la fin du notaire Guertin. Delphina a entendu un fracas et pense, qu'encore une fois, un client vient de claquer la porte sans porter la moindre attention. Intérieurement, elle maudit ces habitants qui ne possèdent aucun savoir-vivre.

—Théophile, est-ce possible de fermer délicatement ? crie Delphina du haut de l'escalier. Un vrai moulin ici, tout le monde entre et sort sans crier gare. Pourquoi gardes-tu comme clients des mal dégrossis ?

N'obtenant aucune réponse, elle franchit les quelques pieds qui la séparent du bureau tout en nourrissant sa colère. L'image de son mari, la tête baissée, le sang et le fusil dans sa main parlent. Les genoux lui fléchissent et son teint devient livide. Faisant un effort suprême, elle s'approche du bureau.

—Théophile, Théophile, réponds-moi.

Aucun bruit sauf celui de son propre souffle et de son cœur battant la chamade.

—Théophile qu'as-tu fait?

Devant l'inexplicable, dignement, en femme du monde, elle prend l'arme des mains de son mari et sort du bureau, refermant doucement la porte derrière elle. Lentement, elle se dirige vers le salon, replace l'arme de poing dans l'armoire de collection. Calmement, elle enfile son manteau, son chapeau et ses bottes, puis se dirige rue Charlotte au poste de police. Un policier de service la reçoit poliment.

—Madame Guertin, que puis-je faire pour vous?

—Je désire voir monsieur Coulombe.

—Certainement, mais ne restez pas debout, assoyez-vous ici, je préviens le chef.

Ce dernier s'amène avec un large sourire.

—Bonjour madame Guertin, quelle bonne surprise!

—Pourrais-je vous parler privément?

—Bien sûr, suivez-moi. Je ne veux être dérangé sous aucun prétexte, ordonne le chef au policier de faction.

Galamment, il fait entrer la visiteuse dans son bureau, indiquant d'un geste directif la chaise en face de son pupitre.

—Que puis-je pour vous?

—La raison de ma visite est triste et fort délicate, ajoute-t-elle en sortant de son sac à main un fin mouchoir de baptiste. Dans la hâte de son départ, Delphina a distraitement attrapé une bourse de soirée recouverte de perles et devant le ridicule de la situation, elle tente d'éponger les larmes qui s'accumulent sur la paupière inférieure.

—Parlez sans gêne, je vous connais depuis si longtemps.

—Justement monsieur, je compte sur cette longue amitié.

—Vous m'intriguez.

—Voilà, je dois vous rapporter un suicide.

—Diable ! … n'êtes pas sérieuse, vous plaisantez certainement !

—Malheureusement non, dit la veuve la voix entrecoupée. Théophile s'est enlevé la vie.

—Êtes-vous certaine de ce que vous avancez ?

Delphina fit un signe affirmatif avant de continuer :

—J'ai trouvé mon mari dans son bureau, la tête penchée sur son pupitre et le sous-main souillé de sang. Cette fois-ci, la femme du notaire s'effondre pour de bon, puis en sanglotant elle poursuit. J'ai entendu un bruit sec semblable à celui d'une porte qui claque et suis descendue pour voir…

—Votre mari possédait-il une arme à feu ?

—Oui, un des pistolets de sa collection se trouvait près de sa main. Je n'émets aucun doute sur l'acte posé, et je pense qu'il voulait que ce soit moi qui le découvre, car personne d'autre ne se trouvait à la maison à ce moment-là. Je dois également vous avouer avoir agi de façon inconsidérée en replaçant l'arme dans l'armoire. Ensuite, devant la gravité de l'acte posé par Théophile, je me suis tout de suite dirigée ici.

—Quelqu'un d'autre a entendu le coup de feu ?

—Non, comme je viens de vous le dire à l'instant, je me trouvais seule avec lui au moment où la détonation a eu lieu. Je préférerais que ce soit vous qui traitiez l'affaire et vous suis déjà reconnaissante pour votre discrétion. Je sais que depuis l'effondrement de la bourse, Théophile éprouvait des problèmes financiers, mais jamais au grand jamais je n'aurais pensé… Cette mort peut-elle paraître accidentelle ? ose la veuve.

—Premièrement, je dois faire mon métier de policier, sans égard à l'amitié que je portais à votre mari. Je vous accompagne donc et verrai pour la suite.

Delphina attend impatiemment dans le salon que le policier revienne. Ce dernier a demandé à la veuve de se retirer et de l'attendre le temps qu'il analyse la scène, de toute façon, pour tout l'or du monde jamais Delphina ne serait retournée dans le bureau et revoir cette image d'horreur.

Le chef Coulombe constate le décès du notaire Guertin. Pas une seule minute il n'a envisagé que Delphina soit l'auteur de cette mort prématurée. Pas besoin d'une enquête de midi à quatorze heures pour savoir que le pauvre s'est suicidé. Le commandant avait d'ailleurs eu vent des problèmes de l'homme de loi ; la découverte de la dépouille de ce dernier coïncide avec des accusations de malversations devant être portées contre lui. De gros entrepreneurs en construction navale ne se gênaient pas pour colporter la mauvaise nouvelle. Le notaire a fait le travail tout seul, pense le chef de police. De retour, monsieur Coulombe conclut :

—J'ai le regret de vous annoncer que votre mari est décédé de façon accidentelle. En voulant nettoyer une arme, le coup est malencontreusement parti. Maintenant que cette triste constatation est faite, pouvez-vous aller chercher le pistolet dont votre mari s'est servi, afin que je rédige mon rapport ? Je dois indiquer son calibre, son numéro de série et… enfin, je ne vous ennuierai pas avec ces détails.

—Jamais je ne vous remercierai assez commandant Coulombe. Imaginez le déshonneur si on savait qu'il…

Les mots bloquent dans la gorge de Delphina ; celle-ci prend conscience de l'impact qu'un suicide aurait causé au sein de la bonne société soreloise. Il n'y a pas loin de l'acte exécuté par son mari à celui d'un accident tel que décrit par le policier, mais par contre, plus acceptable. L'impensable pour Delphina aurait été que le chef de police conclut à un homicide volontaire, la soupçonnant.

—Vite, allez me chercher ce pistolet avant qu'un importun ne surgisse, coupe l'enquêteur.

Essuyant les dernières larmes accrochées à ses cils, Delphina court à petits pas jusqu'au salon pour récupérer l'objet du délit.

Le remettant en mains sûres comme s'il lui brûlait les doigts, elle ajoute :

—Gardez-le, je ne veux plus jamais le voir.

—Très bien, je complète mes papiers et vous ne serez plus ennuyée par cette histoire. Vous pourrez enterrer votre mari en paix madame Guertin et avec les honneurs qui lui sont dus.

—Merci, dit-elle en baissant la tête. Au moins, il sera inhumé au cimetière comme le bon catholique qu'il était.

Selon son habitude, en arrivant de l'école, Eugénie court embrasser son père et sa mère, non sans avoir lancé son sac d'école sur le banc du hall d'entrée.

—Bonjour papa, bonjour maman !

Delphina défaite, les yeux bouffis et le nez rouge, se présente devant sa fille.

—Maman, qu'est-ce qui t'arrive ?

Sa mère ne peut retenir ses larmes et pétrit son mouchoir, le promenant inutilement d'une main à l'autre ; il ressemble maintenant à un drapeau battant en retraite.

—Ton père... La voix étranglée Delphina ne peut poursuivre.

—Ton père est quoi ? insiste Eugénie.

—Décédé, réussit à articuler la femme du notaire.

D'un coup sec, le sang se retire des veines de la jeune fille et sa mère réussit à la rattraper au moment où elle s'effondre sur le sol. Durant de longues minutes, Eugénie est prostrée de douleur, puis, revient peu à peu à elle. Le fluide vital se remet à circuler dans son corps ; elle aurait dû crier, pleurer, se révolter, rien, aucune réaction. Dans sa caboche, le vide total prend toute la place. Delphina accompagne Eugénie à sa chambre et l'incite à se reposer. Pour la première fois, la mère s'attarde près de sa fille et d'un geste maternel tente de réparer. Elle sent également le besoin de confirmer la thèse du policier et tente d'expliquer la façon dont Théophile est décédé.

—... un accident bête, réussit à entendre Eugénie comme dans un autre monde.

—...Élisabeth doit venir...

Soudainement, le silence ; sa mère part enfin. Dans sa tête, un trou bée pendant que son corps est pris d'assaut par une paralysie. Eugénie ne peut encore mesurer ce que la mort de son père implique, pas plus que sa mère d'ailleurs. Trop tôt pour réaliser ; ce soir, Théophile ne sera pas à la table pour prendre son repas en compagnie de sa femme et ses filles. Trop tôt encore pour le pleurer, puisqu'elle n'a pas vu le corps de son père.

Pour Delphina, le lourd secret importe plus que tout. Ses filles ont droit à ce que leur père ait une mort digne. Inutile de dévoiler la déchéance sociale et la tare religieuse imposées à la famille. Le chef de police l'a vite compris.

Eugénie essaie le recours à la prière et aux dévotions pour l'aider à passer ce deuil difficile. Chapelets, médailles, indulgences, images saintes n'adoucissent en rien sa peine. La perte de son père la laisse entre les mains d'une mère dominatrice. Elle devient colère, exaspération, impatience et ne dérage que lorsqu'elle accuse ces péchés capitaux au confessionnal. Dès que Delphina admoneste à nouveau, elle se rebiffe, recommençant le cycle infernal. Au fond d'elle-même, Eugénie espère grandir au plus vite et se marier avec un bon parti ; terminé le crêpage de chignon. Delphina reporte sa peine sur ses filles, devenant plus intransigeante que jamais. Dorénavant, la mère compensera les passe-droits de son mari par une éducation rigide et Eugénie, la préférée de Théophile, écopera la première.

Les funérailles et les premières semaines s'avèrent délicates pour les trois femmes. L'avenir qui les attend se dessine encore pire. Il a fallu beaucoup de temps pour ouvrir le testament du notaire et clarifier la situation. Le jeune clerc que Théophile redoutait tant, fournit quelques renseignements pratiques. Il entrevoit que la clientèle du défunt lui reviendra un jour où l'autre et aider la veuve lui donnera bonne conscience. Il entame des recherches pour connaître qui a entendu les volontés du défunt. Impossible pour le notaire de tester devant lui-même, et encore moins devant ce jeune blanc bec, Théophile a donc fait affaire avec un confrère de Berthierville, maître Constantin. Celui-ci gardait dans son étude les papiers juridiques dans lesquels Théophile léguait ses biens. Dernièrement, le notaire Constantin avait reçu une lettre recommandée dans laquelle son confrère faisait état du reste de sa fortune suite à ses déboires financiers, soit rien.

Voilà mesdames Delphina, Élisabeth et Eugénie Guertin vêtues de noir comparaissant devant maître Eutrope Constantin. Après les... *sain de corps et d'esprit...*, celles-ci apprennent avec stupéfaction que le notable ne possède plus un sou.

—Voyons maître, vous faites certainement une erreur, s'énerve Delphina.

—Malheureusement, madame, votre mari ne possédait plus rien ; de plus, je peux même ajouter qu'il a chargé votre maison d'une lourde hypothèque.

Delphina blêmit.

—Il a dû cacher de l'argent quelque part, en fiducie, dans un coffre-fort, je ne sais pas moi ? Cherchez ! Faites votre travail, nom de Dieu !

—Inutile chère madame, votre époux ne pouvait être plus clair ; il a vidé les comptes en fidéicommis et personnel. Théophile a pris soin de me faire parvenir un codicille modifiant son dernier testament. Par contre, il lègue sa collection d'armes à sa fille Eugénie et les livres de sa bibliothèque à Élisabeth. Tant qu'à vous madame, vous jouirez d'une partie de la maison, soit celle représentant la valeur libre d'hypothèques, pourvu que vous preniez des arrangements avec les créanciers, d'ailleurs Théophile devait ajuster ce détail, si on peut le dire ainsi.

—Venez, dit la veuve à ses filles en se levant du siège comme s'il la brûlait. Ah oui, j'oubliais, combien vous dois-je notaire ?

—Rien madame, Théophile était un ami de longue date.

—Dans ce cas, sortons d'ici, nous n'avons plus rien à faire dans cette étude, lance-t-elle avec une rage non retenue.

La veuve fulmine. Son mari s'est suicidé, mais en plus, il a abandonné sa famille dans le besoin. Elle ne nourrira certainement pas ses filles avec les livres et la collection d'armes. Rendue rue Augusta, Delphina tempête encore et bardasse tout ce qui lui tombe sous la main, Élisabeth et Eugénie comprises. Cette dernière résiste ; selon sa mère, Eugénie possède un caractère de chien et l'indocilité ne lui fait pas défaut. Pour la jeune fille, il devient impératif de sortir de cette maison, avec ou sans sa collection d'armes et qu'elle se case au plus vite.

Un jour où la température se montre plus maussade que d'habitude, que le vent du fleuve apporte déjà les premiers flocons qui s'accumulent sur le perron des Guertin, deux hommes à la mine patibulaire frappent à la porte de la veuve. Delphina, resserre son châle autour et hésite à ouvrir ; elle pressent un nouveau malheur, ou serait-ce plutôt ce vent du nord qui colporte de mauvaises nouvelles ?

—Madame Théophile Guertin ?

—Oui, c'est moi, répond la veuve en entrebâillant la porte.

—Nous désirons vous parler, pouvons-nous entrer ?

En guise de réponse, Delphina se drape encore plus serrée dans son lainage et laisse les hommes sur le pas.

—Que voulez-vous ?

—Nous souhaitons seulement vous entretenir au sujet de votre mari.

—Mon mari est mort et enterré, que voulez-vous me dire de plus ?

—Cette conversation aurait intérêt à demeurer privée, insiste le plus mince.

—Parlez ici, renchérit la veuve Guertin, je ne peux perdre davantage.

—Si vous le désirez ainsi, poursuit le gros. Votre mari nous devait trente mille dollars. Nous l'avions déjà averti qu'il devenait impératif qu'il rembourse sa dette, mais malheureusement, il a préféré partir. Dommage !

Delphina referme sa porte illico. Ces individus sont venus pour récupérer leur argent et ils ne repartiront pas tant qu'elle n'aura pas craché le morceau. Un large pied s'insère dans l'entrebâillement avant que celle-ci ne claque.

—Je ne possède rien. Mon mari n'a laissé que des dettes et une maison.

—Justement, cela nous déplairait de vous mettre dehors avec cette température et les fêtes qui arrivent, mais on peut toujours *moyenner*.

—Comment ça *moyenner* ?

—Laissez-nous votre maison et nous vous ficherons la paix, ainsi la mémoire du notaire que vous aimez tant ne sera nullement salie. Sinon... nous ne pourrions peut-être pas tenir promesse.

—Prenez là cette maudite maison, crie Delphina étouffée. Je ne m'y sens plus chez moi depuis que Théophile l'a hypothéquée et quand je vois qui sont ses créanciers, le cœur me lève.

—Madame a le cœur sensible, nargue-t-il. Mais voilà qui est bien parlé, on fait la gentille dame, dit le grand en passant ses gants de cuir sous le menton de Delphina.

Évincées de leur maison deux semaines avant Noël, les

dames Guertin trouvent refuge dans un logement minable de la rue Adélaïde. Eugénie ne digère pas cette déchéance. Sa mère ne leur a fourni aucune raison concernant ce rapide déménagement et encore moins sur ceux qui habiteront chez elle. Ces nouveaux propriétaires, ne peuvent être que des intrus. Maintenant, elle rage de devoir partager avec Élisabeth la pièce située dans la soupente, au lieu d'avoir une chambre confortable bien à elle ; bien entendu, sa mère s'est octroyée la plus grande chambre d'en bas.

Humiliée, Delphina arrive dans ce quartier, sans bruit, évitant d'attiser la curiosité : la femme du notaire, rendue chez les démunis… Malgré tout, elle a récupéré quelques meubles de la grande maison qui détonnent avec les murs de plâtre défraîchis. Eugénie s'aperçoit bien que leur rythme de vie dégringole depuis le décès de son père et en tient sa mère responsable. Delphina cache un grand secret derrière les paroles non dites. Pauvre Eugénie ! Sa vie est chamboulée et la pauvreté lui sied mal. Fini l'école chez les Dames de la Congrégation Notre-Dame. Elle est invitée à se chercher du travail de manière à aider sa mère au soutien de la famille ; elles doivent retrouver, coûte que coûte, un semblant de vie sociale.

—Jamais, tu entends, jamais je n'irai travailler, hurle Eugénie. Tu me prends pour qui, je reste la fille du notaire Guertin, même mort. Je suis suffisamment intelligente pour ne pas me salir les mains dans une usine ou m'ébrécher les ongles dans une manufacture de couture.

—Tu pourrais devenir secrétaire, tu possèdes suffisamment d'instruction.

—Et toi maman, pourquoi ne pas gagner notre vie ? Comme nous, le Seigneur t'a donné deux mains à toi aussi.

—Petite impertinente, je ne sais pas ce qui me retient. Tu sais parfaitement que je ne peux quitter le foyer, impossible ! Arrête de faire la mauvaise tête. Tu ne pourrais pas faire comme ta sœur, cesser de chialer sur ton sort de pauvresse et trouver un emploi ?

—Malheureusement, tu m'as faite ainsi, lance Eugénie et si tu regrettes, trop tard pour recommencer.

Delphina n'obtient jamais le dessus sur sa fille, quelle tête dure ! Son père l'a trop gâtée celle-là. Eugénie commence à avoir peur que sa nouvelle condition lui cause préjudice quand viendra le temps de se trouver un mari digne de sa condition. Le pire serait de ne pas se marier. La dévote s'en remet donc à la prière. Pour tempérer ses crises d'impatience, elle trouve une nouvelle façon d'éviter l'énervement en assistant à la messe ; tous les jours, on peut reconnaître la pieuse au premier banc. Même si elle doit marcher un long trajet à jeun pour communier, aucune température ne l'arrête, fidèle à l'office de sept heures du matin. Peu importe les sacrifices, les plus méritoires sont ceux qui provoquent la souffrance du corps et de l'esprit. Elle se réconforte en élevant son âme vers Dieu et elle se permet d'espérer des jours meilleurs ou qui sait, un homme !

SAINTE-ÉLISABETH

Au petit matin, Éva et Lucille se retrouvent sur un quai de gare au milieu des champs. Quelques bouquets d'arbres au loin reçoivent la lumière d'un soleil naissant, portant la promesse d'une belle journée. Regardant de tous côtés, les sœurs constatent que personne d'autre n'est descendu du train. Pas même un contrôleur pour les accueillir, sans compter que la porte cadenassée de la station ne laisse nullement prévoir le retour du préposé probablement encore dans son lit douillet. Éva s'inquiète :

—Où devons-nous aller Lucille ?

—Je ne sais pas. Tiens, prenons cette route, nous rencontrerons certainement quelqu'un à qui nous demanderons notre chemin.

—N'est-ce pas risqué ?

—Si, a-t-on d'autres choix ? *Le carrosse de Cendrillon retarde. Alors, si ces demoiselles ne veulent pas retourner chez leur méchante belle-mère, elles n'ont qu'à marcher*, dit Lucille en faisant des *sparages*, sa valise d'un bras et sa sacoche de l'autre. Frissonnantes, elles prennent la route qu'elles soupçonnent mener au village. Le soleil, encore trop bas, les réchauffe à peine. Les premières gelées blanchissent déjà les fossés. Au bout de quelques centaines de pieds, Lucille essoufflée retient sa sœur :

—Marche moins vite Éva, je te suis difficilement.

—Pardon, au monastère j'ai pris l'habitude d'offrir chaque

pas à la Vierge, les transformant en *Ave*; plus je marchais vite, plus j'en accumulais.

—Ralentis tes louanges, j'ai des ampoules aux pieds.

Après une heure de marche, il semble évident qu'elles font fausse route. Les sœurs posent leur valise par terre, s'assoient sur le couvercle et mâchonnent le reste du bout de pain raidi. Un nuage de poussière apparaît à l'horizon et en moins de temps qu'il en faut, une calèche légère conduite par un jeune homme s'arrête devant elles.

—Où allez-vous comme ça, les belles, de si bonne heure?

Éva ferme le bec, craignant les inconnus. Lucille, épuisée par cette promenade forcée, s'empresse de répondre.

—À Sainte-Élisabeth. Sommes-nous sur la bonne route?

—Eh bien, dame oui! Voilà votre jour de chance, j'y vais justement. Montez mesdemoiselles, vous serez plus vite rendues avec moi qu'avec votre moyen de locomotion, disons primaire.

Éva tire la manche de sa sœur, lui indiquant qu'elle refuse de monter à bord de la voiture d'un homme, inconnu de surcroît.

—Écoute Éva, je suis rendue à bout et ce garçon m'a l'air d'un gentleman.

—Allez mademoiselle, embarquez, je n'ai jamais mangé personne et je ne me transforme en loup-garou qu'à la *brunante*.

Lucille empoigne Éva par le bras et l'incite à accepter l'offre. Courtois, le jeune homme aide ses deux invitées. Serrées l'une contre l'autre, elles acceptent une couverture de laine posée sur leurs genoux.

—Couvrez-vous bien, le cheval le plus rapide du canton vous conduira au village en moins de deux. Hue!

Dans un soubresaut, la calèche dérape et fait voler derrière elle une traînée de poussière, imposant à Lucille un mouvement sec de recul. Heureusement qu'elle a eu le temps de s'accrocher au bras de sa sœur, sinon elle serait tombée à la renverse; Éva, surprise par l'attaque du cheval, peine à retenir son chapeau. Quinze minutes plus tard, l'attelage arrive devant le presbytère. Le galant, levant son chapeau de feutre mou, s'informe :

—Je vous dépose où, gentes dames ?

—Voici l'adresse, dit Lucille en tendant un bout de papier froissé.

—Quarante, rue du Collège. Quelle veine ! Vous voyez la rue voisine de l'église ? dit-il en pointant son doigt ganté vers la gauche. Je vous y mène.

Éva, debout dans la calèche, a déjà enjambé le bord de la voiture.

—Non merci monsieur, nous désirons débarquer ici. Nous ne voulons pas abuser de votre bonté.

—Allez, profitez de moi, jolie brunette, ajoute-t-il à la boutade. Bon, je me rends donc à votre désir.

Éva descend de ce cercueil volant et veut à tout prix s'éloigner de ce beau parleur.

Lucille pose à peine un pied sur le sol, que sa soeur l'entraîne rue du Collège et la semonce.

—Je te trouve bien familière avec les inconnus.

—On peut bien s'amuser un peu…, pas de quoi fouetter un chat.

—Non, mais regarde où ton batifolage t'a conduit.

Lucille baisse les yeux et vérifie l'adresse, sans ajouter un mot. Déjà, elle repère la maison.

—Ici, quarante. J'espère que quelqu'un répondra.

De sa main gantée, Lucille actionne le heurtoir. Dans la fenêtre voisine, le rideau s'écarte légèrement afin de découvrir le visiteur. Puis, la porte s'ouvre sur une dame élégante.

—Bonjour, suis-je bien chez madame Lavallée ? Devant le signe affirmatif, la jeune fille poursuit. Je m'appelle Lucille Thompson et voici ma soeur Éva. J'ai entendu dire que vous cherchiez une servante.

—Oui effectivement, j'en cherche une, mais pas deux.

Madame Lavallée ressemble à s'y méprendre à une duchesse avec ses cheveux grisonnants relevés en chignon. Une blouse de la plus fine batiste, dont le col haut est fermé par des petits boutons perlés, tranche avec son étroite jupe de lainage violet.

—Mais entrez, il fait froid dehors. Nous parlerons de tout ça devant un bon thé chaud.

—Merci, murmure Lucille reconnaissante de ne pas se faire fermer la porte au nez.

La femme les fait asseoir dans la cuisine et sert à chacune une tasse de liquide fumant. Éva pose ses mains autour du minuscule réchaud inventé. Madame les regarde toutes les deux à tour de rôle, ces jeunes filles lui semblent au premier abord sympathiques.

—Qui vous a donné mon adresse?

—Une amie de l'île ayant travaillé ici comme servante.

—De quelle île parlez-vous et comment se nomme cette jeune fille?

—Justine Blanchet de Miscou au Nouveau-Brunswick.

—Attendez que je me rappelle, cette gentille fille se trouvait dans une situation, disons difficile. Elle venait presque du bout du monde! ajoute la bourgeoise en soupirant. Et depuis quand êtes-vous ici?

—Nous arrivons tout juste, madame. Nous avons voyagé durant deux jours, continue Lucille pour montrer la précarité de leur situation.

—En effet, je cherche de l'aide, bien que je n'aie de la besogne que pour l'une d'entre vous. Je ne sais sur laquelle arrêter mon choix. Par contre, je demande votre disponibilité immédiatement. À vous de prendre la décision…

Éva décline, sa sœur a besoin d'un toit plus rapidement qu'elle. Du regard, elle lui confirme que la maison des Lavallée lui servira de refuge. Lucille à demi-satisfaite tente la chance.

—Connaîtriez-vous une autre dame à qui ma sœur pourrait offrir ses services ? Elle sort du couvent et doit également travailler.

—Mmm… je crois qu'une amie cherche une fille au pair discrète et issue de bonne famille.

Éva relate son passage chez le notaire White de Caraquet où elle a tenu maison durant quatre ans.

—Drôle de coïncidence, la dame dont je vous parle se trouve justement la femme d'un juge. Écoutez, restez ici jusqu'à demain ; vous partagerez la chambre de votre sœur et je pense pouvoir vous donner une réponse demain.

Comblée, Lucille n'en revient pas. Madame Lavallée semble gentille, du moins, accueillante. Si Éva trouvait de l'emploi chez l'amie de madame Lavallée, elles vivraient dans la même ville, proche l'une de l'autre. La vie fait bien les choses, il ne faut jamais perdre confiance. L'ancienne duchesse montre la chambre de la bonne, laissant à Lucille le temps de s'installer dans la soupente, puis les attend en bas pour le souper à six heures. Par la suite, elle fera visiter le reste de la maison à sa nouvelle domestique, lui indiquant le travail à faire.

—Lucille, dit Éva, ma chambre ressemblait à celle-ci à Caraquet, sauf que la fenêtre donnait sur la mer et non sur la cour, comme ici.

Lucille défait son maigre bagage ; tous les tiroirs sont ouverts les uns après les autres et la garde-robe inspectée ne laisse découvrir qu'un peu de literie. À elle maintenant d'en prendre possession.

—Tu imagines Éva, tout ça pour moi, ajoute la jeune fille en tournant comme une toupie au milieu de la chambre.

Madame Lavallée les attend à la cuisine avec un bon repas chaud. Les sœurs sont affamées, car depuis deux jours, elles n'ont grignoté que du pain. Des pommes de terre, de la salade de choux, d'épaisses tranches de jambon et du bon pain blanc remplissent leur assiette. Pour dessert, de la mélasse et de la crème fraîche, le tout couronné par un grand verre de lait. Repues, elles se regardent n'en croyant pas leur bonne fortune. Madame Lavallée leur offre de faire le tour du propriétaire. La maison renferme tant de pièces qu'on pourrait s'y perdre ; le potager abandonné en cette saison reçoit les derniers soins du jardinier avant l'arrivée du gel. Maintenant, la patronne désire s'entretenir avec sa nouvelle servante. Éva remonte à la chambrette, se jette sur le lit et s'endort comme une marmotte.

—Eh, paresseuse ! Debout, lance Lucille rayonnante.

D'un seul coup, Éva se redresse, gênée que sa sœur la prenne en défaut.

—Écoute, Dieu reluque de notre côté. J'ai fait le choix d'être franche avec ma nouvelle patronne et de là, l'obligation de lui expliquer ma situation. Un vrai miracle, Éva ! Au lieu d'être rejetée comme un paria, madame accepte que je reste ici. Elle me demande évidemment beaucoup discrétion ; bien en vue dans la paroisse, elle ne voudrait pas devenir la proie des commérages. Au terme de ma grossesse, j'accoucherai à l'hôpital de la Miséricorde à Montréal et confierai mon enfant à la crèche, de là, une bonne famille pourra l'adopter. Après mon accouchement, madame est toute disposée à me reprendre. Tu imagines Éva ce que cela représente pour moi, une femme prête à m'aider et qui comprend ma situation. Le Seigneur est avec moi ou peut-être une Trappistine ?

—Quelle bonne nouvelle ! Soulagée ! Le Maître t'accompagne et la nonne n'y est pour rien. En agissant, tu fais toi-même ta chance, ainsi ton secret sera gardé et tu n'auras pas à en rougir ; ta vie reprendra au point où tu l'avais laissée.

—Dieu m'en garde ! Loin de moi, la pensée de retourner à Miscou. Suffisamment naïve pour mordre à l'hameçon d'un beau pêcheur de morue, mais pas assez pour en redemander. Et d'ailleurs, je n'attends plus rien de la famille.

Éva sort de sa valise un petit livre noir et le serre contre son cœur. Lucille, montrant le missel, demande :

—Et ça, ton secret à toi ?

—Oui et non, voilà ce qui me reste d'une année de ma vie. Il contient la richesse engendrée par la prière. Sais-tu lire Lucille ?

—Mmm... oui.

—J'aimerais savoir ce qui est écrit là-dedans ?

—Certainement, mais ne passe pas de remarques, je lis avec difficulté, mais pour une petite Trappistine, je vais le faire.

Lucille commence en butant sur certains mots en latin dont elle ignore la prononciation et encore moins la signification.

—Éva, pourrait-on simplifier ? Si on enfilait quelques prières, celles qui s'accrochent à tes pas et se multiplient lorsqu'on prie à deux. À genoux, elles commencent leurs invocations et les *Ave Maria*... s'envolent vers le ciel comme autant de colombes.

Tôt le lendemain matin, Lucille revêt sa tenue de soubrette : austère robe noire, court tablier blanc se terminant sur une pointe à frisons, coiffe amidonnée, elle se dirige droit vers la cuisine pour préparer le déjeuner. Après avoir allumé le poêle, mis la table et fait bouillir de l'eau, elle fouille et trouve dans l'armoire, des fraises, du miel, du pain. Dans la glacière, elle déniche des œufs frais et une petite assiette de cretons.

—Éva, viens vite manger, je meurs de faim.

—Lucille, ces gens doivent être riches, regarde toutes ces bonnes choses. Profite en bien, tu dois manger pour deux.

—Misère ! Il ne faut surtout pas que je prenne du poids, sinon jamais je ne cacherai mon ventre.

—Bien dormi mesdemoiselles ? demande madame Lavallée qui arrive à ce moment. Eh bien Éva, j'ai de bonnes nouvelles pour vous. Madame la juge accepte de vous prendre à l'essai.

Vous semblez être une bonne fille et de plus, vous sortez du monastère, une garantie importante. Madame Sylvestre est reconnue comme une femme stricte, vous devrez la servir avec honnêteté et discrétion. D'ailleurs, elle viendra vous chercher elle-même, ici, dans une heure. Cela vous va?

—Bien sûr madame, répond Éva ayant de la difficulté à retenir son élan pour ne pas se jeter au son cou de madame Lavallée. Je ne sais comment vous remercier car je ne possède que les prières comme seul bien.

—Alors, priez pour moi; installez-vous au salon le temps que madame la juge arrive.

—Au salon?

—Oui, le journal du matin est resté sur la table, vous pouvez le lire, cela vous fera patienter. Et vous, jeune fille, dit-elle à l'intention de Lucille, le travail nous attend.

—Madame Lavallée, pourrais-je vous demander une dernière chose avant de partir, j'aimerais visiter ma sœur à l'occasion? Cinq longues années nous ont séparées et je ne veux plus la perdre.

—Certainement, venez comme bon vous semble, pourvu que ni votre travail ni celui de Lucille n'en souffrent.

Timidement, Éva se dirige vers l'immense pièce. Un canapé et des fauteuils de velours beige, des coussins de fin brocart, des tentures cramoisies, des lampes où pendent des breloques de verre donnent un air vieillot à cette pièce. Un tapis de Turquie se marie aux teintes riches du mobilier. Pour la première fois de sa vie, Éva reçoit la permission de s'asseoir au salon et lire le journal. Précieusement, elle pose le bout de ses fesses sur le canapé, imitant ainsi madame White et jette à nouveau un regard circulaire. Ses yeux s'arrêtent sur les feuilles à côté d'elle, l'ironie du sort veut qu'elle ne sache même pas lire. Peut-elle vraiment y toucher? Éva esquisse enfin un geste pour attraper le quotidien, quand les grandes portes à deux battants s'ouvrent, laissant déjà le passage à madame Lavallée et à sa visiteuse. Prise sur le fait comme une curieuse, elle réagit juste à temps et se lève comme les bonnes manières l'indiquent. Une dame, portant un large manteau godé garni d'un col de loup et un chapeau à voilette, entre dans la pièce. Sa tenue et sa démarche signent les manières d'une femme du monde. Suivant la propriétaire, elle s'approche du divan, tendant à Éva une main gantée de cuir marron.

—Bonjour Éva, je suis Jeanne Sylvestre, vous pouvez vous asseoir. Mon amie Yvette m'informe que vous cherchez du travail. En effet, j'ai besoin d'une bonne pour seconder ma cuisinière, mais vos services ne seraient requis que lors des réceptions. Étant donné que vous êtes arrivée à Sainte-Élisabeth en compagnie de votre sœur, j'accepte de vous garder. Une condition s'impose avant tout, je vous prends à l'essai pendant une semaine. Durant ce temps, vous devrez me montrer votre savoir-faire. Cela vous convient ?

—Oui madame, merci beaucoup.

—Alors, suivez-moi ; allez auparavant récupérer votre bagage et embrassez votre sœur.

Éva n'en croit pas ses oreilles. La femme du juge la prend pour sept jours ; pendant ce court laps de temps, elle saura montrer sa compétence à servir de façon qu'on ne puisse plus se passer d'elle. Courant jusqu'à l'étage, elle empoigne sa mallette de carton et trouve Lucille dans la chambre voisine qui s'affaire autour d'un lit.

—Lucille ! Je m'en vais chez le juge. Je reviendrai te visiter, et merci de m'avoir sortie du monastère. Je recommence à vivre et tout ça grâce à toi. Je t'aime beaucoup petite sœur.

Dévalant les escaliers, elle rejoint madame Sylvestre. Elle s'accroche aux pas de sa nouvelle patronne et découvre le village de Sainte-Élisabeth. Tout à côté de l'église se trouve la rue Saint-Thomas. Une grande maison de style victorien, une petite tourelle en coin et une immense galerie parant deux façades. Construite de briques rouges, ce qui lui donne un air sévère, elle défie le temps, tandis que trois lucarnes jettent un regard discret sur les passants.

—Bienvenue Éva, lui dit la femme du juge en ouvrant la porte et laissant découvrir un vestibule aussi grand qu'une chambre. J'espère que vous vous plairez ici.

Rarement, a-t-on démontré autant de gentillesse avec elle et jamais on ne lui a souhaité la bienvenue. Éva est toujours arrivée comme un paquet qu'on dépose sur le pas de la porte, en se sauvant de peur qu'on indique au porteur qu'il y a erreur sur l'adresse. On n'a jamais émis le vœu qu'elle se plaise ; elle avait dû se fondre dans la vie imposée sans demander son reste.

—Gilberte vous montrera où vous logerez. Si vous avez besoin de quoi que ce soit, vous le lui indiquerez. Essayez vos costumes de travail dans votre garde-robe et revenez me voir au boudoir.

Éva suit Gilberte tout en remerciant sa chance. Le père Anselme a visé à côté de la cible. Des sacrifices comme ceux-là, elle peut en faire beaucoup... Une princesse n'aurait plus belle chambre. Gilberte referme délicatement la porte la laissant à sa contemplation. Elle passe sa main aux doigts piqués par les travaux à l'aiguille sur les meubles peinturés de blanc. Le doux satin du couvre-lit rose accueille trois petits coussins en forme de coeur. La fenêtre garnie de tulle laisse entrevoir le feuillage d'un érable aux couleurs automnales passant du jaune or à l'ocre. Tout à côté du lit, luxe suprême, une chaise berçante qu'Éva s'empresse d'essayer. La petite Trappistine sort de sa valise son livre de prières, replace son image du Sacré-Cœur et se met à pleurer. Les larmes coulent, douces et chaudes sur ses joues, sans goût amer. Bien sûr, elle devra rendre des comptes sur son travail, mais enfin, une place où on veut bien d'elle. Vêtue de son uniforme de bonne, elle pénètre dans le boudoir, où madame l'attend assise dans une grande bergère. Indiquant un siège à Éva, elle l'investit de sa tâche.

—Nous nous sommes bien entendu Éva? À vous la charge de me prouver votre talent. Étant donné que vous ne pouvez me fournir aucune référence, je fais donc confiance à mon jugement. Vous me plaisez, timide, mais futée et votre passage au monastère garantit cette période de probation. Passons aux choses pratiques : monsieur le juge a souvent des visites protocolaires, sans compter les nombreuses réceptions où se côtoient des personnes de différents milieux; je compte donc sur votre discrétion. Je n'aimerais pas que vous colportiez à gauche et à droite ce qui se passe ici. On s'entend bien là-dessus?

—Oui madame Sylvestre.

Vous pouvez m'appeler madame Jeanne si vous le désirez, le respect réside dans l'intention. Encore là, je vous fais confiance. Avez-vous déjà travaillé dans une maison privée?

—Oui madame Sylvestre… Jeanne. Durant quatre ans, j'ai tenu la maison et fait la cuisine pour le notaire White et son épouse.

—À la bonne heure! Vous me plaisez de plus en plus Éva. Ici, Gilberte cuisine pour nous, vous n'aurez pas à vous occuper de préparer ou de servir les repas. Rachel s'occupe du ménage une fois par semaine et aux fins de saisons lors de la grande corvée. Votre tâche consistera à faire la lessive, l'époussetage et voir à l'ordre. Pour bien vous résumer, j'ai besoin d'une servante ayant du style lorsque nous recevons.

—Madame White de Caraquet m'a appris à faire le service. Le notaire et madame recevaient à l'occasion des invités de marque.

Le temps d'un éclair, le visage de Thomas prend forme.

—Retrouvez Gilberte au coin-cuisine, elle vous indiquera ce qu'il faut faire.

Rapidement, Éva se sent dans cette famille un peu comme

chez elle et exécute prestement les tâches demandées. Madame Jeanne, s'entiche littéralement d'Éva et la considère presque comme sa fille. Dimanche, journée de congé de la bonne, Éva s'endimanche et assiste à la messe, puis, après s'être adonnée à ses dévotions, court chez les Lavallée. Dès son arrivée, Lucille lui saute dans les bras, mais son ventre les éloigne de plus en plus chaque semaine. La grossesse de Lucille se voit maintenant très bien, impossible de camoufler ; le temps fait son œuvre et le jour de la délivrance approche à grands pas. Bientôt, elle devra se résoudre à quitter le foyer des Lavallée pour l'hôpital de la Miséricorde.

—Lucille, tu embellis de jour en jour, dit Éva en flattant la bedaine arrondie. La maternité te va à ravir.

—Même avec une bonne mine, mon cœur se déchire petit à petit. Plus je sens mon bébé s'agiter en moi, plus je prends conscience de ce qui va m'arriver et la peur me talonne, non pas celle de la douleur, mais la crainte perdre ce petit à tout jamais.

—N'anticipe pas la souffrance et garde confiance, tu auras besoin de toutes tes forces le moment venu. Je prie tellement pour vous deux que ma réserve d'*Ave* est assurée pour au moins vingt ans.

Tous les matins avant le déjeuner des Sylvestre, Éva assiste à la messe de six heures trente. Matinale et habituée de se lever tôt au monastère, elle ne raterait le Saint-Office pour rien au monde ; sa piété ne souffre pas de mise en doute. À confesse du premier vendredi du mois, elle est aussi assidue qu'une horloge. Lorsqu'il fait beau et que le froid ne se fait pas trop mordant, elle pousse sa marche jusqu'au cimetière prier pour les âmes des fidèles défunts. Éva ne connaît personne ici, mais visite quand même les vieux monuments les uns après les autres. Les Boucher, Ménard, Labelle, Lavallée et autres refusent de livrer leurs secrets. Ses pas creusent dans la neige de petits sentiers semblables à ceux d'un lièvre. En hiver, peu de personnes visitent ce jardin de pierres tombales et les stèles encapuchonnées de neige sont délaissées. Ses sorties sont limitées, elle se mêle peu aux gens du village. Pourtant à chaque rencontre, ceux-ci la gratifient d'un bonjour auquel elle répond par un signe de tête poli, poursuivant son chemin comme s'il y avait urgence. Seul le bedeau réussit à lui arracher quelques mots, la comblant de sourires doux. Il trouve toujours quelques farces à lui raconter auxquelles elle rit souvent par politesse. Jamais elle ne s'attarde avec lui, car rire avec le bedeau peut porter aux commérages inutiles. Le peu d'argent qu'elle gagne va en grande partie dans le tronc de monsieur le curé. Discrètement, elle dépose les sous dans la boîte aveugle. Occasionnellement, elle allume un ou deux lampions à l'intention de sa famille ; leur lumière accompagne ses intentions de prière vers le ciel.

Chaque semaine, monsieur Plourde, le marchand général reçoit sa visite. L'étal de bonbons attise la convoitise d'Éva. Toutes ces sucreries à profusion, ces couleurs, ces goûts différents. Sa préférence va aux pipes de réglisse avec du sucre rouge sur le fourneau. Éva en fait bonne provision et les déguste ; lentement, le goût de la pâte sucrée emplit sa bouche. Elle achète également des bonbons pour la future maman qui dévore les jujubes aux fruits et les petites framboises grenat, se vendant cinq pour un cent, font les délices des filles le dimanche après-midi. Assises sur les chaises de cuisine, les soeurs font rouler dans leur bouche les perles parfumées.

Un dimanche de la fin de l'hiver, où mars s'annonce à grands pas, que le soleil commence à réchauffer Sainte-Élisabeth et que les villageois s'entassent autour du crieur public sur le perron de l'église, madame Lavallée s'approche d'Éva. Discrètement, elle l'invite à la suivre à l'écart de la foule. Pour encore plus d'intimité, la vieille duchesse, comme la surnomme Lucille, lui parle à voix si basse que ses propos restent presque inaudibles.

—Inutile de venir visiter votre sœur ce matin. Elle nous a quittés avant-hier pour l'hôpital de la Miséricorde, il était grand temps pour elle de quitter notre maison.

—Partie, sans m'avertir ?

—Il valait mieux, ainsi nous éviterons de ternir notre réputation. J'ai prêté asile à votre sœur pour la dépanner, mais ne voulons pas y perdre notre honneur. Ce que j'ai fait pour elle demeure exceptionnel pour notre société prude. Comme vous le savez, l'étude de mon mari, est très achalandée et des rencontres inopinées restent toujours possibles. J'ose à peine imaginer le ravage que causeraient des commérages. Vous évaluez bien le risque que mon mari et moi avons pris. Revenez quand même me voir chère petite, cela me fera toujours plaisir de vous recevoir et soyez assurée qu'après sa délivrance, nous reprendrons Lucille à notre service. Au revoir Éva.

Puis, elle tourne le dos à celle qu'elle vient de décevoir et rejoint son mari qui commente la pluie et le beau temps avec le fils d'Antonio Plourde. Sur ces mots, Éva file à la maison des Sylvestre au pas de charge. Une colère l'anime et elle ne peut admettre que Lucille ne l'ait pas saluée avant son départ pour Montréal. Fallait-il qu'elle soit si pressée ? Éva se révolte contre cette société impitoyable qui force les mères célibataires à accoucher à la cachette, loin de chez elle. Défendu de tomber dans le piège tendu par l'amour, le plus déshonorant de tous. Si par malheur une fille cède, ne tenant pas le garçon à bonne distance, elle paie la note, vivant sa grossesse en recluse et se cachant encore pour donner son enfant. Parfois, le pire arrive et elle s'en débarrasse dans des conditions innommables. Les faiseurs d'ange les libèrent du poids de leur faute. Les accidents se comptent par dizaine et les mortes ne parlent plus. Rien que d'y penser, Éva a la chair de poule. Et le garçon lui ? Il peut recommencer ailleurs, à loisir, car cette société bien pensante

128

ne lui adressera aucun ou bien peu de reproches. Rares sont ceux qui assument leur responsabilité en se mariant à l'aube ; dans ce cas, la mariée ne peut prétendre au blanc.

Agitée, Éva se dirige vers sa chambre, se laisse tomber sur sa chaise berçante, sort son chapelet et tant qu'à faire, son livre de prières ; rien de trop dans ce monde de fous à la conscience étroite et sans pardon. Son image du Sacré-Cœur suit sa saute d'humeur volant d'une page à l'autre. Même si elle ne sait pas lire, elle *bardasse* son livre allègrement comme si le pardon s'y était caché et refusait d'en sortir. Madame Jeanne voit sa bonne revenir tout de suite après l'office ; celle-ci devait pourtant rendre visite à sa sœur. Qu'est-ce qui ne va pas chez la douce Éva ? Les coups discrets frappés à la porte de sa servante, ramènent cette dernière à la réalité.

—Éva, vous allez bien ?

Lentement, madame Jeanne ouvre la porte et découvre sa domestique, les yeux noyés, le chapelet entre les mains et le livre de prières sur les genoux. Une image tombe à ses pieds.

—Excusez-moi Éva, n'allez-vous pas voir votre sœur ce matin ? Vous n'êtes pas malade au moins ?

Surprise, celle-ci explique.

—Non, euh, non ! Ça va. Je préfère rester ici si cela ne dérange pas.

—Bien sûr que non, vous êtes chez vous. Reposez-vous, ça ira mieux après un bon somme.

Durant les semaines qui suivent, Éva s'applique tant à son travail que sa patronne en éprouve de l'orgueil. Sa réputation dépasse les frontières du village et on entend que des louanges sur cette jeune fille. Bien des dames haut placées aimeraient obtenir ses services, mais même courtisée, Éva assure madame de sa loyauté. Un jour après le dîner, sa patronne vient la chercher à la cuisine lui annonçant une visite.

—Pour moi ?

—Allez vite Éva, une belle surprise vous attend.

Éva jette son torchon sur la table, replace sa coiffe, lisse son tablier et suit madame Sylvestre sur les talons, puis cette dernière s'écarte légèrement pour la laisser pénétrer dans le salon. Lucille, pâle et encore chambranlante, l'attend sur le canapé. Éva s'élance dans les bras de sa sœur.

—Enfin te revoilà! Je me suis ennuyée à mourir. Remarquant sa taille mince, elle comprend que le cauchemar de Lucille est bel et bien terminé.

—Éva, j'ai laissé la moitié de ma vie derrière moi, dit-elle en essuyant des larmes naissantes.

Puis d'une voix entrecoupée, elle poursuit :

—… un petit garçon et l'accouchement… très dur, tu sais. À la Miséricorde, personne n'a pitié de toi. Les sœurs possèdent une pierre à la place du cœur.

—Reprends ton souffle et raconte-moi tout, dit Éva en s'assoyant à ses côtés.

Lucille tripote son mouchoir fripé d'avoir consolé trop de peines. Ignorant jusqu'où peuvent aller les confidences d'une jeune accouchée, elle se livre quand même à son aînée.

—… trop difficile Éva, continue Lucille en hoquetant.

—La naissance ou donner ton enfant?

—Les deux, répond Lucille en sanglotant pour de bon. Impossible de voir mon petit, tu entends Éva. La sœur est partie avec un paquet de chiffons souillés de sang d'où sortait un faible cri. Les sœurs se dépêchaient à m'enlever mon bébé. La seule chose que je connais de lui se résume à un petit pied bleu qui tremblait. Et Lucille s'étouffe dans ses sanglots.

—Calme-toi, tout va bien maintenant, tu retrouveras tes forces et les cris de ton enfant finiront par ne devenir qu'un souvenir. Désormais, la douleur physique est passée et je t'aiderai à retrouver ta paix intérieure. Une grande sœur trappistine sert un peu à ça. Ma provision de *Je vous salue Marie* accompagne ton bébé et durant ton absence, j'en ai profité pour en amasser pour toi aussi, dit-elle en souriant à une Lucille qui renifle.

—J'en ai tellement gros sur le cœur.

—Tu m'en feras le récit par petit bout lorsque tu t'en sentiras capable.

Entourant sa sœur de ses bras, Éva la berce sans ajouter un mot. Après le départ de la nouvelle maman, elle se réfugie dans sa chaise berçante.

—En voilà encore un de donné… Pauvre petit, j'espère qu'une bonne famille t'accueillera, te chérira et t'offrira un bel avenir. Que Dieu fasse qu'on ne te trimballe pas comme moi et qu'on t'instruira, qu'on ne t'utilisera pas comme main-d'œuvre à bon marché ou monnaie d'échange. Petit ange, mes prières t'accompagnent.

❖ ❖ ❖

Un dimanche de mai, alors que le lilas atteint l'apogée de sa floraison, que l'air embaume le village de Sainte-Elisabeth et que le mois de Marie bât son plein, Éva reçoit une invitation à dîner. Lucille remise de ses émotions, ayant retrouvé taille et santé, désire recevoir sa grande sœur. Bien entendu, les agapes seront servies dans la cuisine. Madame Lavallée a permis à Lucille d'utiliser une nappe de dentelle un peu jaunie, de même que son vieux service de porcelaine. Ainsi garnie, la table à rallonge prend une tout autre allure. Tout l'avant-midi, la jeune fille a mitonné pour ses patrons un civet de lièvre et elle dégustera le reste en bonne compagnie. Heureuse, Lucille sifflote son air préféré : *Isabeau s'y promène,…* tout en donnant la touche finale à son œuvre. Pour la première fois, elle devient l'hôtesse dans sa propre cuisine. Comme elle a hâte d'accueillir ses invités ! Éva, la première arrivée, entre par la porte de côté. Triomphante, Lucille la reçoit en grandes pompes.

—Bienvenue dans mon château, mademoiselle Thompson.

—Merci demoiselle Lucille, répond Éva entrant dans le jeu.

—Comment allez-vous aujourd'hui chère amie ?

—Bien, aussi bien que ma condition le permet.

Toutes deux éclatent de rire. C'est tellement drôle de se laisser aller à jouer le jeu de grandes dames sans se prendre au sérieux.

—Dites mademoiselle, que me vaut cette invitation ?

Remarquant un troisième couvert à la table, Éva s'étonne.

—Lucille tu as mis une assiette de trop !

—Non, non, un autre invité se joindra à nous.

—Coquine, ne me fais pas languir, dis-moi vite.

—Tut, tut, curieuse, tu verras bien.

À peine a-t-elle terminé de dire ces mots qu'on frappe à la porte.

—Voilà la personne que j'attendais, dit Lucille en ouvrant grand pour laisser entrer un jeune homme affichant un large sourire.

—Bonjour belle brunette, dit celui-ci à l'intention de Lucille.

Éva reconnaît immédiatement le conducteur de la calèche. Il tient d'ailleurs à la main le même chapeau de feutre.

—Bonjour Philias, répond Lucille en s'approchant du jeune homme pour prendre son couvre-chef et le placer familièrement sur le crochet au coin de l'escalier. Tu reconnais sans doute ma sœur Éva ?

—Certainement, un beau brin de fille comme ça ne s'oublie pas. Pardon Lucille, dit-il en s'inclinant, j'espère ne pas commettre d'impair en disant que je trouve ta sœur jolie. Toi ma belle brunette, ajoute le galant en entourant la taille de Lucille,

132

tu ressembles à l'aurore d'un matin de juillet.

—Grand taquin, tu sais parler aux femmes toi, ajoute cette dernière en minaudant.

—Oui mademoiselle. D'un geste lent, il prend la main d'Éva et y dépose un long baiser sur le bout des doigts. Rouge, celle-ci ne pense qu'à une seule chose : se débarrasser de ce *licheux*.

—Avez-vous faim ? demande Lucille affamée.

—Un appétit de loup, ravissante brebis.

Lucille fait asseoir ses invités l'un en face de l'autre. Dans un plat de service, elle dépose des morceaux de lapin fumants, baignant dans une sauce brune. Au milieu de la table trône un plat de pommes de terre en robe des champs et des carottes au beurre. Philias, tel un maître de maison, tient lui-même à servir les demoiselles. Lucille habituée à se servir en dernier refuse catégoriquement et explique à Philias que l'homme doit manger le premier ; elle a appris les choses ainsi. Après avoir chargé l'assiette de son amoureux et demandé à sa sœur quelle partie elle préfère, Lucille se sert alors une large portion de viande, une patate et une montagne de carottes. Gourmand, le soupirant déclare :

—Mmm… excellent ma chérie.

Ma chérie ! Éva manque de renverser le verre d'eau qu'elle vient à peine de se verser et hoquette de surprise.

—J'aime bien le lièvre, dit-il en entamant une large tranche de pain qu'il couvre généreusement de beurre. Tu me gâtes ma biche et vivement que chaque jour devienne fête.

Cette fois-ci, l'appétit coupé net, Éva dépose sa fourchette. Cette Lucille se fait *enfirouaper* par le premier venu. Non domptée par sa première expérience avec le pêcheur de morue, elle récidive avec un coureur de jupons. Dès la première rencontre, Éva l'avait sévèrement jugé. Pendant tout le repas, elle ne cesse d'observer sa sœur qui roucoule comme une pigeonne, fait la fière avec son lièvre et couronne sa sortie d'une tarte au citron inoubliable. Le repas terminé, l'après-midi reste encore jeune ; pourquoi ne pas jouer une partie ou deux de dominos ? propose Lucille. Là, je t'attraperai mon séducteur, je te ferai ravaler tes chéries, pense Éva. Les braves Trappistines sont passées maîtres à ce jeu-là et j'ai appris à mes dépens qu'il faut bien regarder les points blancs. Je t'aurai, foi d'Éva.

Lucille nettoie la table, lave la vaisselle avec sa sœur et installe le jeu sur le tapis ciré. En effet, Éva tient son bout. Elle ne sait pas compter mais, elle met KO ce beau parleur.

—Éva, vous jouez avec une férocité hors du commun, une véritable tigresse ! J'aurai donc pour belle-sœur la championne du village.

Belle-sœur ! Éva se lève d'un coup sec. Décidément, elle va de surprise en surprise cet après-midi et n'apprécie pas nécessairement. D'un seul coup de patte, le loup fait trébucher la biche et cette innocente en redemande... Le *malvat* ! Prétextant une fatigue soudaine, Éva attrape sa veste, son chapeau de paille et enfile ses gants à la vitesse de l'éclair, puis embrassant sa sœur sur la joue tout en la remerciant de son excellent repas, part sans même dire au revoir à son futur beau-frère. Elle entre en courant dans sa chambre, claquant la porte derrière elle et se laisse choir dans sa berçante ; comme à son habitude, au moment où un grand trouble l'envahit, Éva sort son chapelet, son livre de prières. Les *Ave* se succèdent les uns aux autres et sans reprendre son souffle, elle enfile les *Gloire soit au Père* à une vitesse défiant toute compétition. La petite tête de linotte l'invite à dîner pour lui présenter son grand flanc mou, juge Éva. Je vais lui en faire moi, un beau-frère ! Je n'ai pas dit mon dernier mot, foi de Thompson. Se laisser embobiner comme ça, ... pas Dieu possible.

Éva ne décolère pas. Ses vieux scrupules se réveillent et lui font passer une nuit digne des feux de l'enfer. Elle rêve à Lucille étendue dans le foin avec Philias à moitié dénudé, l'invitant à se joindre à eux et se moquant de sa pudeur. En haut dans la *tasserie*, des démons la tirent vers le feu où crient des hommes ayant commis l'adultère. Heureusement, le coq du curé vient la sortir de ce guet-apens. Toute en sueur, elle craint que ce rêve soit prémonitoire. Vite à la messe, la communion saura lui redonner la paix. Après avoir entendu le Saint-Office et reçu l'hostie, Éva se sent plus sereine; le rêve s'estompe peu à peu. Elle retourne en trottinant faire le petit déjeuner des Sylvestre, le temps presse. Personne ne fera la besogne pour elle; si le soleil persiste, elle lavera les draps et les fera sécher sur la corde à linge derrière la maison. Le travail lui fera du bien et finira de la remettre d'aplomb. Le lendemain soir, à la prière du mois de Marie, Lucille vient s'asseoir sur le banc à côté d'elle. Éva lui jette un regard meurtrier. Lucille se demande ce qu'elle a bien pu faire pour que sa sœur ait cette réaction? Philias a démontré sa galanterie et du savoir-vivre; ce ne peut être à cause de lui. Lucille envoie donc vers la mère de Dieu, une volée de *Je vous salue Marie* espérant que les bénédictions divines ramèneront Éva à de meilleurs sentiments et protégeront son mariage. Aussitôt son chapelet terminé, Lucille attire sa sœur au cimetière. Le vieux calvaire central les accueille.

—Veux-tu bien me dire Éva ce qui te constipe tant? Si tes yeux étaient des fusils, à l'heure actuelle, je serais morte et une carpe parle plus que toi, elle fait aller la bouche au moins. On jurerait que tu as avalé un poisson de travers.

—Non *ma chérie, ma biche* pas un poisson, j'ai un chapeau de feutre pris dans la gorge.

—Éva, tu ne vas quand même pas me dire que tu n'aimes pas Philias? Il possède toutes les qualités cet homme-là, beau, sensible, affectueux et a un peu d'argent de collé. Que demander de plus?

—Un peu de discernement ma fille et où as-tu mis cette

fierté que tu brandissais tant en refusant de rester à Miscou ? Ce vendeur de rêves t'achète, ne le vois-tu pas ? Est-il au courant de ton séjour à Montréal ?

Lucille hésite.

—De quoi parles-tu ?

—Lucille ne fait pas l'innocente en plus.

—Non, il ne sait rien, répond la future mariée sèchement et je compte sur toi pour te fermer la trappe. Je ne trouverai jamais de mari si je parle de ça.

—J'imagine bien que si tu dis à ton mari que tu as couché avec le premier venu, il ne sautera pas de joie, néanmoins tu lui dois au moins la vérité !

—Non, il ne saura rien, dit Lucille avec rage. Pour une fois, une chance d'un avenir meilleur s'offre à moi ; je ne souhaite pas *être la carpette* des autres toute ma vie et tout beau parleur qu'il paraisse, il m'offre la sécurité du foyer que je désire plus que tout. Reste avec tes scrupules Éva, je me marie en juin, tu es invitée et si tu tiens à garder ton attitude de nonne renfrognée, tu peux la garder très longtemps quant à moi. Dois-je te convaincre que le bonheur existe en dehors de ton jugement de bonne sœur et de tes prières inutiles ?

Lucille tourne les talons, direction chez les Lavallée. Ébranlée, Éva suffoque et reste un long moment à reprendre son souffle. Mais qu'est-ce qui lui prend à cette Lucille ? Elle se dévergonde et ne sait plus reconnaître le bon sens. Les mots entendus la déchirent et démontrent une impitoyabilité qui fait mal. Éva rente chez elle et se couche sans se déshabiller. Sa sœur lui a tiré toute l'énergie qu'elle possédait. Oubliés le chapelet et le livre de prières, elle coule dans un sommeil profond sans rêve. Au petit matin, elle cultive encore sa furie contre Lucille. Cette rage la mine ; jamais elle n'ergote ainsi, et pour un garçon en plus.

Lucille se marie un mardi pluvieux de juin. Le cœur gros

et ruminant sa colère, Éva n'assiste pas à la cérémonie. Elle ne peut passer par-dessus le geste de sa sœur. Avoir Philias pour beau-frère lui donne la nausée et l'ignorance de la vérité dans laquelle sa sœur tient son mari, lui pose un cas de conscience. Elle préfère se recueillir seule à l'église.

Depuis un certain temps, le curé Godin surveille cette jeune Éva qui prie avec l'énergie du désespoir. La servante des Sylvestre, originaire d'une île perdue dans le golfe Saint-Laurent, semble avoir comme famille que cette sœur qui vient tout juste de se marier. Le religieux juge qu'elle bénéficierait à s'assouplir un peu et perdre cette rigidité religieuse. Sainte-Elisabeth n'en demande pas tant.

Automne 1929, les Québécois font face à une catastrophe économique sans précédent. En fait, le monde entier vacille. Les actions en bourses surévaluées perdent en une seule journée la quasi-totalité de leur valeur. Un grand nombre de familles riches se retrouvent ruinées. Imaginez ce qu'il reste aux pauvres, moins que rien. Les pères de famille perdent leur travail, car les usines écoulent la surproduction des années fastes. Les enfants se retrouvent avec des ventres vides et la soupe populaire, bien que claire, n'en finit plus de nourrir les affamés. Comme tout le monde, le juge Sylvestre n'a pas vu venir le coup et ses actions ont fondu comme neige au soleil printanier. Il ne lui reste que quelques vieux bons du Trésor presque oubliés au fond d'un tiroir. Désespérée madame Jeanne soutient son mari presque ruiné. Elle se voit dans l'obligation de réduire son train de vie de façon drastique. Finis les récep-

137

tions somptueuses, le champagne et les tables bien garnies. Pour quelque temps, Jeanne Sylvestre ne se permettra plus des robes de tulle, des souliers fins et des chapeaux. Monsieur le juge doit se refaire une santé financière avant d'envisager d'autres dépenses. Gilberte cuisine des repas plus sobres, car les denrées de luxe se raréfient sur les tablettes de l'épicier. Madame Jeanne anticipe avec appréhension des jours encore plus difficiles. Le marasme économique semble complet et maintenant, chaque dollar compte ; les salaires de ses employées deviennent une surcharge financière importante. Il faut se départir de ses précieuses aides.

Dès le début de l'hiver, avant les fêtes de Noël et du Nouvel An, la femme du juge se voit contrainte de remercier Gilberte, s'assurant qu'Éva peut prendre la charge de toute la maison. Celle-ci craint tellement de perdre sa place, qu'elle s'empresse d'accepter la proposition de sa patronne, d'autant plus que le train de vie des Sylvestre diminue à vue d'œil. Elle s'arrangera...

ODILON

Rue Laporte, des enfants pleurent et un mari atterré essaie de les consoler du mieux qu'il peut. Pas facile de perdre sa femme, la mère de ses cinq enfants, et les mots pour les encourager ne viennent pas aisément. Accrochée à sa mère, la petite Josette lui tire sans cesse le bras espérant qu'elle se réveille. Depuis deux jours, sa maman est étendue sur des planches dans le salon. Tante Albertine a habillé sa mère de sa plus belle robe et accroché à son col le beau camée nacré reçu en cadeau de noces. Dans ses doigts, elle a emmêlé un chapelet blanc. Marie refuse de bouger. François, à peine plus âgé que Josette, demeure figé aux côtés de son père, on dirait que l'enfant ne réalise pas. Si Josette à deux ans ne peut comprendre la mort, François, du haut de ses quatre ans, assimile la perte de sa maman au vide. Le corps de sa mère est déserté, une coquille abandonnée, comme lorsqu'il a trouvé un escargot sorti de sa maison.

André, le plus vieux des garçons, a aidé son père ce matin. Il a allumé le feu, l'hiver ne fait pas de cadeau et le bol d'eau gelée dans l'évier en dit long. Marie-Odile s'affaire à vêtir chaudement les plus petits. Sans parler, l'aînée fait le déjeuner, du gruau et de la mélasse, de toute façon il ne reste qu'à peu près ça dans l'armoire. Quant à Odilon, on dirait un fantôme, lui aussi vient de perdre tout semblant de vie. Sa femme est décédée dans d'atroces douleurs et il n'a pu la soulager, pas plus que le bon gros docteur Laferrière qui en a pourtant vu d'autres. Sa vieille valise écornée ne contient malheureusement pas toute la science et les médicaments se font rares et chers. On aurait peut-être pu la sauver en l'amenant à un hôpital de Montréal. Là-bas, les spécialistes réchappent les malades, mais Odilon n'est pas assez riche. Jamais le docteur n'a soigné pareil mal de ventre. Une forte fièvre s'est emparée de Marie ; sur son visage blême, on voyait passer l'onde de douleur.

—Odilon, je ne peux rien faire de plus, dit le médecin, il faut te résigner. Fais venir le curé et vite à part ça.

—Batêche docteur, ça ne se peut pas, pas ma Marie !

Le curé Godin, suivi de son enfant de cœur, arrive aussi rapidement que son âge lui permet ; le temps de sortir sa jument, d'atteler son traîneau et de courir au chevet de la malade, il ne réussit qu'à recueillir son dernier souffle. L'extrême-onction, administrée sous conditions, ne peut faire revivre personne. Tout s'est passé trop vite. En vingt-quatre heures, le Seigneur a rappelé à lui sa servante Marie.

Dans l'espace feutré du salon, on marche lentement, les cœurs portent le poids du deuil ; dans la cuisine, on lave la vaisselle sans bruit. Demain, Odilon portera sa Marie en terre. Acharné, le bedeau a réussi à creuser un trou dans le sol gelé du vieux cimetière. Marie pourra reposer dans le carré familial des Ayotte, aux côtés des siens. Malgré le froid cinglant, Odilon et ses cinq enfants assistent à l'inhumation de leur mère. Tante Albertine aurait préféré que les deux petits derniers n'aillent pas à l'enterrement ; toutefois, Odilon tient à leur apprendre la mort, de la même façon qu'il leur enseigne la vie. Albertine frissonne derrière sa voilette noire, la *froidure* de février passe à travers son manteau trop mince. Elle s'inquiète pour la famille de Marie. Comment Odilon se sortira-t-il d'affaire ? Pas facile d'hériter de la charge de cinq enfants en bas âge. Bien sûr, elle peut aider pour quelques jours, mais elle se doit à sa besogne elle aussi et

140

ses petits la réclament déjà. Odilon en aura plein les bras ; encore heureux qu'il travaille encore à la Eddy Match, une des rares industries de la région à être épargnée par la grande crise. Il faut, plus que jamais, fabriquer des allumettes. Son travail lui fournit de quoi nourrir sa famille, mais qui prendra soin des enfants ? Odilon hésite à retirer Marie-Odile de l'école, elle doit poursuivre ses études et jamais Marie ne lui pardonnerait de sacrifier sa grande fille. Les petits, François et Josette, ont besoin d'être gardés et il faut dire qu'à la maison l'ouvrage ne manque pas non plus. À ce rythme, il ne tiendra pas bien longtemps à la maison et à son travail. Le cœur en charpie, Odilon s'est absenté durant quelques jours de son travail puis, bien malgré lui, il se résout à ce que Marie-Odile remplace sa mère auprès de la famille. À contrecoeur, la jeune fille ne reprend pas le chemin de l'école pour le reste de l'hiver. D'ici là, Odilon trouvera bien une solution de rechange ; son salaire s'avère indispensable s'ils ne veulent pas crever de faim.

Le soir, Odilon trouve long le trajet de l'usine à Sainte-Élisabeth, il lui tarde d'arriver à la maison et de laisser respirer Marie-Odile. Celle-ci réussit tant bien que mal à tenir les choses à peu près en ordre, sa tante Albertine lui prodiguant les conseils nécessaires en cas de problèmes. Au moins, les petits ne restent pas seuls et à douze ans la fillette commence à faire des repas simples. La peur du feu hante Odilon, il ne manquerait plus qu'un poêle surchauffé pour que tout y passe. Aussi préfère-t-il que Marie-Odile entretienne une petite attisée, juste assez pour ne pas geler. Les plats compliqués peuvent attendre. Dès son retour, sa vieille casquette de tweed sur la tête, Odilon rallume le poêle de la cuisine, puis embrasse les enfants. Les jours où il se sent moins triste, il prend les petits sur ses genoux et les berce doucement. Il leur raconte des histoires à faire peur et où l'imaginaire tient toute la place. Celles-ci parlent de serpents à sonnettes avec des tiroirs dans le dos, sortant d'un peu partout et qui, au grand désespoir des enfants, mangent de la crème glacée. Les bébés couchés, il accomplit les tâches que sa fille ne peut exécuter. Maniaque de la propreté, jamais il ne se couche sans que la maison soit nettoyée et que les souliers de tout ce petit monde reluisent et reposent en ordre sur les marches de l'escalier.

Fourbu, Odilon s'allonge dans son grand lit froid où, il y a quelque temps à peine, il retrouvait sa Marie. Prenant l'oreiller de sa femme entre ses bras, il lui parle ayant l'impression d'être moins seul. Il partage ses grandes et petites misères, et qui sait si du haut de son ciel Marie ne lui enverrait pas un peu d'aide.

—Tu sais Marie, ton absence me pèse. En partant, tu as emporté avec toi toute ma force, tu répandais la joie et la vie de cette maison te ressemblait. Maintenant, tout va à la débandade ; Marie-Odile ne va plus à l'école, il faut bien prendre soin des bébés et je ne vois rien de bon pour elle à ce qu'elle reste ici. Pauvre petite Odilette ! François et Josette ne comprennent rien à ton départ. J'ai beau leur dire que tu te trouves avec le petit Jésus, ils t'attendent Marie. Georges est devenu muet, je n'arrive plus à lui faire sortir le moindre mot. Je fais ce que je peux ma douce.

Au bout de quatre mois de ce régime, Odilon est rendu mince comme un fil. Déjà pas bien gros, le gruau et la mélasse ne le font guère engraisser. Les enfants s'étiolent, perdent leurs joues rouges et le goût de jouer. André, dont les résultats scolaires déclinent à chaque mois, devient maussade et ergote continuelle-ment Marie-Odile pour des peccadilles. La plupart du temps, les cils de la fillette s'alourdissent. Bien que peu riche, Odilon offre à toutes les semaines une messe à sa femme. Un jour plus difficile que les autres, il rencontre le curé Godin.

—Comment vas-tu Odilon ?

—Comme ci, comme ça, monsieur le curé. À la vérité, je trouve très difficile de jouer à la fois le rôle de père et de mère, je n'y arrive tout simplement plus. Les enfants ont besoin d'une maman et moi, je ne vous cacherai pas, en tant qu'homme, je soupire après une femme. Je ne devrais peut-être pas vous parler de ça, mais même si vous avez fait vœu de chasteté, vous restez un être humain après tout.

Le curé, ne relevant pas l'appellation *être humain*, voit Odilon déjà bien empêtré avec ses cinq enfants et l'imagine maintenant courant à sa perte. Son besoin de femme semble impératif et il ne veut pas que des scandales ternissent l'image de sa paroisse ; il ferait mieux d'y voir au plus vite.

—Dis-moi Odilon, serais-tu prêt à te remarier ?

—Je crois bien que oui, hésite ce dernier.

—Eh bien, laisse-moi ça entre les mains. Va prier notre sainte patronne afin qu'elle m'assiste un peu.

Après avoir récité trois *Ave*, trois *Pater* et trois *Gloire soit au Père*, Odilon retourne à sa besogne. Batêche ! ses prières ont besoin d'être bonne en pour lui décrocher une femme au paradis.

—Tant qu'à y être Seigneur, ne soit pas trop regardant et renvoie-moi donc ma Marie, ajoute le veuf en soupirant.

Le curé ne sait plus à quel saint se vouer, Odilon moisit dans le pétrin tout seul avec ses cinq enfants. Seule une compagne peut l'aider à traverser ce dur temps et lui remonter... le moral.

—Sainte-Élisabeth, ayez pitié de ce veuf et éclairez mon action.

Rapidement, le bon pasteur prend position. Aussitôt les dévotions du mois de Marie achevées, il attaque.

—Bonjour Éva, comment vas-tu ?

—Bien monsieur le curé.

—Tu travailles toujours chez les Sylvestre ?

—Oui, mais j'ignore pour combien de temps encore, ajoute la jeune fille en poussant un soupir. Avec la Crise qui n'en finit plus, madame Sylvestre pense qu'elle devra réduire son train de vie encore une fois. Loin de moi l'idée d'être indiscrète, mais tout ne tourne pas rond dans la grande maison de la rue Saint-Thomas. Parfois, je me bouche les oreilles ou monte à ma chambre pour ne rien entendre, mais les discussions entre le juge et sa femme sont animées et les yeux de la patronne rougissent plus souvent qu'à leur tour.

—Dis-moi Éva, as-tu déjà songé au mariage ? jette tout bonnement le curé.

—Non monsieur le curé.

—Comme tu le sais, l'Église considère l'union de l'homme et de la femme comme un grand sacrement. D'ailleurs, le Christ lui-même ne l'a-t-il pas béni en faisant un miracle aux noces de Cana ? Rappelle-toi.

—Je ne connais pas d'homme en dehors de votre bedeau, et foi d'Éva, il ne m'attire pas beaucoup. Ce vieux garçon raconte des histoires pour me faire rire, mais je trouve la plupart du temps ses farces pas mal plates.

—Mmm… Aimerais-tu être mère ? ose encore le curé.

—Oh! oui, mais même au plus profond de mon cœur, j'ose à peine formuler ce vœu. Qui voudrait d'une ancienne sœur ?

—Eh bien! vois-tu cher enfant, je connais cinq orphelins qui viennent de perdre leur mère. Une maman douce, aimante et dévouée comme toi leur rendrait leur joie de vivre.

—Monsieur le curé, vos compliments me font un grand honneur, mais je ne les mérite pas. Je ne peux prendre la charge de ces enfants et j'imagine que le mari vient en prime ? Pour l'homme, encore moins prenante ! Un veuf, y avez-vous bien pensé ?

—Mmm… oui, hésite le curé. Discret et père accompli,

Odilon m'apparaîtrait un bon parti pour toi ; il ne boit pas, possède une bonne place à la Eddy Match et ma foi, pas laid avec ça. Écoute Éva, réfléchis à ton affaire. Ta position chez les Sylvestre s'avère précaire, m'expliques-tu ? Admettons que tu doives quitter tes patrons, avec peu ou pas d'instruction je doute fort que tu puisses te trouver une place de domestique ailleurs et encore moins du travail en usine. Tu restes seule maintenant que ta sœur a fondé sa propre famille. Pense-y Éva ! À moins que tu veuilles retourner dans ton île… Ma proposition t'ouvre une porte de sortie honorable. En épousant ce veuf, tu gagneras une famille bien à toi, un toit sur la tête et trois repas par jour. Loin de moi l'idée de faire indûment pression. Donne-toi une semaine pour penser à mon offre et tu m'en reparleras. J'attends ta réponse. Repose-toi sur moi ma fille et demande à Sainte-Élisabeth de t'envoyer la grâce du discernement.

Éva se souvient avoir déjà prié pour obtenir ce don d'entendement, en d'autres lieux et d'autres temps. Bien entendu, le curé ne désire que son bien, mais elle, que veut-elle ? Cette proposition tout à fait inattendue la force à réfléchir. L'oiseau en cage qui commençait à peine à déployer ses ailes atrophiées, à prendre son envol, goûtant un peu de liberté, reçoit un signe. Après sa sortie du monastère, n'avait-elle pas promis de faire le bien et de consacrer sa vie à son prochain ? Le père Anselme lui avait prédit des sacrifices encore plus grands. Faut-il pousser l'altruisme aussi loin ? Un mari et cinq enfants… À vrai dire de ce temps-ci, des pénitences, elle n'en fait pas beaucoup. Ici, elle se fait une belle vie, habitant chez des gens corrects et respectables. Quand il a fallu congédier du personnel, la patronne a préféré la garder. Certes, Éva continue à prier et même beaucoup pour tous ceux que le Seigneur a mis sur sa route ainsi que les âmes des fidèles défunts, cela la déculpabilise un peu ; mais est-ce assez ? Pas de sacrifice, pas de paradis !

—Que je dois-je faire de plus ? Et vous Sainte-Élisabeth là-haut, tâchez de m'éclairer un peu et occupez-vous de tout ça.

Cent fois, Éva retourne la proposition du curé dans sa tête. Cent fois, elle lui accorde un raisonnement sensé lorsqu'il affirme que désormais il n'y a plus personne dans sa vie et n'en connaît pas grand-chose. Elle ne sait lire et encore moins écrire et a un pied déjà posé sur le paillasson des Sylvestre. Les sous-entendus de madame Jeanne deviennent plus clairs. Advenant qu'elle tienne compte de l'hypothèse du religieux et accepte ce rencontrer cet homme, sa vie prendrait une tournure totalement différente. Comme une vrille forant sa mémoire, un jeune homme appuyé sur le cadre d'une porte lui tend un verre, des doigts qui s'évitent et un sourire à décrocher le ciel revient encore la hanter.

Est-ce ça l'amour, quand les pattes vous amollissent, que le cœur devient fou par le seul fait de penser à l'autre ? Le revoir juste une seule fois ! Ses yeux s'embrument. Après quatre jours de cette torture morale, subissant tour à tour le supplice de la solitude et la peur de l'intimité avec un homme, Éva prend sa décision et d'un pas déterminé s'achemine à la cure.

—Monsieur le curé, je dois vous parler.

—Certainement ma fille, prends au moins le temps de t'asseoir ; voilà, je t'écoute.

—Pas besoin de vous réaffirmer mon entière confiance en vous, monsieur le curé et jamais vous auriez l'audace de me précipiter dans un guet-apens. J'accepte votre proposition, mais avant toute chose, je désire rencontrer ce veuf. Je réserve ma réponse finale après avoir fait sa connaissance et jugé moi-même de ses soi-disant qualités.

—Ma fille, ta prudence et ta décision t'honorent. Laisse-moi parler à Odilon et tu verras, tu ne seras pas déçue par cet homme de cœur.

Éva se lève, signifiant la fin de la discussion. Elle se dirige directement chez les Sylvestre, le cou raide, le chapeau de travers et la sacoche qui bat la mesure. Ses pas sont assurés. Une nouvelle vie se dessine devant elle. Pour la première fois, elle prend seule une décision, et pas la moindre. Décider de partager sa vie avec un homme, s'étendre à ses côtés quand une autre vient à peine de le quitter, élever ses marmots et ce, jusqu'à ce que la mort les sépare, n'est pas une mince entreprise.

De son côté, le brave curé se frotte les mains. L'affaire semble dans le sac, Sainte-Élisabeth a fait du bon travail. Voici une jeune orpheline de casée, un veuf soulagé et des enfants qui retrouveront une mère.

—Attention, évitons de s'énerver, déclare le religieux, maintenant tout repose entre les mains d'Odilon.

❖ ❀ ❖

Le lendemain matin, sitôt l'*Ite missa est* quotidien achevé, le curé se dirige rue Laporte ; il lui presse de rencontrer son prospect avant qu'il ne parte pour la Eddy Match. Déjà, Odilon quitte la maison en posant un bec sur la joue de Josette. Le bon curé passe donc à l'action.

—Odilon, viens ici.

—Monsieur le curé, que faites-vous chez nous à cette heure matinale ? Quelque chose de grave ?

—Oui et non Odilon, et pour l'amour de Dieu ne crie pas si fort, je ne souffre pas encore de surdité. Voilà…

—Venez-en au fait, s'impatiente le veuf de voir le curé tatillonner.

—Tais-toi et écoute, je t'apporte une bonne nouvelle.

—Je regrette, mais je dois partir travailler. Le *boss* déteste les retardataires et leur indique rapidement la porte. Il ne manquerait plus que je perde ma *job*…

—Écoute, juste deux minutes, viens là à côté du hangar.

Que veulent dire toutes ces simagrées ? À voir le religieux, on dirait une intrigue de taverne.

—Odilon, je t'ai déniché une perle, finit par déclarer le curé.

—Une perle ? Enfin, soyez plus clair et arrêtez de tourner autour du pot.

—Oui, oui, une femme Odilon.

—Quoi, vous êtes rendu marieur maintenant ?

—Ne sois pas plus nigaud que tu ne le parais en ce moment. Je trouve désastreux que tu continues ton veuvage de cette façon. Je ne te demande qu'une seule chose, rencontre-la au moins.

—Qui voulez-vous que je rencontre à la fin ? demande le veuf en sortant sa montre de poche.

—Mais ma perle, Odilon, ma perle ! Ne me dis pas que tu ne désires plus une femme ? ajoute le curé en se raclant la gorge, découvrant du même coup la portée de sa question.

—Très bien, je la verrai, s'impatiente Odilon. Vous devez m'excuser maintenant, je dois absolument partir. Je ne peux m'offrir le luxe de perdre mon travail à cause de votre perle.

—Je te laisse, concède le curé, mais passe à mon bureau à la fin de la journée, je t'en dirai plus.

Déjà, Odilon a enfourché sa bicyclette et le salue en soulevant sa casquette de tweed. Ce dernier retourne au presbytère heureux que le veuf ne se soit pas braqué. On ne fait pas avaler une couleuvre à Odilon bien facilement.

—On verra… se rassure le pasteur, remettant encore une fois le problème entre les mains de Sainte-Élisabeth.

À cinq heures quinze, Odilon se présente.

—Tu as passé une bonne journée mon brave ?

—Oui, mais je ne me suis pas dérouté pour que me demandiez comment ça va. Qu'est-ce que cette histoire de perle ?

—Suis-moi bien Odilon, tu connais le juge Sylvestre, n'est-ce pas?

—Oui et puis?

—Le juge héberge une fille qui vient presque du bout du monde, d'une île perdue dans le coin du Nouveau-Brunswick. Elle a déjà vécu dans un monastère par là-bas. Tu me suis toujours? Une perle Odilon, humble, dévouée, pieuse et assez jeune pour te donner d'autres enfants. Quant à son apparence physique, tu jugeras par toi-même. Tu as besoin d'une femme pour continuer ta vie et tes petits d'une mère. On s'entend là-dessus Odilon?

Le veuf murmure un charabia en faisant signe que oui et poursuit :

—Laissez-moi vous dire que vous rêvez en couleur, je ne peux quand même pas me présenter chez les Sylvestre, frapper à leur porte en disant : *Bonjour, je me nomme Odilon Dupuis et je désire épouser votre servante.* Et puis une nonne…, êtes-vous bien certain de votre coup? Je ne sais pas trop…

—Cette jeune fille est faite pour toi Odilon sinon je n'aurais jamais osé t'en parler. Je réponds d'elle. Il te faut la courtiser, mettre en valeur tes qualités et n'insistes pas trop sur le nombre de tes enfants. Tiens, si tu lui écrivais d'abord une belle lettre.

—Bon, je vais y penser, mais ne présumez pas que parce que j'aimerais refaire ma vie et que disons, je suis en état de… pénurie…, je marierai la première venue. N'en profitez pas pour me fourrer une sœur entre les pattes.

—Bien sûr que non, coupe le curé mi-figue mi-raisin.

Confus, Odilon retourne chez lui. Reste-t-il de la place dans sa vie pour une nouvelle femme? Bien sûr, son corps crie famine, mais il pourrait s'avérer le pire conseiller. Et son cœur que dit-il? Sa douce Marie lui manque tant, et les enfants, vont-ils accepter une autre mère? Les petits peut-être, mais Georges, André et Marie-Odile? Et son lit si froid? Comme il aimerait se réchauffer contre un ventre bien chaud et des seins ronds. Selon son habitude, il dépose sa bicyclette le long du hangar ; Odilon se sent ragaillardi, une femme ! Son appétit sexuel lui joue des tours. Il replace son pantalon afin qu'aucun signe de son excitation ne paraisse et n'alerte les enfants. Son devoir de père avant tout et pour la femme, bah ! il y réfléchira… Sans trop le savoir, le curé a semé la tentation dans le corps d'un veuf affamé.

—Éva du courrier pour vous !

—Du courrier, pour moi ? Vous faites erreur.

—Je lis bien, Éva Thompson.

Saisissant l'enveloppe, elle bredouille un bref merci puis, montant à sa chambre, elle s'assoit sans ménagement dans sa berçante qui riposte par un grincement inhabituel. Éva tripote la lettre, la retourne d'un sens puis de l'autre et après d'interminables minutes se décide à l'ouvrir. Son index s'insère nerveusement sous le rabat et tire si fort qu'il en résulte une dentelle anarchique. La missive apparaît.

—Qui peut bien m'écrire, Lucille ? Enfin elle plie l'échine celle-là et s'excuse par écrit… Vaut mieux tard que jamais, pense Éva.

Écartant les lèvres du papier elle découvre une grande feuille blanche pliée soigneusement remplie de mots qui se suivent à la queue leu leu. Même si elle regardait la lettre pendant des heures, celle-ci ne livrerait pas son message. Se résignant, elle descend l'escalier en rafale demander à madame Jeanne de lui lire le contenu.

—Vous ne l'avez pas lue vous-même ?

—Non madame, je ne sais pas lire, répond Éva rouge

comme une pivoine.

Madame Jeanne prend alors une voix pointue digne d'une institutrice. *Bonjour mademoiselle Thompson, je me nomme Odilon Dupuis et je ne sais par où ni comment commencer. Monsieur le curé m'a parlé de vous et de vos qualités. Vous me trouverez peut-être un peu effrontée, mais j'aimerais vous inviter à la fête du village voisin, dimanche prochain. Je passerais vous prendre après la messe de neuf heures. Excusez encore mon sans-gêne, mais la timidité me paralyse. Espérant une réponse positive de votre part. Odilon Dupuis.*

En entendant ces mots, Éva se sent encore plus mal à l'aise que le prétendant lui-même. Sa patronne ne sait trop que dire et finalement, après avoir remis la lettre à sa bonne, ajoute :

—Eh bien, si je ne m'abuse Éva, voici une invitation que vous ne pouvez refuser. Quel gentilhomme ce monsieur Dupuis, je le connais très bien. Un homme *dépareillé*... il a perdu sa femme l'hiver dernier et croyez-moi, sa réputation s'avère des plus irréprochables.

Tripotant sans arrêt la première lettre qu'elle ait reçue de toute sa vie, Éva remercie madame et retourne à sa chambrette.

—Oh mon Dieu! Sa tête tourne. Éva s'affale sur son lit, délaissant pour une fois sa berçante, pose la lettre sur sa poitrine plate et ferme les yeux. Ces doigts se crispent sur ce bout de papier qui contient son avenir et elle craint le piège : un beau parleur comme le Philias de Lucille ou son pêcheur de morue. Penses-y bien ma fille, un homme, c'est pour la vie! Si je marie le bon gars, je toucherai le paradis. Au contraire, s'il se révèle un coureur de jupons où un ivrogne, l'enfer me guette. En tout cas, cet Odilon ne court certainement pas une dot. Elle reprend l'enveloppe, espérant défricher son nom, en ressort le pli, l'ouvre, le retourne dans tous les sens comme si la réponse s'y cachait et tomberait sur ses genoux. Puis, comme une urgence, d'un coup de reins elle se relève, plaque son chapeau sur sa tête, enfile ses gants de dentelle, attrape sa sacoche au passage et court au presbytère.

—Bonjour monsieur le curé.

—Éva te voila bien essoufflée, as-tu couru? Pourtant, il n'y a que quelques pas d'ici à chez toi.

—Non, mais vous m'avez donné de quoi me raccourcir le souffle, répond Éva entre deux respirations sonores. J'ai reçu une lettre et devinez qui me l'a écrite? Votre veuf, Odilon Dupuis.

—Odilon? dit le curé naïvement.

—Oui et savez-vous ce qu'il veut?

—Bien sûr que non ma fille, j'ai passé l'âge de jouer aux devinettes.

—Tenez-vous bien, dimanche prochain, il m'invite à la fête du village voisin et attend ma réponse.

—Parfait, parfait, ma fille, ajoute le curé candidement.

De plus en plus perplexe, Éva s'inquiète.

—Vous trouvez? En admettant que j'accepte, qui me servira de chaperon?

—Tut, tut, ici je t'arrête tout de suite. Si tu acceptes? Mais certainement que tu vas accepter. Tu ne trouveras meilleur parti qu'Odilon et tant qu'au chaperonnas, le village entier te surveillera, n'est-ce pas assez?

—Mais monsieur le curé…

—Pas de mais, je te donne ma bénédiction Éva et amuse-toi bien, dit-il en la poussant vers la porte.

En refaisant le chemin inverse, Éva réfléchit en mettant d'un côté, les points positifs et de l'autre, les négatifs. La balance penche en faveur d'Odilon. Hésitante, elle entre dans la maison et se met en quête de madame Jeanne. Elle trouve celle-ci dans sa chambre en train de se coiffer. Le miroir renvoie l'image d'une femme d'une grande beauté, à qui les difficultés de la dépression commencent à donner des rides. Discrètement, Éva la tire de sa triste rêverie.

—Madame, puis-je vous demander un service ?

—Certainement Éva, approchez.

—J'aimerais répondre à monsieur Dupuis.

—Rien que ça ? Un bien petit service, cela me fait plaisir. Allez me chercher une feuille en bas, une enveloppe et une plume.

Éva descend l'escalier lentement, sentant que chaque marche la mène vers l'inconnu. Elle tolère une dernière pensée pour Thomas, un adieu. Jamais plus, elle ne le reverra, il faut oublier ses belles paroles et même jusqu'à son nom.

—Assoyez-vous sur ce tabouret Éva et dictez-moi la réponse.

—*Monsieur Dupuis, j'ai bien reçu votre lettre et j'accepte de vous accompagner à la fête. Éva Thompson.*

—Rien de plus ?

—Non, je pense qu'il n'en faut pas plus, cet homme reste un étranger pour moi.

—À votre guise. Placez la lettre dans l'enveloppe et courez vite au bureau de poste. Ne perdez pas une minute si vous voulez qu'il reçoive votre réponse à temps.

—Papa, monsieur Giroux m'a remis une enveloppe pour toi, crie André à son retour de l'école.

—Vite, donne-moi ça, lance Odilon.

Il attrape la lettre et sans plus attendre attrape, le couteau de cuisine et le glisse dans le coin supérieur de l'enveloppe. La déchirure laisse entrevoir la réponse de la servante du juge, aucun doute dans son esprit, une écriture si fine. Lentement, un large sourire s'épanouit sur sa figure tannée.

—André va chercher ta sœur.

—Marie-Odile ?

—Qui veux-tu que ce soit nigaud, répondit-il en ébouriffant d'un geste brusque la tête du garçon.

Marie-Odile arrive le tablier tout de travers, le coin inférieur qui lui sert de serviette retombe de ses mains.

—Écoute mon Odilette, dimanche prochain après la messe, j'ai affaire au village. Je ne reviendrai que vers la fin de l'après-midi.

—Pourquoi m'avertir tout de suite, tu fais ce que tu veux ici, un point c'est tout, mâchonne-t-elle entre ses dents.

Le dimanche prévu pour la sortie, le soleil accompagne un Odilon mis comme un prince. La messe, tout juste entendue, lui a donné l'assurance d'un jeune marié, tandis que le clin d'œil du curé à la sortie de l'église, le reste du courage qui lui manquait pour continuer. Raidi dans son habit porté pour la dernière fois à l'enterrement de sa douce Marie, Odilon rayonne. L'homme a maigri et flotte dans son pantalon, la chemise qu'il a repassée et le col empesé à la cachette, baille légèrement. Dans la poche de son gilet, pèse lourdement sa montre de poche, cadeau de Marie. Une dernière fois, il rectifie sa tenue, puis son inséparable casquette entre les mains, il sonne à la porte des Sylvestre.

Maintenant, il ne sait à quoi s'attendre ; souffrant de myopie, il a à peine entrevu la jeune fille une fois ou deux à l'église. En attendant derrière la porte vitrée, il se maudit de ménager ses lunettes. Enfin, un mouvement de la porte d'entrée laisse passer la bonne des Sylvestre. Transformée en nymphe, Éva porte une robe de couleur lilas, garnie d'un col et poignets de dentelle. Ses cheveux remontés en un lourd chignon logent un chapeau de paille jaune embelli par de petites grappes fleuries qui pendouillent gracieusement sur le rebord du canotier. Une délicate voilette cache un regard brumeux.

—Éva Thompson ?

—Oui. Vous êtes sans doute monsieur Dupuis ?

D'un signe de tête, Odilon acquiesce.

—À ce que je vois, vous voilà déjà prête ? bredouille le veuf en retenant son regard de peur d'effrayer la jeune fille.

Taponnant sa sacoche pour se donner contenance, Éva fait signe que oui. Affronter ces yeux verts qui la fouillent, froisse sa pudeur ; si elle réfléchit trop à la raison qui amène ce prétendant devant sa porte, elle n'aurait qu'une idée, fuir. Sentant un bref moment d'hésitation de la part de la jeune fille, le veuf tend la main et l'invite à monter à bord de sa voiture. Timidement, Éva s'installe sur le banc près de l'homme. Elle esquisse un sourire en se remémorant sa dernière course en calèche, à la belle épouvante, vers le village de Sainte-Élisabeth. Jetant un œil de biais, elle juge le veuf comme n'étant pas si mal après tout... plus jeune, jeune, mais que doit-elle espérer ? Un prince charmant ? Comme s'il se sentait jugé, Odilon tire sur les guides et prend la route. Pour l'instant, il préfère se taire. En vérité, il ignore ce qu'il faut dire : parler d'actualité, de son travail, du curé qui s'est compromis, tous ces sujets de conversations s'avèrent risqués. Il y a longtemps que ces performances en matière de séduction n'ont pas été sollicitées. Enfin, il se décide :

—Il fait beau aujourd'hui.

—Oui, très beau, répond Éva.

La conversation tombe à plat. À nouveau, il revient à la charge.

—Avez-vous déjà visité Berthierville ?

—Oui et non, je ne connais que la gare de Berthier Jonction.

Le silence reprend et cette fois-ci les accompagne jusqu'à destination. Odilon s'arrête, descend de sa voiture et court de l'autre côté afin d'aider sa compagne à poser le pied sur le trottoir. Juste au moment où elle tend la main et entame sa descente, elle s'accroche dans le marchepied et si ce n'était de la vigilance d'Odilon, elle serait atterrie d'une drôle de façon.

—Hop là mademoiselle! Attention!

—Merci beaucoup, dit-elle en s'appuyant sur lui plus fortement que la bienséance l'impose. Excusez ma gaucherie.

—Pas bien grave. Pas fait mal au moins?

—Non, seul mon orgueil souffre un peu, bredouille Éva en vérifiant si sa coiffure a tenu le coup.

Odilon la regarde, les yeux allumés tels des phares. Il est ravi d'avoir recueilli sa future épouse dans ses bras. Oui, plus d'hésitation, il doit maintenant lui faire la cour. Plus jolie qu'un ange, elle en possède la douceur. Batêche, il connaît ça les belles femmes, le curé! Pourquoi enterrer un si beau brin de fille dans un monastère? Le bon Dieu ne choisit pas que des laiderons. Les curieux s'attardent, choisissant au hasard un stand plutôt qu'un autre, tout en profitant du soleil dominical. Galant, Odilon offre son bras pour marcher à travers la foule. Même recommandé par le curé Godin, Éva hésite à accepter, elle ne connaît pas suffisamment cet homme pour s'accrocher à son bras. Comprenant sa réserve, Odilon poursuit :

—N'ayez crainte, je respecterai le bon usage, mais si vous préférez marcher seule...

—Pour tout de suite, oui.

—Où désirez-vous aller? Il y a plusieurs kiosques à visiter ; ici, un spectacle de tir de chevaux et là une exposition de travaux à l'aiguille ou mieux encore, là-bas on sert de la limonade.

—J'aimerais bien marcher un peu, j'aime beaucoup la chaleur du soleil.

—À votre guise mademoiselle Éva. Si vous n'y voyez pas d'inconvénient, puis-je vous appeler par votre prénom, bien entendu à la condition que vous fassiez de même et m'appeliez Odilon?

—D'accord Odilon, dit-elle en hésitant comme si ce nom

lui brûlait les lèvres.

Tout en faisant de petites haltes, elle jette un œil discret aux produits culinaires exposés.

—Aimez-vous la confiture Odilon ?

—Ma foi oui, quelle drôle de question ? Je préfère les petites fraises des champs.

—Vous avez raison, quel délice !

—Jardinez-vous, Éva ?

—J'aime travailler dehors, pour moi, c'est le plus beau des passe-temps. Je suis toujours fascinée quand je pense que les petites graines qu'on met en terre deviendront de beaux légumes. La générosité de la grande Magicienne ne cesse de me surprendre.

—À chaque été, je fais un grand jardin derrière la maison, continue le prétendant, et j'y plante des carottes, des choux, des navets, des betteraves et des patates. En juin, tout le long de la clôture de cèdre, fleurit une haie de pivoines blanches.

—J'adore la senteur de ces fleurs, bien que je préfère les roses, elles me rappellent mes douze ans et un certain jardin à Caraquet.

Éva n'en rajoute pas plus laissant à Odilon le soin d'alimenter la conversation. Il a désiré sortir avec elle, eh bien ! qu'il se dépêtre.

—Malheureusement, poursuit le veuf, je ne consacre pas assez de temps au jardinage, mais Marie-Odile s'en occupe bien. Éva, aimez-vous les enfants ?

La question, trop précoce au goût de la jeune fille, la fait hésiter un peu.

—Oui, particulièrement les petits, je les trouve très attachants.

—Éva, je n'irai pas par quatre chemins. Je suis veuf et père de cinq enfants.

—Monsieur le curé Godin m'a parlé de vous Odilon, je sais

que votre femme est décédée subitement l'hiver dernier et vous a laissé des jeunes.

Ah! Le batêche de curé! Alors à toi d'enfoncer le clou mon Odilon, pense-t-il intérieurement.

—Si vous le voulez bien Éva, j'aimerais vous revoir. En fait, je désire faire un bout de chemin avec vous.

—Mais vous marchez déjà avec moi Odilon! Tiens nous voilà rendus au cimetière.

—Si cela ne vous dérange pas, retournons, je n'aime pas ce lieu, il me donne le cafard.

—Par contre pour moi, il représente la quiétude et la fin de notre route. Puisque vous y tenez, retournons voir les stands.

—Cette fois, je vous offre une limonade.

Une matinée comme Éva n'en a jamais vu, un ciel d'un bleu si profond qu'on le dirait sans fin, la découverte d'un nouveau village, la fête. Elle marche en compagnie d'un homme, pas des plus jolis, ni des plus jeunes, mais les quelques rides au coin de ses yeux verts parlent de sa maturité. Éva ne déteste pas l'automne comme saison de la vie. Pourquoi ne pas espérer une place pour elle? Elle saurait se faire petite. L'après-midi est largement entamé lorsque Odilon la ramène chez elle. Éva accepte de le revoir la semaine suivante, mais le veuf lui demande la discrétion sur leur relation.

Sur le chemin de retour, Odilon s'excite. Éva possède un charme fou et ressemble à ces fragiles brins de muguet dont la senteur suave renferme l'envoûtement.

Éva s'appuie sur la grande porte vitrée, la refermant doucement. Sa vie vient de basculer en quelques heures à peine. Elle est tombée dans le filet tendu par le curé; Odilon a bouleversé son cœur de nonne et fait taire sa peur des hommes. Lentement, elle remonte à sa chambre, prise d'un léger vertige dont elle connaît trop bien la cause. Elle pose chapeau, gants et sacoche sur la commode et s'enveloppe dans son châle de laine.

Ses épaules ont besoin de chaleur même s'il fait bon dehors, puis elle pose sur ses genoux son livre de prières, incapable de l'ouvrir et encore moins de se concentrer sur son contenu. Regardant le crucifix au dessus de son lit, elle ne sait que formuler : *Et fiat voluntas tua.*

Le lendemain matin, madame Jeanne, curieuse du résultat de la sortie de sa bonne, pose des questions.

—Et puis Éva, vous êtes-vous amusée hier ?

—Oui, j'ai bien aimé ma visite, répond Éva hésitant à dévoiler ses secrets.

—Rien de plus ?

—Je trouve monsieur Dupuis très correct.

—Très correct ?

—Sans plus.

—Vous a-t-il proposé de le revoir ?

—Oui.

—Vous avez accepté au moins ? Remarquez que je ne me mêle pas de ce qui me regarde, bien que votre bonheur m'importe.

—Je le reverrai, n'est-ce que tout le monde attend de moi ? s'impatiente Éva.

—À la bonne heure, voilà une sage décision. Vous savez Éva, notre situation financière nous force à réduire encore une fois notre train de vie et loin de moi l'idée de vous mettre à la porte, mais monsieur Sylvestre ne peut plus vous entretenir. Je regrette que nous en soyons arrivés là. Si vous le désirez, nous pouvons vous garder encore quelques semaines, le temps de vous retourner de bord ; je pourrai vous écrire une lettre de recommandation qui vous servira pour trouver un nouveau travail.

Éva s'en doutait bien, on ne veut pas la mettre à la porte, mais on lui indique la sortie bien gentiment, offrant en guise de remerciements des années passées au service du juge, un papier prouvant ses qualités de servante. Quelle farce ! Eh bien ! Tant qu'à prendre cette satanée porte, elle en ouvrira une autre du même coup.

Odilon se présente, le dimanche suivant comme entendu lors de leur première rencontre.

—Que désirez-vous faire aujourd'hui, Éva ?

—Je ne sais pas, votre décision sera la mienne.

—Que diriez-vous de venir voir mon jardin ?

—Déjà ! échappe Éva.

—Si ça ne vous plaît pas, nous ferons autre chose, ajoute-t-il en triturant sa casquette de tweed.

—Non, non, votre proposition me convient.

Tant qu'à sauter à l'eau, pense Éva, sautons et à la grâce de Dieu.

Au moment où Odilon se dirige vers la rue Laporte, il est accompagné d'une future mariée et d'une maman pour ses enfants. Même s'il redoute les bavardages, sa tête fait mille et un projets et son coeur bat si vite qu'il craint qu'Éva ne l'entende. Déjà amoureux, après si peu de temps, il prie : *Marie aide-moi. Je ne renie rien de notre passé, mais vois-tu, j'ai encore besoin d'une femme et elle est assise là à côté de moi. Pardonne-moi...* Déjà Odilon arrête sa voiture le long du hangar.

—Nous voilà rendus, dit-il en présentant la main.

Cette fois, Éva prend bien garde de ne pas atterrir dans ses bras. Posant fermement son pied sur le marchepied, elle accepte la main galante.

—Vous faites des progrès, dit Odilon en riant.

—N'est-ce pas ? s'enorgueillit la prétendante.

La jeune fille accepte le bras présenté par Odilon et les

tourtereaux se rendent au bout de l'allée de pivoines. Devant le jardin à pleine maturité, affichant du même coup des légumes de toutes sortes, Éva félicite le jardinier. Aucune mauvaise herbe ne ternit les rangées bien alignées, en ordre parfait.

—Je trouve votre jardin magnifique Odilon.

—Merci, mais les compliments doivent aller à Marie-Odile, elle a le pouce vert mon Odilette.

—Comment appelez-vous ces magnifiques lys orange? demande Éva, s'intéressant de plus en plus à la botanique.

—Des hémérocalles et celles-ci portent une couleur pour nom, on les appelle des mauves, là-bas mes préférés, des géraniums.

—Vous connaissez le nom de toutes les fleurs?

—Oui et non, enfin celles que je fais pousser. Tenez, voici la responsable de tout cela.

Marie-Odile s'avance lentement, se demandant si elle peut se permettre de déranger son père en compagnie d'une dame.

—Excuse-moi papa, Josette pleure à fendre l'âme. Elle est tombée et te réclame, je n'arrive pas à la consoler.

—Bien sûr, j'arrive. Marie-Odile, je te présente Éva, une amie.

—Bonjour madame, salue la fillette méfiante.

—Bonjour Marie-Odile, quel joli nom!

Arrive alors Josette, les joues barbouillées de larmes et les genoux souillés de terre. En voyant son père, ses hurlements cessent immédiatement. Elle lui tend les bras et au risque de salir sa belle chemise blanche, Odilon la soulève de terre, la serre contre lui en caressant sa tête.

—Là, là Josette, c'est fini.

En sécurité et reniflant dans le cou de son père, la fillette se hasarde à jeter un œil du côté d'Éva.

—Et celle-ci, se nomme Josette, mon bébé, ajoute Odilon fier de ses filles.

—Bonjour Josette.

Le petit bout de femme répond par un clignement d'yeux et un dernier hoquet larmoyant. Puis elle se campe définitivement dans le creux de l'épaule paternelle.

—Aimeriez-vous entrer dans la maison, il y fait plus frais qu'ici? demande Odilon.

Éva ose un oui. Tenant sa fille d'un bras, il offre le second à sa compagne. Marie-Odile a bien vu le geste et le regard de son père, elle n'est pas dupe. Cette dame ne fait pas qu'admirer le feuillage des carottes ou sentir les pivoines. En pénétrant dans la maison, Éva décèle une odeur de cire à plancher et de citron. L'ordre qui règne dans la cuisine frôle la perfection. Quelqu'un a déjà mis table. Pendant qu'Odilon accroche sa casquette au clou à côté de la porte, Éva hésite et se tient comme un lampion sur le tapis de l'entrée.

—Excusez-moi, je ne veux pas déranger. Vous alliez dîner.

—Au contraire, vous étiez attendue; avancez, ne restez pas debout inutilement, dit-il en tirant une chaise droite. Vous prendrez bien une petite collation avec nous? Marie-Odile nous a préparé un de ses fameux poudings au chômeur, mais avant, vous ne refuserez pas de goûter à mon petit vin de cerise, ou peut-être préférez-vous du thé?

—Euh… Odilon, je me sens mal à l'aise d'envahir votre intimité familiale.

Descendent alors de l'étage, trois garçons.

—Éva, je vous présente André, Georges et François, mes trois larrons.

Ceux-ci tendent timidement à la nouvelle venue une main fraîchement lavée. Voilà la famille au complet! pense Éva

—Bonjour les garçons, bredouille-t-elle.

Odilon installe sa visiteuse à la table. Il a eu la délicatesse de ne pas offrir la place que Marie occupait. Marie-Odile s'y faufile pendant que le père prend sa place habituelle. Il procède en versant une tasse de thé à son invitée, du jus de groseilles aux enfants, puis taille lui-même les parts du dessert tant vanté. En hôte accompli, il sert Éva la première, puis chaque enfant tend son assiette dans un désordre digne d'une famille gourmande, chacun désirant prendre avantage sur l'autre.

—Du calme, les enfants, il y en a pour tout le monde.

Après quatre dimanches assidus, Odilon estime que les fréquentations ont assez duré. Il n'en peut tout simplement plus et son corps s'impatiente. Il doit d'abord faire sa demande de mariage, mais à qui? Il s'en va directement chez le curé.

—Monsieur le curé, vous avez mis un ange sur mon chemin et maintenant j'anticipe le moment où il devra retourner au ciel. En fait, trêve de poésie, je désire marier Éva.

—Voilà une sage décision Odilon, de cette façon, tu donneras une brave mère à tes enfants, s'exclame le curé, cachant difficilement son soulagement.

—Ce qui m'embête, c'est que j'ignore comment m'organiser pour la grande demande.

—Je t'accorde ma bénédiction, est-ce suffisant?

—Oui, non, enfin monsieur le curé…

—Au fait, ta dulcinée connaît-elle ton intention? coupe le curé Godin.

—Non, pas encore et les enfants non plus.

—Alors, ne tarde pas; il faut qu'elle sache ce que tu mijotes et qui sait, peut-être un autre découvrira-t-il ton ange.

—Ah vous, ne me faites pas peur comme ça!

—Va Odilon, ton carême achève, dit le curé en riant de la naïveté de son paroissien.

Ragaillardi par les paroles du curé, le veuf se dirige d'un pas assuré chez le juge Sylvestre. Éva en tablier de semaine et chapeau de paille s'acharne sur les rosiers nains en retirant minutieusement les fleurs fanées.

—Odilon! Où allez-vous à cette heure matinale?

—Ici, pourrais-je vous parler un peu?

—Vous ne pouvez pas attendre à dimanche?

—Non, écoutez Éva, je voudrais me marier avec vous. Voulez-vous m'épouser?

Le souffle coupé, Éva ne pensait jamais pareille demande en de telles circonstances et, à voir la tête d'Odilon et ses yeux pétillants, il lui faut une réponse tout de suite.

—Odilon, je vous aime bien, mais je trouve que vous allez vite en affaire.

—Je n'ai besoin que d'un oui Éva.

Elle hésite quelques instants, ce qui met l'homme sur des charbons ardents.

—Oui Odilon, oui j'accepte.

Le veuf dépose un bec sonore sur les lèvres de sa future, il serait tenté de la prendre dans ses bras, de la serrer très fort, mais il ne faut rien brusquer. Il se contient difficilement à en rester là. Sa longue abstinence lui joue de sales tours. Pour le moment, il espère qu'Éva ne s'apercevra pas de l'excitation maritale anticipée.

—Éva si vous le permettez, j'aimerais qu'on se tutoie. Je me vois mal *m'enfarger* dans les vous si nous devons nous unir...

Éva sourit à l'allusion à peine voilée de son soupirant.

MARGUERITE

Le curé Marc-Aurèle Fortier de Montréal baptise presque tous les jours. Si on peut compter les morts dus à la grande dépression, ils sont vite remplacés par des poupons à langer. Albert Plante vient présenter à l'église de l'Annonciation sa quatrième fille, benjamine de dix enfants. Le vent, qui remonte insidieusement la rue Sherbrooke, fait grelotter les parrain et marraine qui n'ont qu'une seule idée, se mettre à l'abri dans l'église. L'eau des fonds baptismaux est glacée et le pasteur laisse couler un mince filet du liquide béni sur le front de la petite Marguerite en prononçant les paroles du rite sacré ; le bébé indifférent aux comment et pourquoi de cette liturgie séculaire se met à hurler. Béatrice, la porteuse, remet vite le bonnet blanc sur la tête de la petite, essayant de lui redonner un peu de chaleur. Ramassant le châle de baptême, elle l'emmaillote et la serre sur sa poitrine généreuse. Marie, Anne, Marguerite, vient de rejoindre la cohorte des baptisés selon les rites de notre Sainte Mère l'Église. Après le cérémonial de ce novembre 1930, tous ont hâte de retourner à la maison, où un bon repas chaud préparé par Léontine, l'aînée d'Albert Plante, attend les gens de cérémonie. Tante Béatrice dépose la petite enfin endormie dans le berceau près de sa mère. Laissée à bout de force par un accouchement difficile, Antoinette espère que celui-ci sera le dernier. Dix bouches à nourrir quand la crise dure, le bon Dieu n'en demande pas tant. Pratiquante, elle estime qu'il ne faut pas se montrer plus catholique que le pape ; qui les nourrit, les torche et les éduquent ces enfants-là ? Certainement pas les curés. Dans le fond de leur beau presbytère bien chauffé, ils ne connaissent pas la faim et le froid, lot de plusieurs de leurs paroissiens. Antoinette ne veut pas que sa famille soit réduite à quémander la charité. À la longue file d'attente pour la soupe populaire, nul besoin de rajouter le nom des Plante. Albert vient de recevoir son bleu comme débardeur ; la crise économique frappe fort au Québec. Le trafic portuaire ralentit et moins de bateaux veut dire, moins de bras nécessaires pour décharger les navires remplis de produits importés. Albert Plante subit le dur contrecoup de l'affaissement de l'économie mondiale. Parfois, Antoinette se demande comment elle mettra du pain sur la table. À contrecœur, elle sert à ses enfants chaudronnées de soupe au chou par-dessus chaudronnées, parfois elle offre une variation sur un même thème, soit une soupe aux pois. Depuis longtemps, le luxe a été éliminé de leur vie et Dieu fasse qu'ils gardent au moins l'essentiel.

Heureusement, la fournaise au charbon réussit à chauffer le logement exigu. Antoinette couche les trois filles dans le même lit, les garçons se contentent des deux chambres restantes et les parents accueillent les deux plus jeunes dans la leur, impossible de se tasser encore plus. Découragé, Albert cherche du travail qui n'existe même plus. Le taux de chômage frise la catastrophe à Montréal et comme de nombreux pères de famille, il hante les rues en quête d'un petit boulot. Devant l'impossibilité de trouver un travail lui permettant de mettre de la nourriture sur la table, il doit se résoudre à partir pour les chantiers ; ceux de La Tuque offrent de quoi subsister. Il espère ainsi sauver ce qui lui reste d'orgueil et éloigner volontairement la prochaine grossesse de sa femme. Les chemins enneigés remplaceront les rues boueuses du quartier Hochelaga. Inquiète, Antoinette se retrouve seule avec sa marmaille pour passer la dure saison.

Pour gagner quelques cents de plus, la mère de famille lave les hardes des riches. Sur la corde à linge traversant la cuisine d'un bout à l'autre, des camisoles de dentelle et des chemisiers en soie côtoient les couches grises séchant près du poêle. À cinquante cents la *pratique*, elle réussit à améliorer l'ordinaire des repas. Les jointures rouges, les mains gercées et couvertes d'eczéma, Antoinette n'en continue pas moins à laver et à frotter. Le soir, elle entortille ses doigts des guenilles pour faire guérir les lésions. La crème antiseptique ne réussit pas là où la bassine d'eau chaude continue à faire des dégâts. Léontine participe aux frais de la maisonnée en faisant des ménages chez les bourgeois, rapportant toutes ses payes à la maison. À l'occasion, la grande sœur achète des bonbons qu'elle cache dans ses poches et gâte un peu les petits.

Cajolée et bercée par Léontine, Marguerite profite des largesses de sa seconde mère. La petite sait comment faire craquer la volonté de son bon génie, mais obtient un succès mitigé lorsqu'elle s'adresse à l'autorité en chef. Dès qu'elle apprend à marcher, Marguerite devient l'ombre de l'aînée, la suivant partout. Elle se mérite largement le surnom de *chien de poche*. Le soir, d'une voix douce, la patiente Léontine lui raconte des histoires et au moment où les yeux de l'enfant s'alourdissent, les fées, le Chat botté et le Petit Poucet prennent possession des rêves de Marguerite. La fillette pousse vite, comme la mauvaise herbe de trottoir, tenace comme une fleur de pissenlit s'amuse à dire Antoinette. Très vite, la benjamine a compris le rôle privilégié qu'elle détient au sein de la famille, bénéficiant de l'attention de ses frères et sœurs. Aucune crainte qu'un autre bébé ne vienne prendre sa place dans la couchette.

Chaque samedi après-midi, Léontine s'amuse à faire des boucles dans les cheveux de Marguerite, lui imposant le supplice des guenilles avec lesquelles elle doit passer la nuit. Le lendemain matin, traînée à la messe à la suite des neuf autres enfants d'Albert, Marguerite pavoise et montre ses boudins qui bougent au rythme de ses pas. Bien que sa mère ait pigé la garde-robe de la petite dans celle de ses sœurs aînées, Léontine réussit toujours à faire apparaître un bout de ruban d'on ne sait où pour compléter la toilette de sa protégée et passe souvent les caprices du bébé de la famille.

—Léontine, tu gâtes trop cette enfant, tu la pourris, dispute Antoinette. Un jour, personne ne réussira à la contrôler et mademoiselle fera à sa tête.

Paul, le frère aîné de Marguerite, a déniché une vieille bicyclette à trois roues qu'il a retapée et peinte en rouge vif. Il a haussé les pédales avec des blocs de bois afin que la petite puisse les atteindre. Maintenant, le tricycle paraît comme neuf. Fièrement, Marguerite pose son petit derrière sur le siège de métal, ayant pris soin avant tout de relever sa jupe, la plaçant en auréole autour d'elle, pose ses pieds sur les blocs et pousse de toutes ses forces. Ça avance ! Du même coup, son rayon d'autonomie vient de s'agrandir. Désormais, le monde appartient à mademoiselle Marguerite ! Tous les jours, elle repousse les limites de son territoire. Les ruelles livrent leurs secrets d'alcôve et tout le monde dans le quartier connaît *ma'moiselle* Plante. Les cours derrière les maisons fourmillent d'enfants ; les ballons, cordes à danser, jeu de marelle, cachette, *branch et branch* demeurent les jeux favoris de cette marmaille barbouillée. Répondant de manière tout à fait naturelle aux normes de notre société sexiste, d'un côté les filles s'amusent à la poupée laissant aux garçons les attaques de cow-boys, le hockey ou les courses de camions. Si un de ces petits mâles en devenir, s'introduit dans le groupe féminin, celles-ci lui assurent un rôle secondaire et vont même jusqu'à le déguiser en *mon oncle* ou pire en *ma tante,* soumission totale pour un garçon. Aussitôt son repas avalé, Marguerite enfourche son tricycle et rejoint ses amies. Assises sur les marches d'un des perrons du quartier, elles réinventent le monde ou du moins une partie : la fabulation des enfants des pauvres, riches de leur avenir.

Carmen, la meilleure amie de Marguerite, demeure à quelques maisons et les deux fillettes partagent souvent leurs jeux. Tous les soirs de l'été, les deux complices lancent un ballon sur une couverture et effectuent une série de gestes avant de le rattraper. Laquelle mérite le titre de championne ? La réponse réside dans la vitesse d'exécution du rituel. La cour de Carmen devient plus souvent qu'à son tour le théâtre de saynète que les deux auteures inventent au fur et à mesure que se déroule l'action ; une vieille couverture devient un fond de scène, les robes démodées trouvées dans le grenier et sentant l'humidité à plein nez se transforment en costumes et les talons hauts participent à la véracité de la transformation des fillettes en starlettes. Le prix d'entrée à une matinée théâtrale se calcule en épingles à linge ou en bâtonnets de *pop sicle*. Les petits bouts de bois donnent lieu à des échanges sérieux. On retrouve régulièrement les deux gamines, mains dans la main, jacassant comme deux pies. Marguerite, la plus hardie des deux, entraîne souvent son amie loin de chez elle. Carmen grimpe sur le marchepied arrière du tricycle et Marguerite tient le volant et à chaque sortie improvisée, elle seule connaît la destination finale du circuit touristique. Antoinette interdit formellement à mademoiselle Plante de dépasser la limite de la rue Sherbrooke et de descendre avec sa *bécane* en bas du trottoir. Marguerite étire souvent l'interdiction jusqu'à descendre la côte de la rue Hochelaga. Mais lorsque sa mère s'aperçoit de l'escapade, elle remet sa fille au pas et là, ça devient sérieux.

L'école du quartier Hochelaga finit par accueillir la pupille de Léontine. Les sœurs du couvent de l'Annonciation offrent une bonne éducation et Marguerite trouve dans les sombres couloirs beiges, le plaisir d'apprendre... Ses résultats scolaires se situent dans la moyenne ; la jeune étudiante n'y met pas les efforts nécessaires, préférant parloter avec ses voisines de classe. À plusieurs reprises, elle a visité le bureau de la directrice et a été astreinte à écouter le laïus de circonstance. Au lieu de prendre bonne note des conseils de sa supérieure, Marguerite examine en détail les vêtements de la religieuse, de la cornette à la lourde robe. Elle essaie d'imaginer quelle sorte de femme se cache sous ce bonnet rigide à donner des boutons et ce tas de chiffon noir. Les paroles accablantes de la directrice peuvent pleuvoir et prôner la vertu du silence, une seule pensée obsède Marguerite, ne jamais au grand jamais, faire une pisseuse. Bien vite, toute vocation religieuse est écartée, Marguerite aime trop la vie et n'en fait qu'à sa tête.

Pertinemment, Montréal soutient la réputation de ville animée, aimant les festivités et le divertissement. Durant la grande crise, la ville assure la responsabilité des secours directs et laisse croître les boîtes de nuit ; celles-ci rapportent aux coffres du trésorier de l'argent facile.

Les tristes années finissent par se conjuguer au passé. La population se réveille tiraillée par des dirigeants qui la prennent en otage et le clergé qui refuse de desserrer sa poigne de fer. Autant le brouhaha prévaut dans les ruelles, autant le quartier du centre-ville bourdonne telle une ruche. La ville en pleine effervescence grouille d'une vie secrète. Les façades à néons gavent la clientèle de lumière, puis happent les étourdis comme autant de plantes insectivores ; une fois pris au piège des bars, des salles de danse, des spectacles, les clients deviennent assidus et en demandent toujours plus. La moralité en a plein les bras, d'autant plus que la prohibition bat son plein, donnant à la ville le titre peu enviable de plaque tournante du crime organisé. Les citadins se relevant à peine d'années de pénurie cherchent le rêve et l'offre suit la demande. Tels des champignons, on voit pousser les débits de boissons, les maisons de jeux, les bordels, sans compter la pègre qui a son mot à dire dans le commerce parallèle et ne cède pas un pouce de terrain aux nouveaux parrains. Malgré l'enfer que promettent les curés, clamant haut et fort que ce monde dépravé est voué à la damnation éternelle, certaines personnes échappent au filet de leur bonne conscience et tâtent du péché. Le clergé voit rouge !

Marguerite ne peut demeurer insensible à cette vie qui grouille de partout et la jeune fille ne désire qu'une chose, participer à l'émancipation de Montréal. De guerre lasse, Antoinette laisse la bride sur le cou à la friande d'émotions. La curiosité de l'adolescente ne fait qu'enfler ; maintenant trop grande pour un monde d'enfant, mais interdite dans cette société d'adultes, elle anticipe le plaisir. Au volant de sa bicyclette, elle traîne rue Sherbrooke, Saint-Denis, s'inventant des scénarios de fête. Marguerite imagine le monde, le mesurant à l'exaltation que procure la vie nocturne. Le *Red Light*, un des coins chauds de la métropole fait jaser et on en parle à mi-voix ; on retrouve là les petites lanternes rouges aux portes des commerces offrant la luxure. Tout un quartier se retrouve sous la surveillance des policiers. La loi ne vient pas à bout de cette plaie vive et bien malin qui réussira à donner un bon coup de balai dans le quadrilatère maudit. Sans rechigner, les matrones de bordel offrent aux ripous des pots de vin, responsables des descentes. Aussitôt fermé, un autre établissement ouvre ses portes faisant couler l'alcool à flots et les barbottes vont bon train.

Pour Marguerite, ce monde parallèle et illicite la fascine et l'attire. Même si Antoinette interdit les sorties nocturnes à sa fille de quinze ans, elle lui file entre les pattes comme une anguille. Seul son père réussit à obtenir quelques résultats, quoique mitigés, auprès de sa fille. Malgré qu'on lui impose un couvre-feu, elle explique son retard par une entourloupette ou une histoire cousue de fil blanc : sa chaîne de bicyclette a déraillé, un accident au coin de la rue l'a retenue, allant même jusqu'à inventer des victimes, ou encore une amie l'a abordée sur le trottoir et elles ont jasé oubliant l'heure, bref toutes les justifications se valent. Difficile de contenir ses déplacements. Pour alimenter ses excuses, elle a trouvé un petit boulot et garde les enfants du quartier. À ce qu'il paraît, ses services sont des plus appréciés et difficile de prédire l'heure de son retour. Lors de ces soirées, elle regarde partir les belles dames en robe de taffetas, étole de vison, collier scintillant au cou, accrochées au bras de leur mari portant nœud papillon et souliers vernis, un manteau négligemment posé sur les épaules et sentant la lotion à plein nez. Marguerite rêve d'escaliers recouverts de tapis rouge, d'étourdissantes soirées où on peut faire la connaissance du gratin de Montréal, de spectacles, d'entendre chanter Alys Robi, d'applaudir Ti-Zoune ou de goûter aux *pink lady*. Les quelques sous qu'elle gagne à garder les enfants des riches, servent à s'acheter des rouges à lèvres, du fard, du vernis rouge ou, à l'occasion, un bien plus durable comme ce chandail d'angora dernière mode qu'elle a vu dans la vitrine de chez Eaton. Dans sa commode se retrouve pêle-mêle, des cahiers de chansons, des photos d'acteurs américains échangées avec ses copines, son journal intime, des bigoudis et bijoux de pacotille. Son missel et son chapelet côtoient la photo de Gratien Gélinas et tout le monde s'en porte bien.

Antoinette met en garde sa fille contre ce monde artificiel, fait de luxe, de brillant, de comédie, d'alcool et de luxure.

—Qu'y a-t-il de mal à aller voir chanter Alys ? Elle n'est

pas plus âgée que moi, réplique Marguerite rarement à bout d'arguments.

—C'est un univers de dépravés. Je ne veux pas voir ma fille dans des lieux où circule de l'argent sale, où les machines à sous pullulent et où on boit de la *bagosse*. Tu ne viens pas de ce milieu-là Marguerite. Tu as été élevée par une bonne famille, catholique, pratiquante et tu n'as rien à faire avce ces voyous.

—Rien ne m'interdit de l'aimer... riposte-t-elle en montant le ton.

—Que fais-tu de toutes les cochonneries que tu peux attraper ?

—Quelles cochonneries ?

—Ne me fais pas parler Marguerite, tu sais très bien que dans ces endroits malfamés, on se transmet des maladies honteuses. Tu ramasses ça n'importe où, une poignée de porte ou un siège de toilette ; des lieux repoussants, ma fille et là, je ménage mes paroles.

Bravant les semonces maternelles et les interdits, Marguerite s'enfonce plus loin dans la vie de la grande ville ; la description de la vie interdite faite par sa mère attise encore plus sa curiosité. Comme un papillon attiré par la lumière, l'adolescente fonce au risque de se brûler les ailes. Antoinette invoque tous les saints du ciel afin qu'ils protègent cette jeune étourdie. Les lampions, conseils du curé, neuvaines à l'Annonciation ne réussissent pas à apaiser le cœur de la mère. Sa fille gaspille sa jeunesse et elle ne peut qu'assister à la déchéance tant décriée.

—On dirait que celle-là, elle m'a échappé, je ne sais plus par quel bout la prendre. Une maudite tête de cochon, voilà ce que j'ai mis au monde.

Chaque dimanche matin, Antoinette la tire du lit de force pour assister à la messe de neuf heures.

—Ça n'a aucun sens de dormir comme tu le fais, peste la mère en brassant Marguerite. On sait bien, à l'heure que tu te couches… Lève-toi au moins pour la messe.

Antoinette trouve sa fille peu pieuse et à son avis, elle ne fréquente pas suffisamment la confession et la communion. Lorsque Antoinette se lève pour recevoir la sainte hostie, elle se sent souvent mal à l'aise de voir sa fille ne pas quitter son banc. La mère devient alors juge. La honte s'empare d'Antoinette et ce que les autres pensent la met au supplice. Marguerite accomplit l'essentiel des obligations religieuses. Au diable toutes ces dévotions hypocrites, ces mangeuses de balustrade et ces punaises de sacristies. Sa vie se trouve ailleurs.

✦⬦✦

Le Monument National, rue Sainte-Catherine, devient l'un des endroits préférés de la jeune fille, elle y trouve refuge. Là, elle se nourrit de théâtre, de chansonnettes, de lumières, bref de tout ce qui bouge et offre de l'action. À quelques reprises, elle s'est hasardée jusqu'au Casa Loma. Trop jeune pour pénétrer dans ce lieu, Marguerite défie les portiers et bien malin celui qui pourrait le lui interdire. Grâce à sa silhouette longiligne, ses yeux maquillés de noir, ses lèvres rouges nettement découpées, ses cheveux relevés et ses talons hauts, elle ressemble à n'importe quelle jeune femme en quête de plaisir. Assise à une table, une coupe de vin devant elle, elle guette le *M.C.* qui présentera son idole, Lady Alys Robi. Souvent, un jeune homme demande à s'asseoir à sa table. Poliment, Marguerite refuse. La jeune fille n'est pas ici pour draguer, mais pour assister au spectacle. Elle veut s'en mettre plein la vue, en tout cas, suffisamment pour alimenter ses rêves. À l'occasion, la police de la moralité fait irruption, dénichant les mineurs ou surveillant les mafieux. Alors, Marguerite s'absente pour quelques instants au cabinet de toilette et en profite pour se repoudrer le nez ; durant ce temps, l'orage pâlit, puis elle revient se délecter de chansonnettes. Ce qui se passe autour d'elle, l'adolescente désire l'ignorer ; ce que l'on ne sait pas on ne peut pas en parler, ni avouer quoique ce soit si on la questionne. Lorsqu'elle revient fatiguée de ces soirées féériques, elle lance ses vêtements dans tous les coins de sa chambre en se déhanchant au rythme de *Tico-Tico*. Secouant sa chevelure, elle retrouve le vrai sens de sa vie : le plaisir.

Tout comme elle, ses amies carburent à l'excitation, aux délices interdits, aux boîtes de nuit. Les plus dégonflées se rendent dans ces cabarets tandis que les autres essaient de s'imaginer ce qui se passe derrière les murs de ces endroits malfamés. Sans se faire prier, Marguerite raconte avec force détails tout ce qu'elle voit lors de ces spectacles.

—Carmen, si tu voyais Ti-Zoune, il te plairait à toi aussi. Drôle comme un singe, il fait des niaiseries que personne d'autre n'aurait le culot d'exécuter en public. L'autre jour, dans un de ses sketches, il tombe la tête première dans un baril, en ressort péniblement, le manteau de travers, le chapeau bossé et la cigarette cassée. Manda Parent, un rouleau à tarte dans la main, l'y avait poussé sans ménagement, crois-moi. Durant ce temps, la Poune joue du piano, faisant monter le niveau dramatique de la scène. Celle-là, elle ressemble à un clown toujours sur une patte puis sur l'autre et son chapeau de marin, qu'elle porte sur le bout de la tête, lui donne l'air encore plus malcommode. Paul Desmarteaux, le plus sage de la gang, raconte des histoires salaces et la salle, morte de rire, applaudit à tout rompre et en redemande. Je suis sortie de là en me tenant les côtes. Tu devrais venir avec moi Carmen, ça ne coûte pas bien cher et on donne aussi des spectacles en matinée. Ta mère ne trouverait rien à redire et si jamais elle hésitait on lui sortirait une de mes excuses infaillibles. Déniaise-toi un peu, ma Carmen !

—Inutile d'insister Marguerite, je n'aime pas poireauter dans des salles mal éclairées et qui sentent la poussière, j'ai l'impression d'y perdre mon temps ; je préfère aller lâcher mon fou au parc Belmont. Pour la même somme, je fais de tours de manèges et lorsque je suis bien étourdie, je me repose sur les bancs et en profite pour flirter un peu. Pareils à la grande roue, les garçons me font tourner la tête. J'attends patiemment qu'un de ces beaux Apollon vienne me tenir compagnie et m'offre de la crème glacée ou un *cream soda*. Souvent, il ne jette sur le tapis que de belles paroles et pas un cent pour me payer la traite, alors, je le coince au bout du banc et voilà le séducteur éconduit. Si tu penses que je vais m'embêter à écouter leur bla-bla, j'aime la vie quand elle tourne et que ça va vite.

—Dimanche prochain, dit Marguerite qui ne veut plus entendre parler de manèges, on annonce un spectacle de fanfare au parc Lafontaine, ça pourrait nous faire une belle sortie.

—Ouais, si tu veux.

—Ton enthousiasme me sidère. Après la parade, on pourrait se faire griller sur le gazon près de l'étang aux canards, insiste Marguerite. Et puis, si tu aimes tant flirter, essaye de séduire un des gars de la fanfare et pourquoi pas le porteur de tambour, dit-elle en souriant, souvent gras et dodus…

—Si tu arrêtais de faire ta drôlesse pour une fois ! Gros ou pas, pourvu que ça porte des culottes !

—Carmen !

Le dimanche prévu, les deux complices se rendent au parc Lafontaine. Marguerite, légèrement maquillée, a enfilé un pantalon plus agréable à porter qu'une jupe et plus incendiaire. La guerre a favorisé le port du vêtement masculin dans les usines d'armement et les plus audacieuses le mettent en public, défiant le code vestimentaire établi. À son grand désespoir, Antoinette voit partir sa fille vêtue d'un chandail rose moulant, laissant deviner son profil séduisant, comme si le pantalon n'était pas à lui seul assez provocant. Marguerite monte dans le tramway desservant le parc Lafontaine où Carmen doit la retrouver. Celle-ci encore plus désireuse de plaire, ose une culotte trois-quarts découvrant le mollet et une blouse noire largement décolletée. Rien ne se révèle de trop lorsqu'on veut charmer. Cette dernière a chipé à son père un flacon de dix onces de gin et fourré dans un grand sac une couverture qui permettra aux demoiselles de s'étendre tout à leur aise, sans risquer de se salir.

—L'après-midi promet! se réjouit Marguerite en voyant dans le sac entrouvert la bouteille de gin.

—Oui mademoiselle!

Les allées tout près de la gloriette sont prises d'assaut par les spectateurs, qui arrivés tôt, veulent admirer de plus près leur fils ou un parent qui exécutera une performance, ou tout simplement pour participer de plus près à la prestation musicale. La parade débutera dans quelques instants, car déjà on entend les musiciens accorder leur instrument et pratiquer discrètement sous les feuillus. Puis à l'heure prévue, les instrumentistes s'alignent dans un ordre quasi militaire et sous la houlette de leur chef, interprètent des airs de folklore à la mode. Les *Auprès de ma blonde, Vive la canadienne, Alouette* ou marches militaires rappellent aux Montréalais que leur belle jeunesse est partie se battre pour la liberté, laissant derrière elle des filles en larmes. Les joues gonflées par l'effort, les trompettistes et cornettistes donnent vie à la musique. Deux jeunes boutonneux s'évertuent à faire sonner leurs cymbales et le porteur de tambour ne fait pas mentir.

D'un clin d'œil à droite, une œillade à gauche, Carmen finit par attirer le regard d'un flûtiste. Elle replace constamment sa blouse, afin que son décolleté arrive à la bonne place, soit à la naissance du sillon formé par des seins généreux. Marguerite désire elle aussi ajouter une conquête masculine de plus à son journal intime; les mains appuyées sur les hanches, le dos arqué, elle met sa poitrine en valeur, invitant à la convoitise. Le défilé semble s'éterniser et Carmen toquée pour son joueur de flûte ne pense qu'à aller se prélasser sur le gazon. Enfin, les musiciens achèvent la dernière pièce musicale et regagnent le kiosque. Maintenant, les deux amies doivent mettre à l'épreuve la résistance de ces jeunes hommes bourrés d'hormones et attendre les résultats des œillades et intentions à peine voilées lancées à la ronde. Selon elles, le coup devrait porter. Carmen étend sa couverture sur l'herbe foulée et déjà les jeunes filles prennent des airs de divas. Puis, Carmen sort de sa cachette la petite bouteille de métal argenté et d'un geste qui se veut habituel, l'ouvre.

—Sens-moi ça ma fille, ce gin va nous faire une excellente entrée en matière.

—Pouah! De l'éther? Tu veux m'endormir?

—Non, juste te dégourdir, innocente!

—Ne me traite pas d'innocente, Carmen Tremblay, dit Marguerite irritée. Je déteste me faire prendre pour une enfant d'école.

—Bon, bon, bois et arrête de chialer.

Marguerite goûte la boisson forte, fait la grimace, mais ne déteste pas l'effet de chaleur dans le creux de son estomac. À son tour, Carmen ingurgite le nectar défendu.

—Tabarouette…, raide cette affaire-là.

—Qui est l'innocente d'après toi?

—Les deux! répondent-elles en chœur.

Les rires cristallins des jeunes filles attirent les regards des gens corrects se demandant où leur belle jeunesse s'en va, insouciante presque blasée. Finalement après quelques minutes, leur gaîté, yeux doux, poses sophistiquées finissent par produire l'effet escompté.

—Bonjour belles demoiselles, s'enhardit un jeune homme en quête de plaisir. Puis-je me joindre à vous? Vous semblez de bonne humeur, aujourd'hui.

Deux larges sourires viennent répondre à sa question. L'affaire est en main...

—Mon ami là-bas, dit-il en montrant du doigt un homme appuyé sur un orme, aimerait également se joindre à nous et vous connaître un peu mieux, demande le nouveau venu.

—Personnellement, je n'y vois aucun inconvénient, répond Marguerite légèrement étourdie par le gin. Et toi, Carmen?

—Pas du tout... renchérit la jeune fille en replaçant son décolleté.

S'approche alors un séducteur de premier ordre. Désinvolte, un chandail posé sur ses larges épaules, il possède ce petit quelque chose qui fait tourner la tête des femmes. Il sait qu'il plaît et ne se gêne pas pour utiliser les artifices de la séduction. D'un regard racoleur à l'intention de Marguerite, il consolide son attaque masculine. Instantanément séduite, la jeune fille se tasse un peu afin de laisser au Casanova une petite place sur l'édredon. Par contre, celui-ci paraît plus âgé que son compagnon. Il s'installe aux côtés de Marguerite pendant que Carmen fait plus ample connaissance avec le premier trousseur de jupons répondant au nom de Jerry.

—Je me présente, Raoul Langlois, dit le séducteur en serrant la main des jeunes filles. Il garde celle de Marguerite un peu plus longtemps qu'une simple présentation l'exige.

—Enchantée Raoul!

Carmen a déjà attrapé dans son filet Jerry et l'entretient de propos menant à une discussion futile et stérile. Marguerite comme un papillon de nuit vient de se brûler les ailes, sans le moindre cri de douleur. Raoul, peu loquace se contente de laisser à Marguerite les frais de la conversation. Parler de la température, de sa famille, de ses études, de ses amies du couvent paraît sans intérêt. Pour la première fois de sa vie, la bavarde ne sait que dire tant le charme sensuel de l'homme assis à ses côtés se montre plus fort que tout. Raoul, lui aussi, semble pris de mutisme ; quel sujet aborder avec une étudiante ? Prétextant être inconfortable par terre, il propose à sa nouvelle conquête une promenade autour du lac des canards.

—Que diriez-vous Marguerite de vous dégourdir les jambes ?

—Excellente idée.

Conquise, Marguerite délaisse Carmen et Jerry et suit l'homme. Les mains dans les poches, Raoul marche en ondulant, avançant les pieds de manière à infliger à son corps un imperceptible mouvement d'avant en arrière. Ses yeux de braise ensorcellent et brûle tout ce qu'il regarde. Marguerite n'a jamais subi pareille attraction charnelle, devenant le satellite d'un mâle, un vrai. Rien à faire, elle est complètement envoûtée et ignore toute retenue.

—Venez-vous souvent ici au parc Lafontaine ? demande l'entreprenant.

—Non, pas souvent. Je me situe bien loin, disons, du genre nature… Raoul, vous me feriez plaisir si on pouvait se tutoyer dès maintenant, le vouvoiement me gêne et m'enlève toute spontanéité.

—Certainement Marguerite, dit-il. Pour ma part, je découvre ce magnifique parc pour la première fois. Je viens tout juste de déménager à Montréal et comme je connais peu la ville, mon ami Jerry s'est offert comme guide touristique ; jusqu'à présent, je ne le l'ai jamais regretté. Depuis très longtemps, j'habitais Toronto, mais à son désavantage, cette ville dégage une atmosphère froide et plus conventionnelle que la métropole.

—Toronto ! … pas à la porte.

—Pour découvrir un beau brin de fille comme toi, c'est juste à côté.

Marguerite roucoule telle une pigeonne et avide de belles paroles, elle croit tous les compliments que le séducteur lui jette, soit, de la poudre aux yeux. La promenade se poursuit en mots galants et l'étourdie se gave de propos amoureux. Trop vite séduite, elle ne discerne plus le vrai du faux. L'assaut délicat du charmeur la met dans un état de dépendance immédiate. Les nouveaux amoureux marchent lentement, indifférents à la foule qui se presse autour d'eux. Profitant de cette superbe journée, ils ponctuent leur évasion de brefs arrêts sur les bancs à l'ombre des grands ormes. Voilà que maintenant, il la comble de joie en lui proposant une seconde rencontre. Marguerite accepte avec empressement, anticipant déjà le plaisir de le revoir.

—Que dirais-tu d'aller danser samedi soir prochain? Je viendrais te chercher en auto et on irait au Casa Loma.

La chance existe vraiment! pense Marguerite. Une auto… chez moi… danser… le Casa Loma. Après avoir analysé l'aubaine à toute vitesse, elle finit par articuler quelque chose qui ressemble à un oui.

—D'accord, reprend-il en prenant congé, samedi soir huit heures. Il décoche un clin d'œil à sa victime avant de la reconduire vers son amie Carmen. Cette dernière vient tout juste de congédier Jerry et replace sa tenue de façon convenable en tentant de refermer le décolleté trop aguicheur.

—Carmen, le ciel existe! dit Marguerite en s'affalant au beau milieu de la couverture.

—Chanceuse, moi j'ai entrevu le purgatoire en attrapant un tripoteur de première classe. Tout de suite après ton départ avec… comment s'appelle-t-il déjà? Puis sans attendre la réponse, elle continue, … ce bozo de Jerry n'avait qu'une idée fixe en tête, mettre la main dans mon décolleté et m'embrasser.

—Comme ça, devant tout le monde?

—Un sans gêne Marguerite, j'aime bien m'amuser, mais je reste une fille respectable. Je l'ai viré en criant lapin et menacé de hurler s'il ne déguerpissait pas tout de suite. Il m'a répondu que je n'étais qu'une maudite allumeuse et que je devais m'attendre à coopérer un peu mieux; ma tenue aurait porté monsieur à la confusion.

—Désappointée?

—Plutôt! Mais toi, tu ne m'as pas l'air de faire chou blanc. Comment le trouves-tu ton?… Tu ne m'as toujours pas dit son nom.

—Raoul Langlois. Écoute, rien de plus merveilleux ne pouvait m'arriver, il veut me revoir. Il possède une auto, Carmen! J'ai touché le jack pot, et pas trop laid à part ça, ce qui ne gâche pas la sauce du tout…

—Quel âge a-t-il ton Raoul?

—Je m'en contrefous et l'âge, est-ce si important? Imagine, il arrive de Toronto et demeure avec son ami, en l'occurrence, ton Jerry. Tiens-toi bien, samedi prochain, il m'amène danser au Casa Loma.

—Mon Jerry? Chanceuse! Attention, s'il te leurre avec des intentions semblables à celles de son copain, vaut mieux le surveiller.

Marguerite, satisfaite de sa rencontre, décide de rentrer à la maison. Elle ne voit plus d'avantage à rester au soleil au risque de se gâter le teint pour trouver un autre garçon. Raoul tient de la magie. Elle laisse en plan Carmen qui désire profiter au maximum de sa sortie. Le tramway de retour est bondé, peu importe, Marguerite flotte au-dessus de la masse humaine. Elle ne voit plus rien, Raoul prend toute la place dans sa tête et fait tache d'huile, la laissant sans raison. Antoinette, voyant revenir sa fille, lui trouve un air distrait.

—As-tu rencontré le Père Noël, Marguerite?

Sa fille demeure avare de commentaires. Elle vient de partager certains détails de son aventure avec sa complice Carmen, mais de là à raconter à sa mère qu'elle vient de rencontrer l'homme de sa vie à seize ans, il y a une marge. Par contre, elle décide de révéler une partie de la vérité afin de ne pas s'emberlificoter plus tard, et en même temps d'en cacher suffisamment pour éviter que sa mère lui interdise de revoir Raoul.

—Le Père Noël! certainement pas avec cette chaleur. J'arrive du parc Lafontaine; Carmen et moi avons assisté au défilé de la fanfare, ensuite j'ai flâné le long du lac, question de me rafraîchir un peu.

—Avec ce temps magnifique, plusieurs ont dû en profiter.

—Le tramway de retour était bondé.

Marguerite pense que sa mère en sait suffisamment et file à sa chambre. Elle se jette sur le lit en se laissant tomber comme si quelqu'un l'y avait poussé; elle laisse sa tête tourner et se perdre dans le tourbillon causé par sa rencontre.

❖ ❖

Satisfait par sa nouvelle conquête, Raoul reprend la route de son foyer. Un véritable bonbon que cette Marguerite qui ne demande qu'à être développé. Juteuse, sucrée avec une pointe acidulée, il sent qu'il peut se l'offrir jusqu'à satiété. Passant la porte du boulevard Saint-Joseph, deux enfants lui sautent dans les bras, le faisant vaciller un peu.

—Du calme, du calme, vous êtes bien excités. Qu'avez-vous fait de bon cet après-midi?

—Maman nous a amenés faire un tour chez grand-maman Langlois et grand-père m'a donné une fronde, répond l'aîné qui adore le vieil homme.

—Et toi Benjamin?

—Moi, j'ai mangé quatre carrés de sucre à la crème et joué avec le minou de grand-mère.

—Ne les crois pas, intervient Rita en riant, ces chenapans m'ont fait la vie dure.

Raoul se retourne vers la femme appuyée sur le chambranle de la porte et la trouve toujours aussi séduisante et attirante.

Raoul, émoustillé par son après-midi, se lève, dépose doucement les enfants par terre et d'un seul bras entoure la taille de sa femme, lui imposant un baiser avide.

—Que tu me tentes ! Sais-tu à quel point ton *sex appeal* me nargue ?

Tout en étant présent à sa famille, Raoul reste également à l'aise en ce qui concerne la rencontre de Marguerite ou de toute autre femme d'ailleurs. Une jeune colombe est tombée dans le panneau et il ne se sent nullement responsable si elle a perdu le nord.

Le samedi prévu, toujours aussi déterminé à rencontrer la naïve, Raoul enfile une veste sport décontractée et prétexte une sortie avec des amis. En fait, pourquoi fournir des excuses, sa femme se soucie peu de ses allées et venues et lui laisse toute la latitude désirée. Une entente tacite entre les époux permet à l'un ou à l'autre d'utiliser son temps comme il l'entend, chacun étant maître de son corps. Rita jouit des mêmes privilèges ; leur seule contrainte réside dans la discrétion et le bien-être de leurs enfants. D'ailleurs, sur ce point Raoul se montre irréprochable.

Marguerite hésite longtemps devant sa garde-robe, ignorant ce qu'elle doit porter, ce qui plairait à Raoul. Elle sort toutes ses robes, les unes après les autres, les plaçant devant elle pour trouver l'effet recherché. Finalement, voulant éviter de faire un choix inapproprié, elle opte pour la sobriété. La jeune femme endosse un costume clair, noircit ses yeux et choisit ses talons les plus hauts. Le résultat est instantané, la vieillissant suffisamment pour ne pas alerter un portier zélé, car celui-ci a un œil averti. Même au bras d'un homme, la surveillance aux portes du cabaret s'est accrue. Plusieurs descentes incitent désormais les propriétaires à la prudence.

Fin connaisseur, Raoul a réservé un emplacement au bord de la piste de danse et de la scène du Casa Loma, l'endroit préféré de sa cavalière. Une petite table ronde pour deux, une nappe qui retombe en dizaines de plis, une minuscule lampe et des flûtes à champagne. Tout juste à côté, une bouteille aux milliers de bulles, portant un collet de toile blanche, repose dans un seau d'eau fraîche. La tête de Marguerite tourne comme dans les manèges du parc Belmont. Les danses lascives finissent par vaincre ce qui reste de résistance; la jeune débutante s'abandonne aux bras experts. Le M.C. annonce les vedettes venues de Broadway. Quel spectacle fantastique! Marguerite se délecte de brillants, de paillettes et de plumes. Les artistes féminines presque dénudées sont portées dans les airs par des danseurs de music-hall aussi agiles que gracieux. Jamais Marguerite n'a vu pareil étalage de beauté et de grâce, finissant même par se trouver pataude comparée à ces fées du spectacle. À la table, les verres se vident et se remplissent. Les têtes des amoureux se rejoignent et Raoul vole à son escorte des baisers discrets. Le souffle chaud de l'homme dans le cou de Marguerite, la fait vibrer au diapason du désir. Et cette odeur! Elle n'ose imaginer comment la soirée se terminera laissant à son compagnon la suite des choses. La jeune fille a lu des livres à l'index où les amants ne se possédant plus se prennent emportés dans la confusion de la passion. Marguerite sent tout son corps se tendre et en même temps perdre toute résistance, tant la vue et l'attention de Raoul la porte au paroxysme de son feu intérieur. Après cette chaude soirée, Raoul fait languir sa proie et la ramène sagement chez sa mère, lui promettant une autre aventure remplie de merveilles. Le charme continu; Marguerite se couche dans son lit tristounet en se faufilant près de sa sœur toute chaude. Elle imagine que Raoul dort à ses côtés et prenant son oreiller à témoin de ses ardeurs, elle sombre dans un sommeil entremêlé de lumières, de paillettes et de musique. Le champagne a fait son effet.

Dimanche, à peine sortie de la messe, Carmen exige la première confidence et écoute avec intérêt la description détaillée de la soirée au Casa Loma. Marguerite, pressée de raconter tout ce qu'elle a fait et vu, ne se gêne pas pour ajouter certains détails croustillants laissant Carmen pantoise.

—Pourquoi es-tu la plus chanceuse de nous deux, Marguerite Plante? ironise Carmen verte de jalousie. Qu'as-tu de plus que moi pour attraper un gars comme celui-là? Moi je ne rencontre que des avortons, ou des *mets ta main là* et je commence à me décourager. Quoi que j'essaie, je ne *pogne* pas comme toi. Je dois être laide en pas pour rire ou bien je n'ai affaire qu'à des aveugles... je pense que je resterai vieille fille.

Dans la tête de Marguerite, Raoul a effectivement fait le meilleur choix; loin d'elle l'idée de dénigrer sa compagne, mais il existe quand même une différence évidente pour un homme.

—Je te le dis Carmen, rajoute Marguerite voulant établir sa supériorité, il me rend complètement folle et tiens toi bien, il possède un char, de l'argent, beau comme un David et pas mal de goût à part ça...

—David, un nouveau ça?

—Non, tu sais la statue de l'homme tout nu où on lui voit le...

—Ah oui! Ne me dis pas qu'il t'a montré ça aussi!

—Bien non niaiseuse, mais ça promet. Je dois le retenir...

Antoinette voit d'un mauvais œil les sorties de sa fille. Ça ne sent pas bon cette affaire-là; son intuition maternelle lui dit que Marguerite file du mauvais côté. Il a fallu lui tirer les vers du nez à celle-là pour en savoir un peu plus. Un homme trop vieux et surtout trop riche ne veut rien dire de bon pour sa fille. Albert, loin de la rassurer, donne à Marguerite le bénéfice du doute.

—Il faut que jeunesse se passe et vaut mieux tôt que tard. Tu ne veux certainement pas qu'elle fasse des niaiseries un coup mariée. Elle aime la vie, celle-là ! Que veux-tu qu'on y fasse ? On ne peut toujours bien pas l'attacher.

—Tu me décourages Albert ! Tu as manqué de poigne avec la dernière.

—Holà Antoinette ! Ne me mets pas les frasques de Marguerite sur le dos, parce que le temps que tu l'élevais, je gagnais la croûte de tout le monde au chantier et crois-moi, ça n'a pas toujours été facile. J'aime mieux me taire là-dessus.

—L'été, tu ne bûchais pas. Tu aurais quand même pu…

—C'est bien toi ça ! Aussitôt de retour à la maison, montrez-moi vos fesses les enfants, car maman a promis une punition et moi, je suis supposé vous corriger, dit Albert en montant le ton dangereusement.

—N'empêche…

—N'empêche que tu n'as pas fait ta job de mère. Si tu veux reprocher quelque chose à Marguerite, adresse-toi à elle et arrête de me rendre responsable de tout ce qui ne fait pas ton affaire. Assez Antoinette.

Ayant perdu patience, Albert sort faire une grande marche pour se remettre les idées en place.

—De l'air calvinse, de l'air ! Elle commence à me pomper cette bonne femme !

Marguerite, malgré les avertissements de sa mère, n'en continue pas moins de rencontrer Raoul. Toujours aussi attirant, il la promène de boîte de jazz en cabaret, la gavant de *pink lady* et de champagne, fumant des cigarettes et cigarillos. Étourdie par cette vie de rêve faite de sorties nocturnes et de *je t'aime,* Marguerite trouve de plus en plus de difficulté à repousser les mains baladeuses de son amoureux, tout en voulant du même coup les retenir. Raoul n'a pas encore ouvert son jeu et garde des as cachés dans sa manche. Il reste encore tant à faire découvrir à cette jeune nymphe. Un soir, il entraîne Marguerite dans une maison qu'on qualifierait de *barbotte*. La façade anonyme et quasi aveugle n'attire pas du premier coup. Craintive, Marguerite se fie entièrement à Raoul ; jamais il ne l'amènerait dans un endroit malfamé. Questionné sur l'endroit où ils se trouvent, celui-ci finit par endormir ses peurs et sa conscience. À l'intérieur, une femme les accueille en les priant de passer dans la pièce derrière un rideau de brocard crasseux à force d'être poussé par des mains à la propreté douteuse. Marguerite a remarqué à l'entrée des filles, maquillées à outrance nonchalamment assise sur des canapés malpropres, qui attendent les clients en tirant sur des fume-cigarette d'ambre. Elle soupçonne que ce sont des prostituées, mais réussit à faire taire ses scrupules et met toute sa confiance en la main qu'elle tient. Mieux vaut ne pas trop en savoir. Elle pénètre dans la pièce où de longs fils électriques pendent du plafond au bout desquels un abat-jour vert diffuse un faible halo de lumière au-dessus des tables. L'atmosphère est feutrée et à travers les rayons rabattus par les lampes, des volutes de fumée rendent l'air vicié. Une odeur persistante de lotion à barbe, d'alcool fort et d'argent sale flotte dans la pièce surchauffée. Au milieu de la table, jetées pêle-mêle, des cartes à jouer et devant chaque personne, une pile de billets. Des hommes, chapeau de feutre sur la tête et manches retroussées jusqu'au coude, accompagnés par des femmes portant des robes sculpturales, gagent des sommes importantes ; leur ruine ou fortune ne tient qu'aux quelques cartes qu'ils gardent en main. Raoul invite sa compagne à se placer à une de ces tables. Gênée, Marguerite ne sait que faire et a l'impression de se trouver dans l'antre du diable. L'insistant amoureux lui tire une chaise, puis s'installe à côté d'elle. Les cartes distribuées amènent les joueurs à la conquête du vice et qui sait, peut-être vers la richesse. Aucune parole inutile n'est prononcée, tout le monde retient son souffle. Chacun regarde tour à tour ses cartes à jouer évaluant ses chances de réussite. À l'occasion, un coup de poing sur la table fait sursauter les dames. Un seul coup suffit pour exprimer la colère de la décadence, car le colosse qui se tient à la porte ne supporte pas longtemps le grabuge. Il ne reste plus qu'au mécontent la fuite, laissant sa place à un autre impatient de tenter sa chance. Des serveuses, portant des costumes à peine existants et des plumes à la tête semblables à des poules défraîchies, apportent aux tables des verres remplis de liquide ambré. Elles repartent sans mot dire, une petite tape sur la fesse en guise d'appréciation. Ce soir-là, Raoul n'a pas touché l'eldorado. Au contraire, il a perdu une forte somme ; Marguerite a vu sortir l'argent de ses poches comme des foulards de la manche d'un magicien. À la fin d'une soirée de perte, Raoul se résout à quitter les lieux. Marguerite n'a pas aimé ce genre de soirée et mal à l'aise, elle demande à Raoul de ne plus retourner dans ces lieux.

—Je pressens que quelque chose va arriver, une mauvaise surprise... Je ne sais pas au juste. Je ne me sens pas à ma place dans ce lieu.

—Parfois, la police effectue des descentes, renchérit le joueur, mais les tenancières graissent bien la patte des policiers. Tu vois ce soir, tout s'est bien déroulé. La semaine prochaine, jolie demoiselle, je te ferai découvrir le Queen Élisabeth.

Cette fois encore, Raoul en met plein la vue à sa compagne. Une table discrète au chic restaurant de l'hôtel attend les amoureux. Les attentions du personnel lui démontrent encore une fois, la qualité de l'institution. Raoul ne lésine jamais. Séduite, Marguerite déguste avec appétit tous les plats déjà sélectionnés par son bien-aimé.

—Comment fais-tu Raoul pour connaître tous mes goûts ? Tu me gâtes sans cesse, je ne te dirai jamais que tu me donnes trop, car j'apprécie tout ce luxe.

Le vin coule à flot et le vert galant assure son emprise. Après toutes ces largesses, le temps vient de passer à la caisse.

—Viens ma belle, j'ai encore à te faire découvrir.

Les jambes molles, Marguerite le suit. En vérité, elle ne possède plus toute sa tête ; peu importe, elle peut lui faire confiance. Le Casanova sort de sa poche une clé et invite sa dulcinée à entrer dans une chambre. Une pièce immense, un lit démesurément grand occupe tout l'espace et au-dessus, un nuage de tulle fait penser au paradis.

—Oh Raoul !

—Si tu veux ma belle biche, je te ferai franchir les portes du royaume céleste, là où les anges t'accueilleront.

Lentement, dans une danse improvisée, il l'enlace, la tient serrée, puis la repousse pour dénouer ses cheveux et y enfouir ses mains en la couvrant de baisers. Aucune musique, que le rythme de deux corps qui se balancent lascivement. Il lui susurre des mots tendres et libidineux. Marguerite engourdie se laisse câliner en tendant son cou d'oie blanche. Puis l'expérience aidant, il détache un à un les boutons de sa robe, laissant choir le vêtement en corolle autour de ses pieds. En jupon de dentelle, elle devient encore plus affriolante et l'envoûteur se gave de sa beauté. D'une main sûre, il fait glisser les bretelles du jupon qui va rejoindre le tas de chiffon, découvrant une culotte de soie blanche. Avidement, il caresse ses seins fermes. Jamais, Marguerite n'a ressenti autant de désir et s'abandonne à l'amant expérimenté. Raoul fait tomber la seule pièce de vêtement qui résiste encore. Nue, avec son collier de perles au cou et ses talons hauts, Raoul la contemple.

—Ma Vénus, ma Diane…

—Non, ta fleur, ta marguerite.

Raoul, en amant accompli fait courir ses mains sur le corps de la vierge avec volupté et Marguerite non seulement accepte ces caresses, mais en redemande. Elle voudrait elle aussi faire des gestes d'amour, mais elle est trop occupée à recevoir. Un feu couve en elle. Puis il délaisse le rythme de la danse, la prend dans ses bras et la pose sur le lit. Loin de résister, elle laisse son corps couler sur les draps blancs. Dans un geste infiniment délicat, il lui fait découvrir chaque partie de son corps en y imposant ses lèvres chaudes, puis lentement, il pousse le plaisir un peu plus loin et doucement, sans choc brutal, il lui fait l'amour. Marguerite ressent tant de plaisir qu'à bout de souffle, elle entrevoit les anges promis. Toute la nuit, Raoul déclenche chez sa compagne des sensations jusqu'alors inconnues, les entretient, lui murmurant des paroles qui font croire à l'amour éternel. Il ne lui laisse que de brefs répits, le temps de reprendre un peu de ce champagne qui attend près de la table basse. Dans un large fauteuil, Marguerite se vautre, tentant du même coup de recouvrir sa nudité que Raoul défie du regard. Ses yeux la déshabillent et le désir refait surface.

À deux heures du matin, Antoinette sur le pas de la porte sent sa mauvaise humeur enfler comme un orage qui gronde. L'esprit du mal rôde autour de sa fille. De sombres nuages présagent une tempête et Antoinette ne trouve pas la paix dans son lit refroidi.

—Seigneur, faites qu'elle revienne coucher dans sa chambre.

Marguerite ne revint que le lendemain matin. Sa mère l'accueille les yeux cernés et le verbe acéré. D'un regard froid, elle défie l'autorité maternelle.

—Où étais-tu dévergondée ? Réponds !

Marguerite reste aussi muette qu'une carpe. Elle a passé une nuit merveilleuse et désire garder ce souvenir intact ; elle ne tient pas à briser son rêve par des questions inquisitrices.

—Parle !

Rien, encore une fois, la jeune fille regarde sa mère droit dans les yeux, lui faisant voir que maintenant elle est devenue une vraie femme, puis elle pose son manteau sur le crochet près de la porte et monte à sa chambre. Elle s'enfouit sous les couvertures espérant y retrouver des lambeaux de bonheur. Elle dort une partie de la journée ; sa nuit a été mouvementée.

Antoinette confinée à sa cuisine bardasse. Les chaudrons sont malmenés et la vaisselle y goûte aussi. Plus elle fait de bruit, plus elle défoule.

—Si mademoiselle Plante pense que je vais avaler sa nuit blanche comme un verre d'eau, elle se trompe. Ici, les putains n'ont pas de place. Elle va prendre ses cliques et ses claques, et si Albert ne se décide pas à la mettre à la porte, je le ferai moi-même.

De toute la journée, Antoinette ne dérage pas. Albert essaie de modérer sa femme. De coup de vent en coup de tonnerre, le désordre engendré par la sortie de Marguerite ne dérougit pas et bien malin celui qui pourrait calmer la colère de la mère Plante.

—On ne peut pas la mettre dehors, comme ça, intercède le père. Elle a découché, et puis après... Tu n'as pas réussi à lui tirer le moindre mot. Tu ne sais même pas où elle a passé la nuit ; Marguerite a peut-être dormi chez Carmen ?

—Naïf, et tu la couvres en plus !

—Non, je lui donne le bénéfice du doute, et si elle a couché avec son Raoul, est-ce vraiment si grave ? Ne lui jette la pierre et qui n'a pas succombé ? Rappelle-toi Antoinette...

—Tais-toi Albert, ne me remet pas le passé sous le nez ; là, on parle de notre fille et pas de... Aucun autre enfant ne nous a déshonorés de la sorte...

—Eh bien justement ! Au lieu de faire lever une tempête dans un verre d'eau, essaie plutôt de la comprendre. De ça, tu dois au moins en être capable ?

Le rappel de ses écarts de jeunesse rend Antoinette plus douce. Au risque de paraître faible, elle prend le parti de se taire. Reconnais-sante, Marguerite remercie le ciel d'avoir mis sur sa route un père comme le sien.

Durant des mois, les amants filent le parfait amour. Raoul peut facilement satisfaire sa maîtresse et sa femme, la nature l'a particulièrement choyé. Sa famille ne souffre en aucune manière de ses fugues nocturnes. La belle Rita ne pose jamais de question, car elle tient aussi à sa vie privée. Quant aux enfants, ils sont largement comblés par un père prévenant qui prend le temps de raconter des histoires, de jouer aux cow-boys ou au marchand général. Rien ne laisse présager une querelle de territoire ou de comportements regrettables dans la famille Langlois.

Un soir, après avoir soupé dans un des plus chics restaurants de la rue Crescent, Marguerite ne laisse pas à Raoul le temps de lui offrir une fabuleuse nuit d'amour.

—Raoul, quelque chose ne va pas, un gros pépin....

—Rien de trop gros pour toi, ma jolie, répond Raoul qui n'a entendu que la dernière partie de la phrase.

—Je suis enceinte !

Cette fois, l'amant vient d'avaler de travers. On dirait un goéland qui a gobé un poisson encombrant. Raoul ravale, puis boit du vin pour faire passer le morceau. Presque étouffé, il demande :

—Certaine ?

—Oui, j'ai vu le docteur hier et il m'a confirmé que je suis en famille de deux mois. Je porte ton enfant, Raoul.

—En effet, un gros pépin...

Au moment où il raccompagne Marguerite chez elle, Raoul demande quelques jours de réflexion afin de trouver un moyen de se sortir d'affaire. La jeune fille voit bien par l'attitude réservée de son amant qu'il ne semble pas très heureux de la nouvelle et même embêté. Aucun commentaire sur la situation qu'il juge déplorable. Raoul ne peut quand même pas avouer à sa maîtresse qu'il est marié, qu'il aime également une femme extraordinaire qui lui a donné deux merveilleux petits garçons et qu'elle n'a été qu'un jouet pour lui. De son côté, Marguerite fait confiance à son homme. Jusqu'à présent, l'a-t-il déjà trompé ? Raoul saura ce qu'il faut faire, il a engendré cette situation non désirée et réglera certainement le problème. Peut-être la demandera-t-il en mariage ? Mais avant tout, éviter à tout prix que sa mère déjà suspicieuse devine quoi que ce soit avant que Raoul ait pris les mesures qui s'imposent. Ne voulant éveiller aucun soupçon, Marguerite cache ses nausées matinales et continue à étendre ses guenilles à chaque mois. Antoinette la trouve bien pâlotte, mais au rythme où elle sort et à l'heure où elle se couche, il y a de quoi devenir blême.

JOSEPH

Eugénie est une jeune fille curieuse, mais curieuse de la vie des autres dont elle se nourrit. Jamais assez de renseignements sur les incidents ou aventures qui se passent en ville, les racontars de salon ou de sorties d'église. Ses amies sont mises à rude épreuve et l'amitié dont les gratifie Eugénie, tient souvent en leur loyauté à rapporter des nouvelles fraîches. La jeune fille adore connaître les secrets d'alcôve, les amourettes des uns et des autres, mais prend bien garde de ne révéler le moindre indice la concernant.

Sa vie semble désormais si terne, qu'elle préfère chercher dans les rumeurs urbaines le piquant qui lui manque. Elle ne se gêne pas pour harceler ses compagnes les forçant à lâcher un détail croustillant. Eugénie apprend vite qu'en connaissant la vie d'autrui, elle détient un atout non négligeable. Malgré sa déchéance sociale et financière, elle n'en demeure pas moins la fille d'un notable de Sorel. Son ascendance sur les gens aussi bien que son égocentrisme commencent à décourager ses amies les plus loyales. Toujours le nez bien haut, le buste en avant, droite comme un I, elle fait la navette entre l'église et le carré royal, là où elle peut faire des rencontres intéressantes. Ici, elle voit des gens qui flânent comme elle, causant de la pluie et du beau temps. L'indiscrète fait alors ample provision d'exclusivités et le soir, dans sa chambre, s'amuse à recouper les personnes en rapport aux évènements rapportés. Si quelqu'un veut savoir les

195

derniers cancans, on s'adresse à elle. Bien loin l'idée de commérer, elle assume simplement le rôle de relationniste de la ville de Sorel. Un jour, Eugénie fut prise à son propre piège. À trop en savoir, on finit par se mettre les pieds dans les plats. Madeleine, une amie qu'Eugénie fréquente depuis longtemps, lui raconte que sa mère sort le soir.

—Ah oui, s'intéresse innocemment la fouine d'Eugénie !

—L'autre soir, débute Madeleine sous le regard attentif d'Eugénie, ma mère me refuse une sortie sous prétexte que je dois garder les plus jeunes. Elle doit rencontrer une de ses amies, du moins, c'est ce qu'elle me raconte. Je trouve l'affaire louche, car elle part sans parapluie malgré une fine averse.

—Ta mère te dit certainement la vérité.

—J'en doute. Ce soir-là, malgré mon interdiction de sortir, je l'ai suivie et rendue sur la rue du Prince, un homme, chapeau baissé, les mains enfoncées dans les poches de son grand imperméable noir l'attendait sur le trottoir. Je me suis demandée si j'avais bien entendu et s'il s'agissait bien d'une... amie. Et là, sans tarder, il l'a prise par le bras et sont ensuite entrés dans une maison inconnue.

—Ensuite ? demande Eugénie sentant monter l'intrigue.

—Rien, je suis revenue chez nous.

—Tu n'as pas voulu en savoir plus ?

—Non, et si elle m'avait aperçue ? Et qu'elle me chicane ? Me penses-tu plus folle que j'en ai l'air ?

—Mais une mère qui ment...

—Eugénie Guertin, je t'interdis de traiter ma mère de menteuse.

—Bon, bon, oublie tout ça, on ne va pas commencer à se disputer pour une rencontre banale entre ta maman et un anonyme.

Eugénie n'oubliera pas. Ne sachant que faire d'une nouvelle aussi importante, elle cherche une oreille qui puisse recevoir la divulgation du secret de Madeleine. Eugénie sollicite un entretien privé avec l'aumônier du couvent, jugé jeune et large d'esprit.

—Monsieur l'abbé, je dois vous avouer quelque chose d'important, dit Eugénie captant instantanément toute l'attention du religieux.

Elle passe une main dans ses cheveux afin de s'assurer que l'effet rapportera.

—Je t'écoute Eugénie.

—En premier lieu, est-ce payant de dire la vérité?

—Tu le sais bien et je te confirme à nouveau que toute relation humaine solide est basée sur la vérité et dont la pratique s'avère une grande vertu.

Si on parle de vertu à Eugénie, on vient lui rappeler qu'elle ne doit pas lésiner sur les moyens à prendre pour gagner son coin de paradis.

—Voici, la mère de Madeleine Riqué sort, crache-t-elle tout d'un morceau.

—Bien sûr qu'elle sort, personne ne la retient prisonnière à ce que je sache.

—Non, non, vous ne comprenez pas bien, elle a un amant.

—Que dis-tu là Eugénie? Je n'accepte pas qu'une telle observation sorte de la bouche d'une jeune fille comme toi. De tels mensonges… J'ose à peine imaginer leurs conséquences sur la vie de cette pauvre femme.

—Mais vous vouliez la vérité, oui ou non? La voilà…

—Qui t'a dit ça? renchérit l'aumônier qui désire tirer l'affaire au clair.

—Madeleine elle-même, et elle doit savoir de quoi elle parle. Elle m'a raconté que sa mère devait sortir avec une amie et qu'au lieu de cela, un homme l'a accompagné dans une maison close de la rue du Prince.

—Quoi? crie l'aumônier à demi étouffé. Suffit Eugénie, rentre chez-toi et ne parle de cela à personne. Compris? Je t'interdis de rajouter un mot sur cette affaire.

—Oui, mais avant de partir, j'aimerais savoir, est-ce bien grave ce qu'a fait madame Riqué ?

—Laisse et n'y pense même plus. Je m'en occupe et suis mon conseil, le mieux pour toi et pour cette dame reste le silence.

—Bien monsieur l'abbé.

Eugénie, loin d'obtenir les réponses escomptées, se fait fermer le clapet. Elle déteste laisser à d'autres le soin de ses nouvelles, mais comme elle a décidé de se confier à l'abbé, il vaut probablement mieux se conformer à ses ordres.

Assommé par une telle déclaration venant d'une fillette d'à peine quinze ans, l'aumônier ne peut garder la soi-disant faute de madame Riqué pour lui seul et en parle à son tour au curé de la paroisse. Ce dernier, médusé, doute de la véracité de la chose.

—Je vous assure, ces paroles sont exactes. Madeleine elle-même a fait cette confidence à Eugénie qui, par conséquent, m'apparaît une source fiable.

Voici le bon curé pris avec une patate chaude. Madame Riqué possède une réputation irréprochable. Impensable que cette bonne catholique et veuve depuis cinq ans, se ramasse dans une maison close à son âge. Le curé veut éviter de faire des différences entre ses paroissiennes, mais la veuve Riqué n'est plus d'une première fraîcheur. Elle peut encore plaire certes, mais dans un tel endroit... Et il n'a jamais entendu parler d'un pareil établissement sur la rue Prince. Peu importe, il veut en avoir le cœur net et pousse cette dernière à se confesser.

—Bénissez-moi mon père parce que j'ai péché... commence la veuve. Les petites fautes avouées par la pénitente restent insuffisantes aux yeux du confesseur. Il faut aller plus loin et faire tomber le masque.

—Autre chose à rajouter ma fille ?

—Non monsieur le curé, je ne fais pas grand péché toute

seule dans ma cuisine.

—Excusez-moi madame Riqué si j'utilise des mots crus, mais récemment, avez-vous visité une maison close, rue du Prince avec un inconnu ?

—Oui bien sûr, mais cette maison n'avait rien de fermé comme vous dites et je connais bien cet homme. Un ancien compagnon de travail de mon défunt mari possède un piano dont il veut se départir et je suis allée le voir, le piano j'entends. Vous savez bien que la richesse ne court pas après moi et j'aimerais tant que mes enfants apprennent le piano. La musique me plaît tellement.

—Et pourquoi n'en n'avez-vous soufflé mot à personne ?

—Je voulais leur faire une surprise.

—Bien… pour votre pénitence, vous direz trois *Ave*.

Le curé s'est fait prendre au piège et a frôlé le ridicule en prêtant foi aux racontars de l'abbé, qui lui-même s'est fait berner par Eugénie Guertin. Confronter la brave veuve ne lui a pas plu, d'autant plus qu'il a outrepassé les règles du confessionnal en posant des questions sur ce qui n'a pas été déclaré et a forcé les aveux. Il plaint déjà la maligne qui a lancé une telle rumeur. Il a imposé à la pénitente trois *Ave*, déjà trop pour une mère de famille qui veut faire plaisir à ses enfants.

Découverte et confrontée à son mensonge, Eugénie, la *fier-pet*, se fait rabaisser le nez par le curé et consacre une partie de ses précieuses indulgences en réparation de ses fausses accusations. Celui-ci additionne à sa punition, une prière à Saint-Pierre, patron de la paroisse, lui demandant la grâce d'obtenir un peu plus de *jarnigoine*. Loin de lui donner une bonne leçon, la pénitente considère cet épisode comme faisant partie de l'apprentissage. La faute la plus grave, n'est-elle pas la calomnie ? La médisance, de second ordre, l'obligera dorénavant à vérifier elle-même les informations, puis assurée de leur véracité, elle pourra colporter les faits à des personnes reconnues comme discrètes. De cette façon, sa réserve d'indulgences baissera moins vite et du même coup elle continuera à s'intéresser aux affaires des autres, en risquant moins.

***

Depuis la mort de leur père, moins de gens côtoient les Guertin. Finies les réceptions somptueuses et les soupers gastronomiques à la lueur des chandelles ; les parties de pêche sur la glace à l'île Madame et les randonnées en raquettes. Leur modeste vie impose ses limites. Avant la fête de Noël, par un temps particulièrement glacial, Olivia visite les Guertin. Eugénie et Élisabeth se montrent heureuses de cette compagnie qui les tire de leur morosité. Leur tante n'a pas changé, toujours aussi belle, sa féminité transperce chaque pore de sa peau. Bien vêtue, toujours à la dernière mode, chapeau, gants et souliers assortis à ses tenues que Delphina qualifie à l'occasion d'extravagantes. Une odeur de muguet la suit et flotte dans l'air même après son départ. Comme Eugénie aimerait lui ressembler ! À la cachette, elle se permet d'essayer ses robes aguichantes, se regardant dans le seul miroir sur pied qui ait résisté au déménagement. Elle se tourne et se retourne, cherche la pose qui offre le meilleur profil, imite les airs des grandes dames, fait la moue en avançant les lèvres comme pour recevoir un baiser imaginaire. À ce moment, monte en elle une chaleur qui part de son ventre et fait battre son cœur un peu plus vite.

—Ah ! Me marier, soupire Eugénie.

Dans sa tête, elle enfile la robe blanche de fin voile, admirée dans la vitrine des demoiselles Grandchamps et s'invente un prince charmant à qui elle offre sa main gantée. La voilà qui lance son bouquet de roses et... Des pas dans le couloir la tirent précipitamment de sa rêverie, déjà la poignée de la porte tourne.

Surprise en flagrant délit, Eugénie voit apparaître sa tante et bredouille de vaines excuses. Loin de se fâcher, Olivia rit du spectacle en voyant sa nièce dans une robe rose cendré.

—Eugénie, te voilà devenue une belle jeune fille. J'imagine que les admirateurs se précipitent à tes pieds, se bousculant pour te faire les yeux doux.

—Ah ma tante ! Si tu savais, dit-elle en se jetant sur le lit, pas un seul ne me regarde à cause de ma pauvreté. Les beaux garçons fuient les laiderons comme moi, rajoute-t-elle en poussant la comédie à son paroxysme. J'aimerais tant devenir belle comme toi et sentir le muguet moi aussi.

—Viens Eugénie, je vais t'arranger. Rien ne nous interdit de nous amuser un peu. Que dirais-tu d'essayer ceci ? dit Olivia sortant de sa valise une robe fourreau rouge vif.

Eugénie n'en demande pas plus, elle enlève jupe et corsage pour se retrouver en jupon.

—Enlève ce paquet de chiffon aussi. Si tu veux être aguichante, il ne faut garder que tes sous-vêtements. Quoi ! Tu portes déjà un corset, à ton âge ?

—Maman me l'impose.

Devant sa tante démontée par tant de rigueur vestimentaire, la jeune fille s'exécute. Cette expérience la trouble et la ravit en même temps. Se retrouver à demi nue devant une autre la gêne un peu, mais que ne ferait-elle pas pour souscrire au dictat de la beauté ? Après avoir enfilé de fins bas de soie, avec précaution Eugénie laisse glisser la robe rouge le long de son corps mince.

—Seigneur que tu es belle ! dit Olivia. Le rouge te va à ravir et accentue ton teint, tu ressembles à une vamp.

Eugénie n'en croit pas sa bonne fortune. Sa tante insiste pour dessiner ses yeux de noir, brosse ses sourcils pour leur donner du lustre et applique une pince à courber les cils pour en accentuer la courbe naturelle. Elle termine son œuvre par un peu de fard rose sur les pommettes et un rouge à lèvres quasi provocant.

—Attends, on n'a pas terminé. Elle relève les cheveux blonds de sa nièce, leur imposant une lourde torsade dans laquelle elle fourre une broche à cheveux brillante.

—De vrais diamants, ma tante?

—Non, des faux évidemment, crois-tu que j'ai les moyens de me payer ce luxe? Eugénie, j'aimerais que tu ne m'appelles plus, ma tante. Tu me fais vieillir un peu trop vite et j'ai l'impression d'avoir cinquante ans.

—Bien Olivia.

—Voilà, qui me ramène à mes vingt-huit ans.

Olivia ajoute à la tenue une paire d'escarpins si souples que la jeune fille esquisse déjà quelques pas de danse.

—Bien malin celui qui dirait que tu n'es âgée que de seize ans. Et si on montrait à ta mère la transformation d'une chenille en beau papillon?

Eugénie, fière d'être comparée à une de ces merveilles ailées, tique néanmoins sur la chenille.

—Avant, j'aimerais que tu me mettes une goutte de parfum ici, dit la belle Eugénie, montrant le creux de ses seins naissants.

Les talons hauts imposent à la jeune nymphe un défi d'équilibriste et Olivia lui enseigne comment marcher.

—Laisse-moi Olivia, je veux faire mon entrée toute seule et surprendre maman.

Elle ouvre lentement la porte du salon et aperçoit sa mère qui lit une revue, bien étendue sur le canapé.

—Regarde maman, dit la jeune fille en prenant une pose à la Marilyn Monroe.

—Eugénie! Seigneur Dieu, crie Delphina en s'étouffant. En effet, la surprise est totale. Qu'est-ce que ce cirque? Tu as fait ça, demande-t-elle à sa belle-sœur qui se pointe le nez dans le cadre de la porte.

—Bien sûr, regarde ce beau brin de fille, lance Olivia d'un air de défi.

—Tu peux te considérer comme satisfaite. Tu as fait de ma fille une vraie guidoune, une de celles qui traînent le long des quais et qui s'offrent au premier venu.

—Voyons Delphina, tu exagères, on s'est amusé, voilà tout.

—Eh bien, moi je ne trouve pas ce jeu très drôle. Et toi innocente, s'adressant à sa fille, tu t'es laissée faire comme une gourde ?

—Olivia voulait me déguiser, ose Eugénie qui voit sa mère rougir sous l'effet de la colère.

—Tu l'appelles Olivia maintenant, vocifère la mère. À quoi sert de t'avoir fait éduquer chez les sœurs si tu vas jusqu'à manquer de respect aux gens plus âgés que toi.

—Olivia m'a demandé de l'appeler par son prénom et je continuerai ainsi, elle s'appelle Olivia après tout, défie Eugénie.

—Va impertinente et retire cette robe de fille de rue, lave-toi la figure et enlève cette babiole, dit-elle en désignant la broche dans les cheveux dorés. Recoiffe-toi correctement et que je ne te vois plus jamais t'habiller en fille à marin.

—Merci chère belle-sœur, tu oses qualifier mes vêtements de ceux d'une fille de port ?

—Oui et non, mais Eugénie ressemble à une catin avec cette robe sur le dos.

Eugénie tarde à se conformer aux ordres de sa mère et parade une dernière fois devant celle-ci afin de la narguer. L'effet est instantané.

—File en haut, ou je ne réponds plus de mes actes.

—Oui mèèère, provoque encore Eugénie.

Il en faut plus que ça pour déstabiliser Eugénie. Forte tête, personnalité aguerrie, elle fera son chemin dans la vie, pas celui imposé, mais celui qu'elle aura choisi. Cet épisode de la robe rouge n'a pas altéré la bonne entente entre les belles-sœurs. Olivia trouve Delphina trop sévère avec sa fille, sentant plus de compréhension quand il s'agit d'Élisabeth. Vraisemblablement, cette dernière démontre l'attitude d'une jeune fille rangée, n'osant pas un mot plus haut que l'autre, satisfaisant ainsi sa mère. Peut-être ne faut-il pas réveiller l'ours qui dort... Heureusement, car Delphina en a déjà plein les bras avec Eugénie.

—Je ne sais pas de qui elle tient celle-là? se lamente la mère, soupçonnant par contre la ressemblance.

Afin de soulager un peu Delphina du caractère indocile de sa fille, Olivia propose de prendre Eugénie avec elle pour la fête de Noël à Yamaska avec la promesse formelle qu'elle la ramènera pour le Jour de l'an.

—J'accepte volontiers Olivia, à la condition que tu te gardes de ces séances de maquillage. Eugénie exige de l'encadrement, je la trouve si difficile. J'aimerais bien me reposer de ses frasques! De son côté, Élisabeth m'a demandé pour cadeau de Noël, la permission de visiter son autre tante, ta sœur Bella. Avec elle au moins, pas de bêtise en perspective. Le fils de Bella, Cyprien passe la période des fêtes en famille à l'île Saint-Ignace. L'automne prochain, il étudiera en théologie, au grand séminaire de Nicolet. Enfin un prêtre dans la famille! Je profiterai donc de cette accalmie pour renouer avec Philomène, la femme du docteur Lachance. Celle-ci m'a fait parvenir une invitation pour le bal annuel de la guignolée et je pensais devoir refuser pour plusieurs raisons dont la principale m'était imposée par la surveillance d'Eugénie.

—Vas-y, ça te fera le plus grand bien, mais ne crains-tu pas de passer Noël seule?

—Ne t'inquiète pas pour moi, un ami me divertira.

—Delphina! Tu as terminé ton veuvage?

—Je me considère encore jeune et pas trop mal conservée.

La vie m'offre encore de belles années et je compte en profiter. C'est Théophile qui est mort…

Eugénie ne contient plus sa joie, passer Noël à Yamaska, faire de la musique, danser et rire. Enfin, quitter cette maison qu'elle qualifie de masure durant toute une semaine. Le sapin, le réveillon, les cadeaux : … *petit Noël que m'apportes-tu du ciel ?*… Dans la chambre d'invité de la vieille maison de campagne, Eugénie s'amuse à regarder la lune à travers la fenêtre. On la dirait plus claire, et ce ciel allumé par des millions d'étoiles, porte-t-il la promesse d'une nouvelle vie ?

—Papa, brilles-tu là-haut comme une de ces étoiles ou souffres-tu au purgatoire ? J'ai suffisamment prié pour la rémission de tes péchés, tu n'y resteras pas trop longtemps. Joyeux Noël papa !

Eugénie ne se montre pas trop du genre à se tordre les tripes longtemps et à retourner ses émotions dans tous les sens pour les analyser. La vie continue, son désir de vivre reste intense et plus particulièrement cette nuit, où elle se sent devenir une vraie femme, loin de sa mère.

—Eugénie, prépare-toi, claironne Olivia en bas de l'escalier, il faut partir pour la messe de minuit.

Elle attrape son manteau de drap vert, son béret, foulard et mitaines, enfile ses bottes à col de fourrure et court s'emmitoufler dans la couverture de laine. La vieille *sleigh* de pépère Calixte est garnie de grelots et leur bruit délicat rend le froid de la nuit encore plus perçant. Une brique chaude garde le confort des pieds, une couverture épaisse assurant celui des jambes, alors il ne reste plus qu'à la pouliche de trotter jusqu'au lieu de culte. Habituée de se rendre à l'église à pied, Eugénie, excitée par cette sortie tout à fait extraordinaire, s'amuse à faire de la fumée blanche avec sa bouche. Elle aurait voulu que ce temps dure, mais déjà les portes de la maison de Dieu happent les paroissiens gelés. Ceux-ci affichent un sourire qui en dit long et se serrant la main, ils lacent des *Joyeux Noël* bruyants, oubliant leurs petits désaccords.

Le curé de Yamaska se réjouit, car cette nuit l'église déborde de fervents. Jamais Eugénie n'a été aussi dévote, chantant les cantiques de Noël à pleine voix, faisant des signes de croix tellement grands qu'on dirait qu'elle s'enroule dans un châle et implorant ardemment le ciel de lui donner un amoureux. Les mains jointes et les yeux fermés, elle communie avec un fanatisme inégalé, multipliant les actes de remerciements et d'adoration. Seules ses oreilles demeurent ouvertes pour entendre les *Ça bergers*. Comme elle aimerait connaître un garçon aux yeux bleus, au sourire à lui décrocher le paradis et à qui elle offrirait son cœur. Rien que d'y penser, des bouffées de chaleur montent dans son corps. La jeune fille jette un œil discret autour d'elle, peut-être que la personne de ses rêves se tient là quelque part à un banc voisin? Serait-il doté de la même dévotion qu'elle? Comment rencontrer un garçon sérieux? Elle demeure dans un quartier de pauvres avec une mère qui ne cesse de la confronter et une sœur aussi mollassonne qu'une limace. En revenant chez Olivia, elle est convaincue que les dévotions, particulières à cette nuit de Noël, porteront fruits et que le Seigneur lui enverra un ange.

—Tu es glacée Eugénie, si on faisait un bon feu? suggère sa tante.

Olivia vit seule depuis longtemps. Elle a eu plusieurs amoureux et ne s'est jamais décidée à dire oui à l'un d'eux. Femme moderne, elle fait jaser, mais les racontars lui passent dix pieds par-dessus la tête et la laissent de glace. Sa nièce, curieuse, lui a souvent demandé de raconter ses amours, mais Olivia préfère demeurer discrète. De discrète à mystérieuse, le pas est vite franchi dans la tête d'Eugénie.

—Oui, un bon feu nous réchauffera Olivia et si j'allumais le sapin?

—Excellente idée! Prends la tige d'amadou, je te laisse faire.

—Olivia, le Père Noël est passé!

—Comment le Père Noël, tu crois encore à ça?

—Bien sûr que non, mais regarde sous l'arbre, je vois bien une boîte.

—Un cadeau? Lis la carte qui l'accompagne.

—À Eugénie de la part d'Olivia. Un cadeau pour moi?

—Certaine d'avoir bien lu? Alors, ouvre vite, on ne sait jamais, ça peut exploser… s'amuse Olivia.

Eugénie fait voler en l'air boucle et papier et force déjà le rabat du couvercle.

—Des patins! Incroyable, des patins!

—Comme tu vis sur le bord du fleuve Saint-Laurent, j'ai pensé que tu aimerais t'amuser sur la glace.

—Et comment? Le plus beau cadeau de Noël! En fait, je n'ai jamais reçu de vrai présent, à part les oranges.

—Je suis ravie que ça te plaise. Ne les enfile pas tout de suite, je t'en prie, mon plancher ne supportera pas d'être confondu à de la glace. Olivia se mit à rire et en entraîne sa nièce à danser, en chantant à tue-tête : *Il est né le divin enfant…*

—Et si on buvait du vin, demande soudainement Olivia en s'allumant une cigarette.

—Je ne sais si je peux, bien que l'envie ne me manque pas.

—Une coupe, rien de très grave, j'ai gardé un bon vin français pour cette occasion.

Buvant coupe après coupe et fumant des cigarettes une après l'autre, Olivia finit par parler un peu des hommes de sa vie, confondant les sentiments éprouvés pour l'un ou pour l'autre. Eugénie, bouche bée, l'écoute et décèle la nostalgie dans la voix de la vieille fille. Sa curiosité la pousse à amorcer une série de questions auxquelles Olivia donne réponse, heureuse de laisser libre cours à ses souvenirs dont certains restent encore douloureux. Tard dans la nuit elles ont parlé. Le lendemain matin, un peu éméchée, la tante se lève et se fait couler un café corsé afin de se remettre de son réveillon. Ayant négligé de mettre des pantoufles malgré le plancher glacé, elle erre dans la cuisine, une robe de chambre cache à peine sa nudité. Eugénie, éveillée par le bruit, réussit difficilement à sortir du lit. Une migraine lui taraude la tête et sa gorge est irritée par la fumée. Deux coupes de vin rouge et une cigarette ont marqué son passage dans la vie adulte. Il faut payer pour ça... La nièce se dirige comme un automate vers la cuisine et découvre Olivia en tenue négligée. Jamais elle n'a surpris sa tante sans qu'elle soit habillée, coiffée, maquillée et parfumée. Au lieu de repousser cette image, elle voit le portrait d'une femme qui a beaucoup vécu et osé se confier.

—Olivia, j'aimerais une tasse de café.

—À vos ordres, capitaine Eugénie, et du pain avec ça ?

—Non, des crêpes.

—La capitaine connaît les bonnes choses.

—Certainement, commandant Olivia.

Elles se mettent à rire toutes les deux, poursuivant leur jeu de rôle. Pendant qu'Olivia verse le liquide fumant, Eugénie casse les œufs y ajoutant la farine et le lait.

—Dites donc mademoiselle, j'ignorais que vous possédiez des talents de cuisinière.

—Il faut taire ce fait et ne pas en informer dame Delphina, sinon elle pourrait ambitionner sur mon savoir-faire.

—Sais-tu les cuire aussi ?

—Dame oui, les sœurs m'ont enseigné tout ce qu'une jeune fille de bonne famille doit savoir et dorénavant, je me déclare prête au mariage.

—Ça ma belle, je n'en doute pas, je sens le feu qui couve en toi.

Après un copieux déjeuner composé de crêpes généreusement arrosées de sirop d'érable, les deux demoiselles sont parées à prendre l'air. Olivia déniche des raquettes dans le hangar de pépère Calixte et bien emmitouflées dans leur foulard de laine, elles partent dans le rang du Pot-au-Beurre à la recherche de l'aventure. En fait des aventures, elles n'en trouvent aucune au fond du rang, mais Olivia ouvre un peu plus le livre de sa vie. Ses vingt-huit ans révolus lui ont valu le titre de vieille fille, alors elle assume la coiffe de Sainte-Catherine à sa façon. Elle préfère vivre avec des regrets que des *j'aurais donc dû…*. De sa tante, Eugénie fait son modèle : une femme avertie, n'ayant peur de rien, se moquant des bobards des uns et des autres. Elle vit, un point c'est tout.

Eugénie rentre rue Adélaïde à contrecoeur. Durant une semaine, Olivia a fait ses quatre volontés, lui passant tous ses caprices. La jeune fille a passé les plus belles vacances de sa vie. Delphina semble s'être reposée, se montrant visiblement moins morose et plus patiente avec sa fille. Sa mère va même jusqu'à promettre d'accompagner Eugénie au bord du fleuve et de la regarder accomplir ses prouesses sur la glace. Élisabeth est revenue de l'île Saint-Ignace radieuse. Tante Bella voit en la fille de son frère aîné une jeune fille charmante et bien élevée. Les veillées de danse et de chants n'ont pas cessé, se passant chez des parents, des voisins ou encore chez Bella. Tous les cahiers de la Bonne Chanson ont été épluchés de la première à la dernière page et les planchers de salon ont subi un piétinement jusqu'alors inégalé. Élisabeth s'est beaucoup amusée. Le beau cousin Cyprien a certainement contribué à rendre son séjour des plus agréables, pense Eugénie.

—La soeur de Cyprien, Bernadette n'a sûrement pas mis ces

étincelles dans tes yeux? taquine Eugénie. As-tu rencontré le prince charmant à l'île Saint-Ignace? Je te trouve un drôle d'air.

—Tu crois encore à ces histoires d'enfant, Eugénie.

—Non, mais je pense que le beau cousin retournera difficilement au petit séminaire.

—De quoi te mêles-tu? demande Élisabeth piquée au vif et rouge comme la crête d'un coq.

—Tiens, tiens je viens de mettre le doigt sur le bobo. Pourquoi tant rougir, te voilà amoureuse de Cyprien? Idiote, tu perds ton temps, il va devenir prêtre.

—Pas si certaine que ça, il doit encore réfléchir à sa vocation.

—Quelle grave erreur de détourner un gars de la prêtrise. Dieu ne te le pardonnera jamais.

—Je ne le détourne pas, il m'a même avoué son amour. Je ne l'ai pas forcé à me faire des déclarations.

—Et tante Bella, qu'en dit-elle? Elle, si fière de donner un prêtre au bon Dieu.

—Elle ne le sait pas encore, Cyprien le lui dira en temps et lieu.

—Et maman, tu lui en as parlé?

—Non, mais je peux te certifier qu'elle sera soulagée que je me case.

—Drôle façon de se caser, marier un prêtre.

—Actuellement, il étudie encore au petit séminaire et à ce que je pense, loin de la prêtrise. Ses études lui permettent de travailler dans un tout autre domaine.

—Je trouve la faute aussi grave, je ne voudrais pas me sentir dans tes souliers, ma sœur. Je te suggère, avant tout, d'en parler avec le curé, je suis persuadée qu'il te ramènera dans le droit chemin.

—Fous-moi la paix avec ton curé et tes bondieuseries, j'aime Cyprien et je le marierai.

—Dans ce cas, bonne chance ma fille, épouser ton cousin demande une dispense du Vatican. Je vais prier pour toi, car tu en auras besoin, sur le train que tu vas là, tu te perdras, Élisabeth.

—Fais donc ce que tu veux et laisse-moi tranquille !

Eugénie fait des amours illégitimes de sa sœur, un véritable cas de conscience. Elle voit Élisabeth brûler dans les feux éternels avec un homme d'Église à ses côtés. Cette vision d'horreur pâlit lorsqu'elle prie ; alors, elle se lance dans une neuvaine à l'Immaculée-Conception et lui demande de garder le cœur d'Élisabeth aussi pur que le sien. Elle sort scapulaire, chapelet, médailles et communie tous les jours si dévotement qu'elle attire l'attention du curé de la paroisse.

—Dis donc Eugénie, que t'arrive-t-il ?

—Ne me faites pas parler monsieur le curé, vous m'avez déjà suffisamment réprimandée et fait perdre d'indulgences comme ça, cette fois, je vais retenir ma langue.

Eugénie a beau descendre tous les saints du ciel, le mariage se fera.

—Autant aller patiner et oublier cette impie, âme damnée déjà vouée au diable. Il fait si beau et depuis des semaines je loge à l'église comme une grenouille de bénitier. Je me retrouve avec les genoux usés.

Elle choisit le manteau avec un petit col de castor qu'Olivia lui a donné ainsi que le manchon assorti ; un petit béret vert complète sa toilette. Les patins dans les mains, elle s'achemine vers le fleuve se promettant de profiter de sa journée de congé. Les grands froids sont passés et l'épaisse couche de glace accueille plusieurs sportifs. Quel endroit idéal pour faire provision de commérages ! Le niveau de sa connaissance des faits divers commence à baisser considérablement, ayant consacré une grande partie de son énergie à ses neuvaines. Durant ce temps, le monde a continué de tourner… Habile sur ses lames, elle fait des allers et retours sur la partie dégagée du fleuve, les mains confortablement enfouies dans son manchon. Elle regarde à droite et à gauche, saluant au passage une connaissance ou causant avec d'anciennes amies du couvent. À force de placoter, elle commence à geler sur place. Eugénie enfile rapidement son manchon et se remet à patiner à toute vitesse.

◇ ❖ ◇

Au moment choisi par Eugénie pour patiner à reculons, le cheval de Joseph dérape. La jeune fille se retrouve sans ménagement entre les pattes de l'animal et même si le jeune homme tire sur les cordeaux, le quadrupède n'en glisse pas moins. La sleigh de travers fait de grands arcs de cercle et le cochon congelé qu'il contenait gît à quelques pieds de là. Réussissant à arrêter l'animal et s'assurant de sa stabilité, Joseph saute en bas du traîneau aussi vite qu'il le peut et court secourir la patineuse. Catastrophe !

—Seigneur Dieu mademoiselle, êtes-vous encore vivante ?

—Quel imbécile m'a jetée par terre ? réussit à articuler Eugénie, le béret de travers et le manchon sur l'épaule. Rien de plus humiliant que de se retrouver dans une fâcheuse position devant une galerie de curieux. Sa cheville la fait terriblement souffrir, mais son orgueil endure un véritable calvaire.

—Vous êtes blessée ?

—Et comment ! A-t-on idée de faire courir son cheval sur la glace comme dans un rond de course. Vous vous trouvez sur une patinoire monsieur, dit-elle en se frottant la cheville. Vous m'avez rendue impotente pour le restant de mes jours, idiot.

—Je suis navré.

—Vous pouvez bien éprouver des remords tardifs, maintenant que vous m'avez rompu les os, pleurniche Eugénie.

Après avoir aidé la demoiselle à se remettre debout et s'être assuré qu'elle exagère un peu et qu'elle n'a rien de cassé, le jeune homme se dépêche à récupérer son cochon qui risque de provoquer d'autres incidents. En effet, le quadrupède aussi gelé qu'un bloc de glace, a été projeté comme un obus, alors que le traîneau glissait en une trajectoire incohérente. Joseph met le cochon sur son dos et retourne à l'attelage ; cette fois, il arrime solidement l'animal puis demande à la demoiselle fauchée par sa faute, s'il peut réparer ou l'aider de quelque manière. Le pire des goujats ne la laisserait pas là avec une cheville abîmée sans se soucier de son bien-être. L'air de bœuf d'Eugénie n'invite pas à la réconciliation.

—Puis-je vous ramener chez vous mademoiselle ?

—Mademoiselle Guertin, oui vous pouvez. Je ne pourrai plus patiner du reste de l'hiver avec vos niaiseries, rage la blessée.

—Je m'excuse mademoiselle Guertin, mais vous avanciez dos à moi et ne pouviez me voir arriver ; de plus, votre manchon n'a pas facilité votre équilibre. J'ai freiné mon attelage tant que j'ai pu, mais trop tard, vous aviez perdu le contrôle. Loin de moi l'idée de rejeter la faute sur vous, mais…

D'un regard qui demande vengeance, Eugénie arrête les excuses de ce jeune blanc-bec qui ignore comment maîtriser un cheval fringant. Elle aurait pu le hacher menu comme chair à pâté, l'inonder d'injures et au lieu de cela, elle se retrouve assise à côté de lui, le pied surélevé par une couverture et le cochon derrière eux. Est-ce que l'accident a suffisamment sonné la belle, ou bien le charme de Joseph réussit-il à faire rentrer les griffes de la tigresse ? Peu importe… Osé, le jeune homme continue à tenter la chance.

—Où demeurez-vous mademoiselle Guertin ?

—Voilà une question très indiscrète monsieur.

—Je dois livrer ce cochon à Sainte-Anne-de-Sorel, monsieur Thivierge en attend la livraison. Je suis pressé, mais quand même pas au point de vous laisser ici. Comment pourrais-je m'excuser sinon en vous raccompagnant chez vous, je ne peux faire moins.

—Vous me laisserez au coin de la rue du Prince, je m'arrangerai toute seule ensuite.

—Est-ce là que vous demeurez ?

—Oui, fait Eugénie en hésitant, car elle a honte de donner l'adresse du quartier défavorisé.

—Bien, mademoiselle Guertin, on doit certainement vous connaître sous un prénom que je devine tout aussi charmant que vous.

—Eugénie.

Voici maintenant qu'elle donne son nom au premier venu.

—Je m'appelle Joseph Belhumeur.

—Me voilà bien servie, un Belhumeur me renverse et…

Constatant que la demoiselle hésite encore à continuer, il ajoute :

—Je vous écoute.

—Rien, je n'ai plus rien à vous dire.

Eugénie en vient à penser que ce Belhumeur serait peut-être l'ange de Noël tant attendu et qui arrive avec un peu de retard. Elle commence à éprouver des chaleurs et ses joues prennent une teinte rosée, indépendamment du froid.

—Je vous laisse ici ?

—Oui, hésite la blessée.

Eugénie débarque péniblement du traîneau, les patins encore dans les pieds. Dès qu'elle pose le bout des orteils par terre, la douleur s'amplifie et à la voir pousser un cri, elle doit souffrir le martyre. Qu'une seule pensée, il ne faut pas que ce livreur de cochon sache où elle demeure. Fière, elle ravale ses larmes.

—Pourrais-je prendre de vos nouvelles de temps à autre,

question de savoir comment vous guérissez, après tout je me sens responsable de vous maintenant.

—Votre responsabilité s'arrête à votre incapacité de conduire convenablement et pour répondre à votre demande, oui j'accepte avec plaisir.

Eugénie vient de se prendre à son propre piège. Comment pourra-t-elle revoir Joseph si ce dernier ignore sa véritable adresse et de plus, peut-être a-t-elle présumé de ses forces. Elle ne voit pas de quelle manière elle pourrait se rendre chez elle avec cette maudite cheville, et puis marcher avec ses patins s'avère impossible. Se reprenant, elle quête la main du jeune homme et grimpe difficilement à nouveau près du garçon. Étonné, Joseph ne comprend plus rien.

—Je vous ai raconté des histoires, avoue la belle, continuez un peu et descendez-moi sur la rue Adélaïde.

—Cela sera fait selon vos désirs, Eugénie.

Cette fois, Joseph en galant homme, l'aide à descendre et s'assure que sa protégée va toujours bien, puis selon la volonté de la jeune fille, il l'abandonne sur le trottoir.

—Au revoir Eugénie, finit-il par dire.

—À bientôt Joseph.

Retourné sans dessus dessous, Joseph vient de subir le charme de la jolie Soreloise. Ce petit minois blond auréolé d'un béret vert l'a complètement séduit.

—Vite mon cochon, réagit-il soudainement. Fini de rêvasser mon gars, il me reste encore à faire.

Poussant son cheval au trot, il reprend de la vitesse et le temps perdu. Son client est réputé comme étant peu patient. Monsieur Thivierge en a engueulé plus d'un pour bien moins. L'animal livré, son acheteur satisfait, Joseph ne s'attarde pas, la noirceur vient vite en hiver et il doit traverser le fleuve avant que le soleil ne baisse.

Eugénie rentre à la maison en boitillant, referme doucement la porte derrière elle, puis prend une profonde respiration.

—Seigneur merci, mon ange est apparu!

Pour une fois, la bavarde ne dit mot à qui que ce soit de sa
rencontre. Elle veut garder pour elle seule le sourire du jeune
homme. Joseph Belhumeur! Un nom prédestiné : le père de Jésus
et la joie de vivre. Son pied la fait terriblement souffrir et des élan-
cements sourds le traversent. Lorsque Delphina voit sa fille le pied
enflé comme un ballon, elle s'inquiète.

—Que t'arrive-t-il Eugénie?

—Rien, un faux pas.

—Un faux pas ne fait pas enfler le pied de cette façon là. Je
vais bander ta cheville avec de la graisse et du gros sel.

—Ouach! Tu m'infliges un remède de sorcière.

—Ce conseil me vient de Philomène, la femme du docteur
et elle connaît plus son affaire que mademoiselle Eugénie.

—Si tu y tiens absolument, soigne-moi avec ton remède de
squaw! Il faut que je guérisse au plus vite.

—Te voilà bien docile tout à coup, et ce sourire sur tes
lèvres...

Pendant que Delphina soumet sa fille à sa médecine primi-
tive, la mère en profite pour lui parler d'Élisabeth.

—Imagine-toi que ta sœur est tombée amoureuse.

—De qui? demande Eugénie, entrant délibérément dans le
jeu.

—Cyprien, ton cousin. Ce jeune homme bien éduqué et
instruit ira loin dans la vie. J'ai assuré Élisabeth de ma bénédiction pour un mariage au printemps, possiblement en mai.

Eugénie n'en croit pas ses oreilles. Au lieu de crier au

scandale, sa mère accueille cette nouvelle avec joie. On aura tout vu…

—N'était-il pas destiné à la prêtrise notre cher cousin ? Et une telle union est totalement réprouvée par l'Église sermonne Eugénie. Que fait-elle de cette interdiction, ta chère Élisabeth ?

—En effet, Bella espérait bien en faire un curé, mais Dieu en décide autrement et en ce qui concerne le cousinage, la gravité de la faute n'est pas prouvée. Élisabeth aime Cyprien, un très bon parti et ta sœur sera bien casée.

—Seigneur, vaut mieux devenir sourd plutôt qu'entendre ça. Caser ta fille… voilà ce qui t'importe le plus.

—Certainement, un bon mariage demeure toujours avantageux pour une famille comme nous.

—Tu veux sûrement dire… après ce qui est arrivé à notre père.

—Tais-toi Eugénie ! vocifère Delphina.

—Eh bien ! alors pour ta gouverne chère mère, je t'annonce que moi aussi je suis presque fiancée, ose Eugénie n'ayant rien à perdre tant le désir de sortir de chez elle et la peur de rester vieille fille l'inquiète.

—Pas deux nouvelles comme celles-là le même jour, vous allez me faire mourir !

—Il en faut beaucoup plus que ça pour trépasser ; tu t'en remettras, crois-moi.

❖ ⟨❀⟩ ❖

Tel que promis, la semaine suivante, Joseph revient prendre des nouvelles de sa jeune protégée. Soulagé par la remise rapide de la blessure provoquée par la panique de son cheval, le jeune homme finit par profiter de chaque livraison de cochons chez monsieur Thivierge pour rencontrer la gracieuse Eugénie. Un jour, la jeune fille attaque.

—Que diriez-vous Joseph de prendre une bonne tasse de thé?

Sortant sa montre de poche, il réfléchit rapidement.

—J'ai peu de temps devant moi, mais je ne sais comment vous refuser.

—Alors acceptez, et le temps vous le trouverez bien. Assoyez-vous dans le salon, je vous reviens dans deux minutes.

Eugénie réapparaît, portant un plateau garni d'un ensemble de thé en porcelaine. Joseph, mal à l'aise, ne sait comment tenir l'anse fine et que faire de la soucoupe, la faire suivre ou la laisser dans le *cabaret*?

—Sucre et lait Joseph? Vous permettez que je vous appelle par votre prénom, je l'aime tellement. Je lui trouve un petit côté, comment dire... religieux. Je souhaiterais que vous m'appeliez Eugénie, ce qui augmenterait notre complicité. Après tout, vous devenez un peu responsable de moi.

—Bien sûr, pourquoi ne pas simplifier les choses, ajoute Joseph, voyant dans l'entreprise de la jeune fille une véritable aubaine.

—Toutes les semaines, vous passez ici et je me surprends à attendre votre visite. J'aimerais connaître la raison de vos allers et retours à Sorel. En suis-je le prétexte? ajoute-t-elle en jouant des cils.

Joseph opine de la tête en hésitant.

—Oui, je viens pour vous, mais aussi pour les cochons.

—Les cochons?

Surprise, Eugénie décide de ne pas relever l'ambiguïté de la réponse et ricane telle une idiote.

—Chaque semaine, continue le fermier, mon père tue un porcelet que je livre au boucher de Sainte-Anne-de-Sorel, monsieur Thivierge. Malheureusement, à partir de mardi prochain, je ne reviendrai plus, la glace commence à être mince et piquée. Bien entendu, je profite du cochon pour venir vous saluer et j'attends avec impatience le jour de ma livraison. Mais avec ou sans bête, j'aimerais quand même vous revoir.

Sentant proche la dernière apparition du jeune Joseph, Eugénie poursuit avec hardiesse. Il ne faut pas que son ange s'envole de l'autre côté du fleuve pour ne plus revenir. Dès maintenant, il faut lui jeter de la poudre aux yeux jusqu'à l'aveugler si nécessaire.

—Joseph, je vous connais à peine, parlez-moi un peu de vous.

Le jeune homme sentant la bonne affaire, ne laisse pas passer l'occasion de planter quelques jalons. Jamais il n'aurait pensé approcher une aussi belle fille de bonne société, lui le fils d'un cultivateur. Puisque Eugénie fait les premiers pas, autant accepter ses avances à peine voilées.

—Commencez Joseph, je suis tout ouïe.

—Tout ouïe? Bien sûr! Je ne sais trop comment débuter. Voilà! Fils d'agriculteur de Sainte-Élisabeth, je me trouve l'aîné de quatre garçons, seule une sœur est plus âgée que moi. Je travaille à la ferme de mon père et livre des porcs…

—Des porcs, ça je le sais! Possédez-vous une grande terre? demande Eugénie ne se laissant pas démonter par si peu de renseignements.

—Nous avons dix arpents sur le bord de la rivière Bayonne ainsi que plusieurs bâtiments. Mon père élève un gros troupeau de vaches laitières pour lequel nous cultivons des céréales. Nous vendons nos produits aux alentours. L'élevage des cochons rapporte un petit surplus durant l'hiver.

—Donc, votre ferme vous assure un bon niveau de vie?

Surpris par ces questions jugées indiscrètes, Joseph commence à vouloir retenir ses réponses. Dans ce cas, la contre-attaque s'avère la meilleure tactique et sans répondre, il s'impose.

—Vous allez me trouver impoli, car je ne parle que de moi et vous me cachez l'essentiel de votre vie.

—Moi, ma vie est bien petite. Mon père, le notaire Guertin, est mort il y a deux ans et je vis avec ma mère et ma sœur. Actuellement, je ne travaille pas et l'école ne m'attire plus. Je préfère vivre au gré de mon humeur et profiter du bon temps.

Quelle coquette! pense Joseph en la regardant discourir; en fait, il n'écoute plus ou si peu. Plus tard peut-être, mais là, juste à ce moment, qu'une seule idée le tenaille, l'embrasser. Pendant qu'Eugénie raconte les détails de sa vie qui lui semble somme toute ténébreuse, il se lève tranquillement du fauteuil, s'approche de la jeune fille et lui pose un baiser sur les lèvres aussi doux que le vol d'un papillon. Du coup, la belle se retrouve le bec cloué. Surprise, elle ne sait comment répondre à pareille attaque amoureuse et à son tour ose la pareille. Eugénie sent monter le trouble engendré par le plaisir même si l'innocente ignore comment embrasser un homme.

Dans ce domaine, l'instruction reçue par les Dames de la Congrégation reste muette, pense l'esprit vif d'Eugénie. Elle ignore ce qui la pousse entre les grands bras de ce garçon à savourer le souffle chaud de sa bouche. Les lèvres ouvertes, elle s'offre et répond aux attentes de Joseph; il reprend le baiser avec plus d'insistance et tout son corps se tend. Tous ses muscles durcissent et Eugénie en profite pour tester la virilité du jeune homme en s'approchant davantage. Celui-ci dans tous ses états et ayant peur de perdre le contrôle de la situation, choisit la retraite.

—Excusez-moi Eugénie, je ne sais ce qui m'a pris. Je vous respecte trop pour ne pas m'éloigner de vous.

—Vous éloigner?

Eugénie sent l'amour lui échapper. Il ne reviendra qu'une dernière fois à Sorel et son corps a si faim.

—Joseph, ne vous éloignez pas loin de moi, j'aimerais tant devenir votre amie, dit-elle en réquisitionnant ses mains.

—Moi aussi, mais vous me mettez à l'épreuve Eugénie.

—Voilà, une vraie femme sait secouer le cœur de son amoureux!

Ça y est, le mot est lâché, Joseph demeure muet devant cet aveu brutal. Vite, il se *raplombe*.

—Eugénie, me permettriez-vous, en plus de revenir vous rendre visite la semaine prochaine, de vous présenter à ma famille ?

—Avec joie Joseph, vous savez que vous me troublez grandement, dit la jeune fille en passant la main dans les cheveux bouclés de sa victime. Aimeriez-vous que je devienne votre épouse?

Joseph suffoque.

—Bien sûr Eugénie! Je n'osais vous le demander craignant votre réaction et jugeant peut-être trop tôt la prise d'un tel engagement. Vous faites les choses bien mieux que moi.

—Quand aurais-je l'honneur de connaître votre famille les Belhumeur de Sainte-Élisabeth? ajoute Eugénie en revenant sur terre.

—Dès que vous accepterez qu'on se tutoie. La semaine prochaine te conviendrait-elle, Eugénie?

En guise de réponse, elle fait courir ses doigts sous le menton rasé de près. Puis, laissant entrevoir le paradis qu'elle peut offrir à un homme, elle ose :

—Mon Dieu, le Ciel m'a envoyé son plus bel ange.

◈ ❖ ◈

La semaine ne passe pas assez vite au goût des promis. De chaque côté du fleuve, ils se lamentent, jamais dimanche n'arrivera. Eugénie a prévenu sa mère qu'après la messe, elle s'absentera pour la journée.

—Je dois faire une visite importante à Sainte-Élisabeth.

—Tu vas voir ta tante Bella? Tu fais erreur, elle ne demeure pas à Sainte-Élisabeth, mais à l'Ile-Saint-Ignace.

—Non, tu as bien entendu. Je vais rencontrer ma future belle-famille.

—Ta future… bredouille Delphina. Viens-tu de me dire que tu te maries ? Je rêve ou quoi ? Tu m'avais parlé de vagues fiançailles, mais… et je ne connais même pas ce garçon ! Espèce de fille sans tête. Tel père, telle fille, ce serait bien trop compliqué de faire les choses comme le monde ordinaire. Qui est-ce ?

—Laisse mon père tranquille. Il se nomme Joseph, fils légitime de Flora et Philémon Belhumeur, cultivateurs. Tu ne les connais certainement pas, car ils n'appartiennent pas à ton monde… pas le genre de personnes que tu fréquentes.

—Eugénie, sois sérieuse, un fils de cultivateur, un homme en dessous de ta condition.

—En dessous ! On ne peut pas tomber plus bas que la rue Adélaïde, fille d'une mère sans cœur et d'une sœur mariée à un défroqué, d'un notaire suicidé et ruiné, car je n'ignore rien de prétendu accident de mon père. J'ai décidé de me caser comme tu le dis ; inutile de pleurnicher. Je ne raterai pas plus mon mariage qu'Élisabeth, et puis de toute façon, tu as largement écorché ma vie.

Fébrile, Joseph vient chercher sa belle Eugénie tel que promis. Entre deux portes, celle-ci le présente à sa mère, sans plus de formalité. Delphina fait connaissance de son futur gendre avec réserve, le bec pincé. Le jeune homme, n'en demande pas plus, car il veut épouser la fille et la belle-mère le laisse de glace. La plus belle gonzesse qu'il n'ait jamais vue est accrochée à son bras et le reste… bah ! Le traîneau s'apprête à traverser le grand fleuve gelé. Pour la première fois, Eugénie entreprend semblable voyage et contient difficilement sa joie. Elle embrasse les joues de son promis et sautille sur son siège.

La neige du fleuve commence à prendre une teinte grisâtre, le long hiver et les giboulées la ternissent, mais pour la jeune fille, la magie opère quand même. Pendant un moment, Joseph s'inquiète, le fleuve semble gonflé et il entend la glace craquer à quelques reprises, mais comme un homme, il garde ses peurs pour lui, laissant à Eugénie le plaisir de savourer sa traversée. Rendu sur la terre ferme, Joseph pousse un soupir de soulagement et file à vive allure jusqu'au rang de la rivière Bayonne où toute la famille Belhumeur attend Eugénie. Pour l'occasion, Flora a préparé un dîner de fête et le père Philémon en chicanant pour la forme s'est endimanché ; on ne reçoit pas de la visite de l'autre côté tous les jours. Devant le retard, les frères de Joseph se taquinent pour passer le temps, puis finissent par s'impatienter. Pour sa part, Germaine la sœur aînée a bien hâte de rencontrer la blonde de son frère.

Eugénie pose délicatement le bout de son pied dans la neige et tend le bras vers Joseph. Elle attend que son futur l'accompagne jusqu'à la maison ; elle s'accroche à lui, faisant valoir du même coup son manteau de castor qui lui donne un air de grande dame.

—Maman, papa, je vous présente Eugénie Guertin. Voici Germaine, et ceux-là, ils se nomment Rosaire, Baptiste et le dernier, non le moindre, Augustin.

—Bonjour, dit à chacun la souriante Eugénie en tendant sa main gantée.

—*Dégréez*-vous mademoiselle et venez-vous asseoir, insiste le père. Maman a épousseté le salon juste pour vous autres. Tenez, prenez ce fauteuil de loin le plus confortable.

Sans discuter, Eugénie accepte. Elle pose délicatement son joli derrière ajusté dans une jupe droite, place ses pieds un à côté de l'autre en donnant un léger angle à ses jambes, puis pose lentement ses graciles bras sur les appuie-bras tel un papillon sur une fleur. Eugénie attend. Jamais elle n'entamerait la conversation, une jeune fille de bonne éducation garde une certaine réserve devant des personnes inconnues. Ses hôtes doivent trouver les sujets susceptibles de l'intéresser. Elle se réserve le droit de poursuivre la discussion. Flora, mal à l'aise, saute sur la première idée venue pour casser la glace, car si elle attend que Philémon débute, rien d'assuré que le sujet convienne à la demoiselle.

—Prendriez-vous quelque chose à boire? Du bon thé chauffe sur le poêle.

—Voyons donc Flora, laisse la respirer un peu. Aimeriez-vous mieux un petit gin pour vous *ragaillardir*, poursuit Philémon sans prendre conscience qu'il monopolise l'attention, ou peut-être un peu de vin de gadelles. Maman en fait du bon.

Eugénie ne sait que répondre; cette avalanche, elle ne l'avait pas prévue, pas plus que cet accueil envahissant. Regardant Joseph, elle l'invite à lui venir en aide.

—Le père, je prendrais volontiers un peu de vin; il ne faisait pas chaud sur le fleuve et j'ai besoin de me dégourdir un peu. Tu en prendrais une coupe chérie?

Eugénie accepte plus par politesse que par goût. Ayant en mémoire sa dégustation avec Olivia, elle ne voudrait pas d'un autre côté mal paraître auprès de sa belle-famille. Une fille qui boit... Devant elle, en rang d'oignons sur des chaises droites, sont assis les trois frères de Joseph, tandis que Germaine occupe le fauteuil entre Philémon et Flora. Joseph s'est réservé le pouf placé aux pieds du fauteuil de sa promise.

Flora arrive avec un plateau garni de trois verres d'eau pour les garçons, deux tasses de thé, dont une pour Germaine et la seconde pour elle-même ainsi que deux verres de vin pour Philémon et Joseph. Au milieu trône la coupe destinée à Eugénie, la seule que Flora possède. Elle sert tout son monde et repart chercher une assiette de sucre à la crème. Les garçons voyant une offre qui ne passe pas tous les jours, se lèvent d'un bond et commencent à dégarnir le plat de service. Flora intervient rapidement.

—Les enfants, il faut laisser Eugénie se servir la première. Prenez-en mademoiselle, vous l'aimerez. J'ai gagné le premier prix à la tombola du village l'an dernier, vous ne le regretterez pas. Cette année, j'ai raflé le second pour le gâteau au chocolat.

—Juste un petit morceau, je veux bien. Je dois constamment surveiller ma taille.

Eugénie profite de sa visite pour passer la maison où elle demeurera à une inspection discrète. Joseph fier de montrer à sa promise la terre dont on ne peut voir le bout tant elle est grande, préfère par contre ne pas incommoder sa douce en lui infligeant la visite intérieure des installations et bâtiments. La porcherie est omise volontairement de façon à ne pas mettre sa visiteuse encore plus mal à l'aise. Après cet assaut de civilités, Eugénie éprouve le désir de se retrouver seule avec son amoureux. Une longue marche sur la Bayonne gelée répond à la demande de la jeune fille. Ainsi passe une partie de l'après-midi à discuter sur leurs projets d'avenir. Profitant de cette solitude, Joseph fait monter d'un cran la fièvre chez sa compagne. Il l'embrasse et la caresse tant et si bien qu'Eugénie devient les joues en feu et le corps au bord de l'éruption volcanique. Elle trouve juste assez de force pour prier son soupirant de la laisser respirer un peu. Rien que pour cette flamme que Joseph sait allumer en elle, Eugénie évalue que le mariage vaut la peine. De son côté, Joseph en veut encore et encore et refoule les recommandations du curé : *Œuvre de la chair, ne désireras...*. Son état physique frôle la catastrophe. La jeune fille retrouve ses sens la première et veut classer l'affaire.

—Dis Joseph, pouvons-nous fixer une date pour le mariage ? Il faut au moins trois semaines pour la publication des bancs dans chacune de nos paroisses.

—Que dirais-tu de l'automne prochain ?

225

—Trop loin Joseph, je préférerais en juin au temps des marguerites. Je t'aime tant, supplie l'angélique.

—Comme tu veux ma douce. Dans ce cas, il faut que je te mette au courant d'une autre chose. J'hériterai de la ferme ; en fait, mon père s'est donné à moi de son vivant. Cette situation nous obligera à vivre ici avec le père et la mère. T'accommoderas-tu de cela ?

La futée y avait déjà réfléchi, mais ne pensant qu'aux dix arpents de terre, à la grande maison, aux dépendances, elle lui répond un peu trop vite :

—Cela ne me dérange pas du tout, cependant il faut faire vite, car mon corps s'impatiente et se languit de ton amour.

—Comme je t'aime mon Eugénie ! Je te donnerais le monde entier s'il m'appartenait, mais je ne possède que de la terre et des vaches.

—Et quelques cochons...

Joseph apprécie l'humour de la jeune fille. Trop vite, la réalité rattrape les fiancés.

—Je suis désolé ma belle, mais le temps se chagrine, il serait temps que je te ramène à Sorel.

—Déjà Joseph ? L'après-midi m'a paru si court ; j'anticipe déjà la joie de revenir à Sainte-Élisabeth, mais cette fois, sous le nom de madame Joseph Belhumeur pour toujours et à tout jamais, au vu et au su de tout le monde.

Des promesses de se revoir aux noces accompagnent le départ des amoureux. La neige ramollie par le temps doux de la fin d'hiver ralentit le cheval de Joseph. Eugénie savoure sa bonne fortune : un mari, une maison, s'établir, fuir la rue Adélaïde, la laideur de sa vie actuelle et surtout Delphina. Joseph lui promet une belle vie. Pourquoi douter ? Dès lundi, des lampions brûleront aux intentions de son amoureux. Le Seigneur lui fait cadeau d'une nouvelle vie, elle ne restera pas sur le carreau et ne coiffera pas la Catherine. Comme le trajet passe vite! Rendu sur la rive de l'île Saint-Ignace, Joseph n'est pas rassuré. Les craquements sourds entendus à l'aller sont devenus grondements et la glace cassée se soulève d'un peu partout. Le fleuve rugit, se déchaîne alimenté par la rivière Richelieu gonflée à bloc par la fonte des neiges. Le grand cours d'eau contient encore sa force, menaçant les rives de sa colère. Impossible de traverser, le risque est trop grand et aucun homme sensé ne s'y aventurerait, de plus le cheval refusera d'avancer sur cette glace mouvante. Mettant ses gants blancs et usant de tact, Joseph annonce à Eugénie :

—Ma douce, je suis profondément peiné, tu ne peux pas retourner à Sorel, il y a trop de danger. Je ne tiens pas à te lancer dans une équipée sans issue et courir à notre perte.

—Joseph! Ne fais pas de plaisanteries, reprend aussitôt Eugénie en haussant légèrement le ton.

—Regarde la glace, ce serait pure folie de traverser. Je ne tiens pas à risquer ta vie et la mienne.

—Cette situation me déplaît beaucoup, que je vais-je faire toute seule ici?

—Ne crains rien, je ne te laisserai pas dans l'embarras.

—Alors Joseph, trouve une solution et vite, dit la fiancée sur un ton qui ne subit pas de commentaire. Tout cela m'angoisse au plus haut point.

—Respire un peu, le temps que je pense à une solution.

—Pense vite alors, dit Eugénie en avalant l'air à grand coup. Je n'endurerai pas ça longtemps.

—Aurais-tu de la famille dans le coin?

—Oui, tante Bella demeure à l'île Saint-Ignace, pourquoi?

—Peut-être pourrait-elle t'héberger le temps que le fleuve se débarrasse de la glace et s'éclaircisse, je te ramènerai en chaloupe aussitôt l'embâcle terminé.

—En chaloupe! Seigneur Dieu Joseph, quelle idée saugrenue!

—Ne t'inquiète pas, rassure le fiancé et allons voir ta tante.

Bella entend tambouriner à sa porte. Qui peut bien frapper à cette heure? La noirceur est tombée et elle déteste ouvrir si tard craignant toujours la venue d'un quêteux. D'ailleurs, sa voisine l'a déjà prévenue qu'un homme rôdait de ce temps-ci et puis, la lune n'augure rien de bon à la voir si nébuleuse dans un ciel sans étoiles. Faiblement, elle entend :

—Tante Bella, tante Bella, c'est moi Eugénie, ouvre.

Incertaine, elle pousse le coin du rideau afin de vérifier qui insiste tant à sa porte. Puis la voix reprend :

—Tante Bella, ouvre, je t'en prie.

De sa cachette, Bella reconnaît sa nièce.

Eugénie! Que fait ici cette petite peste ? Et avec un homme à part ça! Je le savais qu'on ne peut rien tirer de bon d'une lune semblable.

—J'ouvre, ne *tapoche* pas comme ça.

Eugénie au bord de la panique s'affale dans les bras de sa tante. Le jeune homme qui se tient à ses côtés n'a guère l'air plus brave et ne semble pas contrôler la situation.

—Que fais-tu ici pour l'amour de notre Sainte Mère?

Incapable de se contrôler, Eugénie commence à se lamenter expliquant d'un seul trait, qu'elle arrive de Sainte-Élisabeth, que la glace casse et qu'elle ignore où aller.

—Rentre bonne Sainte Vierge, tu vas faire geler toute la maison et vous aussi jeune homme, vous avez l'air à moitié perdu.

—Madame, puis-je vous confier votre nièce? dit Joseph en reprenant les affaires en mains. Je ne peux, malgré ma promesse, ramener votre nièce chez sa mère et je dois absolument retourner à Sainte-Élisabeth. Pas la porte à côté, et les chemins qui défoncent ajoute-t-il, inquiet de la suite des choses. Je viendrai reprendre Eugénie dès que la débâcle sera terminée et la ramènerai en chaloupe chez elle, saine et sauve.

La belle se pend au cou de son amoureux et pleurniche.

—C'est ça, débarrasse-toi de moi! Tu ne peux pas me laisser ici, ça n'a aucun bon sens. Je ressemble à un paquet encombrant qu'on laisse sur le bord d'une porte et qu'on reprend quand on peut, et je n'ai rien amené pour me changer. Dieu sait combien de temps ça prendra pour que le fleuve redevienne libre.

—Ne pleure plus je t'en prie, tu me tortures avec tes larmes.

Devant l'inévitable, Eugénie renifle et essaie de se raisonner.

—Et ma mère, qui va l'avertir?

—J'irai voir Tom le jobeur, intervient la tante, rien ne l'arrête celui-là. Il traversera et avertira ta mère que tu trouves en sécurité chez Bella. En attendant, tu es cantonnée ici avec ta tante et ta cousine Bernadette. Il faudra t'en contenter.

—Je vous trouve fine quand même, chigne Eugénie. Je pense que je n'ai d'autre choix, ajoute-t-elle en jetant un regard de chien battu à Joseph.

—Crois-moi ma douce, mieux vaut ainsi. Je viendrai prendre de tes nouvelles, ajoute Joseph en déposant un baiser sur les joues humides.

Le fiancé se sauve rapidement afin d'éviter que la crise perdure. Tous les jours, Joseph se rend à l'île Saint-Ignace et vient embrasser Eugénie; il en profite aussi pour lui donner l'heure juste sur la débâcle. Tous les jours, Eugénie se plaint: sa tante la force à manger des mets qu'elle déteste, lui fait porter des vêtements qui ne lui vont pas et d'une taille démesurément large, la couche sur un banc lit dans la chambre de Bernadette. Rien ne va, vivement que tout cela finisse et qu'elle retourne rue Adélaïde. Sa seule consolation dans cette mer de déception est de voir son amoureux tous les jours. Tante Bella offre toujours à Joseph un petit verre de vin chaud ; guilleret, il reprend la route. Eugénie se plaint un peu pour rien, pense-t-il. À son avis, cette tante est bien gentille et avenante, sans compter que le joli minois de Bernadette ne gâche rien à l'affaire.

◇ ◁ ❈ ▷ ◇

—Enfin l'eau claire ! Enfin libre ! Tu ne sauras jamais Joseph comme j'ai souffert.

Pendant que Joseph s'acharne à faire avancer sa chaloupe dans le courant vif du fleuve, Eugénie lui raconte avec de multiples détails ses malheurs à l'île se plaignant sans cesse des mêmes choses, les répétant ad nauseam. Le cochon à livrer bien attaché derrière elle, Eugénie finit par épuiser sa complainte et fixe maintenant ses récriminations sur l'odeur dégagée par la bête.

—Il pue ton cochon !

—Je livre le dernier pour cette année, prends patience, on arrive.

Joseph, par l'effort fourni et le froid qui pique encore, devient rouge comme un coq, mais son calme s'effrite au fur à mesure qu'il s'approche de la rive.

—La première chose que je fais en arrivant, rugit la douce, je prends un bon bain. On dirait que je sors d'une porcherie. Je pue !

—Tu n'iras pas embrasser ta mère avant tout ?

—J'ai très bien vécu sans elle et j'imagine qu'elle aussi ne s'est pas ennuyée. J'ai supporté tante Bella, qui à mon avis, ne vaut guère mieux que Delphina et sainte Élisabeth ne m'a pas

230

fait défaut non plus.

—Sainte-Élisabeth?

—Je ne parle pas de ton village, mais de ma sœur Élisabeth, qui voulant être en odeur de sainteté, mariera un défroqué.

—Que me racontes-tu là?

—Oui, ma sœur aînée, épousera son cousin Cyprien, le fils de Bella, qui se destinait à la prêtrise. Est-ce assez pour toi ou en veux-tu encore?

—Tu me cloues le bec. Un défroqué comme beau-frère... et une sainte comme belle-sœur! Le Seigneur me comble Eugénie.

Il amarre sa barque au bord du quai de la Sincennes. Tout en sueur malgré l'air frais, il tend sa main rugueuse vers sa fiancée, qui sans assurance, pose le pied sur la terre ferme. On aurait juré Christophe Colomb débarquant de sa caravelle et bénissant le Seigneur de l'avoir gardé en vie durant sa rude traversée. Eugénie soupire de soulagement. Elle n'a pas le pied marin et l'odeur de l'animal lui a été insupportable.

—Joseph, j'ai mal au cœur!

—Respire Eugénie, respire, c'est fini maintenant.

Rue Adélaïde, Delphina jubile, sa fille est revenue à la maison, vivante et en santé. La bonne Sainte Vierge a exaucé ses prières. Même Olivia accueille la réfugiée; Eugénie se jette dans les bras de sa tante et recommence à pleurnicher. Après un bref baiser à sa mère, la jeune fille déclare qu'elle va prendre un bain chaud laissant Joseph en compagnie des tante et belle-mère.

—Jamais, je ne me suis sentie aussi crottée et je me demande comment Joseph peut me supporter dans ce pitoyable état.

Un rapide bécot à son soupirant afin de combler son absence et elle disparaît à l'étage. Olivia, Joseph et Delphina laissés en plan par Eugénie se regardent tels des chiens de faïence.

Le jeune homme profite alors de cet intermède pour parler du mariage à sa future belle-mère.

—Nous avons convenu, Eugénie et moi, de nous marier le huit juin prochain. Y voyez-vous quelque inconvénient, madame Guertin?

—Si, j'en vois un et à mon avis, majeur. Eugénie se trouve encore mineure et a besoin de mon consentement pour se marier.

—Voyons Delphina, intervient Olivia, ne gâche pas son bonheur pour une simple question d'âge. Eugénie possède la maturité d'une adulte et elle a trouvé un bon mari à ce que je vois. Joseph, j'ose imaginer que vous comblerez d'amour notre petite Eugénie?

—Oui madame, je ne tiens qu'à une seule chose, l'aimer… avec tout ce que cela comporte.

—Jeune homme, appelez-moi Olivia. Je déteste me faire appeler madame ou tante.

En entendant sa belle-sœur repousser toute marque de respect, Delphina risque de s'étouffer. Loin de dissuader le jeune homme que son projet est prématuré ou pire, farfelu, Olivia l'encourage à le poursuivre en se mêlant de ce qui ne la regarde pas.

—Imagines-tu Olivia que la vie n'est faite que de *je t'aime, ou je te veux*. Il y a autre chose dans la vie et je suis bien placée pour en parler. Et vous Joseph, pourrez-vous faire vivre ma fille convenablement?

—J'hériterai de la ferme ancestrale que nous possédons depuis 1850. Je désire offrir à votre fille ce qu'elle mérite. Nous demeurerons à la maison familiale et je vous promets qu'elle ne manquera jamais de rien.

—Une terre! Je vois qu'Eugénie la *fancy* renonce à beaucoup, elle a grandi dans un milieu social et économique plus élevé, cher monsieur.

—J'ose croire, madame Guertin, que la rue Adélaïde s'avère le milieu dont vous parlez et je comprends que la fille du notaire a déjà vécu dans meilleures conditions de vie que présentement.

—Bien dit Joseph, j'aime ta verve, reprend Olivia. Fini de péter plus haut que le trou, chère belle-sœur. Ce jeune homme te rive le clou et formule mieux que moi les considérations que tu penses mériter.

—Bon, qu'elle fasse ce qu'elle voudra la fille à son papa, capitule Delphina enragée devant ces deux-là. Je serai bien contente quand elle aura débarrassé le plancher, toujours insatisfaite et revendiquant sans cesse. À vous de prendre la relève, habitant !

Recevant de plein fouet le dénigrement de Delphina, Joseph se sent de plus en plus responsable du bonheur d'Eugénie.

—Et ne compter pas sur moi pour lui offrir un trousseau ou une noce, réplique Delphina au bord de la crise de nerf et de plus en plus incisive. Elle part comme elle est arrivée au monde, toute nue.

Olivia n'en croit pas ses oreilles, Delphina vient ni plus ni moins que de renier sa propre fille. Sa belle-sœur a le cœur aussi sec qu'une vieille branche que l'arbre a décidé d'ignorer. Il en va de même pour sa fille, au moins sa nièce n'a rien entendu de tout ça, mince consolation. Réconfortant Joseph, elle ajoute :

—N'ayez crainte, je m'occupe de tout. Il ne sera pas dit qu'Eugénie Guertin, la fille de mon frère, se mariera sans trousseau, robe ou repas de noces, déshéritée par sa propre mère. Elle partira la tête haute de Sorel et vous n'accueillerez pas dans votre famille une pauvre, foi d'Olivia Guertin.

Joseph remercie Olivia, la serrant contre lui. Beaucoup de questions concernant cette famille et peu de réponses. Il doit malheureusement partir, laissant sa dulcinée entre les mains de cette tante bienveillante. Son cochon n'est toujours pas livré, sans compter qu'il faut retraverser ce maudit fleuve à la rame. Plus décidé que jamais, il sortira Eugénie de cet enfer et la vive discussion qu'il vient de livrer avec sa future belle-mère le conforte dans sa décision d'aimer de toutes ses forces cette belle qui montre du piquant, pour le moins qu'il puisse dire.

—Eugénie, que dirais-tu de venir profiter du grand air à Yamaska ? demande Olivia après le départ du fiancé.

—Ah oui, répond-elle en soupirant, j'éprouve le besoin de me reposer les nerfs, ma mère me rend à moitié folle.

—Ne dis pas de bêtises, ramasse vite quelques vêtements, nous partirons après le dîner.

Dans sa chambre, Delphina rage du comportement de sa fille. Que diable a-t-il bien pu se passer pour transformer sa fille en chipie ? Cette diablesse ne tient certainement pas d'elle, et cette Olivia qui se plaît à jeter de l'huile sur le feu. Qu'ils partent donc tous et qu'enfin elle reste seule, sa vie deviendra d'autant plus intéressante. Les dures années sont passées et elle a réussi à sauver son nom et sa réputation. Si seulement elle avait accouché d'un garçon, comme elle en aurait été fière ! Le bon Dieu lui a envoyé deux gonzesses en jupon, l'une mariée à son cousin malgré l'interdiction de l'Église et l'autre à un habitant.

—Théophile, tu m'as laissé tout un héritage, dit-elle bouillant de colère et frappant dans son oreiller à grands coups de poing.

Chez Olivia, Eugénie reprend son caractère habituel. Le quotidien devient une fête perpétuelle et sa tante la gâte au-delà du raisonnable. La nourriture qu'elle préfère se trouve toujours sur la table et souvent une coupe de vin léger accompagne les repas. Eugénie n'abuse ni des mets, ni des boissons, ayant à cœur de conserver la taille de guêpe renvoyée par le miroir, résultat du corset imposé par sa mère. Son buste prend de la fermeté et de la hauteur; jamais Eugénie n'aurait pensé être aussi fière de son corps, fierté qui frôle l'orgueil. Sa tante lui présente ses amis et durant de longues soirées, ils jouent aux cartes ou discutent en écoutant de l'opéra et fumant des cigarettes. La vie de pacha! Même dans un harem, Eugénie n'aurait porté plus belles toilettes que celles offertes par Olivia. Les demoiselles Grandchamps de Sorel déshabillent les mannequins de leurs tenues les plus élégantes et il ne reste qu'à la jeune fille de choisir. Le magasin de tissu est pris d'assaut. Des mètres et des mètres sortent des étalages, transformés en linge à vaisselle, torchons et serviettes. De fins draps sont taillés dans un nuage de coton blanc posé sur la table. Joseph couchera dans du neuf et Eugénie apportera dans son coffre d'espérance la dernière mode de Sorel.

La vie s'écoule doucement à Yamaska. Le printemps pointe son nez et les premiers pissenlits apparaissent un à un dans les champs chauffés par le soleil.

—Olivia, j'ai un peu peur.

—Peur de quoi ma belle?

—Peur du mariage, de me retrouver seule au milieu d'étrangers, dans un village dont j'ignore tout, et là encore, je ne te cache pas que je crains encore plus la nuit de noces. Comment cela va-t-il se passer?

—Quelle drôle de question à poser à une vieille fille! De la même façon que tu lui as donné ton cœur, tu lui offriras ton corps.

—De la même façon, cela reste encore nébuleux. Lorsque je pense à lui, je deviens toute molle et j'éprouve un léger vertige. En moi, je sens monter quelque chose d'indéfinissable partant du ventre jusqu'à la gorge, me laissant les jambes en guenille. À chaque visite de Joseph, j'éprouve de la difficulté à retenir mes élans. Je ne cherche que ses baisers et là, à ce moment précis, un volcan explose en moi.

—Normal, tu l'aimes. Suis ton cœur, ton corps suivra…

—Et je ne veux pas te perdre Olivia, ma deuxième mère et ma plus grande amie. Là-bas sur ma ferme, je m'ennuierai de toi.

—Tu m'écriras grande idiote, la poste doit se rendre jusque-là, ironise Olivia et puis, j'irai te voir. Et les deux complices de la rive sud recommenceront leurs longues marches et se confiront de véritables secrets.

—Vrai, tu viendras?

—Je tiens toujours mes promesses.

ÉVA DUPUIS

Un vendredi matin, deux semaines après la demande offi-
cielle en mariage et en pleine chaleur de la mi-juillet juillet, Éva
sort de l'église avec une bague au doigt, un mari à ses côtés et
cinq enfants à ses trousses. En août prochain, elle fêtera ses
vingt ans. Les enfants de Marie ont appris avec joie l'arrivée
d'Éva dans leur vie à l'exception de la sage Marie-Odile. Une
autre femme prend la place de sa mère. Sous son voile blanc et
sa robe de mousseline, Éva se rappelle le monastère, là aussi elle
avait porté le voile et une tunique de coton brut. Elle se souvient aussi de sa triste robe grise dont madame White l'avait
affublée à son arrivée à Caraquet et là, tout au fond de son
cœur, le portrait de sa mère Rose en robe de mariée, un grand
gaillard à son bras. Pas de réception de noces excepté un repas
de circonstance pris en famille dans la maison Dupuis. Défiant
la chaleur accablante, Marie-Odile a fait cuire une grosse dinde,
assez pour contenter tout son monde. Pas de voyage de noces,
les temps sont durs et Odilon doit compter chaque cent. La
richesse ne court pas les rues. De son côté, le curé a fait diligence,
ne publiant les bancs qu'une seule fois. Plus Odilon se mariera
rapidement, plus le risque de dégâts dans la paroisse diminue.
Un veuf aussi fringant peut faire preuve de vivacité incontrôlable
et il *s'adonne* que ce dernier en a à revendre. Un peu mal à l'aise,
le religieux a précipité une jeune vierge, nonne de surcroît, dans
le lit d'un homme accompli.

Toute la journée, Éva éprouve une anxiété paralysante. La cérémonie religieuse passée, comment se passera la suite de ses noces? De son côté, Odilon se frotte les mains, ce soir il ne couchera pas seul. Le repas expédié, le nouveau marié entraîne sa jeune épouse dans son sillage et prend prétexte d'une *endormitoire* pour aller à sa chambre taper un petit somme. Afin de retarder le moment de la rencontre *épeurante*, celle-ci désirant prouver sa valeur insiste pour prendre le tablier. Après avoir hésité, elle suit fidèlement son nouveau compagnon. Regardant Odilon défaire sa cravate, la poser bien à plat sur le siège de la chaise droite, allant rejoindre le veston déjà suspendu au dossier, elle reste figée.

—Viens ma belle, une petite heure s'offre à nous. Marie-Odile s'amuse avec les enfants au jardin et avant qu'ils ne rentrent…

Lentement, il joint une main à celle de sa femme et place la seconde dans son dos. Il plaque brusquement sa bouche sur celle d'Éva et tente d'y insérer une petite langue pointue qui butte contre des dents fermées bien dures. La nouvelle mariée supporte mal cette intrusion et n'a qu'une envie, le mordre. Non débouté, Odilon se frotte maintenant sur sa poitrine plate, puis délaissant la main retenue prisonnière, il lui tripote lentement les seins. Éva retient son souffle et ne dit pas un mot. Si elle ouvre la bouche, la langue d'Odilon qui continue toujours sa recherche l'étouffera net. Se débattant malgré la forte préhension de son mari, elle sent sur son pubis une bosse qui grossit et durcit.

—Seigneur, pense-t-elle, qu'est-ce que c'est ça?

Réussissant à se libérer un peu, elle retrouve son souffle et le courage d'implorer son mari.

—Non Odilon, non pas tout de suite.

—Mais ma belle, je vais lentement, je ne veux pas te faire de mal. Je t'aime!

—Bien si tu veux, aime-moi d'un peu plus loin Odilon.

Le bruit d'une porte-moustiquaire qui claque vient déranger

les plans du nouveau marié.

—Papa, papa, monsieur Lafortune vient d'arriver et désire souhaiter la bienvenue à sa nouvelle voisine.

—Batêche ! rage Odilon. Celui-là va me payer ça, arriver de même au beau milieu de l'après-midi. Je vais lui en faire moi une bienvenue. Arrange-toi Éva, on a de la visite.

Éva revient rapidement à elle. Enfin, il l'a lâchée. Seigneur, quel assaut ! Jamais elle n'a subi pareil outrage et rouge de honte, elle remet en place ses vêtements malmenés. Merci mon Dieu d'avoir envoyé le voisin…

—Nous remettrons ça ma femme, ce soir nous fêterons nos noces comme il se doit, dit Odilon en retrouvant son aplomb. Viens ma belle femme d'amour.

Éva replace ses cheveux en lissant ses tempes, secoue sa jupe et suit son mari en bas. Édouard Lafortune, voisin d'Odilon depuis presque toujours, ne se révèle jamais à cours de civilité et tient à saluer la nouvelle femme du veuf. Sa main précédant son gros ventre, il empoigne solidement celle d'Éva et la secoue allègrement.

—Bienvenue dans le coin madame Dupuis. Content pour Odilon, il a su trouver une belle femme. Excusez mon sans gêne, mais je sais reconnaître les jolies dames.

—Bon Édouard, tu as vu, tu as salué, alors déguerpis, tonne Odilon.

—Dis donc Odilon, il ne te resterait pas un peu de jus de cerise par hasard ? J'aimerais lever mon verre à ta santé et à celle de ta femme, bien entendu. Un mariage, ça se fête.

Éva flairant la bonne affaire entre dans le jeu du voisin.

—Je crois monsieur Lafortune qu'il en reste une goutte du dîner. Odilon, tu veux prendre un petit verre avec ton ami ?

—Un ami comme lui, je n'en ai pas besoin. Inutile de boire à la santé de qui que ce soit, tu viens *écornifler* et je n'aime pas les *senteux*. Je les fuis comme la peste.

—Cré bateau, fâche-toi pas Odilon! Je te dis que pour un nouveau marié, tu me parais pas mal à pic. À moins que je ne t'aie dérangé… continue le gros Édouard, narguant du regard la jeune mariée.

—Non, répond le veuf, mais pousse ta face de siffleux si tu ne veux pas que je sorte mon *douze*.

—Madame Dupuis, il ne vous fait pas peur au moins? Il aboie, mais ne mord pas…

Éva, ignorant le litige entre les voisins, répond :

—Bien sûr que non, il doit faire des farces.

—En tout cas madame Dupuis, dit Édouard en se poussant, si jamais, vous manquiez de quelque chose, je demeure juste à côté et Georgette, ma femme, garde toujours du thé au chaud pour sa voisine. À la revoyure 'dilon!

—Salut, dit ce dernier soulagé de le voir partir, et que je ne revois plus ta face de fouine dans la porte.

Découragé par cette intrusion, Odilon donne un bec dans le cou de sa femme, décroche sa casquette et file dans le hangar. Il sort ses pots de clous, les vide un à un sur son établi et classe longs et petits. Il faut qu'il retrouve ses esprits, ses hormones atteignent le point de rupture. Ça allait bien avec Éva et voici que ce batêche de voisin vient de tout foutre en l'air. Au fur et à mesure que les bocaux se remplissent de clous et qu'ils sont rangés en ordre spartiate, Éva s'est attaquée à la cuisine. La vaisselle lavée, elle ne sait plus que faire et s'assoit au bout de la table en tripotant son tablier, pliant et dépliant inutilement l'ourlet. En réalité, elle éprouve une peur terrible. Son devoir matrimonial, loin d'être achevé, l'attend cette nuit. Elle n'a entrevu que la pointe de l'iceberg. Les hommes sont bien vicieux! pense-t-elle intérieurement. Les paroles du père Anselme lui reviennent en mémoire et Éva prend le parti de subir. N'y a-t-il pas un supplément d'indulgences à tolérer patiemment ce qu'on n'aime pas? Elle n'est pas éprise d'Odilon, mais dans les circonstances elle ne pouvait souhaiter meilleur parti. Au moins, il veut d'elle, même plus, il dit l'aimer.

—Seigneur, donnez-moi la force de passer au travers.

Calmé par l'ordre fait dans ses clous, vis, boulons et tarauds, Odilon revient avec les enfants. À les voir si souriants, Éva ne doute pas que ces derniers soient très attachés à leur père et avec appréhension, elle se demande si elle pourra partager cette belle complicité.

Il faut attendre la pleine noirceur et que les enfants ronflent, pour qu'Odilon reprenne sa cour. À la lumière de la lampe à l'huile, il amène sa femme dans le salon. En grinçant un peu, le vieux canapé reçoit les nouveaux mariés. Passant son bras autour de ses épaules, il lui murmure amoureusement:

—Vois-tu mon Éva, je t'aime, te désire et jamais je ne te ferais de mal. Je sais que tu n'as pas connu d'homme et je vais faire de mon mieux pour t'apprendre à aimer ça.

Éva cherche désespérément le crucifix qui normalement devrait se trouver au-dessus du cadre de porte, mais n'y trouve qu'une tresse de roseau. Elle fixe désespérément l'objet de piété, s'y raccrochant comme si son salut en dépendait. Au bout d'un moment, elle entend :

—Si tu veux bien, je t'amène dans notre lit, les enfants dorment maintenant.

Il prend la frêle main qui ne craint pas le labeur, la lampe à l'huile de l'autre et l'attire dans la chambre nuptiale. Aussitôt arrivé près du lit, il baisse la flamme, ne laissant qu'une mince lueur. Presque à tâtons, Éva se déshabille et enfile sa jaquette de coton blanc. Déjà, elle entend son mari se laisser tomber sur la couchette, lui imposant un grincement caractéristique. Il s'étire le bras et réduit définitivement la terne clarté. Plus aucun doute sur ses intentions.

—Viens ma femme, dit-il en tendant à nouveau la main.

Éva s'exécute, s'enfouit sous les couvertures, qui selon elle, seront gardiennes de sa vertu. Elle frissonne dans le noir quasi absolu, ignorant ce qui lui arrivera. Les préliminaires ayant été faits en après-midi, Odilon délaisse volontairement ses lèvres ou ses seins et va directement au but. Pas le temps de s'attarder à d'inutiles bisous. Affamé, le corps du veuf ne veut plus rien entendre, ni subir de retard. Voilà qu'un genou noueux pousse sur les jambes d'Éva, tentant de s'insérer entre les cuisses fermement serrées. Odilon peine et respire fort, puis le sexe raide, il fouille aveuglément. Éva ne bouge pas d'un poil et tendue par la crainte se tient raide comme une barre de fer, laissant à Odilon l'odieux de sa défloraison. Il faut quelques minutes et beaucoup de ténacité au veuf pour trouver sous une jaquette tenue aussi serrée qu'une voilure ainsi qu'un manque de coopération de sa partenaire, ce qu'il cherchait. D'un coup sec, il la pénètre et Éva laisse tourner le gouvernail dans le vide. La tempête fait rage.

—Mon Dieu, gémit la nonne.

À peine quelques mouvements, le voici qui se met à geindre, puis lourdement il se laisse tomber sur le côté et le lit s'arrête brusquement de craquer. Éva pleure en silence de douleur et de dépit. Rien d'aussi humiliant ne lui est jamais arrivé. Sa soeur Lucille a perdu sa réputation pour si peu ? Et voilà le secret que sa consoeur Angéla essayait tant de dévoiler ? Le coq de soeur laitue s'énervait bien inutilement. Quelle erreur grossière et décevante ! Éva s'attendait à des caresses, à des mots tendres, à des je t'aime à n'en plus finir ; elle vient de subir honte et douleur. Déjà, Odilon ronfle à ses côtés. Ravalant sa désillusion, elle se lève sans faire de bruit, ne voulant pas réveiller l'ours qui dort et, à tâtons, descend à la toilette juste à côté de la cuisine. Au moins la maison est équipée cette commodité. Se sentant sale et collée, elle prend un bout de papier journal et frotte jusqu'à ce que l'écriture devienne un immense barbouillage. Puis, devant le miroir au tain effacé, elle replace les mèches de cheveux qui lui retombent dans les yeux et retourne sagement se coucher avec celui qui partagera le reste de sa vie. Le bruit continu des ron-flements commence à ressembler à un doux ronronnement et dans sa tête, elle récapitule cette journée rude en émotions. À force d'*Ave*, elle finit par s'endormir. Dans la chambre voisine quelqu'un veille encore. Marie-Odile se tourne sans cesse d'un côté et de l'autre. Le bruit de grincement du lit paternel l'a tenue éveillée. Du vivant de sa mère, elle a associé ce craquement et les mots étouffés à l'œuvre de la chair. À plusieurs reprises, monsieur le curé Godin avait mis en garde les communiantes contre ce péché mortel salissant l'âme et le corps, sans toutefois en préciser la nature exacte. Marie-Odile déteste ces insomnies causées par les activités nocturnes de ses parents. Chose certaine, elle ne parle jamais de ce qu'elle entend et garde ces choses pour elle, au risque de se créer des scénarios culpabilisants et imaginaires.

Le lendemain matin, Éva, tôt levée, chauffe le poêle, fait du thé fort et met la table pour le déjeuner. Aujourd'hui samedi, personne de pressé, elle fera des crêpes aux enfants. Le nou-veau marié descend lentement, habillé avec soin, cheveux bien peignés par contre, il a négligé de se raser. Normalement, il ne s'astreint à cette pratique qu'aux quatre à cinq jours. Éva, n'ayant jamais vu son mari avec une barbe naissante, s'étonne de le voir dans son habitude quotidienne.

—As-tu bien dormi ma belle, hasarde Odilon ?

—Oui, je te remercie.

Descendant un à un, les enfants saluent :

—Bonjour Éva !

Chacun s'installe à la table pendant que la nouvelle maman s'affaire au poêle.

—Qui veut des crêpes ?

—Moi, moi, moi crient les jeunes.

243

—Si on en faisait d'abord une grosse, toute dodue pour votre père, suggère Éva.

—Sers les enfants en premier, cela fait tellement longtemps qu'ils n'ont pas été gâtés. Moi, tu m'as donné ma récompense hier.

Éva rougit. Cette fois, la couleur de ses joues ne met pas en cause la chaleur du poêle. Elle cuit une première crêpe et l'offre à la petite Josette. Les yeux de la cadette pétillent. Son père arrose copieusement de sirop d'érable la galette de sa fille. François, le coquin, reçoit la seconde et puis chacun peut goûter au festin matinal. Odilon n'en croit pas sa chance, sa nouvelle femme sèmera la joie de sa maison. Ayant contenté l'estomac de toute la petite famille, Éva garde la dernière crêpe pour elle. Avant de quitter la table, Josette les doigts collés jusqu'aux coudes surprend tout le monde.

—Maman, tu veux laver mes doigts ?

—Viens ma grande, répond Éva les yeux pleins d'eau.

Odilon a également entendu la fille de Marie. Il vient de redonner à ses enfants une nouvelle maman. Ces derniers n'ont pas eu la vie facile ces derniers temps. François, ne voulant pas que Josette accapare à elle seule leur nouvelle mère, part en courant et atterrit dans la jupe d'Éva.

—Et moi maman, regarde mon bec, fait-il en montrant du doigt le tour de sa bouche. Il faut le débarbouiller aussi.

Éva s'amuse, les plus jeunes l'ont déjà adoptée. Elle qui craignait tant. Ces petits n'ont besoin que de tendresse, mais leur souffrance était-elle nécessaire ? Depuis que ses parents l'ont donnée, elle estime avoir largement payé la note pour ces enfants. Seule Marie-Odile reste lointaine, il faut lui laisser un peu de temps et sa réaction ne fait pas exception. Éva a pris la place de celle qu'elle chérissait le plus au monde. Bien que gentille, la nouvelle femme de son père accepte de se faire appeler maman et couche dans le lit de son père, cette situation la rend inconfortable. La jeune fille se lève, ramasse la vaisselle et véri-fie la température de l'eau qui chauffe dans la bouilloire. Elle plonge ses doigts dans l'eau savonneuse pendant qu'Éva essuie. Sans dire un mot, elles terminent leur corvée. Éva préfère ne pas brusquer Marie-Odile, celle-ci a beaucoup perdu et personne ne peut remplacer celle qui l'a mise au monde. Se rappelant sa propre expérience, la jeune femme sait que le temps et le silence font lentement leur œuvre.

Le samedi, la Eddy Match ferme ses portes pour la fin de semaine et offre ainsi à ses employés deux jours de congé. Contrairement au besoin en allumettes qui augmente, la Crise crée un temps de travail diminué et automatiquement un salaire moindre. Les dirigeants profitent de l'occasion pour écouler les surplus entreposés. Aujourd'hui, c'est jour de jardinage. Malgré une chaleur accablante, Odilon met son éternelle casquette de tweed, son grand tablier de jute, puis après avoir passé la pierre à aiguiser sur sa bêche, se dirige vers l'allée fleurie. Il sifflote tant son bonheur transpire. La vaisselle terminée, la cuisine balayée et les lits replacés, Éva rejoint son mari. Elle coiffe son grand chapeau de paille retenu par de fins rubans roses, passe un tablier aux couleurs délavées et s'apprête à aider son époux.

—Ma femme, va donc te bercer sur la galerie et laisse-moi te ramasser un panier de belles fèves jaunes pour ton dîner.

—J'aimerais t'aider. Jardiner au grand air donne un sens à ma vie. À plusieurs reprises, j'ai trouvé dans la terre tiède la force de continuer.

Éva ne pousse pas la confidence jusqu'à raconter le jardin de roches de Miscou, celui de madame White où lui revenait le soin d'arracher les mauvaises herbes, les fous rire dans le pota-ger de sœur laitue ou la tranquillité des allées du cimetière de Trappistines où elle avait transplanté les rosiers dont la jardinière s'était départie à regret.

—Eh bien ma belle, désormais le sens de ta vie tu le trouveras dans ta famille ! Tiens, si tu tiens absolument à m'aider, prends le panier et dis-moi ce que tu veux mettre dans ton bouilli, des belles carottes, des fèves jaunes ? Aimerais-tu y ajouter un petit navet ?

—Ce que tu veux, mon mari.

Ces mots flattent les oreilles du nouveau marié. Éva se dirige vers la cuisine avec sa corbeille pleine de légumes terreux entre les mains. Odilon lui a donné une quantité suffisante pour rassasier ses petits affamés. Côte à côte, Marie-Odile et Éva lavent et brossent les légumes. Pas de mots inutiles entre la belle-mère et la belle-fille. Éva ajoute à sa chaudronnée un petit morceau de lard salé que Marie-Odile a acheté du boucher tenant boutique dans la rue d'en arrière. Les effluves odorants envahissent la cuisine et attirent le nez des connaisseurs.

—Ah cré bateau ! que ça sent bon chez vous !

—Monsieur Lafortune, que faites-vous ici ? s'étonne Éva en voyant le voisin à travers la moustiquaire.

—Je viens voir Odilon.

—Il travaille dans le jardin.

—Bon, je vais le rejoindre tout de suite. Édouard se met à crier à tue-tête : 'dilon !

À travers les rangs de blé d'inde, le curieux voit apparaître la sempiternelle casquette.

—Ah bien Lafortune ! C'est toi qui t'égosilles comme ça ? Un vrai coq de basse-cour. Tu as la tête dure en batêche. Tu n'as rien compris, à moins que tu ne sois rendu sourd comme un pot.

Lafortune ignore volontairement la remarque de son voisin.

—Tu sais bien que je n'oserais jamais te déranger, mais ta femme m'a dit que je te trouverais au jardin.

—Tu as vu ma femme, maudit écornifleux ?

—Choque-toi pas ' dilon, je ne l'ai pas mangé ta femme,

je lui ai juste parlé. Écoute-moi donc au lieu de chicaner. J'ai besoin d'une paire de pinces, j'ai cassé la mienne en voulant arranger ma roue de voiture. Ça presse, je dois mener Georgette chez le docteur.

—Encore une de tes menteries ou bien elle est vraiment malade ta Georgette?

—Odilon, on ne niaise pas avec ça, la maladie.

—Correct pour cette fois-ci, suis-moi maudit senteux.

Religieusement, comme dans un temple, Odilon pénètre dans son hangar. Pendant un moment, il laisse le temps à ses yeux de s'habituer à la pénombre. Édouard profite de l'occasion pour s'étirer le cou et fouiner un bon coup. Odilon déteste voir son voisin le suivre sur les talons.

—Cré bateau, tu en ramasses du stock 'dilon.

—Toi, ferme-toi le gorlot et regarde, point final. Ne touche à rien, c'est français ça? Quelle sorte de pinces veux-tu?

—Des *cutters*.

—Quelle grosseur?

—Celles-là, dit Édouard en attrapant les pinces sur le panneau clouté.

—Lafortune! Je viens juste de te dire de ne rien toucher. Ma grande fois, tu es vraiment rendu sourd, et des deux oreilles à part ça.

—Dépêche-toi donc et arrêtes de faire ton *fafouin*, Georgette attend. Maudit *gratteux*, je ne les mangerai pas tes pinces.

—Arrête de me pousser dans le dos. Tiens, apporte-les et n'oublies pas de me les rapporter, mon batêche.

Lafortune ayant réussi un véritable tour de force part avec son outil non sans jeter un œil du côté de la cuisine. Peut-être apercevra-t-il la nouvelle mariée encore une fois.

Odilon est perturbé, ce damné Lafortune ne possède qu'un seul don, celui de lui mettre les nerfs en boule. Un grand verre d'eau fraîche lui remettra les idées en place et qui sait… Entrant dans la cuisine, la senteur du bouilli finit de l'émoustiller. Prenant sa femme par la taille, il s'étire le cou de tous les côtés, vérifiant qu'aucun des enfants ne traîne par là et insère sa main poussiéreuse sous le jupon blanc. Éva se change en statue de sel. Elle est insultée de se faire tripoter, comme ça, au milieu de la cuisine… et de la journée! Même si ses yeux gris implorent Odilon de ne rien faire, il s'excite et elle subit. Il relève allègrement la jupe plissée, passe sa main dans sa culotte et se frotte sur elle.

—Maudit que tu me tentes ma femme, je n'en peux plus!

—Odilon, si quelqu'un nous voyait, réagit enfin Éva. Imagine que ton ami Lafortune revienne…

—Batêche, fais-moi pas perdre tous mes moyens.

Durant ce temps, Éva réussit à corriger sa tenue et la douche d'eau froide qu'elle vient de donner à Odilon finit par lui faire baisser la baguette. Afin d'être bien certaine que son mari ne recommencera pas, elle continue :

—Veux-tu un verre d'eau Odilon?

Sans se décourager, Odilon passe la main dans la nuque d'Éva et ajoute en minaudant :

—Je ne veux boire que ton eau, ma belle femme d'amour.

—À quelle heure aimerais-tu dîner? revient-elle à la charge.

—Quand bon te semblera, tu mènes maintenant.

Pour la première fois de sa vie, Éva n'a de compte à rendre. Son mari lui remet l'entière direction de la maison. Dorénavant, le bon ordre des choses repose sur ses épaules. Capable d'assumer cette tâche, la responsabilité de cinq enfants ne lui fait plus peur, il suffit de les aimer. Les deux petits ne demandent que de l'amour et si ce n'était des manières rustres d'Odilon et de sa gourmandise au lit, elle pourrait se dire heureuse.

Septembre et ses récoltes arrivent; les enfants retournent à l'école du village. André termine sa sixième, il a redoublé et se retrouve désormais le plus vieux de sa classe. Son père tient mordicus à ce qu'il termine cette dernière année scolaire, après, il sera en âge de gagner et d'aider la famille. Marie-Odile reprend avec joie sa routine d'écolière. Studieuse, elle a trouvé difficile d'abandonner ses études suite au décès de sa mère, mais maintenant, tout rentre dans l'ordre. Son sac d'école, fin prêt, loge cahiers, crayons, efface et règle. Avec envie, Éva regarde le cartable de la jeune étudiante. Comme elle aimerait savoir lire et écrire! Georges, lui, traîne de la patte, préférant courir dans les rues, s'amuser ou se tirailler avec ses copains, jouer des tours pendables au bedeau, son souffre-douleur favori, ou lancer des pierres dans la Bayonne. Seuls François et Josette restent à la maison. À son tour l'an prochain, le petit partira pour l'école, mais pour le moment, il en profite pour faire le plein de caresses maternelles. Déjà, il aide à la maison et, suffisamment fort, il rentre le bois, arrache les carottes ou cueille le blé d'inde. Josette joue avec sa poupée de bois sculptée par son père dans un bout de madrier. Éva a taillé une minuscule robe dans une vieille taie d'oreiller. La petite s'amuse déjà à copier les gestes, à bécoter ou réprimander Ernestine sa poupée.

À l'occasion, quand Éva s'affaire au jardin, elle en profite pour piquer un brin de jasette avec Georgette sa voisine. La jeune mariée aime parler avec cette femme bien en chair et au verbe facile. Chapeau de paille sur la tête, chacune appuyée sur sa bêche, la clôture de perche leur servant de limite territoriale, elles s'informent des récoltes, de la famille, commentent la météo et à l'occasion, Georgette y va d'un conseil pour la nouvelle maman.

—Crois-tu qu'on aura le temps de ramasser tous nos légumes avant les gelées? s'inquiète Georgette. Cette année, le froid arrive un peu trop vite à mon goût.

—J'espère bien que oui, surtout que je ne sais plus que faire de mes tomates. Odilon n'a pas ménagé le fumier et je vous dis qu'on en profite.

—Fais donc du ketchup rouge et si tu veux mariner tes betteraves ou tes petits oignons, j'irai t'aider, on pleurera ensemble.

Éva se trouve chanceuse de connaître Georgette, car les seules amies qu'elle ait eues jusqu'à maintenant, Lucille et Angéla, demeurent au bout du monde et possiblement encore cloîtrées au monastère. Beaucoup d'eau a passé sous les ponts depuis ce temps-là. Sans cette obstination d'Odilon à ne pas voir la face de Lafortune, Éva aurait accepté depuis longtemps la tasse de thé proposée par Georgette. Souvent, elle quête des conseils de femmes à sa nouvelle amie. Sous le couvert de l'entraide féminine, Georgette plus au courant qu'elle des choses de la vie la renseigne. Si Odilon savait ça! Un jour, l'inquiétude d'Éva atteint son paroxysme.

—Écoute Georgette, je veux te poser une question, mais surtout, ne rie pas de moi et ne parle de cela à personne. Ce mois-ci, je n'ai pas vu rouge.

—Déjà! Nom de Dieu, tu as fait ça vite.

—Je suis malade?

—Malade! Pour moi ma fille tu es partie pour la famille, je ne vois pas autre chose; une fille en santé comme toi et un homme de la trempe d'Odilon...

Éva met fin soudainement à la conversation, sa pudeur l'empêche d'aller plus loin. Elle veut savoir, mais pas trop à la fois. Le soir, juste avant que son mari s'apprête à l'honorer, elle pose une fois de plus sa question.

—Dis Odilon, je n'ai pas vu rouge ce mois-ci, j'en ai soufflé un mot à Georgette et selon elle, je serais probablement en famille. Penses-tu que ça a du bon sens ?

—En famille ! On aurait un autre enfant ? Ah, mon Éva, comme je t'aime ! Par contre ce qui me met en batêche, c'est que tu as conté tes affaires à la femme de cette maudite face de siffleux là. Maintenant, il va connaître toute notre vie. Je vais avoir l'air d'un beau *tarlais* quand je le verrai.

—Odilon, tu n'auras pas l'air *nono*, tu ne veux pas lui voir la face à Édouard, et puis Georgette m'a promis de garder le secret, j'ai confiance en elle.

—Excuse-moi ma belle, tu viens de m'annoncer une bonne nouvelle et moi, je m'énerve encore une fois, mais le seul fait de prononcer le nom de ce batêche là, les poils m'en lèvent sur les bras. Voilà, ma montée de lait est terminée et j'essaierai de rester calme quand j'entendrai son batêche de nom. Enceinte... tu me donnes encore plus le goût de toi, ma belle femme d'amour, dit le futur père en l'embrassant plus fort que d'habitude.

Aussitôt son souffle retrouvé, Éva continue :

—Moi aussi, mais si tu veux, attends à demain pour... J'aimerais me reposer ce soir et prier un peu.

—Je t'aime assez pour patienter jusqu'à demain. Après lui avoir donné un autre bec, cette fois sur la joue, Odilon tourne le dos à sa femme et s'endort en moins de deux.

Éva se sent remplie de joie, un enfant bien à elle ! En même temps, elle s'inquiète. Elle se rappelle sa sœur Lucille, blafarde et fatiguée, qui avait passé sous silence le mal, celui de donner naissance. Pourquoi les femmes se cachent-elles derrière cette soi-disant décence pour ne pas décrire la douleur d'accoucher, ne la laissant que deviner. Éva ne craint pas la souffrance, mais l'inconnu. Son nouvel état ne ferait pas qu'elle aimerait moins les enfants de Marie, mais celui-ci viendrait de son ventre. Cherchant son chapelet toujours caché sous son oreiller, les yeux grands ouverts, fixant le plafond, elle commence une série d'*Ave* en comprenant maintenant tout le sens de *et benedictus fructus ventris tui*

Jesus. Il faut à présent constituer une bonne provision de prières pour ce petit être qui grandira en elle. Si sa voisine Georgette avait raison, elle accoucherait au printemps.

Les prévisions de Georgette s'avérèrent exactes. Le ventre d'Éva grossit lentement et un mal de cœur accompagne son lever. Odilon se pavane à la Eddy Match fier de son coup. Ses compagnons de travail le trouvent soudainement bien en train.

—Dis-nous Odilon, qu'est-ce que tu as à paonner, as-tu hérité?

—Je n'ai rien, ça va juste bien.

—Est-ce ta nouvelle épouse qui te donne l'air d'un coq de village?

—Peut-être bien...

Le soir dès qu'il entre à la maison, Odilon aide sa femme, lave les planchers, rentre le bois, assume toutes les dures corvées qu'Éva a de la difficulté à faire. Il ne faut surtout pas qu'elle se fatigue inutilement. Ignorant comment il a perdu sa Marie, il veut éviter que cela se reproduise à nouveau. Peut-être que le mal de ventre qui a emporté de sa défunte ne se rencontre que chez les femmes? Odilon ne veut pas en enterrer une autre et préfère brosser et cirer les planchers lui-même, s'assurant ainsi qu'Éva prenne un peu de repos. Lorsqu'on annonce aux enfants la venue de la cigogne, François et Josette se réjouissent de la venue d'un petit frère ou d'une petite sœur et du même coup prennent un peu de maturité, cédant volontiers leur place de bébé. Cette révélation ne dérange pas beaucoup les deux autres garçons, ils ont d'autres chats à fouetter. Seule Marie-Odile reste de glace, voilà le résultat de ses nuits d'insomnies. En vérité, mécontente, elle ne voit rien d'autre qu'un petit à torcher comme s'il n'y avait pas assez à faire ici. La grossesse rend Éva plus distante avec les enfants d'Odilon. Bien qu'elle s'efforce pour rester la même, son cœur se ferme. Son tout-petit prend toute la place dans son âme et dans son corps. La future maman trouve mille et une raisons pour ralentir les ardeurs d'Odilon.

—Batêche ma femme, des jeunes mariés comme nous autres… j'ai toujours le goût, moi. Ne me fais pas recommencer mon veuvage.

—Patience Odilon, quand ma délivrance arrivera, je saurai te récompenser et en double à part ça. Avec mon ventre qui grossit, je commence à être inconfortable, il ne reste plus beaucoup de place pour toi.

—Plus de place ! Plus de place… je n'ai pas été habitué à me faire repousser, madame. Marie ne me rejetait pas, elle.

Éva reste sans voix. Pour la première fois, son mari parle de la défunte. Odilon se rendant compte de sa maladresse, essaie de réparer sa gaffe.

—Pardonne-moi Éva, tu me fais dire des bêtises. Jamais je n'oserais te comparer à Marie. Je t'ai choisi parce que je t'aime, ma belle aux yeux d'écume.

Mais les mots blessants de toute la frustration masculine ont porté. Les larmes aux yeux, Éva saisit son chapelet et augmente sa réserve d'*Ave*.

❖ ❈ ❖

L'hiver se fait dur. La Crise se résorbe difficilement et les familles pauvres sont réduites à la misère, chaque cent compte. Les poêles, chauffés à blanc, ne réussissent pas à adoucir la température des maisons et le froid poussé par le nordet s'insère à travers les fentes des murs et des planchers mal isolés. Pas surprenant de voir tousser les gens et le gros docteur tente, tant bien que mal, de garder son village loin de la Faucheuse nommée la tuberculose. Il espère qu'un froid sec viendra balayer le bacille. Chaque jour, il voit ses patients toussoter dans leur foulard de laine ou cracher dans un mouchoir qu'ils

253

remettent vite en poche de peur que le médecin soupçonne... la maladie. Chez les Dupuis, seul François a attrapé une mauvaise toux. Éva espère qu'avec ses tisanes de gomme de sapin, elle en viendra à bout. Odilon ne fait pas confiance à ce remède de bonne femme et pour lui, le sirop Lambert et une bonne mouche de moutarde rétabliront le petit plus vite que toutes les infusions chamaniques. La nuit, le père veille son garçon afin qu'il reste bien couvert. Pour la première fois depuis le départ de Marie, il craint de perdre quelqu'un. Bichonné, quelques cierges brûlés pour les âmes des fidèles défunts, quelques *Ave* de plus, finissent par tirer François de ses draps et l'enfant retrouve sa vivacité au bout de deux longues semaines.

—Seigneur, quelle peur il m'a fait celui-là ! chuchote Odilon à sa femme alors qu'il s'étend à ses côtés.

—Ne t'inquiète pas mon homme, un petit ne meurt pas si facilement, il y a plein de vie et d'énergie là-dedans.

—Quelques fois Éva, la vie ne tient qu'à un fil.

—Regarde mon ventre, sent comme ça bouge. Tu vois, pour lui aussi tu te tourmenteras. La peur te taraudera encore, Odilon.

—Et pour toi aussi ma femme, je me tracasserai, dit-il en flattant le ventre rebondi. Il ne faudrait pas que je te perde en couche...

—Fais confiance au Seigneur et prie, Odilon.

À la fin du mois de mai, le bon curé Godin passe de famille en famille pour sa visite paroissiale. Il espère que cette année, la dîme lui sera payée en espèces sonnantes et trébuchantes.

—Assez de poules, de cochons, de cordes de bois ou de bottes de foin. Malgré leur pauvreté, mes paroissiens pensent-ils qu'un curé ne vit pas que des fruits d'une basse-cour ? J'engraisse à vue d'œil et eux maigrissent, où donc se trouve le bon sens ? maugrée-t-il.

Cet hiver, il en a inhumé plus d'un à cause des effets pervers du froid sur les mal nourris. Certains avaient à peine une corde de bois pour passer l'hiver. Quelle misère !

Voilà le pasteur arpentant la rue Laporte. Cette semaine, il doit absolument finir cette portion de sa paroisse ; déjà, il a accumulé beaucoup de retard à cause des enterrements. Il prend toujours beaucoup de plaisir à visiter la famille d'Odilon, il aime avoir des nouvelles de ses protégés, car les ayant mis dans les bras de l'un et de l'autre, il ne peut les abandonner. D'ailleurs, a-t-il déjà laissé tomber une de ses brebis ? Éva recevra prochainement la visite de la cigogne et le curé a hâte de baptiser. Comme il sied à son rang, le curé se présente à la porte d'en avant. Éva le reçoit avec bienséance et le fait passer au salon. La future mère éprouve de la difficulté à se mouvoir avec aisance, sa démarche de canard et la main sur ses reins en disent long sur son inconfort.

—Bonjour monsieur le curé, je vous attendais. Dimanche dernier, vous aviez bien dit que vous passeriez dans notre rue. Assoyez-vous donc et prenez le temps de vous essouffler un peu. Prendriez-vous une tasse de thé ? Je viens d'en faire du neuf, pas trop fort.

—Merci Éva, j'accepte avec joie. En effet, ça me permettra de me reposer un peu.

Éva revient avec sa plus belle tasse. Elle a pris la précaution de placer une soucoupe, car en marchant elle fait trembler le liquide qui valse allègrement d'un bord à l'autre de la tasse. Elle veut éviter tout dégât et du même coup montrer qu'elle sait recevoir. L'école des Sylvestre et des White a laissé des marques. De l'autre main, elle porte une assiette remplie de beaux biscuits à la mélasse bien dodus.

—Voilà monsieur le curé, ça va vous remettre sur le piton.

—Et toi Éva, comment vas-tu ? demande le curé avec emphase.

—Comme vous voyez, assez bien dans les circonstances.

—En vérité, tu me sembles en forme. Mmm… tes galettes sont excellentes ma fille. Et comment va Odilon ?

—Bien, merci.

—Rien que bien ?

—Écoutez, si vous voulez en savoir plus, il faudrait le lui demander, s'impatiente-t-elle.

Éva grimace un peu, de vilaines crampes lui tiraillent le ventre. Peut-être la soupe aux choux qu'elle a mangée ce midi et qui ne réussit pas à trouver la sortie. Bon prince, bien que rabroué par sa paroissienne, le curé n'en continue pas moins de parler de tout et de rien, mais Éva suit difficilement son discours. Au moment où ce dernier lui offre sa bénédiction et s'apprête à demander discrètement sa dîme, Éva sent un courant chaud sous ses fesses et de l'eau lui coule le long des jambes. Elle n'ose bouger de peur que le curé s'aperçoive de quoi que ce soit, mais celui-ci, ignorant la situation précaire de la future mère, l'invite à se mettre à genoux.

—Aie ! crie Éva.

—Qu'est-ce qui t'arrive, ma fille ?

—… pas certaine, mais je pense que le bébé… des crampes dans le ventre et…

—Oh la, la ! Ne me dis pas… Paniqué, le curé constate que cette situation est tout à fait exceptionnelle et inattendue pour lui, jamais il n'a assisté à pareil évènement. Habitué de baptiser, il ne connaît rien à l'accouchement, et tout homme qu'il soit, il se sent bien inutile. Imaginez prêtre en plus…

—Éva, puis-je faire quelque chose pour t'aider, tu m'as l'air en mauvaise position ?

—Mettez de l'eau à bouillir et allez chercher Georgette Lafortune.

—De l'eau à bouillir, mais pourquoi ?

—Ne posez pas de questions… Aie !

—Très bien, et dans quoi je la mets cette eau ?

—Dans ce que vous voudrez, mais de grâce faites vite.

Le curé, détestant perdre le contrôle d'une situation, s'exécute. Sur le poêle déjà chaud, il place tous les récipients qu'il peut trouver : bouilloire, chaudrons, et remplit entièrement le poêle à bois de ce qui lui tombe sous la main. Une chaleur humide, dégagée par toute cette eau qui bout, commence à embuer les vitres. S'assurant du coin de l'œil qu'Éva est toujours en vie, il court chez la voisine. Celui-ci frappe à grands coups et ne ménage pas ses efforts. Georgette, tirée de son roupillon de début d'après-midi, le chignon décoiffé, finit par répondre.

—Georgette, venez vite !

—Voyons monsieur le curé, qu'est-ce qui vous arrive ? Avez-vous versé dans le fossé avec votre voiture, vous voilà tout en sueur ?

—Non, non, Georgette… Éva…

—Éva ? dit celle-ci lentement.

—… pas de temps à perdre, suis-moi.

—Oh Éva !… Bien sûr, j'y vais tout de suite.

L'énervement raccourcit le souffle du curé et celui-ci articule difficilement quelque chose d'intelligible. Georgette, en femme de tête, prend les choses en main.

—Il faut avertir Odilon, envoyez votre enfant de chœur à la Eddy Match.

Le curé retrouve temporairement la parole et récapitule.

—Tu t'occupes de la mère et moi du père.

Pour la première fois, Georgette pénètre chez sa voisine. Tout de suite, elle repère le salon où Éva se tord de douleur à un rythme régulier. Celle-ci flotte dans le liquide amniotique et même ses bottines neuves sont mouillées.

—Déjà le temps Éva ?

—Je ne sais pas, peut-être la soupe aux choux ?

—Non ma chère, tu as crevé tes eaux.

—J'ai crevé quelque chose ?

—Ne t'inquiète pas. Essaie de t'accrocher à moi, il faut monter à ta chambre.

—Seigneur, je ne pourrai jamais.

—Implore le Seigneur tant que tu voudras ma fille, mais il faut grimper. Tu n'accoucheras pas au milieu du salon.

En disant ces mots, Éva s'écrase de douleur, puis la vague passée, elle trouve assez de force pour se rendre à sa chambre. On dirait que l'escalier s'est allongé et que les marches ont doublé de hauteur. Georgette la déshabille, lui enfile une jaquette, pousse la courtepointe au pied du lit et ne laisse à la future maman qu'un drap de coton préservant sa pudeur.

De son côté, calculant que le temps presse et que de courir après l'enfant de chœur s'avère une perte de précieuses minutes, le curé décide de prévenir lui-même le père et file à la Eddy Match.

—Ah, si je possédais une machine à essence !

Son cheval, habitué d'aller au pas, refuse qu'on le bouscule. Le curé doit user de fermeté envers l'animal pour le faire avancer plus vite et finalement le récalcitrant accélère le pas. De justesse, la bête évite les trous de la chaussée. En sautant la voie ferrée, la voiture vole légèrement dans les airs et atterrit de travers. Une nuée de poussière accompagne le retour sur terre du bon curé. Bardassé, il reprend adroitement ses guides et poursuit sa course à travers les rues de Berthierville.

Complètement recouvert de sueur et de la saleté de la route, le religieux arrive à l'usine. Se présentant à la réceptionniste, secrétaire et femme à tout faire, le curé réussit à articuler :

—Je suis le curé Godin du village de Sainte-Élisabeth, puis-je voir Odilon Dupuis ?

La demoiselle, doutant de la pertinence de déranger un employé, avertit le patron, monsieur Garry, de la visite du curé de Sainte-Élisabeth. Poireautant dans le hall d'entrée, ce dernier voit apparaître le directeur à la place du futur père.

—Bonjour monsieur le curé. Que me vaut l'honneur de votre visite ? Rien de grave, j'espère ?

N'ayant pas en tête les civilités d'usage, le religieux se hâte de répondre :

—Non, enfin je ne le pense pas, il faut faire vite.

—Assoyez-vous, reprenez votre souffle. Vous désirez voir Odilon Dupuis ?

—Oui, le temps presse.

La machine à couper le bois sur laquelle Odilon travaille, mène un tapage d'enfer. Concentré et prudent s'il ne veut pas que ses doigts finissent en allumettes, Odilon sursaute lorsque la secrétaire lui touche le bras.

—Monsieur Dupuis, il faut que vous veniez au bureau en avant.

—Quoi, au bureau, en avant ? crie Odilon aussi fort qu'il peut afin de couvrir le bruit.

—Oui, oui.

—Qu'est-ce que j'ai fait ?

—Rien, mais venez.

Docile, Odilon suit la jeune fille en se demandant ce qui peut bien lui vouloir le boss. Puis, apercevant le religieux, les jambes lui amollissent et le cœur s'arrête. Éva, mon Éva ! Dites-moi au moins qu'elle n'est pas morte !

—Non Odilon, il faut quand même que tu viennes tout de suite, les sauvages passent chez vous.

—Les sauvages, aujourd'hui ?

Regardant monsieur Garry, le futur père quête un départ prématuré. Son patron lui fait un clin d'œil signifiant un oui implicite. Vite embarqué dans la voiture, Odilon trouve que le cheval n'avance pas assez vite. Les circonstances exigent plus d'efficacité de cette vieille *picouille*.

—Donnez-moi les guides monsieur le curé, vous allez voir

259

que ça va y *aller aux toasts*.

—Prudence Odilon, il ne manquerait plus qu'on déboule dans le fossé. On ne sera pas plus avancé.

En disant ces mots, les hommes sont projetés d'un côté puis de l'autre. Ils viennent de passer la voie ferrée à la vitesse grand V. À peine le temps d'arrêter la jument, Odilon débarque, laissant au curé la suite des choses. L'escalier lui paraît interminable et même en sautant quelques marches, il avance au ralenti. Pas le temps d'enlever sa casquette…

Le curé, à bout de force, rouge comme une pivoine, attache son canasson à la clôture du jardin et court aussi vite que sa condition le lui permet vers la maison. Le vagissement d'un nouveau-né l'accueille. Odilon redescend, lentement cette fois, avec un sourire à décrocher le soleil et tient une belle grosse fille dans ses bras.

—Monsieur le curé, je vous présente Alice.

—*Deo gratias!* réussit à articuler le prêtre.

Durant ce temps, Éva fatiguée reprend ses esprits. Georgette lui impose le repos. De très grosses contractions ont expulsé le bébé et tout s'est passé rapidement. La brave femme a aidé de son mieux la jeune maman. Les conseils de l'expérience ont porté fruit. Éva est remplie d'une plénitude jamais ressentie auparavant. Une fille, bien à elle, aussi douce que son nom, Alice. Odilon ne porte plus à terre, tellement il est fier. Elle n'en demande pas plus.

À la cuisine, Odilon n'en revient pas, le poupon dort déjà dans les grands bras paternels.

—Monsieur le curé, ça vaut bien un petit blanc pour nous remettre de nos émotions.

—Je ne sais pas trop…

—Vous ressemblez à votre lampe du sanctuaire. Je pense

qu'un verre ne nous ferait de tort.

—Bon j'accepte, si tu insistes.

Avant tout, je vais ramener le bébé à ma femme, cette peti-te doit avoir soif elle aussi, dit-il en amorçant la raide montée de l'escalier. Georgette a rafraîchi Éva et l'a peignée avec soin. Toutes traces de la naissance ont disparu, on jurerait qu'il ne s'est rien passé. Le père pose délicatement Alice dans les bras de sa femme.

—Belle Éva ! Tu m'as fait le plus beau cadeau, elle te res-semble. J'espère qu'elle héritera de tes yeux gris chagrin.

Georgette intervient juste au moment où Odilon, amou-reux, s'empêtre dans ses phrases.

—Il faut que le bébé tête, dit-elle sèchement. Odilon, pro-fites-en donc pour t'occuper du curé, j'ai encore à faire ici. Notre bon pasteur a vécu des choses qui n'arrivent pas tous les jours dans la vie d'un prêtre.

—Batêche, ne viens pas faire la régente ici, Georgette.

—Odilon, pas de dispute aujourd'hui, supplie Éva. Si Alice et moi sommes en vie, tu le dois à Georgette. Sois reconnaissant au lieu de chialer.

—Bon, bon je te remercie, voisine, ajoute-t-il du bout des lèvres.

Compétente, la femme d'Édouard installe Éva confortable-ment et Alice happe goulûment le sein à peine découvert. Éva n'en revient pas, non seulement elle a conçu ce petit être, l'a fait grandir dans son ventre, mais maintenant la nourrit de son lait. Le père Anselme n'avait pas prévu cette grande joie. Pendant que le bébé, les poings fermés, goûte la chaleur maternelle, Odilon s'occupe de son invité.

—Vous vous en souviendrez de cette visite de paroisse, hein monsieur le curé ?

—Je dois t'avouer Odilon que ta femme m'a pris au dépourvu.

—Dites donc, savez-vous qui a mis toutes ces casseroles sur le poêle ?

—Moi, répond naïvement le religieux. Sais-tu à quoi peut bien servir toute cette eau ?

—Ah bien, foi d'Odilon, il faut bien être instruit pour ne pas savoir ça !

—Ah ! Parce que tu le sais toi, le *fin finaud*.

—Bien entendu, j'en connais la raison, mais si vous compter sur moi pour vous le dire. Tenez, vous le demanderez aux femmes, à Georgette par exemple. Elle en sait long là-dessus.

Voyant descendre la grosse voisine, le curé se tait. Au diable sa question ! Il vaut mieux ne pas attirer l'attention de la femme d'Édouard pendant qu'il célèbre avec un verre de petit blanc, rien de certain que Georgette réussisse à tenir sa langue, les commérages iraient bon train. Mais il ne doit pas en ce beau jour critiquer sa paroissienne, mais louanger son dévouement et sa dextérité comme sage-femme. Péniblement, le curé se lève pour retourner au presbytère. Sa journée est faite, assez d'un évènement comme celui-là par jour. Il terminera sa tournée demain matin, d'autant plus qu'il est plutôt guilleret. *À chaque peine suffit son jour*, ou vice versa.

—Je t'attends demain pour baptiser, Odilon.

Dans sa cuisine, le nouveau père tourne en rond. La voisine est partie, Éva dort avec Alice dans les bras. Il ne lui reste plus qu'à relaxer et savourer sa joie, la journée a été fertile en émotion et le petit blanc commence à faire son effet. Les enfants seront surpris quand ils rentreront de l'école. Puis, un déclic. Où se trouvent François et Josette ? Depuis son arrivée, il ne les a pas vus. Excité par les évènements, il a oublié ces deux-là. Hésitant à réveiller sa femme, il commence à s'inquiéter. Ils ne se cachent certainement pas dans la maison, sinon il les aurait vus apparaître. Dans tout ce brouhaha, il n'a pas porté attention aux enfants. Sortant sur la galerie et à demi paniqué, Odilon se met à crier. Dès qu'ils entendent la voix paternelle qui semble avoir perdu son calme, François se pointe le bout du nez dans la porte du hangar. Soulagé, Odilon le réprimande pour la forme.

—Que fais-tu là mon chenapan?

—Rien papa, on jouait.

—À quoi jouiez-vous? demande leur père de plus en plus soupçonneux quant à leur présence dans son refuge.

—Au menuisier, dit fièrement François. J'ai pris des planches et Josette m'a fourni les clous. J'ai fait un hérisson papa, un hérisson à cent pattes.

—Cent pattes, j'aimerais bien observer cette *bibitte-là* de plus près.

—Tu viens voir ma belle invention, papa? Josette l'a peinturé en vert.

—Batêche, dit Odilon en pénétrant dans le lieu sacré. Qu'avez-vous fait?

—Je te l'ai dit, un hérisson.

—Batêche de batêche, quel *mess*! Vous avez tout mis sens dessus dessous!

—Tu dois chicaner le hérisson, pas nous, il n'arrêtait pas de bouger, réplique Josette les mains couvertes de peinture.

—On dirait une martienne, pense Odilon. Laissez tout ce barda là et venez avec moi. Attention Josette, ne touche à rien, dit-il en traînant sa fille par le collet.

—Papa, le hérisson, on l'amène avec nous? insiste François.

—Plus tard, il faut le laisser sécher, ensuite on verra.

Marchant à reculons, le gamin hésite à laisser derrière lui son œuvre d'art. Au moment où il pénètre dans la cuisine, il entend pleurer.

—Papa... un bébé!

—Une petite sœur, les sauvages sont passés durant que vous étiez occupé avec votre drôle de créature.

La curiosité de Josette n'en supporte pas plus, elle monte l'escalier aussi vite que ses petites jambes lui permettent.

—Attend fillette, crie le père.

Trop tard, elle s'élance dans le lit de sa mère et atterrit à deux pouces du nez de sa sœur. Au lieu de se fâcher, Éva se met à rire en voyant les menottes vertes. Sautant de l'autre côté du lit, François embrasse déjà la nouvelle venue. Impuissant à modérer les élans de joie des petits, Odilon assiste à la scène, tandis que chacun des acteurs finit par recevoir une touche de couleur. Heureux, le père sourit. Voilà les enfants réunis autour d'une mère. Rappelant à l'ordre Josette et François avec toute la douceur paternelle dont il se sait capable, il leur promet une collation monstre pour fêter l'arrivée d'Alice. Mais avant tout, ils devront se laver les mains. Assis devant un verre de lait tiède et grignotant les galettes à la mélasse abandonnées par le curé, les enfants discourent à savoir qui prendra Alice le premier. Rassuré par leur enthousiasme, Odilon espère que les grands partageront leur entrain.

—Papa, tu es déjà rentré, s'étonne André en lançant son sac d'école sur le banc de quêteux.

—Tu ne sais pas quoi, lance François la bouche pleine de biscuits et projetant allègrement des miettes autour de lui tel un feu d'artifice.

—Non, mais tu vas me le dire, répond André en souriant de voir son frère si énervé.

—Alice est arrivée, les sauvages sont passés chez nous cet après-midi, mais on les a ratés.

—Les sauvages, c'est vrai papa ?

Odilon opine de la tête.

—Salut papa ! annoncent avec fracas Georges et Marie-Odile de retour de l'école.

Cette fois, Josette ne voulant pas être en reste, coupe la parole à son frère et annonce elle-même la grande visite. Sans faire de bruit, tout le monde admire une encore fois la nouvelle venue. Repue, confortablement installée aux côtés d'Éva, Alice accueille ses visiteurs.

—Une vraie princesse, chuchote André.

—Je la trouve plissée, dit Georges. Va-t-elle rester comme ça?

—Mais non, rétorque Marie-Odile, toi aussi tu étais fripé, tu ne t'en souviens pas Ti-Georges?

Éva interrompant le différend fraternel, demande :

—Marie-Odile préparais-tu le repas des petits, j'ai rudement mis votre père à l'épreuve aujourd'hui.

En effet, Odilon dans son hangar tente de réparer l'outrage fait à son établi. Sans ménagement ni attention, ses pots de clous ont été renversés et étalés sur le sol. Il règne ici un désordre qui blesse sa méticulosité. Pêle-mêle, marteau, vis, tournevis, pinceaux, pinces reposent sur son plan de travail. Laissé ouvert, le vieux pot de peinture laisse voir un peu partout les résidus de l'œuvre du peintre amateur. Découragé, il replace sa casquette, met son tablier de travail, ramasse le hérisson et commence à mettre de l'ordre dans sa tanière. Une voix tonitruante vient le tirer de sa besogne.

—Cré bateau! Une tornade est passée dans ton hangar 'dilon!

—Lafortune, j'ai assez de problèmes comme ça sans que tu viennes fanfaronner devant ma porte, espèce de senteux.

—Pas de farce, qu'est-ce qui arrive?

—Ça ne te regarde pas, Édouard.

—Bon, bon te voilà encore à pic. En bon voisin, je venais te féliciter et tu me reçois comme un chien dans un jeu de quilles.

—À peu près. Tu venais me féliciter pour quoi?

—Pour ta fille 'dilon, pour ta belle grosse fille.

Odilon prend un air offusqué. Pire qu'un journal à potins ce maudit Lafortune…

—Qui t'a dit ça?

—Georgette, elle m'a tout raconté dans le détail, quand je dis tout, c'est tout, avance Édouard fier de mettre son voisin dans l'eau chaude.

—Maudit senteux de vesses puantes… puis plus conciliant, il se tempère. Si tu te fermes la trappe un peu, je vais finir, puis te payer un petit coup de blanc. Tu diras après que je me comporte en gratteux.

—Certain, je ne le dirai plus, croix sur mon cœur, dit Lafortune en faisant le geste et en s'amusant du tempérament intempestif d'Odilon.

Tambourinant sur le cadre de la porte, Édouard attend qu'Odilon finisse. Il ne veut surtout pas rater l'offre. Pour une fois que ça passe…

—Va donc sur la balançoire Lafortune, tu m'énerves!

Lafortune profite donc de ce temps d'attente pour s'entretenir avec son voisin. En fait, il parle seul, car Odilon tout à son travail n'entend que des paroles sans en comprendre le sens.

—Arrête donc de babiller comme une femme Lafortune, tu me tombes sur les nerfs.

—… comme je te le disais, un enfant d'un second mariage, ça se fête, hein 'dilon?

Édouard tire parti des largesses d'Odilon et s'attarde plus qu'il ne faut. Les deux protagonistes remettent de vieilles querelles sur le tapis, s'obstinent, et refont le monde. Et la bouteille de whisky blanc descend. Éva peut les entendre d'en haut se lancer des injures, puis s'éclater de rire comme deux complices. Le soir en se couchant, très abîmé par les petits coups à la santé d'Alice, Odilon raconte à sa femme la visite de Lafortune. Le sujet vite épuisé, le nouveau père revient à l'expression de ses sentiments amoureux.

—Pas croyable ma femme comme je t'aime.

—Fais-moi pas trop de compliments mon vieux, tu dis des

niaiseries.

—Bien certain que non, ma belle femme d'amour. Tout le monde veut voir la perle que j'ai trouvée et même Lafortune éprouve de la jalousie... bredouille Odilon en s'endormant.

❖ ⋅◦❂◦⋅ ❖

Les années dures de la grande Crise finissent par passer et ont apporté à Éva, d'autres enfants à dorloter. Poussés par l'évêque, les ecclésiastiques, beaux parleurs du haut de leur chaire, exhortent leurs ouailles à faire baptiser chaque année. Ils haranguent les paroissiens sur la nécessité de peupler le Québec et le gouvernement donne en concessions de grandes terres, souvent remplies de roches et d'épinettes. Les autorités tant civiles que religieuses, couchant dans le même lit, rêvent de grands champs où le blé ondule déjà. Il faut des enfants pour assurer l'avenir d'un peuple.

Odilon a droit aux félicitations du curé Godin. Presque tous les ans, il amène un enfant aux fonds baptismaux. Il suit avec beaucoup d'enthousiasme les enseignements de l'Église, *Croissez et multipliez-vous*. Sa chaude nature trouve son compte dans ces paroles réconfortantes. Éva, toujours aussi chrétienne et soumise, accepte les hommages de son mari avec la peur au ventre qu'une nouvelle grossesse survienne. Elle ne connaît rien de plus à l'amour que le soir de ses noces, sauf que l'habitude a fait son œuvre. D'année en année, elle donne au Seigneur une nouvelle âme, voilà ce qui importe. Elle s'évertue à prier et demander au Ciel un temps d'arrêt, mais ses vœux ne sont jamais exaucés. Les lampions brûlés pour les fidèles défunts n'ont pas le moindre effet. On dirait que le Très-Haut fait la sourde oreille. De plus en plus fatiguée, Éva voit grandir sa famille. Aux cinq enfants de Marie, Odilon lui donne cinq autres petits amours. À sa grande fille Alice, elle a donné comme frères et soeurs, Gédéon, Edmond, Aurore et Jeanne. À l'occasion, lorsque sa ribambelle lui donne un peu de répit, elle s'assoit sur la vieille balançoire à l'ombre du hangar, son livre de prières sur les genoux tentant de retrouver la paix que procurent les exercices de piété. Souvent, elle ferme les yeux, délaissant les paroles toutes faites et s'adresse directement au Seigneur. On pourrait résumer sa vie comme étant une longue litanie.

Discrètement en surveillant les devoirs des enfants, Éva satisfait sa curiosité de savoir. Marie-Odile lui enseigne les lettres de l'alphabet ainsi que les chiffres. Sous prétexte de faire réciter les leçons de Josette, elle prend dans le sac de cuir de l'écolière, les livres qui sentent bon le savoir et essaie d'en lire le contenu. Un jour, Odilon arrive du village avec une grosse boîte dans les bras.

—Dis-moi donc Odilon, qu'est-ce que tu transportes là-dedans?

—Dans ça, mon bel amour, se cache le monde. Je te l'apporte dans ton salon?

—Espèce de farceur. Comment veux-tu mettre toute la création dans notre salon? Tu m'*étrives*.

—Depuis le temps que tu m'asticotes et me racontes que tu aimerais que j'achète un poste de radio, eh bien! le voici.

—Pas sérieux Odilon, pas une radio!

Ouvrant avec cérémonie les rabats de la boîte, Odilon lui laisse entrevoir le dessus de l'appareil.

—Sors-le donc, je ne vois rien avec tes simagrées.

—Patience, c'est fragile! Plongeant les mains de chaque côté de la boîte, il laisse émerger le radiorécepteur tant attendu.

—Une radio? Ça!

—Bien sûr ma femme, le marchand général l'a même fait

jouer devant moi et crois-moi que ça joue.

—Fais-la marcher.

—Où veux-tu la mettre, dans ta cuisine peut-être ?

—Non, dans le salon Odilon, je trouve ça plus chic.

Odilon dépose avec soin le poste sur la petite table du coin. De là, la musique sera diffusée partout dans la maison.

—Écoute maintenant.

Une voix venant du poste émetteur émerveille déjà l'auditrice : *Ici Radio-Canada, au son du timbre prolongé, il sera midi…*. Dans le salon d'Éva, vient d'entrer par la grande porte l'information. Sa vie vient de changer ; au lieu de se fier aux nouvelles rapportées par l'un et par l'autre, Éva écoute les bulletins radiodiffusés en direct et dorénavant, elle forge sa propre opinion. Elle ne sait pas lire et écrire, tant pis, elle sait écouter. Elle aime bien la voix virile de l'annonceur, qui avec sa diction distinguée, lui parle à elle seulement. C'est vrai qu'Odilon a mis le monde à sa disposition. Confortablement installée dans la berceuse, elle écoute… Par-dessus tout, elle raffole des radio-romans et comme ces émissions passent juste avant l'heure du dîner, elle s'assoit à la table de la cuisine et tout en épluchant ses patates, elle laisse entrer Jeunesse Dorée ou La Pension Velder dans sa vie. Elle arrête de penser à ses tracas et dans sa tête les images d'Élise Velder ou de la belle Donalda prennent toute la place. Parfois, elle se fait surprendre à maudire Séraphin et le beau parleur Alexis vient fondre son image dans celle de Thomas. Éva rêve… Mais la radio ne diffuse pas que des romances, des chansonnettes françaises ou des nouvelles agricoles. Un jour, elle apprend, par la bouche de ce même annonceur, toute la méchanceté dont les hommes sont capables: *Les Allemands ont envahi la Pologne.*

—Seigneur, ce n'est pas vrai !

269

La seconde Guerre mondiale éclate, opposant l'Allemagne, l'Italie et le Japon contre les alliés. Le Canada, non affranchi de l'Angleterre, se lance dans la mêlée. Le gouvernement encourage fortement l'enrôlement volontaire. Les anglophones, premiers à secourir la mère patrie, s'engagent fièrement, mais les francophones tirent de la patte. La conscription de 1917 leur est restée de travers dans la gorge.

Odilon s'inquiète pour ses garçons, il ne veut pas perdre les fils de Marie en âge de se battre. Puis un jour, malgré les protestations de la population, l'inévitable se produit. Le gouvernement d'Alexandre McKenzy King, voulant se désengager de sa promesse faite aux élections, organise un plébiscite. L'obligation de servir sous les drapeaux de l'Union Jack est acceptée au Canada, bien que le Québec l'ait en majorité rejetée. André, célibataire, ne vivant pas sur une ferme et en parfaite santé, est visé par l'appel aux armes. Heureusement, les seize ans de Georges, l'écartent de cette loi; il n'a pourtant qu'un seul désir, s'enrôler comme volontaire. Jamais depuis la mort de Marie, Odilon ne s'est retourné vers la religion comme en ce moment de grande agitation.

—Monsieur le curé, dites-moi quelque chose pour m'encourager. Marie ne me pardonnera jamais d'envoyer son André se faire tuer pour l'Angleterre. Et Georges, ce petit morveux, qui ne vit que pour l'aventure. Ils rêvent d'aller se battre tous les deux. S'ils tiennent tant à se *tapocher*, qu'ils aillent se piocher dessus dans le champ. Ah, je vous dis que je les retiens par leurs bretelles de culotte, ces deux-là.

—Odilon, rien ne te sert de réfléchir bien longtemps, la loi te l'ordonne.

—Mais la loi monsieur le curé, on peut la contourner. Je vous jure que j'aimerais mieux les voir en soutane qu'en habit kaki.

—Odilon, retiens-toi, tu blasphèmes !

—Ce ne sont pas vos enfants qu'on enlève et qui vont revenir estropiés ou pire entre quatre planches.

Le curé décide de ne pas relever l'allusion fielleuse du désespéré.

—Et ta bonne Éva qu'est-ce qu'elle pense de tout ça ?

—Vous la connaissez autant que moi, certainement pas elle qui va faire des vagues.

—Prends exemple sur ta femme pour une fois et accepte avec humilité Odilon. Je pense que ton acceptation s'avère le meilleur marché que tu puisses faire avec le bon Dieu.

—Vous ne m'aidez pas beaucoup, moi qui pensais trouver du réconfort dans vos paroles, je me retrouve *Gros Jean comme devant*.

—Je fais simplement mon devoir de conseiller Odilon et n'est-ce pas ce que tu es venu chercher ici ? À toi de tricoter le reste.

Odilon s'en retourne chez lui la tête basse, ne désirant rencontrer personne. Pour l'instant, il n'a que le goût de brasser la carcasse de ces jeunes bourrés d'hormones.

—Marie aide-moi ou je vais les étouffer !

Puis un jour, la confusion entre sa tête et son cœur devient totale. André lui tient tête et part pour s'enrôler.

—Ne compte pas sur moi pour te donner ma bénédiction, lance le père entre ses dents.

Odilon bardasse tant et si bien dans son hangar qu'on ne le voit plus qu'à l'heure des repas.

—Voyons donc, intervient inutilement Éva, tu vas devenir fou à force de penser à ça. Et puis, même si tu fais le ménage de tes clous pendant cent ans, André ne changera pas d'idée.

Le miracle tant espéré se produit enfin et les prières du père, exaucées. André arrive à la maison, déçu et en colère. Il tire vivement une chaise de cuisine, s'assoit à califourchon, faisant face à son père. Sa fureur l'aveugle et fou de rage, il accuse.

—Vous ne m'aviez pas dit ça le père que je souffrais d'un souffle au cœur depuis ma naissance. Plus facile pour vous de cacher la vérité. L'armée ne m'a pas pris à cause de cette maudite affaire-là. Je ne suis pas fier de vous…

Le cœur d'Odilon se remet à battre à un rythme normal. Même s'il reçoit un tas de bêtises par la tête, il fait la sourde oreille devant tant de rancœur. Il se raccroche simplement à la première phrase entendue.

—Un souffle, dis-tu?

—Ouais! Content maintenant?

Écumant, il monte à sa chambre. Les marches défilent rapidement sous ses bottines. Il se jette sur le lit qui grince sous le poids de l'enragé et donne un grand coup de poing sur le bureau à côté de lui. Il ne sait comment faire passer cette colère qui l'étouffe. Il voudrait crier, pleurer, hurler, mais rien ne sort. Éva, alertée par le bruit provoqué par le coup, s'avance discrètement.

—Voyons André, ça ne va pas?

—Demandez au père.

Curieuse de connaître la cause d'un tel revirement, elle suit le conseil et va trouver Odilon qui roule en rond dans la cuisine.

—Éva, Éva, le Seigneur m'a exaucé. Continue à prier ma belle, ne lâche pas.

—Veux-tu bien me dire…

—Pas si fort, il n'est pas de bonne humeur. André vient d'être refusé par l'armée à cause d'un souffle au cœur.

—C'est dangereux un souffle?

—Je ne pense pas, mais je sais une chose, cet enfant possède une santé de fer.

La joie d'Odilon flambe comme un feu de paille. Georges, entraîné à l'armée dans le sillage de son frère, revient avec un uniforme kaki sur le dos. Fièrement, il esquisse un salut en posant la main sur le côté de son béret et claque les talons.

—Salut le père !

—Ah bien batêche ! Qu'as-tu fais-là ?

—Je me présente, soldat Dupuis ! À vos ordres.

—Éva, retiens-moi ou je l'assomme, hurle Odilon joignant le geste à la parole.

Georges évite de justesse la serre d'acier de son père. Odilon tente de rattraper le soldat, mais Éva, prenant le bras de son mari, abat la poigne meurtrière. Loin d'être découragé, Georges continue :

—La semaine prochaine, je pars pour le camp d'entraînement avec Jos Lafortune.

—Jos Lafortune ? Ne me dis pas que le fils de cet empoté s'est enrôlé lui aussi ? Vous avez quoi dans la tête, du jus de tomates ? Éva, ôte-le de ma vue ou je le hache et en fais du pâté pour les chats.

Se dérobant au regard d'acier de son père de justesse, Georges monte en courant et se réfugie dans la chambre qu'il partage avec son frère. Les yeux pleins d'eau, André regarde l'uniforme kaki et gratifie le bureau d'un second coup de poing. Georges comprend rapidement ce qui met son aînée dans cet état et se tait. Il attend, André lui expliquera quand il s'en sentira capable. Dans la cuisine, Éva ne sait comment radoucir son homme.

—Odilon, assieds-toi et respire un peu, tu es rouge comme une tomate bien mûre.

—Je n'arrive pas à le croire batêche, je n'y arrive tout simplement pas. Tu me parles d'un maudit fou. Il manque de jugeote pour avoir fait une affaire de même.

—Va falloir que tu t'y fasses, au moins tu en gardes un sur les deux.

—Je vais le marier celui-là, souffle au cœur ou pas, il va prendre une femme et l'autre, je vais le déshériter.

—Ne fais pas le fou Odilon, tu vas regretter tes paroles.

—Jamais dans cent ans.

Ce soir-là, à l'heure du souper, chacun se tait. Personne n'ose un mot, pas même les petits. Puis Odilon lance :

—Y en a-t-il un autre qui veut partir ?

Les enfants regardent leur assiette de peur de recevoir une nouvelle leçon paternelle.

—Moi, hasarde Marie-Odile.

—Quoi, toi ? Ah bien batêche ! J'aimerais mieux devenir sourd plutôt qu'entendre ça. Une fille à la guerre ! Sur quelle herbe avez-vous marché pour être aussi fous ?

—L'Angleterre manque cruellement d'infirmières bénévoles, continue Marie-Odile comme si son père n'avait pas parlé. Les blessés affluent dans les hôpitaux et la coalition montre de lourdes pertes. De jour en jour, la liste de jeunes soldats s'allonge. Je veux faire quelque chose pour mon pays, quelque chose d'utile.

Odilon se lève de table, cette fois c'en est trop. Il enfile ses bottes de travers, délaisse sa sempiternelle casquette sur le crochet tant la rage le trouble et sort en faisant claquer la porte derrière lui. Il se réfugie dans son hangar espérant se calmer un peu ou bien, tout le monde va y passer. Les doigts déjà engourdis par le froid, il allume la truie et s'assoit sur sa chaise défoncée. Il se relève ne pouvant rester en place une minute. On dirait un loup en cage prêt à mordre.

—Odilon, j'ai vu de la lumière dans ton hangar, je peux entrer ?

—Une mauvaise nouvelle en attire une autre, entre Lafortune.

—Écoute 'dilon, je viens d'apprendre que mon Jos a fait une bêtise.

—Pour une bêtise, c'en est toute une, répond Odilon les dents serrées.

—Comment sais-tu ça toi que mon gars ?...

274

—Bien, figure-toi donc que mon Georges, tout aussi nigaud que ton grand niaiseux de Jos, vient de s'enrôler lui aussi.

—Cré bateau! Et puis, Odilon Dupuis, toujours aussi poli à ce que je vois.

—Ne viens pas chercher la bataille ici, parce que tu vas la trouver.

Lafortune décide de ne pas relever l'allusion d'Odilon. Deux pères outragés doivent se serrer les coudes.

—Je gagerais bien ma chemise Lafortune que ton gars a eu la brillante idée de fourrer ça dans la tête du mien. Excuse-moi, de l'ouvrage m'attend, j'aimerais mieux que tu partes, bougonne Odilon.

—De l'ouvrage à cette heure-ci?

—Je dois classer des clous et des vis, tu peux comprendre ça?

—Non.

—Eh bien! Même si tu ne comprends pas, déguerpis face de carême et va brailler ailleurs, tiens, dans les bras de ta Georgette par exemple. J'en ai assez entendu pour aujourd'hui, lance Odilon enragé.

—'dilon, prends pas ça de même, je viens chercher du réconfort et tu m'invectives de bêtises.

—Je prends ça comme je le peux, déguerpis ou je décroche mon douze et crois moi, ça va péter fort.

Lafortune remet sa tuque, ses mitaines et file. Rien à faire avec un fou furieux comme son voisin! Odilon passe sa veillée à classer ses clous, les changeant inutilement de pots. Rendu au bout de sa fatigue, il laisse mourir son poêle, rentre à la maison et monte se coucher. Éva sait que ce soir son mari ne lui demandera rien. Son fils et sa fille vont partir pour défendre un pays qu'aucun d'eux ne connaît, ce même pays qui a déjà envahi son Canada et dépossédé ses ancêtres. Et maintenant, sa fille, sa tendre Odilette, soignera les enfants du Québec blessés par les Boches.

—Batêche Éva, j'étouffe! dit Odilon en s'approchant de sa femme, quêtant un peu de chaleur.

Patiemment, Éva se retourne et le prend dans ses bras comme elle le fait pour ses petits.

—Ne t'en fais pas mon homme, partir ne veut pas dire ne pas revenir. Prie avec moi, récitons des *Ave* pour les protéger. On ne sait jamais, ça peut servir parce que dans ces pays-là, les catholiques se font peut-être rares.

Le lendemain, André a disparu de sa chambre. Le garçon a demandé à Georges de transmettre un message à Odilon : «Tu diras au père que je suis parti à Montréal soigner mon souffle au cœur. J'ai besoin d'air !»

—Et toi, tu pars quand? demande sèchement le père.

—La semaine prochaine, je vous l'ai dit hier, mais peut-être que vous n'avez pas entendu.

Au contraire, Odilon n'a pas perdu un seul mot de ce qui s'est dit la veille, il cherche tout simplement des phrases bêtes, toutes faites et sans conséquence de manière à garder son calme, évitant de malmener son fils.

—Éva je vais en ville, dit-il soudainement entraînant une partie de la nappe avec lui.

—Pas si vite, tu me rapporteras du fil rouge pour coudre la robe d'Aurore.

—Si j'y pense.

Il attrape sa casquette de tweed, rabat ses oreillettes, met son manteau de semaine et part comme une balle de fusil, direction l'église. Il s'assoit sur un banc à l'arrière.

—Marie, je ne sais plus quoi faire, aide-moi. À la maison, je ne sens plus ta présence, peut-être qu'ici? Je crains de perdre tes enfants; Georges et notre douce Marie-Odile vont partir à la guerre pour se battre contre les nazis. Ils vont déchiqueter tes petits…

La messe terminée, le bedeau finissant de ramasser les

vases et ornements sacerdotaux, aperçoit un homme assis à la dernière rangée, la tête penchée.

—Monsieur le curé, je pense qu'un quêteux vient se réchauffer ici. Il est assis en arrière, voulez-vous que je le fasse partir ?

—Un quêteux, sûr de toi bedeau ? Je n'en connais pas, à moins qu'il vienne d'ailleurs.

—Allez vérifier vous-même, j'ai oublié mes lunettes et vous savez que je ne vois guère plus qu'une taupe.

Prudemment, le curé s'avance vers l'homme.

—Odilon ! Que fais-tu là pour l'amour du Saint Ciel ? sacristain t'a confondu avec un mendiant et ma foi, tu en as tout l'air.

—Je parle à Marie.

—À Marie, ta femme ?

—Oui, la mère de mes enfants, ronchonne-t-il.

—Voyons Odilon, tu me sembles à côté de ton assiette. Que se passe-t-il encore avec toi ?

—Monsieur le curé, Georges qui n'est âgé que de seize ans et mon Odilette vont partir pour la guerre. Un enfant et une femme ! Ma fille s'est mise dans la tête de devenir infirmière.

—Bon, bon, nous y voici.

—Heureusement que le médecin de l'armée a découvert qu'André souffre d'un souffle au cœur, dit le père en reniflant. Ce matin, le pendard est parti pour Montréal sans dire salut aussi enragé qu'un grizzly.

—Que me racontes-tu là ?

—Rien de bien compliqué, mes trois plus vieux sont débrettés, monsieur le curé.

—Odilon arrête de jérémiader sur ton sort, il te reste encore sept enfants en bas âge qui ont besoin d'un père qui se tienne debout, ainsi qu'une femme que je qualifierais de sainte. Je trouve déraisonnable d'achaler ta Marie avec cette histoire, laisse là reposer en paix et assume ta responsabilité de père et d'époux. Qu'est-ce qu'elle dirait ton Éva si elle t'entendait te lamenter à ta défunte ?

Le curé ne ménage pas son paroissien. Odilon finit par se lever et le saluer en murmurant un faible merci.

—Va Odilon et reviens me voir si tu en sens le besoin, tu sais toujours où me trouver.

Voyant revenir Odilon qui lui semble de meilleure humeur, Éva pousse un soupir de soulagement. Elle ignore ce qui s'est passé au village, mais son mari paraît avoir oublié le fil rouge.

—Batêche le fil !

—Pas bien grave, ta marche t'a fait du bien ?

—Ouais… mais crois-moi ma femme, je ne peux pas avaler cette maudite guerre, elle me reste de travers dans la gorge.

Éva n'aime pas voir partir les enfants d'Odilon. Sur le pas de la porte, le cœur gros, elle embrasse Georges et Marie-Odile. Odilon boude dans son hangar et ne dit même pas au revoir à ses enfants. Éva en veut à son mari de montrer un cœur aussi dur. Elle constate un grand trou dans sa famille et ne sachant comment le réparer, instinctivement elle resserre les liens autour de ceux qui restent. André reviendra à la maison sitôt sa colère apaisée, pas d'inquiétude là-dessus et pour la balance, le Seigneur y pourvoira et protégera le frère et la sœur.

Odilon retourne à la Eddy Match, sans motivation. Pourtant, l'ouvrage ne manque pas ; avec la guerre, la demande en indispensables allumettes hydrofuges s'est accélérée. Alors, imaginant tous ces soldats trempés jusqu'aux os et frissonnants, il y met un peu plus d'ardeur et fait tourner la machine à fond de train. Éva participe à l'effort de guerre comme elle le peut ; elle déchire de vieux draps en fines bandelettes, les enroule, prêtes à utiliser. Il en faut une quantité incroyable pour faire des pansements. Par l'intermédiaire de Marie-Odile, Éva les envoie ensuite à la Croix-Rouge. À ses côtés, Josette détricote de vieux chandails et confectionne des bas de laine suffisamment épais pour tenir les pieds des soldats au chaud. Elle pense à son grand frère, gelé au fond d'une tranchée et qui essuie une pluie de balles. Elle imagine la volée de terre qui accompagne les bombardements et les maisons en ruine. Au cinéma, avant que ne débute le programme principal, les actualités montrent les villes détruites, réduites en fumée et tes tas de gravats là où une famille habitait. Souvent des rues entières sont rasées et les mères, traînant des enfants par la main, cherchent de quoi manger. Alors, Josette s'applique sur ses broches, mettant beaucoup d'amour dans chaque maille. Peut-être ses bas, écharpes ou mitaines réchaufferont-ils un beau garçon aux yeux verts. Qui sait? Tous les soirs, l'oreille collée à sa radio, Éva écoute les nouvelles d'outre-mer et raconte à Odilon les avancées des troupes alliées ou le retrait d'une compagnie. Le père a fini par faire la paix avec cette maudite guerre.

⊰ ⊱

Un jour, rue Laporte, une bombe tombe sur la maison d'Odilon. Le souffle coupé, le père, incapable de dire un mot, tend un télégramme à sa femme. En recevant le papier des mains de son mari, l'angoisse étreint le cœur de la mère tel un serpent constricteur. La guerre vient de voler un enfant à Odilon.

—Lequel Odilon, je ne peux pas lire?

—Georges, dit-il en pleurant.

—Seigneur, ayez pitié de nous.

—Invoque qui tu veux ma femme, mon fils vient de mourir au milieu des bombes à cause de cette guerre insensée. Les nazis me l'ont pris. Un enfant de seize ans! Il est resté là-bas à défendre une terre qui n'est même pas la nôtre, tu entends, Éva ? Comment peut-on mourir à cet âge ? Criblé de balles, un membre arraché, le ventre ouvert comme une boîte de conserve ? Je ne sais rien Éva, je ne peux même pas savoir comment mon fils est mort, en héros, en défendant la vie de ses compagnons ou bêtement pour rien ? Je ne pourrai pas l'enterrer près de sa mère, la terre d'un autre pays recouvrira son corps et une croix blanche indiquera peut-être son nom. Ça fait tellement mal là, dit-il en montrant sa poitrine.

Éva prend la tête de son mari dans ses mains rêches, dépose un baiser sur son front. Elle ne sait rien faire d'autre… Elle ne connaît pas la douleur de perdre un fils et la peine qui terrasse Odilon arrache le coeur. Et Éva essaie de raccommoder le trou laissé par ce départ.

—Je t'aime Odilon, dit-elle pour la première fois. Tu peux t'appuyer sur moi, je suis forte et j'ai l'habitude des pertes.

Comme si le Seigneur avait fait un échange remplaçant le départ d'un fils par le retour d'un autre, voilà qu'André se pointe le nez en même temps que les bourgeons de mai.

—Bonjour la mère !

À la porte-moustiquaire, un beau jeune homme portant la casquette de côté tout comme son père.

—Sainte-Bénite, André ! Quelle bonne surprise ! Que ça fait du bien de te revoir. Ton père va grimper au septième ciel, mais dis-moi d'abord, comment vas-tu ? demande-t-elle en prenant les mains du fils d'Odilon entre les siennes. Je te trouve resplendissant. Mais parle, je t'écoute, me voilà qui babille comme une poule.

—Vous faites plaisir à voir, si contente… En forme, comme vous voyez. Je travaille à Montréal et j'habite un petit appartement rue Hochelaga, je fais la belle vie.

—Enfin quelqu'un d'heureux ! Mais où as-tu mis tes bagages ?

—Je n'en ai pas apporté, je suis venu faire un tour et la paix avec le père.

Son quart de travail fini, Odilon rentre chez lui. Depuis le décès de Georges, il n'a pas encore tout à fait repris son élan et dépense son énergie dans le jardin, qui lui au moins, donne satisfaction. Rangeant sa bicyclette, il entend un rire d'homme venant de la cuisine.

—Si ce pendard de Lafortune vient divertir mon Éva, je vais lui faire toute une fête, dit-il en enjambant les marches rapidement.

—Édouard, mon maudit senteux… André ?

—Papa ! dit ce dernier en se lançant dans ses bras.

—Je pensais que… grand fou, je me suis tellement ennuyé de toi.

—Moi aussi le père.

—Puis pas maigre à part de ça, dit-il en triturant les épaules de son fils, se donnant le temps de retrouver sa contenance.

—Comme vous voyez, on ne meurt pas de faim à Montréal.

—Je vois ça ! Éva, sors le whisky blanc et prépare-nous un de tes fameux bouillis. Tiens ma femme, prends-en donc un avec nous autres.

—Je n'ai jamais bu une goutte de ma vie, Odilon.

—Jamais trop tard pour commencer, rajoute un peu d'eau dans ton verre et viens t'asseoir avec nous.

—Donnez-moi vite des nouvelles de Georges et de Marie-Odile, demande André.

Odilon baisse les yeux et avale un deuxième verre de petit blanc d'un coup sec.

—Georges est mort.

—Quoi, vous me faites marcher ?

—Le mois passé, nous avons reçu un télégramme de l'armée, qui *déplorait la perte du soldat Dupuis*. Batêche, je l'aurais déchiré en mille morceaux leur maudit message. Mon Georges est resté là-bas sur le front, parmi la boue et les obus allemands et le pire de tout, je ne sais même pas où est tombé mon fils. C'est dur à avaler, j'aime mieux ne plus en parler.

André reste aphone, son petit frère, celui qui s'amusait à faire des coups pendables et à lancer des cailloux dans la Bayonne, dont le bedeau ne pouvait même plus entendre le prénom sans faire une crise d'urticaire, est parti. Mieux vaut ne pas grandir si ce n'est que pour aller se faire tuer dans une guerre qui ne nous appartient pas. Maudite tête de cochon, tu as perdu la bataille finale et il ne nous reste qu'à accepter, pense-t-il en essayant de faire passer le nœud dans sa gorge.

—Et Marie-Odile ? demande-t-il la voix éteinte.

—Elle va bien et travaille dans un hôpital à Londres où elle soigne ceux qui ont réussi à s'en tirer. Elle nous écrit régulièrement et décrit l'horrible misère qu'elle côtoie quotidiennement.

—Au moins ma petite sœur…

—Dis donc André, coupe Odilon, où as-tu mis ta valise ? Entre ton barda et reprends ta chambre en haut, elle n'attend que toi.

—Je n'ai rien apporté le père, je suis venu en visite. Je vis à Montréal maintenant, j'ai déniché un bon travail à la Vickers et un logement rue Hochelaga. Je vous annonce qu'au mois de juillet prochain, je me fiance.

—Tu ne reviens pas et tu te fiances, ah bien batêche ! peste Odilon.

Sentant le ton monter, Éva intervient ; elle ne veut surtout pas que la chicane reprenne et gâche ce beau retour.

—J'ai hâte de rencontrer ta promise. Comment s'appelle-t-elle ?

—Fleurange, vous ne serez pas étonnés si je vous dis qu'elle est belle comme un cœur et fine à part ça.

Calmé, Odilon ne veut pas être mis de côté et reprend :

—Viens nous la présenter la prochaine fois que tu reviendras. On ne reste pas si loin après tout, on la recevra comme il se doit. Faut pas nous prendre pour des sauvages !

Ignorant volontairement le ton sarcastique de son père, André invite Odilon et Éva à rencontrer les parents de sa future fiancée, la semaine prochaine.

—J'aimerais que vous les connaissiez avant les fiançailles.

—Batêche André, la semaine prochaine, y penses-tu ! Où est-ce qu'ils demeurent ses parents ?

—À Montréal, sur la rue du Parc.

—Que fait son père ?

—Un des grands patrons de la Vickers.

—Mais on n'appartient pas au même monde, dit Odilon scandalisé, je ne suis qu'un simple journalier.

—Vous verrez le père, même s'ils possèdent beaucoup d'argent, vous les trouverez bien corrects.

Durant toute la semaine, Éva ne poursuit qu'un but, faire honneur à André en évitant d'arriver chez les beaux-parents attifés comme de campagnards. Elle s'assure de la blancheur de la chemise de son mari et empèse le col. Pour une fois, elle ne ménage pas le *corn starch*. L'habit de noces aéré et brossé reprend un air de jeunesse puis, elle cire les souliers d'Odilon jusqu'à ce qu'elle puisse se mirer dans le bout rond. Au magasin général, elle choisit une belle cotonnade bleue qui accentue le gris de ses yeux et là-dessus, les conseils de la femme de Sylvio se sont avérés nécessaires. Pour coudre et ajuster sa robe selon les critères de la dernière mode, Georgette a offert son aide. Dans ses nouveaux atours, Éva paraît dix ans plus jeune. Elle javellise ses gants de blancs et bourre sa sacoche de vieux journaux pour tenter de lui redonner un peu de rondeur. Une sacoche plate fait paraître encore plus pauvre. Voilà les parents Dupuis, mis comme des rois, attendant sur le quai de Berthier-Jonction le train pour Montréal.

—Sais-tu ma belle Éva, que si tu me le demandais, je te remarierais demain matin …

—Pas de saints grands dangers qu'une femme se permette de demander un homme en mariage. Laisse, c'est ton fils aîné qui va faire des noces.

—Ça ne nous rajeunit pas ma femme.

Odilon tousse un peu depuis quelque temps, certainement que la rencontre avec le gros *big shot* de la Vickers l'énerve et y est pour quelque chose. En vérité, il redoute la rencontre avec le futur beau-père de son fils.

—Ne t'en fais pas Odilon, il ne te mangera pas, plaisante Éva.

—Bien sûr, dit-il en étouffant une quinte de toux.

Contrairement aux peurs d'Odilon, la visite chez les parents de Fleurange s'est très bien passée. Les Ouimet s'avèrent des gens aussi simples que les Dupuis et très affables. Néanmoins, madame a tenu à faire les choses correctement, avec art et pour elle, la simplicité réside dans les manières. Mettant les petits plats dans les grands, elle sert elle-même les parents d'André, gardant ainsi l'atmosphère familiale. Éva démontre son savoir-vivre, mais pour la première fois, elle agit à titre d'invitée. D'habitude, elle aurait porté le tablier. Par contre, Odilon s'empêtre dans les assiettes à bordure dorée, les soucoupes et les ustensiles qui semblent se multiplier au fur et à mesure que le repas avance. Il regarde sa femme agir se disant qu'une servante de juge doit connaître les règles élémentaires régissant la démonstration de la richesse. La fiancée confirme sa classe et son charme, tandis que sa beauté discrète n'a rien pour envenimer pas les choses. André s'est bien placé les pieds…

Puis vint enfin le jour où Éva entend à la radio une bonne nouvelle, celle de la libération de la France par les troupes alliées. Aussi vite qu'elle peut, Éva se met à courir, manquant quasiment une marche, pour avertir son mari.

—Odilon, Odilon tu ne sais pas la nouvelle!

—Batêche! Tu es bien excitée ma femme.

—La guerre est finie Odilon, enfin Seigneur! Les bombes ne viendront plus en chercher un autre.

Un éclair passe dans les yeux du père, ça veut dire que Marie-Odile va revenir.

—Mon Odilette! Éva, tes chapelets ont porté fruit, crie-t-il en prenant les mains de sa femme et esquissant quelques pas de ronde.

—Je te dis que je ne les ai pas ménagés, j'ai tellement hâte de la revoir.

La pleine coloration des arbres coïncide avec le retour de la jeune infirmière. Marie-Odile a perdu son sourire boudeur, mais paraît encore plus belle qu'avant. Son attitude démontre une nouvelle assurance, celle acquise dans cette lointaine Angleterre. La guerre lui a fait perdre toute innocence, mais elle a cependant gardé ses yeux de fillette. Rue Laporte, l'arrivée de l'aînée devient jour de fête. Odilon déborde tellement de joie qu'il annonce lui-même la bonne nouvelle à Lafortune. Édouard, bon perdant et qui attend toujours que son fils refasse surface d'un jour à l'autre, se réjouit pour son voisin comblé. Éva sort sa belle nappe blanche, ses assiettes de cérémonie et prépare son fameux bouilli. Toute la famille, heureuse de se revoir autour d'une table bien garnie et de leur sœur revenant de loin, fait honneur au repas. Éva tient à faire les choses en grand, ce n'est pas tous les jours qu'une fille revient de la guerre. Frères et sœurs se taquinent, font des farces comme dans leur jeunesse, pas si lointaine après tout. Aucun des enfants ne se prive pour raconter des faits impliquant celui qui a laissé sa peau et son cœur dans cette sale guerre. Par cette recette magique, Georges, le disparu, participe à sa manière aux retrouvailles. Contente d'avoir fui le bruit des bombes et les cris de douleur des soldats mutilés ainsi que l'odeur de l'éther, Marie-Odile accueille avec joie sa nouvelle belle-sœur. Fleurette et André, mariés durant son absence, ont célébré de modestes noces même si la famille de Fleurette possédait les moyens de faire plus. La guerre et le deuil des disparus obligent à une certaine retenue. Les nouveaux mariés ont déjà fait d'Éva et d'Odilon des grands-parents. La petite Thérèse offre à sa tante Odilette des sourires à fendre l'âme.

<hr />

Il y a des jours où on dirait que tout va de travers comme si le diable avait pissé dans la cour. Rapportant de la cave un plein plat de carottes, de navets et de patates, Éva entend un hurlement. Arrivant à la dernière marche, la mère voit l'horreur. Le bras pris jusqu'au coude dans le tordeur de la machine à laver, Aurore se tord et pousse la cuve de ses pieds pour tenter de se sortir de sa mauvaise position. La petite s'égosille et la douleur causée par un avant-bras qui risque de se rompre devient insupportable.

—Edmond vite, arrête la machine! crie Éva en renversant son plat de légumes.

Rien, aucun mouvement, aucune réponse. Seul le bruit

outrageant du moteur forçant et grondant pour tenter d'avaler ce morceau de tissu un peu trop gros et l'enfant qui gémit le bras coincé entre les deux rouleaux compresseurs. Le coupable brille par son silence. Ce pendard a eu l'excellente idée d'inciter Aurore à placer le bout de ses doigts entre les cylindres de caoutchouc et maintenant que le bras y passe, il court se cacher. La boîte à bois à demi vide lui semble le lieu le plus sécuritaire. Il risque gros...

—Edmond pour l'amour du Saint Ciel, viens m'aider ! rugit Éva, impuissante à aider sa fille.

Aurore, sur le bout des pieds, geint. Les larmes barbouillent sa figure qui, sous l'effet du supplice, tourne au blanc.

—Seigneur, venez à mon secours, implore Éva.

Débranchant la machine, pour stopper l'avancée de l'essoreuse ayant déjà avalé la petite main et s'acharne sur l'avant-bras dont la chair refoule et enfle, Éva tente de rassurer sa fille.

—Ne bouge pas, je vais chercher de l'aide.

Aurore n'est pas dupe et comprend que sa mère ignore ce qu'il faut faire. Éva court chez sa voisine et frappe à la porte, puis sans attendre la permission d'entrer, elle se retrouve au beau milieu de la cuisine, échevelée et bégayant des mots hachés. Georgette réussit à distinguer dans cette diarrhée verbale, le mot... tordeur...

—Ma grande foi Éva, reprend ton souffle ?

—Viens vite Georgette, la petite... pris dans le...

Efficace comme toujours, la voisine enfile son manteau et court voir ce qui peut bien être la cause de tant d'énervement. Éva arrive à la suivre difficilement. La seule vision de la fillette suspendue par le bras, pousse la femme à l'action.

—Maman, maman ! se remet à crier Aurore, reprenant vie devant l'aide apportée par sa mère.

—Rien qu'à desserrer la vis sur le dessus jusqu'au bout et les deux rouleaux s'écartent, explique Georgette en libérant Aurore.

Le bras amoché de la petite finit par lui être rendu. Ses doigts engourdis bougent légèrement et son coude congestionné plie encore. Rien de cassé !

—Merci Georgette, je me voyais l'horreur de lui faire repasser le bras en sens inverse.

Le bras blanchâtre et ballant, la fillette se réfugie dans le tablier de sa mère.

—Tu devrais casser un morceau de glace, l'envelopper dans une guenille et le mettre sur son bras, dit la voisine, ça va aider à désenfler.

—Qu'est-ce qui c'est passé ? demande Éva à sa fille.

La peur étant maintenant passée, elle se permet de demander réparation.

—Encore une idée de fou d'Edmond, réussit-elle à articuler, punis-le maman.

Se sentant interpellé et la situation rétablie, Edmond soulève le couvercle de la boîte à bois et sort de sa cachette le chandail garni de bran de scie et des copeaux de bois accrochés aux cheveux. Éva semonce vertement le délinquant, l'obligeant à aller se coucher tout de suite, sans dîner. Aurore, se permettant d'intervenir, trouve la punition insuffisante et non proportionnée à la peur et au mal enduré.

—On sait bien, Edmond est ton chouchou, dit-elle à sa mère. Il mérite plus que ça maman !

Éva maintient sa punition, mais rétablit la situation en bécotant un peu plus sa fille et en lui apportant une part supplémentaire d'attention.

Un matin, Odilon ne se lève pas, il a passé une nuit blanche et tousse sans arrêt. Le jour, la nuit, il se décroche les poumons. Inquiète, Éva essaie de prendre soin de lui du mieux qu'elle peut. Le miel, les mouches de moutarde, le sirop de gomme de sapin, toutes les potions de bonne femme sont mises à l'épreuve. Même le remède miracle du principal intéressé, le fameux sirop Lambert, n'arrive à rien ; les quintes résistent. Si au moins il mangeait un peu, une bonne soupe aux légumes, ça le requinquerait. Depuis quelques semaines, il a perdu l'appétit. Durant la messe, Odilon attire l'attention des fidèles et va même jusqu'à déranger le sermon du curé. Aussitôt débarrassé de ses habits sacerdotaux, le curé Godin demande au bedeau de retenir son paroissien avant qu'il ne disparaisse, il doit absolument lui parler.

—Dis-moi donc Odilon, comment vas-tu ? J'ai entendu dire que tu avais fait un tour à Montréal et que ta fille est revenue de la guerre.

—On ne peut rien vous cacher. Qui vous a dit ça ? demande Odilon en s'époumonant à nouveau.

—L'air de la grande ville ne t'a pas fait du bien, mon Odilon. Écoute, je ne me mêle peut-être pas de mes affaires, mais je n'aime pas cette toux-là. Éva te soigne-t-elle au moins ?

—Insultez-moi pas, monsieur le curé, vous devriez me connaître mieux que ça et savoir que j'ai tout essayé. Il faudrait qu'il accepte de voir le docteur, lui seul peut le faire cesser de tousser et lui donner un bon remède.

—Odilon, écoute ta femme pour une fois, pas si bête son idée.

—Je vous remercie, répond Éva piquée à vif par la remarque du curé.

—Laisse-toi soigner Odilon, je ne veux pas que tu vires consomption et que tu contamines le village en entier.

—Inquiétez-vous pas, je ne suis pas encore à l'article de la mort et puis, vous le savez que je n'aime pas qu'on s'immisce dans ma vie privée à propos de tout et de rien, encore moins pour un mauvais rhume. Je vais brûler les microbes avec une bonne ponce de gin chaud. Il faut dire que la température n'aide pas beaucoup...

—Arrête de blâmer le Seigneur pour le ciel qu'il t'envoie, coupe sèchement le curé et fais-moi le plaisir d'aller voir le docteur Laferrière. Il n'a pas encore mangé personne à ce que je sache.

De retour à la maison, accablé, Odilon sort un verre à eau, sa bouteille de genièvre et s'assoit au bout de la table. Il cale verre par-dessus verre. Le curé lui a fait une sacrée frousse et il veut tuer cette maudite grippe. Après quelques rasades, la bouche pâteuse, le pas mal assuré, il ne sait plus trop ce qu'il dit, mais reste certain d'une chose, le mal est enrayé. Éva, constatant l'état d'ivresse avancée de son mari, tente de le ramener à la raison. Le principal intéressé ne voit pas les choses sous le même angle.

—Viens ma belle Éva, monte en haut... oups, je ne te ferai pas mal.

—Tu as trop bu Odilon.

—Bien non, ma belle femme d'amour... j'ai juste étourdi ma grippe...

—Ah mon serpent ! Si tu l'as étourdi, j'espère que tu ne l'as pas manquée au moins. Te voilà *gorlot* mon homme, monte. S'il fallait que quelqu'un te voit dans cet état, surtout pas Lafortune, dit-elle en tournant le fer dans une plaie vive.

—Ah bien bb...batêche, si cette face de ss...siffleux-là veut se battre, c'est en plein le temps. Je vais lui arranger le portrait, mm... moi.

Riant bien malgré elle, Éva passe un bras à la taille de son mari, le supportant tant bien que mal et entreprend de lui faire monter l'escalier.

—Cet enfant de nn... nanane, si je l'attrape, Georgette ne la reconnaîtra plus, cc... certain. Bb... batêche, ça va être sa fête à cet escogriffe-là.

—Couche-toi et essaie de dormir, ne pense plus à

Lafortune, ajoute Éva afin de contenir la tempête qu'elle a provoquée.

Aussitôt la tête sur l'oreiller, Odilon est secoué par une nouvelle quinte de toux, puis reprenant son souffle, il passe ses mains rugueuses sur la poitrine plate de sa femme.

—Tu sais que tu me tt... tentes, ma belle femme d'amour,... les plus beaux tt... tétons du monde et les fesses plus douces que le museau d'un cheval.

—Odilon, si Édouard arrivait !

—Tu me fais débander ma femme, puis il s'endort sur ces mots.

De justesse, Éva échappe aux avances de son homme, quoiqu'elle ait des doutes sur ses performances masculines, puis elle sourit en pensant à l'aversion quasi épidermique de son mari envers son voisin. Les enfants arrivent en se bousculant comme d'habitude.

—Seigneur, tranquillisez-vous et pour l'amour du Ciel, arrêtez de vous chicaner. Vous me rendez la vie difficile.

Entendant son père tousser du haut de sa chambre, Edmond interroge sa mère.

—Pourquoi il tousse si fort papa ?

—Il a attrapé une grosse grippe.

—Je peux aller me coucher avec lui ? demande Aurore.

—Tu risques d'attraper sa maladie, ma chatonne, sans compter qu'une petite fille ne doit jamais se coucher avec un homme, même si c'est son papa.

—Bien sûr, quel homme mon père ! reprend Edmond en se gonflant la poitrine et en posant la vieille casquette d'Odilon de travers sur sa tête. Moi aussi je deviendrai grand un jour et aussi fort que lui, hein maman !

Odilon ne prend pas du mieux, sa peau devient grisâtre, il perd du poids et son visage se creuse de rides. On dirait qu'il a vieilli de dix ans. L'hiver et le froid ne lui apportent rien de bon.

Au travail, il suit difficilement le rythme de sa machine. Marie-Odile trouve finalement les mots qui le convainquent à consulter le médecin.

—Je n'aime pas ta toux papa et cela me semble grave.

—Une infirmière de guerre ne connaît pas grand-chose à une bronchite, elle doit voir couler le sang pour devenir efficace, répond méchamment Odilon.

Un matin, blême comme ses draps, il se décide.

—Ma femme, veux-tu venir avec moi chez le docteur Laferrière ? demande Odilon affaibli.

—Bien sûr, laisse-moi le temps de mettre mon chapeau et je t'accompagne.

Éva pense que depuis longtemps son mari aurait dû se faire soigner. Depuis quelques semaines, il crache des sécrétions de plus en plus épaisses et en lavant ses mouchoirs elle voit bien que plus rien ne va, car certains sont tachés de sang.

Dans la salle d'attente du médecin du village, Odilon s'impatiente. Ce dernier a vu mourir sa femme et maintenant, la peur collée au ventre, il craint de la rejoindre.

—Monsieur Dupuis, c'est à votre tour, indique la secrétaire du gros docteur.

Depuis des années, madame Laferrière assure le poste de réceptionniste et d'assistante médicale. Bien qu'elle connaisse tous les patients de son mari, jamais elle ne se serait permis de les appeler par leur prénom. Odilon se traîne jusqu'au cabinet du médecin.

—Que puis-je faire pour toi Odilon ? demande le praticien.

—Je tousse docteur, au début j'ai pensé que j'avais attrapé une bonne grippe, mais je n'en reviens pas. Chaque fois que je tousse, on dirait que les poumons veulent me sortir du corps et puis j'ai maigri, regardez-moi, j'ai l'air d'un petit vieux. J'ai rien que cinquante-deux ans.

—Viens ici sur la table, je vais t'ausculter.

Le docteur pose son stéthoscope glacé sur le dos, puis sur la poitrine de son patient en lui demandant de respirer profondément. Ce dernier, incapable d'exécuter la demande du médecin, est secoué par une nouvelle quinte. Le professionnel n'entend qu'un crépitement dans les poumons de son patient. Cela n'augure rien de bon.

—Et puis docteur, qu'est-ce qui me travaille ?

—Craches-tu, Odilon ?

—Ça m'arrive à l'occasion.

—Depuis quand tousses-tu ?

—Ça fait pas mal longtemps.

—Es-tu venu seul ici ?

—Non, Éva m'accompagne.

—Fais-la entrer, je dois lui parler à elle aussi.

En pénétrant dans le cabinet du médecin, Éva a un mauvais pressentiment. En vain, elle cherche son chapelet afin qu'il lui donne un peu de courage.

—Bonjour Éva, dit le praticien. Comment vas-tu ?

—Bien, mais nous sommes venus vous consulter pour Odilon, pas pour moi.

—J'ai aussi besoin de m'assurer que tu te trouves en bonne santé. Puis s'adressant aux deux époux, sans plus de précaution, il annonce : je pense qu'Odilon fait de la tuberculose.

—Quoi, vous pensez ! hurle Odilon outragé. Vous ne pouvez pas le certifier et vous me lancez, comme ça, en pleine face que je suis tuberculeux. Autant dire galeux, ce ne serait pas pire.

—Énerve-toi pas Odilon, tu te réchauffes les sangs, rien de bon pour toi. Il faudrait que tu consultes un pneumologue à Trois-Rivières et passes des radiographies. À ce moment-là, on saurait à quoi s'en tenir.

—Docteur, intervient Éva, on ne roule pas sur l'or, on ne

peut pas se permettre ça.

—Pas plus que de perdre ton mari, Éva.

Un sentiment de vide l'envahit, elle ne peut envisager le pire…

—Je ne suis pas venu jusqu'ici pour me faire dire que ma femme va m'enterrer, tonne Odilon enragé. J'aime mieux m'en retourner chez nous. Combien je vous dois docteur?

—Rien Odilon.

—Bon, pas un cent? Alors, viens-t'en ma femme.

Il sort en laissant la porte ouverte derrière lui. Pour la première fois de sa vie, Éva n'obéit pas immédiatement. Voulant en savoir plus, elle s'attarde dans la porte du bureau.

—Dites-moi docteur, c'est sérieux?

—Je le crains, les poumons de ton mari me semblent déjà bien endommagés. Odilon aurait dû venir bien avant aujourd'hui. Le bacille détruit lentement les alvéoles pulmonaires.

—Laissez faire votre dictionnaire, je veux savoir s'il peut en mourir.

—Oui Éva, tu dois maintenant protéger ta famille contre la tuberculose, très contagieuse.

Le coup cogne aussi dur que si une partie du plafond s'effondrait sur elle. Enfonçant le cou dans les épaules, elle rejoint Odilon qui s'impatiente en tripotant sa casquette.

—Batêche ma femme, tu as bien été longue avec le docteur, j'imagine qu'il te conseillait de choisir ma tombe?

—Chicane pas après moi en plus, tu ne seras pas plus avancé, rentrons.

Odilon refuse sa maladie, selon lui, le médecin s'est trompé. Bien sûr, de ce temps-ci, des cas de tuberculose apparaissent, mais associer une petite pneumonie à cette maladie presque honteuse, il y a du chemin à faire. Rien qu'un rhume qui a tourné en bronchite, s'est envenimé et se termine en pneumonie. On a déjà vu pire dans la vie et puis, on ne meurt pas d'un mauvais rhume. Retrouvant difficilement son souffle, Odilon allonge le pas, Éva le suit. Aussitôt arrivés à la maison, elle l'accompagne et l'aide à monter le long escalier menant à leur chambre.

—Essaie de faire un petit somme. Veux-tu que je t'aide à te déshabiller ?

—Batêche Éva, laisse-moi tranquille, on dirait que j'agonise. Va prier en bas, tu m'énerves…

Elle baisse la tête. Pour la première fois, son mari s'impatiente après elle.

❖ ❀ ❖

Éva a beau prier, réciter une kyrielle d'*Ave*, offrir ses journées à Dieu, brûler des lampions, implorer Sainte-Élisabeth, Odilon ne reprend pas de forces. Incapable de travailler, il refuse de consulter le médecin de Trois-Rivières. Les ressources financières deviennent de plus en plus maigres. Éva essaie tant bien que mal de protéger ses enfants contre le bacille. La surveillance s'avère difficile quand les enfants veulent voir leur père, tournent autour de lui et chialent si elle maintient son interdiction de visite. Elle condamne l'accès à la chambre, n'utilise pas les mêmes couverts que ceux de la famille, lave les draps dans des bassins différents. Jamais le mot tuberculose n'est prononcé devant qui que ce soit, Odilon l'interdit. Ils ne reçoivent plus de visiteurs, on les dirait condamnés. La société accepte mal ce qu'elle ne contrôle pas. Accompagnée par les enfants, Éva se rend à la messe du dimanche. Elle se tient dans le dernier banc de façon à éviter les regards scrutateurs des paroissiens. Même le curé Godin reste sur ses gardes. La phtisie fait peur.

—Monsieur le curé, priez pour nous.

—Éva, je te trouve courageuse. Un grand sacrifice que tu

fais là, mais suis mon conseil, il vaut mieux le donner à Dieu plutôt que de le regarder se consumer dans l'agonie.

—Il fait pitié à voir monsieur le curé, je peux bien vous le dire à vous parce que vous êtes un saint homme et que vous entendez beaucoup de choses en confession. Je ne l'ai jamais aimé d'amour, mais maintenant, je m'y suis attachée et je ne veux pas le perdre.

Rien ne peut ramener un mort dans le monde des vivants, même les appels les plus déchirants d'une famille. Dans un murmure inaudible, Odilon recommande son âme à Dieu, lui demandant de l'accueillir dans son royaume, de lui pardonner ses fautes et de retrouver sa Marie. Après qu'Odilon ait fait la paix avec son Créateur, le curé Godin accompagne le bon serviteur vers le Ciel.

Comme en 1930, les enfants Dupuis pleurent encore un parent. Odilon s'est éteint lentement dans son lit en tenant la main d'Éva, ses fils et ses filles à ses côtés. Il laisse dans le deuil, une femme, neuf enfants vivants, quatre petits-enfants et un ami, Lafortune. À cinquante-trois ans, il a fait un bon bout de chemin, maintenant Odilon rejoint Georges et Marie. Dorénavant, il veillera sur Éva, sa belle femme d'amour. Ses enfants, en âge de se débrouiller, aideront leur mère à se tirer d'affaire.

Éva ressent un trou béant au milieu de son cœur, mais cette fois, n'a pas la force de le rapiécer. Et puis, la voix du vieux Anselme lui revient.

—Seigneur, qu'attends-tu encore de moi ? pleure la veuve.

Pendant des jours et des jours, Éva reste prostrée. Isolée dans son coin, elle se berce en fredonnant des chansons de marins, des airs de son île, venus d'un autre temps. Marie-Odile, montée de Saint-Barthélemy pour le décès de son père, reste quelques jours de plus pour aider. Chaque fois qu'il y a un coup dur, elle se trouve là et reprend la maisonnée en main. Heureusement qu'il ne reste que Gédéon, Edmond, Aurore et Jeanne. Marie-Odile attendra le temps qu'il faut pour qu'Éva sorte de sa léthargie. Elle lui doit bien ça, Éva a tant donné. Une fois de plus, le curé Godin ramène une brebis égarée au bercail. N'est-il pas le pasteur?

—Éva, te voilà bien triste.

—Je récupère, monsieur le curé.

—Est-il nécessaire de te reprendre de cette façon?

—Ce coup-ci a fessé dur. Si je fais le compte, j'ai plus perdu dans ma vie que j'ai gagné.

—Il faut te ressaisir ma fille, il te reste encore quatre jeunes enfants dont il faut t'occuper. Tu ne peux pas passer ta vie à te bercer et attendre que le mal s'estompe. Impossible non plus de garder indéfiniment Marie-Odile ici, sa besogne l'attend, elle aussi. Je sais que tu as beaucoup prodigué, mais ne mesure pas ce qui est derrière toi, mais ce qu'il te reste à parcourir. Redresse l'échine ma fille, je sais mieux que personne que tu le peux, même si cela fait mal.

Le curé parti, Éva se lève de sa chaise, place son chapelet dans sa poche de tablier.

—Je pense Marie-Odile que le curé a raison, ta famille et ton barda t'attendent. Je te remercie beaucoup pour toute l'aide que tu m'as apportée, ajoute sèchement Éva.

—Certaine, ça va aller?

—Oui ma fille.

Marie-Odile enlève son tablier et monte à sa chambre compléter sa valise. À la vérité, elle ne sait que penser de la nouvelle attitude de sa belle-mère. Elle se sent soudainement congédiée, rejetée comme une domestique. La jeune femme en endure trop tout d'un coup, son père lui manque tant. Des larmes de dépit piquent ses yeux, puis son bagage en main, elle embrasse ses frères et sœurs en leur promettant de revenir dès qu'elle le pourra.

—Vous m'appelez si vous avez besoin d'aide, insiste-t-elle en franchissant la porte.

—N'aies crainte ma belle Odilette, je me débrouillerai.

Éva vient de franchir la barrière affective en appelant Marie-Odile par le surnom que lui donnait son père. *Pilant* sur sa peine, elle reprend le collier et s'assure que ses enfants ne manquent de rien, mais le cœur n'est pas là. Que sait-elle de la vie ? Son Odilon, qui l'a protégée pendant si longtemps, lui donnant une place de choix dans son cœur et dans sa vie, est parti. Jamais plus elle n'entendra *ma belle femme d'amour* et jamais plus elle reverra l'éternelle casquette accrochée au clou. Comment fera-t-elle pour rembourser les dettes accumulées durant la maladie de son mari et les honoraires du médecin ? Demain, il faudra manger et acheter du bois pour l'hiver. Elle qui sait à peine compter voit des jours difficiles s'annoncer, regardant avec angoisse les quelques dollars qui restent dans son portefeuille.

Tardivement et après qu'Aurore ait rempli pour elle des formulaires dont elle ne comprend pas un traître mot, il arrive un peu d'argent du gouvernement. Devant la misère des veuves crée par la guerre, les élus ont voté une pension pour les mères nécessiteuses de manière à ce que ces dernières reçoivent un maigre revenu, bien insuffisant hélas ! Difficile de survivre dans ce monde d'après-guerre, quand le boom économique survient pour tout le monde et qu'on n'est pas conviée à la table des nantis. Il faut plus que des miettes pour nourrir des enfants et les envoyer à l'école. Se tailleront-ils un avenir meilleur que le sien ? Et les créanciers ? Bienveillante, la banque émet une suggestion :

—Madame Dupuis, nous ne pouvons supporter votre créance plus longtemps, malheureusement, il ne faut pas confondre notre institution avec une œuvre de charité. La seule solution, la plus pratique consisterait à vendre votre maison.

—Vous n'y pensez pas, la maison d'Odilon!

—Sans contredit, elle vous appartient par héritage et ne constitue que votre seul bien. De toute évidence, vous en tirerez un bon prix et cela vous permettra de vivre un certain temps.

—Et de vous payer!

—Effectivement madame Dupuis, de nous rembourser aussi.

Éva se lève dignement, reprend sa sacoche et passe la porte. Elle doit prendre une décision rapidement et demande conseil à l'ami de son mari.

—Édouard, connaîtrais-tu quelqu'un qui voudrait acheter la maison?

—Cré bateau Éva! Pas sérieuse?

—Certaine et lucide à part ça, il faut que je vende. Odilon l'entretenait bien puis, il y a un grand terrain.

—Ouais, pour une bonne maison, c'est une bonne maison. Tu voudrais combien pour ça?

—Trois mille piastres, est-ce trop cher?

—Je pense que c'est dans les prix... Je connais peut-être quelqu'un, je t'en reparlerai plus tard. Laisse-moi sonder le terrain.

—Édouard, me rendrais-tu un autre service? J'aimerais que tu n'ébruites pas trop la nouvelle, je ne veux pas que tout le village soit au courant de mes affaires.

—Tu peux compter sur moi. Pas besoin de jurer, l'amitié que je portais à Odilon suffit.

Éva se dirige vers le cimetière. Elle a fait enterrer son mari aux côtés de Marie, dans le carré familial des Ayotte. Passant la main sur les lettres fraîchement gravées, elle tente de rassembler les lambeaux de sa vie.

—Te revoilà avec ta Marie, Odilon, celle qui t'a tant manqué et moi, la pièce rapportée, je me tiens là, devant ta pierre tombale. Aujourd'hui, j'ai dû prendre une grave décision, je vends ta maison. Il faut que tes enfants mangent Odilon, tu me les as donnés, à toi maintenant de m'aider à les faire grandir et à en faire des hommes et des femmes dont tu puisses être fier. Puis du bout des doigts, elle pose un baiser sur la pierre froide. Continuant sa prière, elle s'assoit sur le banc près du calvaire, contemple le ciel et murmure *Ainsi soit-il.*

Éva trouve un petit logement rue Saint-Viateur. Grâce à Lafortune, la vente de sa maison lui a rapporté les trois mille dollars escomptés ; ils serviront à payer les requins et payer deux ou trois mois de loyer. Elle doit trouver une autre source de revenus. Edmond donne une partie de ses paies à la maison, mais comme tous les jeunes de son âge, il veut profiter de sa vie de garçon. Difficile de lui en demander plus. Éva trouve qu'il sort trop et tout ce qu'elle espère, c'est qu'il n'ira pas se mettre dans le pétrin. Gédéon lui cause aussi des soucis. Éva a manqué de sévérité avec celui-là, et son père trop malade ne lui a pas serré la vis. Elle l'a couvé et maintenant, en paie le prix. Il fait sans cesse des mauvais coups. La dernière fois, Éva a dû faire remplacer toutes les vitres d'un poulailler qu'il a cassées en lançant bêtement des cailloux. Comme si elle avait de l'argent à jeter par les fenêtres ! Heureusement, la douce Aurore se révèle tranquille, trop peut-être. Jamais un mot plus haut que l'autre, discrète, en fait on pourrait presque oublier sa présence. Première de classe, elle fait honneur à sa mère et l'aide à calculer l'argent de la famille. Sans rechigner, elle remplit les interminables questionnaires donnant droit à sa pension des veuves. On dirait que le gouvernement pense qu'Odilon va ressusciter. Et Jeanne, indifférente aux problèmes maternels, concentre toute son attention sur ses poupées.

Éva fait face à l'inévitable, la pauvreté sera désormais son lot. Depuis sa naissance, quelqu'un avait toujours apporté du pain blanc dans son assiette. Ses parents avaient évité qu'elle ne crève de faim en la donnant à des gens riches. Les White l'ont traitée et nourrie convenablement et même si les repas des Trappistines étaient frugaux, une bonne soupe chaude l'attendait à chaque repas et toujours une couverture de laine pliée sur l'étroit lit de sa cellule. Et les Sylvestre ont pris soin d'elle comme de leur fille. Et Odilon, son bon Odilon qui dévorait ses bouillis jusqu'à ce que sa bedaine crie grâce. Loin d'être riche, jamais il ne l'aurait laissée dans le besoin. Cette maudite maladie a détruit son mari, sa famille et sa sécurité. Désormais, plus de maison, plus d'argent, il ne reste que le travail en partage à la veuve Dupuis. Et les enfants ? Impossible de les laisser livrés à eux-mêmes toute la journée. Comme toute mère, elle se pense indispensable, mais en fait, elle a besoin d'eux et s'accroche aux petits derniers. Que peut-elle faire sans instruction, sans apprentissage ? Éva doit se résoudre à travailler là où elle excelle le mieux, le ménage. Décrotter les gens riches, ceux à qui les travaux ménagers rebutent ou ces nouveaux privilégiés enrichis par le boum économique des années cinquante, ça, elle sait. En vieillissant, ses muscles ont raidi. Pas besoin de les assouplir par des exercices recommandés dans les revues féminines, il suffit de les étirer sur les plafonds des uns et se mettre à genoux sur le plancher des autres. Les mains plus rêches que jamais, les ongles ébréchés, elle reçoit les quelques dollars gagnés et les enfouit discrètement dans sa poche de tablier usé. Quelques dames plus attentives, lui proposent un coussinet pour ses genoux calleux. Pure dérision ! Éva doit mettre du bois dans le poêle et la glace se forme dans le bas des châssis mal isolés. Ce taudis de carton s'avère un des rares qu'elle ait déniché à un prix abordable pour elle.

Lorsque le soleil se fait bon et que ces services ne sont pas requis, Éva reprend son habitude et visite Odilon. Lui à qui ce lieu donnait le frisson, doit être heureux de recevoir un peu de compagnie. Certain jour, elle reste là sans dire un mot comme quand ils étaient assis sur la vieille balançoire. Parfois, elle lui donne des nouvelles des enfants, de Lafortune, du curé, mais jamais d'elle. Son cérémonial se termine toujours de la même manière, elle s'assoit sur le banc près du calvaire et débite avec monotonie quelques prières pour les âmes de fidèles défunts. Ensuite, Éva sort son chapelet de cristal de roche, celui offert par Marie-Odile pour un de ses anniversaires de naissance, et l'égrène méticuleusement. À l'occasion, elle rencontre d'autres visiteurs dont elle ignore le nom et à qui elle ne désire même pas parler. Ce lieu pour elle en est un de méditation.

Puis, après sa visite au cimetière, elle fait un détour et va donner de ses nouvelles au curé Godin. Ce dernier ne rajeunit pas. Il ne voit plus très bien et craint d'être rappelé par l'archevêché de Joliette.

—Ne partez pas à votre tour monsieur le curé, vous qui me connaissez depuis l'âge de dix-neuf ans, ne me faites pas cette mauvaise farce-là.

—Brave Éva, ne t'inquiète pas, je vais leur donner du fil à retordre. Écoute, je ne veux pas me mêler de tes affaires, mais je te vois triste et errante au cimetière. Tu passes tes journées à faire le ménage des autres et à donner ce qui te reste d'énergie à tes enfants. Je t'ai toujours été de bons conseils, je crois, alors j'aimerais te voir sourire un peu et apprécier la vie pour ce qu'elle t'offre. Pourquoi ne te ferais-tu pas des amies, des femmes de ton âge ?

EUGÉNIE BELHUMEUR

Voilà Eugénie vêtue de blanc des pieds à la tête, des marguerites piquées dans ses cheveux couleur de blé savamment remontés en chignon. Elle a choisi une robe simple. La délicatesse de la broderie surpasse tout ce que l'on a vu et le voile, long à n'en plus finir, la fait ressembler à la princesse Sissi au bras de Joseph d'Autriche. Le prince d'Eugénie n'est pas habillé avec des pelures d'oignon comme Flora s'amuse à le dire. Un habit d'une coupe parfaite lui donne une belle prestance, sans sévérité. Sa chemise d'un blanc immaculé sort des ateliers Jacob de Montréal et les poignets montrent des boutons de manchette en or, accompagnés d'une épingle à cravate, cadeau de noces de Philémon. Répartis dans les bancs de l'église de Saint-Pierre-de-Sorel, les invités écoutent le curé énoncer les devoirs des époux. L'échange des vœux et des anneaux vient clore leur union et la cérémonie se termine par l'incontournable signature des registres civil et religieux. La marche nuptiale jouée à l'orgue par une des vieilles filles Grandchamps laisse s'envoler les époux vers une vie nouvelle, supposément remplie de bonheur.

Joseph a tenu à offrir à son épouse un voyage de noces à la hauteur de son amour, rien de moins que la capitale, Québec. Accompagnés par le tintamarre des grelots et boîtes de conserve accrochés à leur voiture, les amoureux prennent le train. Olivia verse des larmes de joie en voyant sa nièce partir pour une autre vie tandis que Delphina, soulagée que cette mascarade soit enfin terminée, se montre inconsolable de voir partir sa dernière fille. La mère se mouche bruyamment afin de duper du même coup la galerie.

—Je reste seule maintenant, pleurniche Delphina à qui veut l'entendre, bien que dans son for intérieur, un enfin étouffé serait plus conforme à ses sentiments.

Au retour de voyage, Eugénie est totalement transformée. Joseph, en homme délicat, a fait d'elle une véritable femme, dans tous les sens du mot. Non seulement, il se montre un bon mari, mais un amant qui a su offrir le ciel à la gourmande Eugénie. La passion la consume entièrement et à toute heure du jour la nouvelle mariée en demande encore et encore. Eugénie n'entrevoit pas la fin de son bonheur charnel et pour le reste de son existence, le septième commandement de Dieu vient de perdre tout son pouvoir destructeur. Quel soulagement!

Maintenant que la lune de miel se conjugue au passé, la maison attend le jeune couple avec son quotidien de tracasseries.

—Et puis les amoureux, avez-vous fait un bon voyage, demande Flora?

Sur ses gardes, Eugénie attend que Joseph réponde. Elle ne connaît pas suffisamment sa belle-mère pour saisir le sens de ses sous-entendus.

—La mère, on a vu des belles choses : le château Frontenac, la terrasse Dufferin, la Citadelle, Sainte-Anne-de-Beaupré, les chutes Montmorency…

—Tenez, coupe Eugénie, j'en ai profité pour vous ramener des médailles et un chapelet. Vous pouvez vous en servir tout de suite, un chanoine de la basilique les a bénis.

—Je te trouve bien fine ma fille! Ce n'était pas nécessaire. Allons donc, penser à me rapporter des médailles, vous deviez certainement avoir autre chose à faire?

La question demeure sans réponse. De son côté, Philémon veut en savoir plus, les châteaux et les sanctuaires ne l'intéressent pas beaucoup.

—Dis-moi mon gars, comment as-tu aimé ton tour en gros chars?

—Incroyable le père! Confortable en vinyenne, puis ça roule, monsieur. Ah! Pour rouler, ça roule, continue Joseph heureux d'être le premier de la famille à avoir expérimenté le train.

—Je m'excuse de vous fausser compagnie monsieur et madame Belhumeur, coupe Eugénie, mais j'aimerais me reposer un peu.

—Une jeune mariée qui veut déjà se coucher… bon signe mon Joseph, taquine le nouveau beau-père.

—Philémon, veux-tu bien te taire, réplique Flora, tu vois bien que tu gênes ta belle-fille.

Maternellement, Flora prend sa bru par l'épaule et l'accompagne jusqu'à la chambre de Joseph.

—Voilà votre petit nid d'amour!

Eugénie tombe des nues. Jamais, elle n'a vu aussi laid. Les murs de lattes de bois peinturées de couleur verte, dont la fraîcheur est passée depuis plusieurs années, et aux angles écornés se rapprochent de l'horreur. Le lit, trop petit, est coincé dans la soupente et une courtepointe grise et rouge vin fait office de couvre-lit. Au pied de la couchette, sur le mur d'en face, un grand crucifix lui rappelle son devoir d'épouse. Découragée et faisant un inventaire visuel rapide, la jeune mariée s'assoit sur le bord du lit qui, malgré son poids pourtant bien léger, déclenche un grincement du sommier. N'y tenant plus, Eugénie ouvre la penderie et une odeur de renfermé lui saute immédiatement au nez. D'un geste rapide, elle referme la porte mansardée. Sous le geste, celle-ci rebondit et s'ouvre à nouveau, permettant à la jeune femme d'y jeter un œil pour une étude plus approfondie.

Jamais elle ne mettra une de ses robes là-dedans, beaucoup trop petit, sans compter que cette odeur infecte et insoutenable lui donne la nausée. De l'autre côté du lit, trône la commode. Malheureusement, cette dernière ne compte que trois minuscules tiroirs et n'offre pas plus de rangement, et tout ça, sans compter les vêtements de Joseph qui occupent déjà tout l'espace. Précieusement, elle enlève son chapeau et ses gants, les pose sur le bureau et appelle son mari.

—Joseph, apporte-moi les valises si tu veux bien.

—Ta femme te donne déjà des ordres, mon Joseph? remarque Philémon en riant.

—Non le père, elle veut probablement quelque chose dans ses bagages. Joseph ajoute un empressé : je monte chérie !

Philémon jette un clin d'œil à Flora. Celle-ci n'ose rajouter un mot. Sa bru ne semble pas bien commode, mais décidant de laisser la chance au coureur, elle commence à *bardasser* son souper. De son côté, le père entrevoit déjà que son fils aura du fil à retordre avec une poupée comme celle-là. Montant les marches deux par deux, valises en mains, Joseph se montre enfin le bout du nez dans sa chambre. Déjà, il anticipe la joie de se coucher aux côtés du corps doux et chaud à souhait de sa belle.

—Regarde Joseph, dit-elle en montrant la chambre, aucun sens que je couche ici. Je trouve cela insultant de nous accueillir dans une couchette si petite et tu as entendu, au moindre mouvement, le sommier grince et se lamente. Tu ne désires certainement pas que tout le village entende lorsqu'on... Et puis, regarde ce couvre-lit, on dirait qu'on part en pique-nique. Et ce crucifix ! Pour l'amour du Ciel, tourne-le de côté ou change-le de place. J'aurai l'impression que le Christ qui me regarde, me jettera aux flammes éternelles si un soir je te refuse. Et tu as vu ça ? dit-elle pointant la garde-robe, même une épingle n'y trouverait place et ça pue Joseph, ça sent le diable. Et ce bureau! Aussi bien ne pas en parler, on dirait une boîte d'allumettes...

—Eugénie arrête s'il te plaît, plus tard nous déménagerons en bas dans la chambre des parents, mais pour tout de suite, nous devons rester ici.

—Joseph, je t'en prie, fais quelque chose, je suis incapable de vivre dans ce cabanon.

—Fouille dans ton coffre de cèdre, prend le temps de mettre tes beaux draps neufs et ton couvre-lit de chenille. Tu te sentiras plus à l'aise dans tes affaires.

—Alors, aide-moi à défaire le lit et redonne toute cette guenille à ta mère, dit-elle en lui jetant draps, couverture et courte-pointe dans les bras. Et ça, je n'en veux pas non plus, dit-elle en montrant du doigt la chaise droite. Je veux un vrai fauteuil où je pourrai relaxer.

Redescendant les bras chargés de linge, Joseph remet la literie à Flora.

—La mère, Eugénie préfère coucher dans ses draps et puis, vous n'auriez pas un fauteuil qui traînerait quelque part, par hasard ?

—Il n'y a rien qui ne soit pas à sa place ici, tu devrais le savoir. Prends la chaise capitonnée du salon, elle devrait faire son affaire.

Philémon arrivant de l'extérieur, laisse la porte moustiquaire grande ouverte derrière lui, donnant tout le loisir aux mouches d'entrer dans la cuisine.

—Mon mari, fais donc attention, les mouches on ne les mange pas, s'impatiente Flora.

—Joseph, l'heure de la traite approche et les vaches n'attendent pas, ajoute Philémon heureux de remettre son fils au travail.

—Juste une minute le père, je vais porter cela en haut et je reviens tout de suite vous aider.

Il échange la chaise pour le fauteuil. Évidemment, Eugénie le trouve trop gros cela rapetissera encore la chambre, mais elle devra s'en contenter. Elle coince le siège entre le lit et la garde-robe et tente d'y trouver un certain confort en adoptant plusieurs positions. Joseph enlève ses pantalons neufs, sa chemise et ses souliers, les dépose sur le pied du lit et enfile une salopette propre et une chemise aux couleurs ternies.

—Où vas-tu attifé comme un habitant? Aux vaches?

—Tu as deviné juste ma femme, à la laiterie, c'est l'heure de la traite.

—Pas sérieux! Tu vas taponner les vaches et ensuite tu reviendras me caresser?

—Ne t'inquiète pas, je me laverai les mains avant de t'approcher.

—J'espère bien, sinon je refuserai tes *minouchages*.

Pendant que Joseph rejoint son père à l'étable, Eugénie se risque à retrouver Flora à la cuisine.

—Puis-je vous aider, la belle-mère?

Pour la première fois, Flora se fait appeler par ce nom péjoratif. Préférant ne pas relever l'expression, elle donne une petite corvée à sa bru. Celle-ci semble disposée à aider aux travaux de la maison alors, aussi bien en profiter et tester sa bonne volonté.

—Attends, je te donne un tablier et tu éplucheras les patates.

Eugénie s'exécute, bien qu'elle déteste ce travail salissant, la terre et la poussière… pas pour elle. Sa belle-mère aurait intérêt à s'en apercevoir au plus vite. Aussitôt sa tache terminée, elle demande à Flora la permission d'aller voir son mari aux bâtiments.

—Bien sûr ma belle, va retrouver ton homme.

Pour la première fois, Eugénie devient témoin d'une scène campagnarde. Joseph, assis sur un petit banc, s'acharne sur les trayons de la vache, les tirant sans ménagement pendant que la bête lui passe la queue dans le visage d'un mouvement d'aller et de retour. Soumis à une main experte, le lait projeté dans la chaudière d'acier galvanisé produit un bruit régulier qui fascine la jeune femme. Une mousse blanche semblable à un nuage flotte sur le seau. S'appuyant sur le chambranle de la porte, la nouvelle mariée déploie tous ses charmes pour tenter son mari.

—Joseph mon chéri, comme j'aimerais à mon tour subir l'assaut de tes mains viriles !

—Eugénie que fais-tu à l'étable ? Parle moins fort, si le père t'entendait dire pareille insanité. Tant qu'à t'être rendue jusqu'ici, donne-moi un coup de main. Prends cette chaudière et va la porter à la laiterie.

Eugénie s'avance, prend l'anse que Joseph lui tend et tente de soulever la chaudiérée. Rien ne bouge, elle a sous-estimé le poids du lait. Se reprenant à deux mains, elle réussit à monter le récipient de quelques pouces et commence à avancer péniblement. Sa force, insuffisante à lever la chaudière à une hauteur convenable, ajoutée la pesanteur de la charge, lui imposent une démarche chaotique. Le dos à demi plié, Eugénie marche comme un canard. À chaque pas, elle donne des secousses au récipient et incapable de rétablir l'équilibre, le précieux liquide s'échappe et ponctue son trajet de flaques blanches. Joseph ne peut s'empêcher de rire, la fille du notaire encombrée par une chaudière de lait, on aura tout vu. Puis se ravisant, il reprend son sérieux.

—Eugénie, tu t'y prends mal.

—Je voudrais bien t'y voir, tu vois bien que je ne possède pas assez de force.

—Tu manques d'expérience, voilà tout. Le métier viendra avec le temps.

—N'y compte pas trop Joseph, ajoute sèchement la jeune mariée qui n'apprécie pas qu'on rie d'elle.

Après la comédie de la chaudière, Joseph dûment lavé, fait visiter à sa femme les autres bâtiments de la ferme.

—Tu vois ma belle, dit-il en pointant l'horizon, tout ça et aussi loin que ton regard puisse porter, m'appartiendra un jour…

—À nous deux, veux-tu probablement dire?

—… quand les parents partiront.

—Mais pas avant qu'ils ne décèdent, soupire-t-elle.

—Je t'en prie Eugénie, ne les fait pas mourir avant leur temps.

—Loin de moi cette idée! ironise la future propriétaire.

Le curé Godin, heureux d'accueillir une paroissienne se manifestant pour la première fois, lui souhaite la bienvenue. La nouvelle mariée est ravie de la démonstration de courtoisie de son nouveau pasteur.

—Dis-moi donc Joseph, comment vas-tu? demande le prêtre. Un bon bout de temps que je ne te vois plus à la messe du dimanche. Que se passe-t-il?

—Ne le blâmez pas, monsieur le curé, s'empresse de répondre Eugénie, je prends l'entière responsabilité de sa faute. Le dimanche, Joseph me rendait visite et nous allions entendre la grand-messe à la paroisse Saint-Pierre-de-Sorel. D'ailleurs, nous avons uni nos destinées dans cette belle église presque trois fois centenaire.

—J'ai pris connaissance de la publication des bancs. J'aime mieux ça. Au moins Joseph, ta femme te garde dans le droit chemin.

—Bien sûr, et je ne crains pas de vous dire qu'elle démontre une piété hors du commun. Vous ne trouverez pas plus dévote qu'elle dans toute la région.

—Je vois que le curé de Sorel garde ses paroissiens dans le droit chemin, continue le religieux. J'ai rencontré votre pasteur à quelques reprises, ajoute ce dernier à l'intention de la jeune femme. Quel homme affable!

Eugénie, n'en pouvant plus d'orgueil, déploie son plumage comme un paon. Se vanter devient un jeu facile surtout que son époux vient de lui ouvrir une voie.

—Depuis longtemps, j'ai pris l'habitude d'assister à la messe et de communier tous les jours. Malheureusement, nous demeurons trop loin de l'église et je ne peux respecter l'assiduité que je m'étais imposée, n'est-ce pas Joseph ?

Le curé, accosté par une autre paroissienne, lance aux nouveaux mariés un rapide bonjour, coupant du même coup l'élan d'orgueil de la dévote.

—Quel impoli ce curé, il aurait intérêt à considérer un peu mieux ses nouvelles paroissiennes.

—C'est un brave homme, tu verras. Seulement, il faut apprendre à le connaître.

De retour au rang de la rivière Bayonne, Eugénie et Joseph profitent du dimanche, la seule journée de repos, pour s'asseoir sur la vieille balançoire près du jardin. Bien entendu, dans quelques heures, les vaches réclameront leur dû, mais en attendant, la jeune femme échafaude mille et un plans. Tous offrent d'heureuses issues et peu de choses vient assombrir son bonheur en devenir. Eugénie se montre impatiente.

—Joseph, j'anticipe la joie de rester seule avec toi dans cette grande maison. Tu peindras la chambre d'en bas, la nôtre, jaune comme le soleil et notre grand lit recevra le premier enfant que je te donnerai. J'aimerais un garçon aussi beau que toi et si je ne me retenais pas, je t'en ferais au moins une douzaine tellement je t'aime, ajoute la mariée chaude comme une lapine. Notre potager sera gigantesque et tu viendras me rejoindre pour me prendre dans tes bras, puis en soulevant mon chapeau de paille, tu m'embrasseras goulûment.

Joseph ne reste pas longtemps insensible au désir à peine voilé de sa femme.

—Viens dans la grange Eugénie, dit-il la prenant par la main et l'entraînant à l'ombre fraîche du bâtiment, loin des regards indiscrets.

—Que veux-tu y faire coquin ?

—Ce à quoi tu penses depuis tantôt, tigresse, reprend-il en sentant une bouffée d'hormones le tenailler. Regarde comme ça sent bon ici.

—Atchoum !

—Viens-là dans le coin et étendons-nous dans le foin. Tu me rends fou et pour toi je ferais des bassesses. Je perds tout sens moral, ajoute l'amant en retirant les bretelles de ses pantalons, gardiens du peu de pudeur qu'il lui reste.

—Et ma robe du dimanche, y penses-tu ?

—Enlève-la et reste en jupon, tu me tentes encore plus en dentelle. Je te trouve si affriolante.

Eugénie s'exécute selon les désirs de son mari tandis que l'effeuillage est ponctué d'éternuements sonores. Joseph s'amuse de la voir se débattre avec cette irritation nasale et pousse doucement sa femme sur la botte de foin odorant. Avec empressement, il déboutonne son pantalon. Joseph est prêt…

—Eugénie, tu me conduis vers un état proche du péché et je ne pense qu'au plaisir de posséder ton corps. Tu me donnes des frissons, diablesse.

—Le péché ? Rien de bien grave, ton brave curé arrangera tout ça, dit Eugénie entre deux halètements.

Et c'est en parlant du religieux qu'Eugénie exprime bruyamment son plaisir. Joseph, dans un état extatique, n'en peut tout simplement plus et laisse jaillir sa semence.

—Joseph, tu ne t'es pas retiré à temps !

—Mais Eugénie, c'était trop bon, tu me rends complètement dingue.

—Et si je tombais en famille ?

—Aucun danger voyons, un seul oubli ne suffit pas. Une fois, une toute petite fois, minaude-t-il en laissant entre son pouce et son index, un mince espace. Tu dégages tant de sensualité, couchée ainsi dans la paille, tu sens l'été et les fleurs. Tu ressembles à une princesse de conte de fées. Eugénie laisse endormir ses craintes de grossesse par les belles paroles de son homme. Elle aime tant la chaleur de son corps et de ses bras puissants. Lentement, elle se relève, les cheveux parés de brins de foin et rajuste son jupon que Joseph a malmené.

—Comme j'aimerais fumer une bonne cigarette, soupire la jeune femme repue d'amour et de beaux mots.

—Attends, je pense que j'en ai de cachées dans ma poche de pantalon.

Comblée, Eugénie savoure la vie, le dimanche, le soleil, Joseph, l'amour et… Elle fait des ronds de fumée qui se perdent dans les rayons de poussière de la grange. Joseph dans son dos lui ceinture la taille et son souffle chaud dans son cou vient auréoler cette journée magnifique.

—Joseph! crie Flora, tu veux mettre le feu, Seigneur Dieu! Que ~~vous~~ faites-vous tous le deux en queue de chemise?

Flora vient de découvrir la cachette des amoureux. Interdite, Eugénie prend sa cigarette, la jette par terre et l'écrase du bout du pied.

—Innocente, tu vas tous nous faire flamber et toi imbécile, pas assez futé pour la surveiller. Tu rêvasses avec elle. Quand elle nous aura fait griller, nous ne serons pas bien avancés, il ne te restera plus rien, cornichon. Enfile tes culottes et de grâce redonne-lui sa robe afin qu'elle reprenne une tenue décente. Ce n'est pas un bordel ici!

—Joseph! rugit à son tour Eugénie, tu la laisses me parler de cette manière et me traiter de catin. Vous avez affaire à une fille respectable, madame, et je me trouve avec mon mari à ce que je sache. Retournez donc à vos chaudrons, je suis chez moi ici.

Le coup a porté et Flora retourne à sa cuisine enragée, rouge comme une tomate. Sa pression a monté d'un coup sec.

Se faire parler comme ça par une *tire-bouchon*, c'en est trop. Philémon a besoin de remettre de l'ordre dans sa maisonnée.

—Cette maison est la mienne et une morveuse de Sorel ne viendra pas y faire la loi, toujours bien un bout.

Dans la grange, l'atmosphère ne paraît pas meilleure, Joseph nage dans le trouble. Eugénie lui a fait perdre la tête et le peu de bon sens qu'il possédait : faire l'amour et fumer dans la grange ! Jamais, il n'aurait pris semblables risques avant.

—C'est dangereux ce qu'on a fait Eugénie, la mère a raison là-dessus.

—Espèce de lavette, il suffit que ta petite maman te gronde un peu pour que tu retournes la faute contre moi. Tu ressembles à un chausson qu'on vire de bord.

—Essaie de comprendre, ma femme.

—Je comprends trop bien, tu ne mènes pas ici et te comportes comme un petit garçon devant sa mère ou son père. Il suffit de t'appeler pour les vaches, t'interdire de venir te distraire dans la grange pour que tu baisses les oreilles.

—Le père et la mère vivent encore chez eux.

—Et toi, chez le voisin j'imagine ?

—Bon j'en ai assez entendu, habille-toi et viens.

—Bien monsieur, réplique Eugénie en tournant les talons.

De retour à la maison, la tension devient palpable. Philémon, mis au courant par une Flora en colère, n'en rajoute pas. Les oreilles dans le crin, il se contente de fumer dans sa berçante et zyeuter les fautifs. Il y a maintenant un pont entre Eugénie et Flora et ni une ni l'autre ne compte franchir la distance les séparant, chacune se croyant dans son bon droit. En plus d'agir comme une idiote, Flora reproche à madame Eugénie de se comporter en duchesse, ne levant même pas une épingle dans la maison, tandis que Flora assume tout le travail. Eugénie de son côté, fulmine. Si elle ne peut se considérer comme chez elle dans cette maison, rien ne l'oblige à l'entretenir. Joseph, bon garçon, a rétabli la relation avec sa mère et plus rien n'y paraît. Celui-ci aimerait tant que sa femme fasse les premiers pas, mais Eugénie boude. Philémon, selon son habitude, ne fait et ne dit rien ; n'ayant pas été témoin de la scène, il a pris le parti d'éviter de se mêler de ces affaires. Sage décision et son fils lui en sait gré.

La jeune mariée depuis l'histoire de la grange n'a pas eu ses règles et ne se sent pas d'attaque le matin. Le cœur en lavasse, elle flâne au lit. Joseph ne comprend pas non plus son irritabilité. Eugénie est dotée d'un caractère fort, certes, alors que maintenant elle est devenue irascible, un mot, un rien met le feu aux poudres et déclenche sa colère.

—Joseph, je pense que je suis en famille.

La tête dans le fond de la garde-robe, Joseph cherche une salopette propre et doit la faire répéter.

—Je suis en famille !

—Hein ? Quoi ? Certaine ? Un bébé ! Vêtu de sa combinaison, il saute dans le lit et se met à la bécoter en riant comme un fou. Un garçon, ce sera un garçon ! Le père, la mère, Eugénie est enceinte, hurle-t-il.

Il se met à débouler l'escalier plutôt que la descendre, essayant d'enfiler une jambe de pantalon et crie comme un perdu.

—Un garçon, on va avoir un garçon !

—Veux-tu bien arrêter de gueuler pour l'amour du Saint Ciel. As-tu rencontré un démon en haut ? asticote Philémon.

—Ce qui ne me surprendrait pas, siffle Flora entre les dents.

—Le père, Eugénie attend un bébé.

Flora reste avec sa bouchée de pain en l'air.

—Ah bien Seigneur ! Il ne manquait plus que ça, la duchesse partie pour la famille.

—Bien oui la mère, il n'y a pas plus content que moi au

monde.

Lentement, tenant la rampe de l'escalier, Eugénie pose délicatement sur les marches ses pieds fourrés dans des pantoufles garnies de marabout de manière à ce que personne ne rate son entrée.

—Attention ma femme, tu ne dois faire aucun effort, hein la mère?

—Bien sûr que non, quoique je me pose la question, en faisait-elle avant?

—La mère, intervient Joseph, ne cherchez pas des poux. Vous deviendrez grands-parents, y avez-vous pensé? Pépère et mémère...

Flora réussit à avaler son pain en l'inondant de thé bouillant, la nouvelle risque de l'étouffer.

—Du thé, de la confiture? demande Joseph à sa femme qui prend sa place à la table.

—Du thé? Oui, je veux bien.

—Tu dois bien manger maintenant, tiens un peu de soupane?

—Ouach! Pour les vieux qui ont perdu leurs dents cette bouillie-là. Joseph, je t'en prie, donne-moi un peu de pain grillé et du miel.

—À vos ordres, maman!

Joseph flotte dans les airs tel un idiot. À toutes les heures du jour, il vient s'enquérir de l'état de sa femme. La future maman en profite pour se faire dorloter et comme Joseph exécute, elle demande. Du matin au soir, elle flâne d'une pièce à l'autre, de bâtiment en bâtiment, s'attardant devant la maison en quête de nouvelles. L'isolement de la ferme, les champs de blé blond et la Bayonne ne cachent aucune intrigue qui puisse devenir sujet à bavardage. Eugénie s'ennuie; à l'occasion, elle se hasarde sur le bord de la rivière, y plongeant les pieds afin de se rafraîchir un peu durant la canicule.

—Ah ! Cette chaleur qui dure et dure, j'explose ! Je sue tellement que je me jetterais à l'eau. Comme j'aimerais me baigner et laisser mon gros ventre flotter.

—Eugénie, ne fais pas la folle, le courant pourrait t'emporter et je n'ose imaginer la suite. Dois-je te rappeler à chaque instant que tu portes mon enfant et qu'il te faut éviter tout risque inutile ? Une petite fille ne demanderait pas autant de surveillance.

Faisant la sourde oreille aux interdictions de son mari, elle continue :

—Joseph viens ici, touche mon ventre, ton fils bouge et s'énerve lui aussi tant il souffre de la chaleur.

Le futur père pose sa main sur la bedaine arrondie de sa femme et sent faiblement le bébé s'agiter.

—Comment appellera-t-on notre fils, demande Joseph ?

—Que dirais-tu de Joseph-Arthur ?

—Tu me fais donc plaisir ma femme, le premier Belhumeur défricheur et propriétaire de notre ferme, portait ce nom. Ainsi, une grande boucle se refermera.

—Pour fermer le cercle des Belhumeur, comme tu le dis, il faudrait que tu deviennes le maître ici.

—Ne t'inquiète pas, ça peut venir plus vite qu'on pense.

La grossesse d'Eugénie se passe sans problème, bien que le bébé semble petit. Tous les mois, le docteur Laferrière visite la parturiente. Eugénie refuse d'accoucher avec une sage-femme, ne voulant pas mourir en couche et un médecin lui semble une garantie de succès.

—Écoute ma femme, le docteur, il faut le payer et je ne suis pas Crésus.

—Choisis, le docteur ou bien je meurs.

—Tu sais bien Eugénie que les risques restent minimes. Tu

n'es pas la première à mettre un enfant au monde.

—Qu'en sais-tu? Tu ne le portes pas ce petit et tu ne risques pas d'y perdre la vie.

⬦⟫❀⟪⬦

Depuis des jours et des jours, il pleut. Jamais de mémoire d'homme, on a vu le ciel déverser tant d'eau. La rivière Bayonne, gonflée à bloc, charrie des tonnes de débris venant d'un peu partout, branches, arbres déracinés, planches brisées se suivent à la queue leu leu. Les chemins minés sont rendus impraticables. La ferme des Belhumeur ressemble à une île, iso-lée du reste de la paroisse. Beau temps, mauvais temps, la ferme exige. Avec difficulté, Joseph et Philémon réussissent à se rendre à l'étable et tentent de rassurer les animaux affolés.

—Je n'aime pas voir les vaches dans cet état, dit Philémon.

—Bah le père! Elles sont tannées d'être confinées à l'étable. Elles s'ennuient de brouter de l'herbe verte.

Flora bien à l'abri dans la maison, regarde par la fenêtre embuée la difficile progression de ses hommes puis, elle entend sa belle-fille se lamenter dans sa chambre. Qu'a-t-elle à chialer celle-là? Du bas de l'escalier, Flora crie.

—Ça va Eugénie?

—Non, appelez Joseph et le docteur Laferrière, je pense que le travail est commencé.

—Seigneur Dieu, déjà?

—Faite, ce que je vous dis la belle-mère, je ne fais pas de farce.

Devant cet ordre qui ne souffre aucun retard, Flora s'exé-cute. Entrouvrant la porte extérieure, elle s'époumone.

—Joseph! Joseph! Viens vite.

Flora a beau répéter, la pluie et le vent emportent ses appels.

—Saprée température! Elle aurait pu choisir un autre temps pour accoucher celle-là, mais non la duchesse ne fait rien comme les autres.

Contre son gré, elle enfile son manteau et ses bottes de caoutchouc, plaque un foulard de soie à la hâte sur sa tête et court à l'étable. La boue rend sa marche difficile et plus elle court, plus elle glisse, le bâtiment lui semble toujours aussi loin.

—Seigneur Dieu, je n'y arriverai jamais.

Là-haut dans la chambre, Eugénie se lamente à tous les saints du Ciel et se reproche d'avoir fait déplacer le crucifix qui trônait au pied de son lit. Elle va mourir, aucun doute, on ne peut résister à pareille douleur. Il ne faut pas qu'elle s'énerve, qu'elle garde le contrôle, sinon elle va y passer. Et Joseph qui tarde, que fabrique-t-il encore? Attrapant son chapelet, elle le passe autour de son cou et s'assure que ses médailles sont bien attachées à son jupon. Chaque fois qu'une vague de douleur arrive, elle se sent coupée en deux.

Flora essoufflée et trempée jusqu'aux os, arrive enfin à l'étable et trouve Joseph et Philémon qui tentent de calmer les vaches. Les animaux sentent la tourmente.

—Joseph, va voir Eugénie, elle va accoucher ou du moins, elle le pense, lance perfidement la mère. Je vais te remplacer ici et aider ton père.

—Vous la mère, ne pouvez-vous pas porter secours à Eugénie?

—Inutile, elle ne veut pas me voir là.

—Mais le docteur, la mère, il faut aller le chercher tout de suite, s'énerve Joseph.

Pratique, Philémon essaie de raisonner son fils.

—Les chemins ont été emportés par la pluie, impossible que le docteur Laferrière arrive jusqu'ici, et pour un accouchement en plus. Depuis que le monde est monde, les femmes enfantent, rien de plus naturel. Ne t'inquiète pas, ta mère aidera

319

le moment venu. Elle en a vu d'autres et ta femme n'aura pas le choix d'accepter son aide. Les femmes connaissent ces choses là mieux que nous autres, les hommes et même davantage que certains docteurs.

—Va donc t'occuper de ta femme, ajoute Flora, j'aiderai ton père à finir la traite et ensuite je te remplacerai auprès d'Eugénie. Je ne pense pas que ça se fasse bien vite, un premier ne vient pas au monde en criant ciseaux.

Joseph repart vers la maison et dès qu'il pose le pied sur la galerie, il entend un bruit sourd le forçant à se retourner. Dans un immense craquement, l'étable, la grange, les bâtiments et une partie de la terre disparaissent sous ses yeux. Tout ne devient que débris dans le fond d'un grand trou.

—Joseph, Joseph je vais mourir, crie Eugénie. Elle hurle si fort qu'on peut l'entendre à travers le vacarme de la tempête.

Joseph, changé en statue de sel, assiste au spectacle horrifiant qui se déroule au ralenti. Son père et sa mère, toujours dans l'étable, sont partis avec les bâtiments ensevelis sous une coulée de boue. Impossible, il rêve! Les vaches émettent des beuglements jusqu'alors jamais entendus. Empêtrés dans cet amas inhumain, aucun cri, aucun gémissement. Rien, que la pluie qui tombe obstinément, comme pour laver la dévastation qu'elle vient d'engendrer.

—Le père, la mère!

—Joseph! hurle Eugénie.

Ne sachant où donner de la tête, Joseph choisit de sauver ses parents et le peu qui reste de son bien. Courant vers ce qui lui semble correspondre à la porte de l'étable, il enjambe les poutres et les planches brisées. Avec la seule force de ses mains, il ne peut pousser cette terre molle et se frayer un chemin lui permettant de porter secours à ses parents. Attrapant le manche d'un râteau, il s'en sert pour se soutenir et calant dans cet agglomérat, il avance péniblement. Sans relâcher ses efforts, il pénètre à l'intérieur. Sous un enchevêtrement de madriers, un faible gémissement se fait entendre.

—Le père, la mère, répondez pour l'amour du Ciel.

Poussant un grand lambeau de tôle qui devait appartenir au toit, il aperçoit son père se retenant de justesse par les mains à une poutre en équilibre précaire. Couvert de boue, le sang coule sur le visage défait de Philémon, pâle reproduction de la crucifixion.

—Attendez le père, je vais vous sortir de là.

—Cherche plutôt ta mère Joseph, tu reviendras ensuite. Je peux encore tenir.

Joseph, énervé, regarde autour de lui sans rien voir, puis dans un coin, de l'autre côté de la poutre maîtresse, il aperçoit un bout de robe rose. Une vache morte recouvre le corps de Flora.

—De grâce la mère, parlez-moi.

Rien… De plus en plus hystérique et sentant l'urgence de dégager sa mère, Joseph tire l'animal par une patte puis par l'autre, ses efforts constamment diminués par l'épaisse boue qui recouvre la vache. La lourdeur de l'animal rend sa tâche surhumaine. Se reprenant, Joseph réussit à pousser le cou de la bête et découvre la figure déjà bleuie de sa mère. Cette vision vient mettre fin à l'acharnement du fils.

—Oh non! Pas ça, pas ma mère!

Après un bref moment de découragement, il redevient maître de la situation. Vite, il faut maintenant sauver son père. Pour le moment, il décide de taire la mort de Flora. Reprenant sa route en sens inverse à travers les décombres, il arrive près de Philémon.

—Venez le père, mettez un pied ici, puis sur cette planche, tenez-vous bien après moi. Je suis solide et vais vous sortir de là.

—Ta mère?

Joseph baisse les yeux, incapable de répondre. Le silence

du fils confirme à Philémon la seule réponse qu'il refusait d'entendre. Se tenant fermement au bras de Joseph, il quitte le lieu de la tragédie.

—Rentrons à la maison, ça vaut mieux pour vous. Il n'y a plus rien à faire ici.

—Inutile, je reste là !

Ignorant le déluge, Philémon s'assoit sur un bloc de ciment les yeux dans le vide. Son étable reposait sur cet élémentaire vestige.

—Joseph ! s'égosille Eugénie. Son cri aigu glace le dos de Joseph. Je vais mourir !

—Ne bougez pas le père, je vais voir ma femme et je reviens.

Joseph, couvert de boue et aussi mouillé que s'il était tombé dans la Bayonne, monte les marches deux par deux, sans égard à la propreté, fierté de sa pauvre mère.

Dans la chambre, le lit est bousculé, les oreillers éparpillés, les draps ont été arrachés et sont souillés de sang. Entre les cuisses d'Eugénie, repose une mignonne petite fille qui vagit à fendre l'âme. Le cordon ombilical qui la relie à sa mère est demeuré intact.

—Vite Joseph ! réussit à articuler Eugénie entre deux pleurs, coupe le cordon. Va chercher les ciseaux dans le tiroir de la cuisine et de la ficelle dans celui du buffet.

—Eugénie, le père et la mère…

—De grâce, fais ce que je te demande.

Joseph s'exécute. Le bon Dieu vient de lui prendre sa mère et lui a envoyé une petite fille pour la remplacer. Il revient avec les ciseaux demandés et de la corde à paquet. Suivant les conseils de sa femme, il attache solidement le cordon à deux endroits et coupe au milieu. Voilà, sa fille est libre de vivre sa propre vie ne dépendant que de ses ressources. Joseph prend le bébé, l'emmaillote dans un drap propre et la dépose délicatement dans les bras de sa mère.

—Eugénie, elle est si petite... et ma mère ne la verra jamais.

Le bébé se met à téter le sein présenté par Eugénie.

—Dis-moi donc, tu en as mis du temps. J'aurais pu mourir cent fois avant que tu n'arrives et d'où sors-tu crotté comme ça ? Il n'y a pas à dire, tu sais comment te mettre dans le trouble.

—Eugénie, excuse-moi une minute, je vais chercher le père et le mettre à l'abri.

—Tu m'as laissé accoucher toute seule comme une bête et tu cours t'occuper de ton père ?

—Eugénie, ça suffit ! dit Joseph à bout de patience. Tes ordres, tes caprices et tes réprimandes, tu peux les ravaler. Je viens presque de tout perdre, les bâtiments et une grande partie de la terre ont été emportés par un glissement de terrain. Ma mère est morte écrasée par une vache et le père est parti dans un autre monde, comme hypnotisé, assis sur un tas de blocs à la pluie battante.

Eugénie ne dit plus un mot. Elle reste la bouche ouverte et regarde Joseph. Si elle a bien compris, maintenant Joseph devient le chef de la famille. La fille d'Eugénie tète à satiété le lait maternel, indifférente à la panique de sa mère d'avoir accouché seule, de la mort de sa grand-mère, de la perte des biens de son père et du deuil de son grand-père.

Joseph ramène Philémon dans sa maison, le réconforte avec une épaisse couverture de laine, une ponce de gros gin et une bonne pipée de tabac, puis il monte chercher sa fille pour la présenter au vieux, essayant de provoquer une réaction quelconque. Le grand-père voit une petite masse de chair s'agiter dans le tas de chiffon, rien de plus. Les yeux remplis de larmes, il tire sur le tuyau de sa pipe, rougissant le fourneau, mais n'émettant aucun son.

—Regardez le père, votre petite-fille, nous l'appellerons

Fleurette en souvenir de Flora.

Cette fois, le visage de Philémon s'inonde de larmes et sa gorge se serre. Son menton frémit sous l'effort fourni, retenant en vain ses sanglots.

—Je vais chercher de l'aide et on va sortir la mère de là.

—Écoute-moi bien Eugénie, dit Joseph en remettant l'enfant à sa femme, je ne veux pas que tu rajoutes quoi que ce soit à ce que je vais dire. Je cours chez le voisin demander de l'aide pour sortir ma mère de l'étable. Le père est assis en bas dans sa chaise et fume. Toi, tu te reposes et restes sans bouger avec Fleurette, je reviens dès que j'aurai fini avec ma mère et évalué les dégâts.

—Fleurette?

—Oui, Flora est morte et notre fille portera ce prénom. Je l'ai décidé ainsi.

Eugénie embrasse sa fille, se cale dans le lit rafraîchi par son mari et s'endort doucement, épuisée par tous ces évènements. Son mari s'occupe de tout.

Mais le bon Joseph a du pain sur la planche. Avec l'aide du voisin, qui en de pareilles circonstances ne pouvait laisser un homme dans le pétrin, il tire Flora des décombres.

—Il faudrait prévenir le curé, dit Cléophas Gaboury.

—Comment? Je ne peux toujours bien pas me rendre au presbytère en chaloupe et ce n'est pas demain la veille qu'on pourra circuler et que la route sera réparée.

—Jos Fafard m'a même dit que le petit pont couvert a été emporté par la Bayonne, continue le voisin.

—Et avec cette vinyenne de tempête, ma mère n'a pas eu droit aux derniers sacrements, fulmine Joseph. Et comment faire pour la conserver? Je peux bien l'exposer dans le salon, mais pas un chat ne viendra lui rendre visite et prier pour le repos de son âme. Je ne sais plus quoi faire Cléophas et en plus, il ne me reste presque plus de terre, aucun bâtiment qui vaille la peine et quelques vaches qui pataugent dans l'eau de la Bayonne. Je suis ruiné et pour finir le plat, ma femme vient d'accoucher. J'espérais un gros garçon, mais elle a mis au monde une petite fille malingre. Aide-moi à penser Cléophas, je crois j'ai perdu ma jugeote.

—Ne jongle plus à tout ça, ou bien tu vas devenir fou. Pour tout de suite, commence par le plus important, il faut d'abord enterrer ta mère. Quand l'eau sera retirée, tu lui feras chanter un *Libera* et une messe à l'église, tout le monde comprendra. Pour l'instant, il faut trouver un endroit sec pour la mettre en terre.

—Le père, que va-t-il dire? Enterrer sa femme sans service funéraire.

—Parle-lui en, bien que je pense que tu n'as pas le choix. Ça pourrit vite un corps…

—Arrête, tu me donnes la nausée Cléophas, tu parles de ma mère.

—Fais comme tu voudras. Tu me feras signe en cas de besoin.

Après avoir été mis au courant de la situation, sans dire un mot, Philémon aide son fils à mettre Flora en terre sous le pommier, là où elle aimait tant se reposer à la fraîche. Après une brève prière aux morts, Philémon, toujours muet, retourne fumer dans sa berçante. Dès la connaissance de la sépulture sommaire de Flora, Eugénie sort ses objets de piété et prie pour le repos éternel sa belle-mère. Elle ne l'aimait pas beaucoup, et loin d'elle de penser qu'elle s'en trouve bien débarrassé, mais dorénavant, elle agira en tant que reine et maîtresse chez elle.

La crise des années trente n'en finit plus et la vie se montre dure pour tous. Les cultivateurs, les habitants se tirent mieux d'affaire que beaucoup d'autres. La terre leur fournit de quoi manger, les autres biens de consommation attendront. Sans terre et ayant perdu ses animaux, Joseph se retrouve pour la première fois dans le besoin. Le garde-manger se vide et la seule vache récupérée de l'hécatombe fournit à peine assez de lait pour nourrir Fleurette. Eugénie, cuisinière par défaut, se plaint que la viande se fait rare et que sa soupe, trop claire, ressemble à de l'eau de vaisselle. À force de penser, elle finit par trouver la solution idéale, mais elle attend pour en parler que Joseph retrouve sa bonne humeur. Après avoir offert à son homme le plaisir tant attendu, la quarantaine d'après la grossesse ayant été difficile, Eugénie tente le tout pour le tout.

—Dis-moi Joseph, pourquoi ne pas tout vendre et partir pour la ville ?

—Eugénie, n'y pense même pas. Rien de plus sacré que la terre, il ne me reste que ce seul bien. L'éboulement m'a tout pris. Et puis, tu vas achever le père si jamais il a vent de ton idée.

—Ta ferme ne vaut plus rien Joseph, regarde les choses en face. Pourquoi ne pas vendre à Cléophas ? Il agrandirait la sienne. Avec l'argent, on se prendrait un petit loyer en ville et ton père, on l'amènerait avec nous.

—Jamais de ma vie je ne resterai dans la maison d'un autre et ma mère enterrée ici, qu'en fais-tu ?

—Ici ou au cimetière, je ne vois pas de différence ?

—Eugénie, tu parles de ma mère. Comment peux-tu avoir si peu de cœur ?

La jeune femme s'habille, mettant fin aux ébats amoureux et part comme une balle de fusil, Joseph l'a insulté. Pas de cœur ? Eh bien, qui vivra verra… Sans faire de bruit, elle va rejoindre à la cuisine son beau-père toujours absent du monde des vivants. Rétablissant rapidement son humeur, la mielleuse Eugénie se tire une chaise et prend la main du vieil homme. Sa froideur surprend la jeune femme, la vieille main a perdu la chaleur que donne le labeur. Le veuf jette à sa bru un bref regard vide de sens.

—Monsieur Belhumeur que diriez-vous d'aller vivre au village ? Votre maison balance sur le bord du ravin et le terrain est miné. C'est très dangereux... Si vous habitiez en ville, vos garçons Rosaire et Baptiste viendraient vous voir plus souvent, sans compter que Germaine, vous sachant près d'elle, vous dorloterait un peu. Vous vous êtes donné à Joseph de votre vivant et il ne vous reste qu'à signer l'acte de donation. Puisque vous êtes toujours consentant à laisser votre terre à votre fils, je vais chercher le document et vous signerez en mettant une croix, j'agirai comme témoin. Les yeux de Philémon fixent sa bru et lancent des éclairs. Eugénie revient avec l'acte rédigé à l'avance, on n'est pas fille de notaire pour rien, et glisse la plume entre les doigts du donateur, l'assistant dans sa dépossession.

—Voilà une bonne chose de faite, maintenant vous êtes libéré et vous pourrez mourir en paix. Tout me paraît en loi.

Maintenant, voilà Eugénie propriétaire de la ferme au même titre que son mari. Un mariage en communauté de biens, ça veut dire quelque chose. Sans dire un mot à personne, elle court chez Cléophas Gaboury. Intrigué, le fermier s'informe d'abord de la santé de ses voisins.

—Le beau-père n'en mène pas large et Joseph non plus. Ils ont beaucoup perdu et je crois que l'âme de Flora rôde encore dans la maison. Dites-moi Cléophas, ne seriez-vous pas intéressé à acheter notre terre pour agrandir la vôtre ?

—Ouais, dans le passé, j'ai déjà envisagé cette avenue. Tout dépend du prix que tu demandes, les temps sont durs. J'offre quatre mille piastres, pas un cent de plus. La maison nécessite quelques radoubs et la terre a rétréci comme une peau de chagrin, sans compter qu'il ne reste plus d'animaux, sauf une vache, une vieille picouille et deux ou trois charrettes presque inutilisables. Je pense que c'est même très bien payé. Je me pose cependant une question, qu'en disent Joseph et Philémon?

—J'ai en main le consentement écrit du beau-père et comme mon mari est encore endeuillé, il n'a pas la tête à la vente.

Réfléchissant rapidement, Cléophas présente la main à la vendeuse.

—Marché conclu, termine Eugénie. Il ne reste plus que les papiers à signer, vous ne regretterez pas votre achat monsieur Gaboury.

Fière d'elle, Eugénie se frotte les mains, si jamais on avait douté de ses capacités, c'en est fini. Elle possède quatre mille piastres et peut retourner le monde dans sa poche. Il faut maintenant régler un autre cas. Elle chausse des souliers confortables, car le village se trouve à plus de deux bons milles du rang de la Bayonne. Elle doit maintenant trouver un logis et du travail pour son homme. Devant les faits accomplis, Joseph ne pourra plus reculer, mais quelle surprise il aura! Fini pour elle la vie de fermière, l'odeur de l'étable, la saleté de la terre et les cochons. Elle a toujours vécu dans une ville et foi d'Eugénie, citadine elle redeviendra. Elle se dirige droit vers le presbytère. La seule personne qui puisse connaître la disponibilité des logements et des emplois offerts dans la municipalité, c'est bien le curé. Il doit à ses ouailles une assistance tant spirituelle que matérielle et Eugénie table sur ce patronage. Décidée plus que jamais, elle frappe à la porte du curé.

—Bonjour Eugénie! Quel bon vent t'amène? Et d'abord, dis-moi comment vont ton beau-père et ton mari?

—Pas fort monsieur le curé, pas fort. Monsieur Belhumeur ne dit plus un mot, le départ de sa Flora lui crève le cœur. Quant à Joseph, il jongle à longueur de journée. Je crois que la maison est hantée par la morte.

—On sait bien, enterrer une bonne chrétienne sous un pommier, sans célébration funéraire, il y a de quoi, tonne le curé. J'en ai vu d'autres dans ma vie, mais jamais une affaire comme celle-là. Flora méritait plus que ça.

—Dieu garde son âme ! Vous ne savez pas, monsieur le curé, comme j'ai prié pour elle. À plusieurs reprises, j'ai arrosé sa tombe à profusion d'eau bénite, afin d'éloigner les démons de sa sépulture. Imaginez, ensevelie sans cercueil. Les vers ne tarderont pas…

—Je me sens mal à l'aise avec cet enterrement rapide, Eugénie, même noyé sous l'eau bénite. Il faut plus que ça pour faire sortir une âme des griffes de Satan. Mais j'ose imaginer que dans les circonstances, vous avez fait ce que vous pensiez le mieux, bien que je continue à croire…

Au risque de paraître impolie, Eugénie coupe la parole du curé et change rapidement de discours. Elle explique au religieux la véritable raison de sa visite et ses besoins immédiats.

—À vrai dire, je ne suis pas venue ici pour vous parler de ma belle-mère. J'aimerais trouver un logis et un travail pour Joseph. Le malheur qui a frappé la maison de Philémon nous force à quitter la terre.

Conscient qu'une catastrophe semblable peut mener un homme près de la folie, le curé comprend le geste de Philémon de vendre son patrimoine, malgré que ce dernier fût très attaché à sa terre. Il bénit le Ciel d'avoir donné à Joseph une femme avec une tête sur les épaules et qui se soucie du bien de sa famille. Demandant un peu de patience à la jeune femme, en bon pasteur, il promet de trouver une solution.

Deux jours plus tard, le curé Godin arrive chez les Belhumeur, heureux de trouver tout le monde à la maison pater-nelle. Il y va d'une bénédiction de plus pour la petite Fleurette qui a rejoint la cohorte des élus de Dieu.

—Cher petit ange, que Dieu dans sa grande bonté te bénisse. *In nomine Patris...*

Joseph qui agite le berceau de Fleurette du bout de son pied trouve inhabituelle la visite du curé au beau milieu de la semaine. Il veut peut-être jaser avec Philémon, l'encourager ? Après les civilités d'usage, le religieux s'adresse enfin au fils Belhumeur.

—Joseph, j'ai parlé aux marguilliers de la paroisse et avec bonheur, je t'annonce que tu deviendras notre prochain bedeau. Les responsables ont examiné avec soin et accepté ta candidature. Avec leur accord, tu pourras déménager dans la maison de la rue du Ruisseau, juste à côté de l'église. De cette manière, tu élèveras ta petite famille à l'ombre du grand clocher.

—Sauf votre respect, monsieur le curé, je crois que vous déraillez un peu. Vous adressez-vous bien à moi ?

Eugénie qui n'était pas intervenue jusqu'à présent, laissant au curé le soin d'annoncer la nouvelle à son mari, se voit maintenant dans l'obligation de continuer.

—Joseph, je t'ai fait une grande surprise. Ton père s'est enfin décidé à signer l'acte de donation de la terre et Cléophas, intéressé à l'obtenir depuis longtemps, l'a acheté. Légalement, il devient propriétaire de notre maison et de la terre.

Joseph, blanc comme un drap, joint ses mains en cercle comme pour étrangler sa femme. Le goût ne manque pas. Heureusement pour elle que le curé se trouve là, sinon sa peau n'aurait pas valu cher.

—Tu as fait quoi ?

—Joseph, épargne-moi de répéter, intervient à nouveau Eugénie. Tu obtiens un nouveau travail, que dis-je, un métier et une maison quasiment flambant neuve grâce à monsieur le curé. Tu devrais le remercier au lieu de crier après moi. Nous pourrons recommencer notre vie au village.

Mal à l'aise, le curé constate à regret que le principal intéressé n'était nullement au courant des tractations de sa femme. Eugénie a tout fricoté dans le dos de son mari.

—Et vous curé, vous étiez dans le coup aussi? critique Joseph. Pas eu l'idée de m'en parler, hein! Tout a été manigancé dans mon dos. Vous vous époumonez du haut de votre chaire de vous fier à votre pasteur. Chanceux de porter une soutane, sinon je ne contrôlerais pas ce poing, s'étrangle le futur bedeau.

Se retournant vers Philémon, Joseph comprend du regard que le vieux a donné sa terre contre son gré. Il pleure sans bruit, le nez baissé dans son col de chemise. Le curé se permet d'intervenir à nouveau, tentant de ramener les époux à la raison et de réparer la gaffe d'Eugénie.

—Joseph, je t'interdis de me parler sur ce ton, ta rage te fait divaguer et j'aime mieux ne pas me souvenir de tes paroles. Je passe l'éponge pour cette fois-ci. Ta femme a bien fait. Tu te tiens là, dans un état léthargique alors qu'il te faut réagir. Elle a agi dans le meilleur intérêt de sa fille et de la famille. Arrête de chialer et remercie Dieu de ne pas avoir tout perdu. Certes, il t'a enlevé gros parce que tu possédais beaucoup, mais en contrepartie, il t'a donné des ressources pour y faire face.

Eugénie contient difficilement sa joie. Elle va dorénavant vivre au village, à côté de l'église et son mari sera promu bedeau. La dévote voit là toute une marque de confiance de la part du curé Godin et des marguilliers. Elle remercie le Seigneur d'avoir mis sur son chemin ce saint homme qui comblera toutes ses attentes : vivre sa dévotion et ne plus être isolée au fond du rang. Au village, elle célébrera sa renaissance religieuse et satisfera du même coup son besoin de savoir.

De son côté, Joseph ne décolère pas et ne digère pas le geste de sa femme ; inutile de rajouter quoi que ce soit. Une colère malsaine bout en lui. Eugénie a dénoué tous les liens qui le retenaient au bien ancestral. Quitter le lieu qui a vu naître son père et son grand-père avant lui ne s'avale pas comme une gorgée d'eau. Enragé contre sa femme, son voisin et son curé, il ne sait que faire pour exprimer la rage qui l'étouffe. Il s'est fait avoir comme un enfant d'école et a tout perdu. La nature déchaînée l'a précipité dans le deuil et la pauvreté, et sa femme supposée le supporter a fini de le déposséder du peu que la catastrophe avait laissé. Il trouve refuge au fond de sa bouteille de gin, la seule capable d'engourdir son mal.

Si la paix du ménage passe par les désirs d'Eugénie, Philémon ne souhaite nullement suivre la cadence imposée par sa belle-fille, d'ailleurs en serait-il encore capable ? Un matin, son fils le trouve mort dans son lit. Joseph, à moitié fou, sent qu'il dérape, que le sol se dérobe sous ses pieds et qu'il glisse dans un trou dans lequel coulent toute sa vie et sa volonté. Désormais, il s'en remet à sa femme pour organiser sa vie. Le départ précipité de Philémon donne quelques remords à Eugénie. Aurait-elle hâté ses derniers jours ? À quoi bon s'accabler de reproches inutiles, la vie continue. Cependant, il lui reste encore une chose à avouer à Joseph avant de quitter la grande maison. Elle se retrouve de nouveau enceinte et cette fois pour lui faire avaler la pilule en douceur promet formellement un garçon à son mari.

—Ne me fais pas de promesses que tu ne peux tenir, ajoute Joseph après avoir appris la nouvelle. Si tu te trémoussais moins devant moi comme une diablesse, tu m'aiderais à me retenir un peu et nous n'aurions pas cet embarras de plus. Il me semble que nous sommes suffisamment accablés comme ça.

Eugénie pose délicatement des dizaines de baisers sur le cou de son mari, tentant de faire revenir un semblant de vie normale et donner à ce beau garçon à naître ainsi qu'à Fleurette des parents qui s'aiment.

Par un beau lundi matin de septembre, le nouveau bedeau du village de Sainte-Élisabeth entre officiellement en fonction remplaçant le maladif monsieur Villeneuve. Vieux garçon et pas très joli, il fut terrassé par une mauvaise grippe qui a dégénéré. La maladie ne lui permettait plus d'assumer correctement son travail. Le vieil homme se nourrissait mal et les nombreux chats qui vivaient avec lui, faisaient douter de la salubrité des lieux. Joseph, au début rébarbatif de quitter la terre qui l'a vu naître, semble assez bien accepter sa vie de citadin. La petite maison de la rue du Ruisseau offre un confort impensable dans celle de la rivière Bayonne et grâce au produit de la vente de ses biens, Eugénie a fait des miracles. Des meubles neufs garnissent leur chambre à coucher et la femme du bedeau s'est offert un grand lit double, procurant plus d'aisance aux époux. Fleurette dort dans sa chambre, peinte aux douces couleurs des lilas et le nouveau bébé occupera la pièce libre près de celle de sa sœur. La cuisine est gaie et le soleil du matin vient percer les fenêtres et inonder la table au déjeuner. Fleurette peut courir à satiété dans la cuisine pendant que sa mère prépare les repas de son homme. Une seule interdiction pour l'enfant, ne jamais pénétrer dans le salon. Joseph a récupéré le divan et les fauteuils de velours bourgogne qui garnissaient la maison ancestrale et a fermé la porte. Il ne lui reste que ces seuls biens pour lui rappeler sa vie d'avant…

Pour se divertir, modernité oblige, la belle Eugénie a acheté un tourne-disque. Elle l'a placé au fond de sa cuisine, près de la statue du Sacré-Cœur et du petit Jésus-de-Prague, y a installé son fauteuil préféré et passe des heures à chanter, pour Fleurette et l'enfant dans son ventre, des airs de Tino Rossi. Sa voix de ténor léger la transporte dans le monde imaginaire de *Marinella* et la fait vibrer sous un ciel rempli de constellations quand il chante *Tant qu'il y aura des étoiles*. Elle fredonne à cœur de jour les chansons de la vedette montante et s'invente une vie remplie de toutes les douceurs interdites. Sa chair se réveille grâce aux accords harmonieux du chanteur de pomme et le nouveau bedeau est mis à contribution.

—Arrête Eugénie, tu vas me tuer !

—Bien non mon beau bedeau, on ne meurt pas d'amour et d'ailleurs ne suivons-nous pas les recommandations de notre Sainte Mère l'Église et de notre bon curé : *Croissez et multipliez-vous.*

—Mais tu portes déjà notre enfant, il faut te modérer un peu.

—C'est Tino qui me met dans cet état.

—Vinyenne ma femme, ne deviens pas folle avec lui. Tu t'allumes avec le chanteur et viens t'éteindre avec le bedeau…

Joseph s'inquiète un peu du comportement gourmand de sa femme et discrètement en parle au curé.

—Ne trouvez-vous pas ça un peu trop ?

—Joseph, le Seigneur a mis ces étincelles dans le corps de ta femme en la créant. Ton devoir d'époux consiste à t'assurer que tes gestes portent fruit et à suivre les préceptes de l'Église. Tu sais que le pape interdit de mettre ta semence à côté. Nous serions couverts de honte si tu ne pouvais endiguer la fouge d'Eugénie.

—Quoique nébuleux, je vais suivre vos conseils qui vous sont certainement insufflés par l'Esprit lui-même.

Le bedeau retourne donc à ses cloches et à sa femme.

On ne peut rencontrer personne plus heureuse en ce bas monde qu'Eugénie. Elle affiche toute sa fierté, pensez donc, son mari bedeau. Elle court à tout bout de champ à l'église, soutenant son gros ventre et entraînant Fleurette dans son sillage, rendre une petite visite à son homme. Bien entendu, elle en profite pour faire une prière. À genoux, dans le premier banc, elle tire plaisir de la tiédeur de la maison de Dieu et l'odeur des cierges attise sa ferveur. À l'occasion, elle fait tinter quelques cents dans le tronc de son curé, puis elle se retrouve vite sur le trottoir à jaser de tout et de rien avec les femmes du village. En peu de temps, elle a fait de ses voisines, des amies. Il ne rebute pas à la commère de jaser avec des gens bien ordinaires, autant qu'avec des notables. Sa soif de potins demeure inextinguible et toutes les informations méritent à être connues. Rien n'est laissé au hasard. Si sa première source d'approvisionnement en renseignements reste les cancans, Eugénie les complète par l'observation de ses voisins. Les entrées et sorties des clients du notaire, du juge, de l'épicier, du forgeron font la joie de la curieuse. Sa jouissance atteint son apogée lorsque la caisse populaire d'épargne du village déménage ses pénates au presbytère et devient sous le contrôle du curé. Suite à une crise administrative, on a confié au pasteur les avoirs des gagne-petit. En fait, tout ce qui se passe à la maison curiale subit l'approbation ou le déni de la femme du bedeau. Si à l'occasion, elle doute de son propre jugement, alors elle prie et communie demandant lors de son action de grâces les lumières divines. Chaque matin, l'enfant de chœur place sous le menton de la dévote la patène et sa langue acérée reçoit le Corps du Christ. Eugénie prie également le Ciel de donner à son mari le fils tant espéré. Pour fêter son troisième anniversaire de mariage, le Divin Maître lui donne une deuxième fille.

Joseph, à moitié découragé par le don du Seigneur, remet sur le métier son ouvrage pour le plus grand bonheur d'Eugénie qui ne déteste pas ce genre de corvée. Le curé baptise Hélène qui crie sans retenue ; la petite est affamée et le fait clairement entendre. Hélène, gloutonne, tête avec voracité la tétine de caoutchouc dispensatrice de nourriture et protège les seins nacrés de sa mère. Malgré ses deux grossesses successives, Eugénie garde sa taille de guêpe. Pour garder sa silhouette, la jeune femme a remis le corset au goût du jour.

Peu à peu, Joseph reprend du poil de la bête. Au village, il s'est fait des amis et le marchand général, Sylvio Plourde, l'accueille souvent avec un petit verre de gin qu'il cale, caché dans l'entrepôt. Après deux ou trois bonnes gorgées prises à même la bouteille, il repart guilleret. Si Eugénie découvrait le pot aux roses, c'en serait fini de leurs joyeuses réunions, surtout que sa femme milite dans la ligue féminine de tempérance les *Jeanne D'Arc*. À son tour, Eugénie s'accorde quelques douceurs ne dédaignant pas, secret jalousement gardé, de fumer sur la galerie d'en arrière une Export A. Autant la curiosité d'Eugénie ne se rassasie pas en ce qui concerne la vie des autres, autant la sienne est gardée à l'abri des indiscrets. Un jour en inhalant la fumée d'une de ces fameuses cigarettes, elle repense à Olivia, au temps béni où elles avaient fêté Noël à Yamaska, aux plaisirs des discussions philosophiques où elle avait justement appris à déguster vin et cigarette. Comme elle aimerait la revoir, rire avec elle, lui présenter ses filles. Sa pensée se fait obsédante, elle ne veut pas simplement lui écrire, mais jaser avec elle, la toucher, l'embrasser et la serrer dans ses bras. Trouvant quelques dollars restant de la vente de la maison dans le fond de sa sacoche secrète, elle ne résiste pas au vendeur itinérant de la compagnie de téléphone qui lui vante les vertus et la commodité de ce nouveau système de communication. Sans en glisser un mot à son mari, elle fait installer l'appareil dans sa cuisine près de son tourne-disque, du Sacré-Cœur et du petit Jésus-de-Prague. Elle pourra dorénavant faire provision de nouvelles sans courir à droite et à gauche. D'ailleurs, l'éducation de ses filles commence à la captiver passablement et elle trouve fastidieux de les traîner un peu partout, sans compter qu'un troisième s'en vient. Elle fait avaler l'achat de la nouveauté à Joseph, faisant peser dans la balance l'argument qu'un lien plus direct avec son employeur

éviterait bien des pas inutiles en courant à l'église ou au presbytère ; le curé l'appellera directement de son bureau. Et
Joseph gobe encore... Bien sûr, Olivia reçoit le premier appel.

Aussitôt l'invitation lancée, voilà la tante qui débarque avec
armes et bagages pour passer les fêtes de Noël et du Jour de
l'An chez le bedeau. La voyant arriver sur le petit trottoir
devant la maison servant presque de garniture, Eugénie, enve-
loppée dans une vieille veste de Joseph, lance :

—Olivia, comme tu m'as manqué !

Celle-ci n'a même pas le temps de poser un pied sur la galerie qu'Eugénie prend déjà les valises de son invitée.

—Entre vite, il fait froid. Viens plus près que je t'embrasse.

Olivia reçoit les baisers affectueux de sa nièce. À la robe
d'Eugénie se pend une fillette malingre qui se tient difficilement
debout. Un autre bébé assis sur une vieille courtepointe dans le
coin tète un biberon vide. Olivia délaissant leur mère demande :

—Eugénie, présente-moi tes filles.

Fière et d'un geste tendre, la jeune maman présente
Fleurette qui se cache maintenant derrière elle puis, Hélène la
cadette.

—Et dans mon ventre, un gros garçon, le gars de Joseph.

—Comment va-t-il ce cher neveu ? S'est-il remis de la perte
de ses parents et de sa terre ?

—Bien sûr, depuis qu'il travaille pour la paroisse en tant que
bedeau, il a retrouvé son sourire. Monsieur le curé est satisfait de
lui et les marguilliers le gavent de compliments. J'avoue que
moi-même j'éprouve un certain orgueil pour mon sacristain.

—Si quelqu'un m'avait dit que la rébarbative Eugénie fini-
rait dans les bras d'un homme de Dieu, je ne l'aurais jamais cru.
Mais il faut dire que tu as l'air en santé et heureuse de vivre au
village. Sainte-Élisabeth a fini par apprivoiser la Soreloise.

—Tu me connais trop bien pour savoir que je détestais la ferme. J'ai épousé l'homme et non la terre, mais malheureusement pour mes beaux-parents, mon bonheur est né de leur ruine : *Charité bien ordonnée commence par soi-même* et voici la preuve de mon bonheur, dit-elle en regardant son ventre qu'elle flatte d'une main tout en tenant Fleurette de l'autre.

Jamais période des fêtes ne fût si joyeuse sur la rue du Ruisseau. Eugénie, passée maître dans l'art de recevoir des invités, offre à sa tante le meilleur. Elle s'acharne sur les repas élaborés, recherchant dans son livre des recettes compliquées. Entre les offices religieux qui abondent en cette période, Joseph trouve le moyen de festoyer à sa façon… pendant qu'Olivia, délaissant le train-train d'une maison, s'amuse à satiété avec ses petites-nièces. Elle trouve Fleurette bien gentille, souriante et discrète, tandis qu'Hélène possède un caractère revendicatif, réclamant sans cesse l'attention.

—Quel drôle de chérubin cette Hélène, elle possède de courtes ailes et des petites cornes, s'amuse à dire Olivia. Elle ressemble à quelqu'un que je connais…

Eugénie tire profit de la visite d'Olivia pour tâter le terrain en ce qui concerne le testament de la tante, peut-être y sera-t-elle couchée ou bien ses filles ? Olivia futée, se tait, il faut sevrer la curieuse. Entre deux verres de gin, Joseph s'amuse aux dépens de sa diablesse de femme et lève le coude à tout bout de champ. Son comportement commence à agacer la douce. Un soir, plus arrosé que les autres, Eugénie lui passe un savon.

—Joseph, ton attitude devient intolérable.

—Eh bien ma jolie, tout ce théâtre c'est à cause de toi !

—Comment ça à cause de moi ?

—Tu m'as fait bedeau contre ma volonté, car tu détestais la terre et tu as vendu tous mes biens, sans compter que tu as presque tué mon père. Tu ne peux même pas me donner un fils et tu oses me reprocher de prendre un petit coup ? Tu m'as toujours considéré comme ta marionnette et crois-moi, bientôt, les ficelles vont se briser dans tes mains. Mais tu n'es pas aussi blanche et pure que tu le prétends. Tu as beau manger les balustrades, faire ta grenouille de bénitier et nager dans l'eau bénite, tu n'es pas mieux que les autres Eugénie Guertin. Penses-y deux fois avant de jeter la pierre.

Quand Joseph veut insulter sa femme, il lui suffit de l'appeler par son nom de famille. On jurerait qu'il la marque au fer rouge, lui signifiant qui porte la culotte dans le ménage. La brûlure vive remet Eugénie à la place devant être la sienne.

Pour quelque temps alors, elle cesse de picosser ou de lancer des pointes, mais le naturel revient vite et le bedeau trouve de plus en plus la paix au magasin général en compagnie de Sylvio ou dans la sacristie où il engourdit son mal. Eugénie sait comment attirer son homme et en faire son jouet, maniant avec dextérité le fouet et la carotte. Le lit nuptial devient le lieu de torture du bedeau. Eugénie y concocte là ses soporifiques et reprend la gouverne de la vie commune. Son corps devient alors monnaie d'échange et le gage de sa réussite, si bien que de dispute en dispute, Eugénie offre en réconciliation un corps altéré par les maternités. D'année en année, le curé baptise les enfants du bedeau. Joseph tente de s'opposer à tant de grossesses en essayant de se retenir, mais Eugénie réduit la volonté de son mari en offrant volupté et sensualité. Et puis, il y a toujours le désir de ce garçon qui n'arrive jamais. Il faut six filles, tout aussi malignes les unes que les autres pour réussir à voir le sexe de ses rejetons changer.

—Un garçon Eugénie, enfin un garçon ! crie Joseph qui ne sait plus s'il doit rire ou pleurer et fait bêtement des allers et retours entre le bébé à sa femme.

Fatiguée, Eugénie regarde le petit bout d'homme blotti

dans ses bras, elle le nommera David et elle le donnera à Dieu. Elle aura son curé bien à elle et ce petit lui offrira le ciel sur la sainte patène. Elle a payé très cher sa future rédemption. Fier d'annoncer la bonne nouvelle à ses amis, l'heureux père n'en finit plus de trinquer et Sylvio Plourde lui aide à voir la fin de sa bouteille de gin, plus souvent qu'à son tour. Pour la première fois, le bedeau se montre heureux du sexe de son rejeton et participe à la vie familiale. Maintenant que son nom est assuré, il se sent plus à l'aise dans ce monde rose. Plein de projets pour ce bébé, il s'invente des parties de pêche sur la Bayonne, des joutes de ballon dans la cour, des cerfs-volants qui montent jusqu'aux nuages. Pourtant, Joseph ne regrette qu'une seule chose, celui de ne plus avoir de terre à léguer à son fils comme son père et grand-père avaient fait avant lui. Il donnera le peu qu'il possède : l'amour de cette même terre, le respect de la nature, une grande bonté cœur ainsi que l'intégrité. Eugénie vient d'offrir à son mari l'ultime cadeau qu'il attendait depuis si longtemps. Elle doit maintenant consacrer ses efforts à élever cet enfant dans l'amour et la crainte de son Créateur. S'il n'en tient qu'à elle, cet enfant sera dévoré par une vocation sans équivoque. Eugénie affrontera à elle seule, tous les démons qui se mettront sur la route de son fils.

Les fillettes Belhumeur démontrent une grande affection pour ce petit bout d'homme qui offre gracieusement son corps et devient une poupée vivante. David vit continuellement dans le sillage de Fleurette et d'Hélène. De leur côté, Suzanne et Céline viennent de perdre leur titre de bébé ; elles coopèrent peu et ne sont pas enclines à céder leurs jouets, d'autant plus que dès sa naissance, on a donné à ce garçon des bébelles bien à lui. Joseph a fabriqué un cheval de bois et espère que David pourra l'enfourcher le plus rapidement possible. Sa belle crinière de corde et ses guides de cuir rouge mèneront Joseph et son fils vers les plaines inconnues, là-bas vers l'Ouest sauvage où des hordes de bisons broutent l'herbe jaunie.

Eugénie garde son fils bien à l'œil. Dès son plus jeune âge, elle l'agenouille près de son lit, lui enseigne des prières que le garçon ne comprend même pas, mais qu'il ânonne matin et soir. Dès qu'il sait marcher, Joseph traîne son fils à l'église et David devient l'ombre du bedeau. Le curé, fier de la complicité père et fils, les encourage et y va à chaque rencontre d'une bénédiction pour l'enfant.

—Ce petit va grandir à l'odeur des cierges et de l'encens, ajoute le curé. Un jour, il te remplacera mon bon Joseph. Bien avant l'âge, il deviendra servant de messe, car il connaît déjà par cœur les répons.

—Ne craignez rien, Eugénie voit encore plus grand que vous, elle veut un prêtre.

—À la bonne heure, l'exemple de la prière paie toujours, tu as épousé une bonne et une grande chrétienne.

—Ça monsieur le curé, vous ne pouvez pas lui ôter un cheveu sur la tête… Pour changer de sujet, il faudrait commander du vin de messe, il n'en reste presque plus.

—Déjà! Le mois passé, tu en as acheté trois cruches, où les as-tu mises ?

—Je ne sais pas ce qui a pu se passer avec votre vin, mais le fait reste le même, votre réserve se trouve bel et bien à sec.

—Je soupçonne que quelqu'un se sert à la cachette ? Ce ne serait certainement pas toi, mon bon Joseph ?

—J'ai beaucoup trop de déférence pour les saintes Espèces, voyons donc! Sauf votre respect, vous m'insultez presque monsieur le curé. Je garde chez moi ce qu'il me faut et ne jalouse nullement votre vin de messe. Ça prend bien un curé pour boire une piquette semblable.

—Tu en as donc bu ?

—J'y ai juste trempé les lèvres… bien assez.

—Dans ce cas, retourne donc à la sacristie et vérifie si tu n'as pas fait d'erreur, demande le prêtre suspicieux.

Le bedeau doit se débrouiller pour remplir les cruches du curé sans que cela ne paraisse. À lui seul, il doit renouveler le miracle des noces de Cana. Il court chez son ami Sylvio et achète une bouteille de vin français, puis retourne à la sacristie sans attirer l'attention de personne. Il remplit chacune des trois cruches du tiers de sa bouteille et complète le reste avec de l'eau du robinet. Joseph rit dans sa barbe, car l'idée lui est venue d'y mettre de l'eau bénite…

—Le curé n'y verra que du feu! s'amuse le sacristain.

Pensant avoir rectifié l'affaire, il retourne chez lui se reposer un peu avant d'aller tondre le gazon du cimetière. Les morts, ça fait un vinyenne de bon engrais, l'herbe pousse vite.

Arrivé sur la galerie d'en arrière, il entend sa femme rire comme il y a bien longtemps.

—Voyons Red, nul besoin de cette brosse-là, j'en possède déjà une semblable, minaude Eugénie.

Joseph entre en coup de vent et trouve sa femme en train de se divertir et de faire la belle avec le vendeur de Fuller Brush.

—Ah bien vinyenne! Toi mon maudit Fuller, prend la porte et ramasse tes cochonneries. Et puis fais vite à part ça. Depuis un bout de temps, tu reluques ma femme et essaies de lui vendre ta camelote.

Avec un fort accent anglais, Red Fuller tente de ramener les affaires, tenant à garder une bonne cliente.

—Écoute Joseph, dit l'anglophone, on peut parler entre hommes. Je ne fais rien de mal, ta femme achète des brosses.

—Casse le français tant que tu veux, maudit bloke, tu comprends très bien : *la porte,* dit Joseph en montrant du doigt le moustiquaire.

Eugénie, prise sur le fait de flirter avec un vendeur, sent

que Joseph n'entend pas à rire. Le marchand ramasse tant bien que mal brosses et peignes et tente de replacer correctement les queues dans l'élastique qui les retient, sinon sa valise ne fermera pas. Joseph trouvant qu'il ne va pas assez vite, ramasse les peignes et les lance pêle-mêle dans la valise du commis voyageur, referme le couvercle avec rage, pinçant presque les doigts du séducteur.

—Dehors maudit crotté et laisse ma femme tranquille! Que je ne te revois plus ici, sinon il va te manquer quelque chose, dit Joseph en montrant son entrejambe.

Fuller est jeté dehors comme un malpropre et reçoit par la tête une brosse oubliée. Joseph aussi enragé qu'une horde de bisons ne se possède plus. Il accuse Eugénie de tout mettre en oeuvre pour attirer les regards des autres hommes et le faire passer aux yeux de tous pour un cocu.

—Tu penses que les voisins ne s'aperçoivent pas que madame reçoit des hommes?

—Tu exagères Joseph, pleure la coupable. Cocu, tu ne l'es pas encore, mais si tu continues à te montrer jaloux, ça ne saurait tarder.

—Je n'éprouve pas de jalousie, je tiens simplement à mon bien...

Joseph vient de lancer la phrase que la supposée pécheresse attendait pour contre-attaquer. Elle va se blottir dans les bras du sacristain, quêtant un pardon et une caresse.

—Ne t'inquiète pas, tu es le seul que j'aime et que j'aimerai toujours. Ce soir, je te montrerai lequel je préfère. Ce sera ta fête... je te ferai voir des étincelles.

—Arrête Eugénie, après ce que tu viens de faire, je n'ai pas le cœur à tes obscénités.

—Certain? minaude la coupable.

Une fois de plus, Joseph se fait avoir par le charme convaincant de sa femme. Il se soumet à la volonté féminine et

Eugénie tient promesse en lui faisant voir une partie du ciel. Une fois de plus, elle paie le prix de sa réconciliation par la fécondation.

—Seigneur, quand cela va-t-il s'arrêter? pense Joseph. On ne peut pas nourrir autant d'enfants, je ne gagne pas assez cher. On me paie avec des *pinottes*!

Le curé Godin baptise encore et le bedeau sonne les cloches pour sa septième fille. Celle-ci devrait détenir un don si on en croit le dicton populaire. Découragé par toute cette marmaille féminine, Joseph se réfugie dans sa remise. Dans un grand baril de bois, il fabrique du vin de cerise pas piqué des vers. Fier des succès obtenus, il teste le produit. Le soir après avoir couché les enfants, il invite sa femme et s'offre un petit verre de vin rouge, alors, Eugénie en profite pour griller une cigarette. Joseph se raisonne difficilement et voit le fond de la bouteille plus souvent qu'à son tour. Gommé, il s'étend dans le lit nuptial, non sans avoir jeté un dernier coup d'œil à la photographie de Tino Rossi en lui lançant un air de défi. Eugénie accepte péniblement la mollesse de son homme, elle qui a tant à donner. Conscient de son incapacité ponctuelle et des reproches de sa femme, Joseph commence à déserter le lit pour s'étendre sur le divan démodé des Belhumeur qui gîte toujours au salon. Seul, il rumine le bon vieux temps.

Pour ses sept ans et sa première communion, David reçoit un cadeau unique. En cachette, sa mère a cousu de vêtements sacerdotaux et son père a construit un petit autel qu'il a peint en blanc et garnit de dorures. David reprend vite à son compte les gestes étudiés pendant les offices religieux; il tient mordicus à ce que ses sœurs assistent à sa messe. Le futur vicaire trouve dans l'armoire un bout de pain qu'il aplatit à coup de poing et chipe dans la cave du vin de cerise qui vieillit, communiant ainsi au corps et au sang du Christ. Ses sœurs finissent par déclarer le jeune voleur un peu trop hasardeux. Eugénie n'en revient tout simplement pas. Par cette entreprise, son fils démontre une vocation claire, quoique d'un autre côté, il aurait pu se rendre très malade à boire du vin inachevé. Aucun doute, cet enfant fera un bon curé... elle doit par contre lui expliquer que pour l'instant, il doit boire de l'eau, gardant pour plus tard l'usage du symbole divin.

<hr />

Eugénie s'affaire à laver la vaisselle du souper en compagnie de sa fille Hélène. Faisant trêve de paroles, elles écoutent la radio d'une oreille distraite. Rien au monde ne leur ferait manquer l'heure de la chansonnette française. Un air de Tino fait grimper les deux femmes dans les nuages. Au lieu d'entendre la voix doucereuse du chanteur de charme, un commentateur annonce d'une voix lugubre que le Canada vient d'entrer en guerre aux côtés de l'Angleterre.

—Seigneur! Vite Hélène, va chercher ton père à l'église, il doit encore y travailler.

—Ça presse tant que ça?

—Dépêche-toi, on vient d'entrer en guerre!

L'adolescente traverse la rue sans regarder, habituée de courir à l'église. L'épouvantable tient toute la place dans la tête de la jeune fille et celle-ci ne prête pas attention à l'auto qui arrive en sens inverse. Elle entend seulement le crissement des pneus, puis plus rien. De la fenêtre de sa cuisine, Eugénie a vu l'accident. Une décharge électrique la fige et son cœur rate des coups. Sa fille, sa propre chair est étendue au milieu de la rue. Il faut pourtant qu'elle réagisse. La mère, mue par un souffle second ou une grâce d'état, part à courir en criant et pleurant. Sans regarder autour d'elle, Eugénie s'agenouille près de sa fille, soulève la tête brune pleine de liquide poisseux et l'embrasse. Ses mains sont souillées du sang qui donne la vie. On dirait qu'Hélène est désarticulée et une mare rouge auréole le corps. Le tablier taché ramène la mère quelques minutes en arrière. Sa vie vient de basculer. La voiture ronronne encore à côté de l'enfant qu'elle vient de faucher et Eugénie, absente du monde extérieur, concentre toute son énergie sur Hélène. Un passant tente de porter secours et constate rapidement son inutilité. Devant la catastrophe, l'homme court au presbytère demander assistance. Le curé suivi du bedeau, qui sert d'enfant de chœur en cas d'urgence, sortent sans perdre de temps porter le bon Dieu.

Livide, Joseph laisse échapper la petite valise contenant les huiles saintes. Sa fille est étendue là, au milieu de la rue, privé de vie. Eugénie tente de recouvrir le corps de son enfant avec son tablier et lui flatte la tête, braillant son nom inutilement. Sans voix, Joseph s'agenouille à son tour, prend sa fille dans ses bras et la berce doucement.

Le bedeau doit creuser le trou dans lequel il déposera sa propre fille.

—Seigneur, tu m'en demandes beaucoup.

Lentement, la tombe blanche descend et Joseph recouvre de terre le cercueil contenant le corps de sa propre descendance. Des larmes coulent enfin et son visage perd un peu de sa couleur terreuse.

—Maudite guerre, tu viens de prendre ma fille !

Pour la première fois de sa vie, Eugénie se sent coupable, responsable de l'accident d'Hélène comme si de ses propres mains, elle l'avait poussée dans la rue. De sa fenêtre, elle a vu l'auto arriver et n'a rien fait, même pas crié : attention ! Devant ses yeux, la vie de sa fille a été fauchée. Joseph essaie de la consoler du mieux qu'il peut, mais il n'en mène pas plus large.

—Rien ne sert de t'accabler davantage ma femme, un accident bête ça arrive, et personne ne te reproche quoi que ce soit, alors ne te sens pas fautive et cesse de te martyriser. La vie continue Eugénie, les autres enfants ressentent également beaucoup de peine, ils ont perdu leur sœur et tu ne peux les délaisser. Toi qui t'arranges si bien avec le bon Dieu, implore-le de nous apporter un peu de paix.

—Il ne m'écoute plus, Joseph! Je lui ai trop demandé, il fait la sourde oreille.

Tous les jours, Eugénie traverse au cimetière et va pleurer sur la tombe d'Hélène. Parfois, le bedeau l'accompagne dans son pèlerinage journalier et prie avec elle. Les âmes du purgatoire reçoivent une large part des suppliques et à force de redoubler de dévotion, les prières d'Eugénie portent des fruits. La plaie vive de la perte de sa fille se cicatrise lentement et la vie reprend son cours éloignant de jour en jour le mauvais coup du destin.

Les allers et retours de la curieuse recommencent à la vitesse d'avant le décès d'Hélène. Elle compense la perte de sa fille par une action redoublée auprès de son fils unique. Il faut s'occuper de la vocation de David, l'y mouler afin que toute la volonté de l'enfant soit coulée dans le béton de la prêtrise. Dieu attend le don de son fils. Eugénie est persuadée qu'un jour, tous les renseignements qu'elle accumule à gauche et à droite lui serviront. De connaissance en connaissance, elle mettra la main sur une personne suffisamment riche et désirant acheter sa rédemption en faisant instruire un prêtre. La pieuse s'informe auprès du curé et lui demande de ne pas oublier son humble servante. Celui-ci promet d'ouvrir l'œil et incite la dévote à redoubler d'ardeur dans ses prières y incluant la manifestation d'un bienfaiteur. Le bedeau, de son côté, commence à trouver moins drôle l'idée fixe de sa femme.

—Eugénie, je travaille à longueur de jour entre les bancs d'église et le saint autel, je respire l'odeur de la cire chaude, sans compter le service du curé qui demande de plus en plus, alors j'aimerais que tu me laisses en paix et ne plus entendre parler de religion et de vocation lorsque je mets les pieds ici.

—C'est ça! L'avenir du fils que tu m'as tant demandé ne t'intéresse pas! Que je veuille faire de lui un homme influent, oui, influent Joseph, ne te dérange pas une miette. Du fond de son confessionnal, il dirigera les âmes et crois-moi, ce n'est pas rien ça. Il connaîtra la vie des paroissiens et...

—Vinyenne ma femme, je pense que tu deviens folle.

Tout un monde de colporteurs grouille au village. Eugénie aime recevoir les marchands ambulants. Pour elle, ils s'avèrent les meilleurs *potineux*, lui ouvrant une fenêtre intéressante sur la vie des autres. Étant donné qu'après l'attaque quasi sauvage de Joseph, Red Fuller ne passe plus chez elle, Eugénie accorde volontiers toute son attention à la vendeuse, « Annette la Cigarette ». Ce surnom lui vient de son habitude de fumer chez ses clients et une femme s'adonnant à ce vice est bien vite jugée et montrée du doigt. Avec plaisir, Eugénie grille en compagnie de la commerçante des rouleuses. Annette ouvre alors sa valise contenant une multitude de petits trésors : élastiques, peignes à poux, onguent contre les brûlures, vanille, épices, détergent, vadrouille, corde fine, mercure au chrome, pansements, bas, soupe en sachet et quoi encore ? Une véritable caverne d'Ali Baba, tout pour intéresser la ménagère de la plus jeune à la plus vieille. Annette sort toujours de son sac une nouveauté. Il paraît que son poivre noir est plus fort que celui vendu chez Sylvio et que le fait d'en utiliser moins représente une réelle économie. Si par hasard, Annette la Cigarette ne possède pas l'article demandé, elle sort alors son carnet de commandes, mouille de sa salive la pointe de son crayon et promet la livraison dans les jours à venir. Un grand catalogue aux pages jaunies et écornées accompagne son étalage. Curieux, les enfants se font un plaisir de fouiller à leur tour dans la valise d'Annette, bouleversant l'ordre précaire. Pendant ce temps, Eugénie feuillette avec joie l'imprimé tout en commentant les nouvelles du jour. À chaque visite, celle-ci offre à la vendeuse un petit verre de vin de cerise que le bedeau cache jalousement dans le coin de l'armoire et pour détourner l'attention, Eugénie utilise des verres opaques dissimulant le liquide qui délie la langue et alimente la conversation des deux commères. Et la fumée accompagne la dégustation.

Pépère Chaudière visite également la femme du bedeau, mais on ne voit le vendeur qu'au milieu de l'été et au début de l'automne. Ce pauvre vieux passe de rue en rue avec une voiture plate, tirée par un vieux canasson. Des légumes saisonniers sont étalés par groupe sur la plateforme. À l'arrière de sa charrette, il accroche à un clou un sceau rempli d'eau et niché sur le clou voisin, un autre récipient contenant de l'avoine. Ce surnom familier tient de ces deux chaudières. Son allure débraillée fait peur aux enfants. En le voyant venir sur la route, ces derniers crient à s'en déchirer les cordes vocales :

—Pépère Chaudière ! Pépère Chaudière !

Nul besoin d'activer une clochette pour avertir sa clientèle. Dès son arrivée, Eugénie s'avance vers la voiture, cachant dans sa jupe des petits curieux.

—Que m'offrez-vous de bon, cette semaine ?

Toujours hésitant, le vieil homme présente, soit des patates, soit des carottes ou des choux. Eugénie, toujours désireuse d'entretenir la conversation, se bute au colporteur avare de nouvelles. Pas très loquace, le vieux. Après avoir choisi quelques légumes, elle retourne à ses fourneaux et Pépère reprend sa route, précédé par les hurlements des enfants du voisin. Si une famille ne possède pas de *flos*, il se peut bien que le vendeur passe inaperçu, dans ce cas, il poursuit sa route sans rien offrir.

S'il existe un fruit qu'Eugénie adore par-dessus tout et qu'aucun marchand ne lui offre, c'est bien les cerises. Elle maîtrise fort mal son faible pour ces petites grappes de fruits rouges qui poussent en chapelet. Bien qu'un peu aigres, Eugénie les apprête en saumure ce qui leur donne un goût particulier. Cette fois-ci, Fleurette est mise à contribution et va chercher les précieuses griottes chez la vieille Parent. Cette vieille sorcière possède dans son jardin un magnifique cerisier et comme elle gratte chaque cent, aussi économe qu'un Séraphin, elle vend ses petites perles à prix d'or. Devant la somme à dépenser, Eugénie n'hésite pas. Bien trop court le temps des cerises, et la gourmande ouvre largement son porte-monnaie pour payer les dix cents exigés pour un grand bol rempli de joyaux rubis. Tranquillement à l'ombre, elle égrène le chapelet de saveur et recouvre son capital alimentaire de sel et d'eau. Lentement, les fruits macèrent et le lendemain, c'est jour de fête… mais rapidement leur effet laxatif se fait sentir et le bedeau rie dans sa barbe de voir marcher sa femme les fesses serrées vers le petit coin.

—Voyons ma femme, tu as bien l'air pressé…

LILI

Les jours passent et deviennent des semaines et des mois. Patiemment, Marguerite attend, Raoul ne revient pas pour la sortir, la conseiller ou prendre la charge de ce qu'il a engendré. Marguerite sombre dans une peine véritable et se sent désorientée. Puis, la colère s'empare d'elle. Son amant l'a laissé tomber au moment où sa situation nécessite l'aide du père. Quel goujat ! Il faut maintenant qu'elle assume seule la responsabilité de ses actes. Elle a consenti à l'amour et doit à présent payer pour sa faute. Marguerite grossit et le doute sur sa condition ne subsiste plus pour personne. Antoinette ne se laisse pas duper et ne sait comment réagir dans pareille situation.

—Albert, que va-t-on faire, notre fille est grosse ? Je t'avais prédit qu'elle courait à sa perte, mais toi tu n'y voyais pas de mal. Alors nous voilà avec un bâtard sur les bras. J'ose à peine imaginer ce que le monde autour de nous dira. Elle vient de ternir notre réputation à tout jamais. On passe sa vie à construire une certaine respectabilité et tout ça, foutu en l'air, à cause de mademoiselle. Jamais un autre de nos enfants ne nous aurait mis dans un pareil pétrin. Elle me fait honte…

Antoinette, incapable de supporter le poids de cette nouvelle toute seule, traîne Marguerite à l'église et l'oblige à soulager sa conscience. Si elle ne peut se débarrasser de l'enfant, faute qui s'avérerait encore plus grande, au moins, qu'elle obtienne le pardon divin.

—Confesse-toi au plus sacrant. Si j'avais une âme aussi sale que la tienne, je craindrais que la mort survienne à tout moment. Sais-tu ce qu'on fait des filles comme toi? On les envoie au couvent après être passées par la crèche. Je ne sais pas ce qui me retient de t'y flanquer tout de suite, certainement la main de Dieu.

Le curé de la paroisse de l'Annonciation reçoit sans grande surprise la confession de Marguerite. Ce dernier n'entend pas ce genre d'aveu pour la première fois. Sous le sceau du secret du confessionnal, il connaît le tourment de plusieurs filles qui ont succombé à la tentation. Le septième commandement de Dieu est durement malmené. Pourtant, il prêche continuellement l'abstinence avant le mariage, promettant les foudres de l'enfer à ceux qui enfreignent la loi, mais le Malin relègue ses sermons aux oubliettes et se montre plus fort que lui. Le religieux impose à la pénitente une sanction sévère suivie de son absolution.

—Je pense que l'avenir qui vous attend, deviendra la plus grande des punitions, ma fille.

Sortie de l'isoloir l'âme blanchie, la pécheresse n'en demeure pas moins tarée, montrée du doigt et à peine tolérée par sa propre mère. Antoinette essaie de la cacher dans la maison lui interdisant toute sortie. Marguerite refuse la réclusion forcée et promène sa bedaine dans les rues du quartier. Elle doit quand même modérer ses allers et venues, car rien ne se compare depuis que Raoul est sorti de sa vie. Difficile de s'afficher dans les bars et les boîtes de nuit en *baloune* et comme elle ne peut s'offrir les grands restaurants, elle ne trouve rien de bien drôle quand elle s'assoit seule à la table d'un boui-boui. Répondant aux interdictions et sermons répétés de sa mère sur son avenir immédiat, Marguerite s'impatiente.

—Je ne me reproche rien. Je suis fille d'accord, mais cet enfant aura au moins une mère comme tous les autres. Je ne me cacherai pas au fond de la garde-robe parce que le père s'est sauvé.

Marguerite espère quand même un signe de la part de Raoul, mais au fond d'elle-même, son cœur connaît la tourmente et le regret s'installe. Elle s'est jetée dans les bras d'un inconnu comme une abeille cherchant le pollen. Sans expérience amoureuse, elle a cru le diseur de bonne aventure et refusé de s'ouvrir les yeux. Au fond, il s'est bien défendu de parler de lui, de révéler quoi que ce soit de sa vie. Elle connaît si peu le père de son enfant, ne sait même pas son âge, et Raoul Langlois, est-ce son vrai nom? Elle n'ose penser qu'il est marié sinon, elle s'est donnée à lui pour rien, laissant à une autre le partage du quotidien. Il est arrivé comme ça de Toronto, où d'ailleurs, qui sait? Elle s'est contentée du rôle de jouet. Le doute la fait souffrir. Rien de plus insidieux que la méfiance et l'amour auquel elle croyait dur comme fer vient de prendre le bord. Ses belles paroles, à combien d'autres les a-t-il dites? Combien l'ont suivi dans les bars, les cabarets et à l'hôtel? Combien ont dansé dans ses bras et combien a-t-il fait monter dans la chambre du Queen Elizabeth? Les anges, a-t-elle été la seule à les voir? Et pire, combien ont récolté son fruit? Le plus difficile est d'assumer le silence.

Carmen au courant de sa mésaventure, essaie de venir en aide à Marguerite en lui montrant les deux côtés de la médaille d'une maternité précoce.

—De toute façon, ta grossesse est trop avancée pour penser à un avorte… une fausse couche provoquée. Deux solutions s'offrent à toi : tu te débarrasses de cet enfant en le donnant en adoption et continues ta vie comme si rien n'était arrivé, ou tu le gardes et ruines ton avenir. Qui voudrait se marier avec une fille qui élève l'enfant d'un autre gars? La vie peut paraître longue et courte en même temps, pense à ton affaire Marguerite.

—Carmen, j'ose à peine te demander un grand service, prie

la future mère comme si elle n'avait rien entendu de l'appel au bon sens de son amie.

—N'importe quoi Marguerite, tu peux compter sur ma loyauté.

—Pourrais-tu essayer de retrouver Raoul pour moi ? Je ne possède qu'un mince indice. Un soir, juste au moment où je débarquais d'un taxi, il a demandé au chauffeur de le conduire sur le boulevard Saint-Joseph, mais j'ignore à quelle adresse.

—Si on regardait dans le bottin téléphonique, dit Carmen enthousiasmée de jouer au détective.

—Quelle tête de linotte ! Comment n'y ai-je pas pensé même ?

Se ruant sur l'annuaire, elles trouvent facilement le nom de Raoul Langlois, au trente quarante, boulevard Saint-Joseph.

—Voilà mon plan, dit rapidement Carmen heureuse de passer à l'action. Elle chuchote à son amie les prémices de sa conspiration.

—Carmen, je t'adore, dit Marguerite en se jetant dans ses bras.

—Pas si vite, ma mission n'a pas encore débuté.

Ce que découvre Carmen sur le boulevard Saint-Joseph, lui coupe le sifflet.

—Écoute bien, Marguerite, dit Carmen en invitant la future mère à s'asseoir. Après avoir demandé à la dame qui m'a ouvert la porte, si je me trouvais bien chez monsieur Raoul Langlois, celle-ci me répond affirmativement. À ce moment, deux jeunes garçons apparaissent, poursuivant un chien qui leur file entre les pattes et j'entends alors la voix de ton Raoul qui demande à la femme de refermer la porte afin que le cabot ne se sauve à l'extérieur. La diversion crée par les enfants préserve ma dignité et je bredouille un merci sans demander mon reste. Je file aussi vite que je le peux, ne prenant pas le temps de regarder et de remercier la femme qui venait de me renseigner. Elle m'a certainement prise pour une belle idiote, une illuminée. Maintenant Marguerite, je peux te confirmer que ton Raoul vit bien à cette adresse, mais malheureusement, pas seul. J'ai hésité avant de te le dire, mais j'ai fait une promesse et je la tiens. Désolée pour toi.

Marguerite, blanche comme un drap, est prise de nausées.

—Ce salaud était marié et père en plus. Ah, l'enfant de ... Je me suis fait prendre comme une belle dinde et dans tous les sens du terme. Il me laisse le paquet et retourne gentiment se chauffer auprès de madame. Une chance qu'on m'a bien élevée, sinon j'irais poser une bombe chez lui.

—Tu divagues Marguerite, dit Carmen essayant de calmer sa compagne. Des affaires pour tu accouches tout de suite. Tu t'énerves et te *fais du mouron* pour rien, des plans pour que ton enfant naisse avec quelque chose de travers.

—Laisse-moi cracher mon venin et la hargne que je ravale depuis des mois ! Des promesses, des maudites belles promesses, il va me faire sacrer et toi, surtout pas un mot à ma mère sinon, j'irai la poser chez toi cette bombe.

—Du calme mademoiselle ! C'est ça, fait du bien à un cochon... Tu m'y reprendras Marguerite Plante à te rendre service. Je voulais t'aider, mais je vois que tu es trop enragée pour comprendre quoi que ce soit. Arrange-toi donc toute seule et sois sans crainte, je sais garder un secret, ta mère et ton père ne sauront rien. Je reste quand même ton amie même si tu cries après moi.

Rien de la peine, de la colère, de la rancune, du gros ventre de Marguerite ne disparaît. Elle avale sa peine comme un sirop amer. Il reste si peu d'un amour de dix-sept ans. La vie est devant elle, non pas derrière et il faut regarder de ce côté. Au diable les commérages, le curé et les bien-pensants, elle deviendra mère au printemps et assumera sa grossesse et ses conséquences. Après avoir presque répudié sa fille, Antoinette finit par se rendre à la raison. Ce n'est pas catholique de mettre sa fille à la porte alors qu'elle est grosse et a besoin d'elle. Le bon Dieu lui a envoyé cette épreuve, il la jugeait donc capable de l'assumer, mais elle n'est pas obligée de faire le petit chien et de tout accepter les yeux fermés.

—De grâce Seigneur, donnez-moi la force de passer au travers, je vois encore rouge.

Le curé de la paroisse fait également sa part pour aider sa fidèle à accepter sa déception. À plusieurs reprises, le religieux s'est avéré de bon conseil et Antoinette, de son côté, n'a pas ménagé ses prières. Elle ne s'est pas montrée avare face à son Créateur et attend le retour de l'ascenseur. Quant à Albert, il suit le temps et les humeurs de sa femme sans se faire de bile. Les bigotes et leur esprit étroit ne lui font pas le moindre pli. Sa fille, sa petite dernière a commis une grave erreur et paie largement ; sa vie s'en trouvera chamboulée. Les soi-disant bien pensants acceptent mal les mères célibataires et encore moins les enfants du péché.

Marguerite se prépare à la venue du bébé. Elle quitte la maison familiale avant terme avec la promesse formelle de ses parents de pouvoir y revenir avec son enfant. Albert a travaillé fort pour qu'Antoinette accepte ce rejeton, allant même jusqu'à faire valoir son titre de chef de famille.

L'hôpital de la Miséricorde fait une bonne œuvre en accueillant les filles en mal d'enfant. Elles ne font pas dans la dentelle les bonnes sœurs et donnent l'hospitalité aux mères fautives sans grand ménagement. On leur assigne une chambre qu'elles devront quitter aussitôt leur accouchement terminé, laissant la place à une autre prête pour la délivrance. La plupart repartent les bras vides, une petite valise à la main, sans se retourner ou avoir le droit de changer d'idée. L'Église pardonne à la condition d'un ferme repentir assorti d'une bonne expiation. Très rares celles qui assument leur pleine maternité en gardant l'enfant du péché. Montrées du doigt, elles entendent des murmures dans leur dos. Pour faire bonne figure, elles s'achètent une bague à deux sous et se font passer pour veuve. Marguerite n'est pas faite de ce bois. Elle est taillée dans une espèce dure et droite. À dix-sept ans, elle suit ce que son cœur lui dicte et possède la volonté d'agir, prenant les responsabilités découlant de ses erreurs et de sa naïveté. Elle a décidé de garder son bébé et rien ni personne au monde ne viendra le lui arracher, surtout pas une cornette.

Les douleurs imposent une véritable torture à la primipare et l'enfant est difficilement expulsé. La religieuse, généreuse en apparence, invite Marguerite à expier dans la douleur.

—La faute que vous avez commise ma fille demeure impardonnable, vos souffrances le prouvent. Respirez et de grâce, épargnez-nous vos plaintes. Vos cris ne vous feront pas accoucher plus vite et vous faites inutilement peur aux autres parturientes.

Marguerite respire profondément. D'une contraction à l'autre, d'une poussée à l'autre, elle finit par entendre le cri du petit être qui vient de sortir de son ventre. Vide ! Elle se sent si vide. Avec réticence, la religieuse lui met le nouveau-né dans les bras. Une petite fille bleutée cherche un peu d'air, puis crie à fendre l'âme. La voix sèche de la nonne la tire de sa contemplation.

—Allez-vous allaiter, sinon il faut que je vous bande les seins ?

—Certainement, je veux la nourrir.

La grande sœur aigrie trouve désagréable de mettre un enfant au sein. Quelle image choquante ! Des seins gorgés de lait qui se font téter. Tout simplement dégoûtant ! La petite prend avidement le téton présenté par sa mère et se met à boire. Elle reprend des couleurs passant maintenant au rose. Fripé, ratatiné et sale, le bébé ne suscite pas l'extase, mais Marguerite ferme les yeux, aveugle à tout. La nouvelle mère en profite pour examiner sa fille et vérifier si elle possède tous ses morceaux. Tout est là, sauf un petit pied tordu. La sœur aussitôt alertée par Marguerite lui lance méchamment :

—Une enfant illégitime mademoiselle ! Et vous voudriez avoir engendré la perfection ? Vous voilà bien punie. Une boiteuse, votre fille sera infirme toute sa vie…

On aurait planté un couteau dans le cœur de Marguerite, la douleur n'aurait pas été plus vive. Le lendemain de son accouchement, on lui indique la porte de sortie. Une autre a besoin de son lit et comme on ne garde ici que les poupons à être adoptés, mère et fille sont priées d'aller héberger ailleurs. Les bonnes sœurs ont tout juste fait leur devoir. À contrecœur, Antoinette a ressorti son vieux moïse et rafraîchi quelques draps qui ont été épargnés par la faucheuse à torchons. Elle a cousu des jaquettes de flanelle de coton y brodant du smoking et refait des bandes abdominales dans de vieux draps blancs. Ce n'est guère de gaîté de cœur pas plus que le sourire aux lèvres qu'elle voit revenir Marguerite, affaiblie, avec un mioche dans le bras. Quel déshonneur ! Albert a pris le tramway pour aller chercher sa fille faisant fi des commères et des interdictions de sa femme.

—Ma fille est déshonorée, dit le père, mais dans le bois j'ai appris qu'on ne coupe pas un arbre parce qu'une branche est brisée. Rien ni personne au monde ne me fera renier ma fille parce qu'elle a aimé.

Marguerite remercie ce père que le Ciel lui a envoyé. Elle installe sa fille dans le petit lit, la gardant bien emmaillotée.

—Il faut faire baptiser au plus tôt, s'inquiète la grand-mère. Comment l'appelleras-tu ?

—Lili, en souvenir de Lili Saint-Cyr.

Si Antoinette avait été piquée par une guêpe, elle n'aurait pas réagi plus violemment.

—Tu ne changeras donc jamais, la maternité ne t'a donc pas mis une once de plomb dans la cervelle. Peut-être n'as-tu pas assez souffert? Lili, le nom d'une effeuilleuse… un nom de païen. Seigneur, soutenez-moi ou je l'étripe. Tu aurais pu trouver celui d'une sainte qui la protégerait. Je ne peux pas y croire, Lili! J'ose imaginer que Lili sous-entend un autre nom, le diminutif de Liliane, ou Liette, ou encore Lise. Aide-moi Albert trouve quelque chose d'intelligent à dire.

Albert, muet comme une carpe, préfère partir laissant les femmes s'asticoter entre elles.

Sans égard aux émois maternels d'Antoinette, Lili est baptisée selon les rites de l'Église catholique et le curé fait renoncer Albert et Antoinette, parrain et marraine malgré eux, à Satan, à ses pompes et à ses œuvres. Antoinette qui a rapidement découvert l'infirmité de sa petite-fille, y voit là le mauvais œil, un funeste présage, une punition imposée à la petite pour la faute de sa mère. Marguerite doit relever un immense défi, faire accepter sa fille sans égard à un pied de travers.

—Lili a un pied croche, très bien, mais j'en connais qui ont l'esprit tordu et qu'on ne traite pas d'infirme.

La grand-mère garnit la camisole de la mignonne brunette de médailles attachées à une épingle à ressort. Les saints côtoient les saintes sans préjudice et on entend un léger cliquetis lorsqu'on prend l'enfant. Antoinette a consacré Lili au Frère André, demandant au petit homme de protéger sa petite-fille du péché et puisque ce dernier est apte à faire des miracles, la grand-mère insiste sur le redressement du pied gauche, spécifiant lequel en cas d'erreur. Antoinette s'acharne, redoublant ses invocations, faisant neuvaine par-dessus neuvaine, brûlant des lampions à une piastre et offrant des messes à l'oratoire. Elle devrait obtenir grâce.

À force d'amour, Lili sourit, babille, fait des bulles et réussit à se mettre à quatre pattes comme tous les enfants de son âge. Marguerite ne voit plus l'infirmité de sa fille et Antoinette s'est finalement laissé attendrir le cœur par le bébé, qui sans être une beauté, offre en contrepartie charme et séduction. Albert, lui, s'est littéralement entiché de Lili. Insensible aux regards choquants et pesants de reproches, il pousse le carrosse de sa progéniture sur les trottoirs du quartier et visite le parc d'en face, laissant les mauvaises langues s'assécher. Puis un jour, Lili finit par se tenir debout sur ses jambes. Difficile de marcher ! Il faut qu'elle apprenne à poser son pied bot en le tournant légèrement afin de trouver une assise correcte et sa démarche claudicante devient sujette à moqueries. Lorsque Marguerite accompagne sa fille au parc du quartier, les enfants s'amusent à crier des choses offensantes, associant les mots boiteuse et sorcière. Par contre, lorsque pépère Plante l'emmène se balancer, il poursuit les enfants méchants comme on court après des pigeons trop gourmands. Alors, Lili rit de toutes ses forces et incite son grand-père à recommencer. Le seul geste de faire peur aux bambins cruels, a pour effet de renforcer leur crainte de la petite infirme. Son pépère Albert est alors vu comme un quêteux traînant par la main une boiteuse et sa mère est considérée comme une moins que rien… peut-être une sorcière, elle aussi ? Dans sa cuisine, Antoinette s'impatiente, il faut faire cesser ces horribles histoires racontées par son mari dès son retour du parc.

—Albert, je n'aime pas ce qui se passe autour de Lili. Ce maudit pied va nous faire passer pour des détraqués. On te traite de quêteux, Lili de sorcière et Marguerite, je passe sous silence la panoplie de noms dont on l'affuble. C'est assez ! Demain, je prends la petite avec moi et l'amène faire un pèlerinage à l'oratoire. Tout le monde a droit à son miracle, nous aussi bien que les autres! Veux-tu m'accompagner, oui ou non?

—Antoinette, le Frère André ne peut pas guérir plus qu'un charlatan. Tu te bourres la tête de toutes ces prétendues guérisons que tu lis dans les annales. Tu me fais pitié avec tes dévotions aveugles.

—J'ai compris. Si personne ne s'occupe de cette pauvre enfant, je le ferai moi-même. Marguerite ne voit plus son infirmité et toi, vieil homme, tu as perdu ton sens critique.

Albert ne rajoute pas d'huile sur le feu et se tait. Le dimanche suivant, Antoinette se pomponne. Pas une mince histoire que ce pèlerinage à l'Oratoire Saint-Joseph. Sa détermination à rencontrer le Frère André reste sans faille et rien ni personne au monde ne l'en dissuadera. Elle reviendra dans trois jours et à bout de force s'il le faut, mais elle obtiendra pleine et entière satisfaction. Le tramway de la Côte-des-Neiges est rempli à craquer de dévots qui vont entendre la messe dominicale. La petite boiteuse qu'une vieille femme traîne par la main dérange les usagers. On a beau être catholique et fervent pratiquant, monter à l'oratoire, il reste qu'on n'aime pas voir les infirmes de trop près. L'opinion populaire préfère nettement les voir cachés chez eux. Est-il nécessaire d'exposer en plein public son handicap? Antoinette réussit à se dénicher un siège vide ; elle prévoit une longue journée alors, autant se reposer dès maintenant. La grand-mère grimpe la fillette sur ses genoux, laissant le pied bot dans le vide, ce qui rend l'infirmité encore plus visible. Enfin arrivée au lieu de piété, l'ancêtre, impatiente d'entreprendre ses dévotions, s'agenouille devant le grand escalier. À son grand dam, Lili se voit intimer de prendre la même position.

—Pourquoi mémère?

—Si tu veux guérir, il nous faut monter cet escalier à genoux. À chaque marche, je dirai toutes les prières nécessaires pour nous deux.

Lili n'aime pas prier et encore moins devant tout le monde.

Elle ne connaît que la prière du soir qu'elle récite à genoux près de son lit. Mais cette fois-ci, il n'est pas l'heure de dormir, sans compter que le ciment trop dur lui blesse les genoux, mais si mémère le dit il faut le faire, car c'est elle la *boss* du pèlerinage. Lentement, Antoinette monte l'escalier central, en récitant à chacune des marches trois *Pater*, trois *Ave* et trois *Gloire soit au Père*, puis à tous les cinq degrés, un acte de contrition à l'intention de Lili est rajouté. Chapelet en main, elle ne déroge pas de ses prières. Après quatre marches, Lili n'en peut plus, elle s'assoit et attend que sa grand-mère finisse de marmonner. La fillette fouine à gauche, à droite, examinant les autres pénitents qui imitent sa mémère. Au bout de deux longues heures, les genoux mis à rude épreuve, disciplinant le corps afin d'élever l'âme, Antoinette entend la messe. Cette fois, elle apprécie le dur banc de bois. La consécration la soumet à un véritable supplice, car elle doit à nouveau se plier et se prosterner sur un étroit et inconfortable prie-Dieu. Retenant des grimaces, elle impose à Lili le même exercice, soit l'agenouillement, lui ordonnant de fermer les yeux et de prier le petit Jésus. Incapable de concentration, la petite se tortille comme un ver à choux.

—Reste tranquille Lili, ça achève.

Durant la communion, Lili reste seule dans le banc, regardant la démarche cahoteuse de sa grand-mère qui tente tant bien que mal de retrouver un pas normal. Après avoir reçu l'eucharistie, Antoinette tente de calmer sa petite-fille qui chique la guenille parce qu'elle n'a pas obtenu d'hostie comme sa grand-mère. Difficile de faire une action de grâce convenable avec une fillette de trois ans qui frétille sans cesse. La dernière oraison dite, la pénitente s'apprête à dépenser quelques piastres en lampions. Bien sûr, Lili veut encore copier sa grand-mère et en allumer un à son tour, mais la chaleur dégagée par les bougies autour d'elle la fait reculer d'un pas.

—Demande plutôt au petit Jésus de guérir ton pied

croche, dit la mémé dont la patience commence à s'étioler.

Après ces dévotions qui lui ont infligé tant de souffrances physiques, Antoinette se sent enfin d'attaque, prête à porter le grand coup et à demander la grâce ultime. Peu avare de ses prières, Antoinette se sent en droit de solliciter le saint frère et l'inciter à faire le reste de la besogne. Pour mieux plaider sa cause, elle entraîne de force la petite en la plaçant derrière une longue queue de malades et d'infirmes. Gênée, la grand-mère raconte à qui veut l'entendre qu'elle vient ici dans l'intention d'obtenir des grâces pour la fillette et non pour elle. Lili commence à en avoir assez de toutes ces simagrées. Sa vessie demande qu'on la soulage et son ventre crie famine. Sans plus d'embarras, elle ne se gêne pas pour dire ses besoins.

—Silence Lili, ne crie pas comme ça, chuchote la grand-mère en tirant sur le petit bras.

Antoinette sort de sa sacoche un sandwich au fromage tout ratatiné, enveloppé dans un papier ciré défraîchi et complété à la hâte le matin. Aussitôt avalé, Lili recommence. Maintenant, elle a soif. Sa grand-mère, qui avait prévu le coup, tire encore une fois de son sac une bouteille d'orangeade. Le liquide absorbé augmente l'envie d'uriner. Un vieux monsieur se tenant derrière elles n'en peut plus de supporter de voir la fillette se tortiller dans tous les sens et chanter sur tous les tons qu'elle veut aller à la toilette. Ce dernier offre à Antoinette de garder sa place le temps nécessaire pour que la pauvre enfant puisse se soulager.

—Encore une bonne heure d'attente madame, ajoute le vieux, plaidant sa cause auprès de la grand-mère autant que celle de Lili.

—Merci mon bon monsieur, Dieu vous le rendra.

—L'important n'est pas qu'il me le rende, mais de grâce, allez vite.

Lili revient dans le rang. Sa mémère a également profité de l'occasion, au cas où…

—Maintenant Frère André, à nous deux !

Enfin, André Bessette les reçoit. Antoinette ne lui demande rien de moins qu'un miracle : il faut redresser le pied de sa petite-fille, et tant qu'à y être autant tirer parti au maximum et bénir cette enfant illégitime. Le frêle frère de Sainte-Croix prend un peu de l'huile de Saint-Joseph dans une bouteille, à peine une goutte et frotte le pied gauche de Lili, puis signe l'enfant sur le front. De sa voix affaiblie par la maladie, il invite Antoinette à croire. La grand-mère ne sait comment remercier le frère Bessette et lui baise les mains en signe de soumission. Libérées du poids de la disgrâce, Lili et Antoinette reprennent le tramway en bâillant. La première tombe de fatigue et la seconde exténuée, les genoux presque en sang, ne pense qu'à somnoler. Dès leur descente, rue Sherbrooke, tout le monde veut savoir si elles ont vu le fameux Frère André.

—Oui Seigneur, j'ai vu le saint homme !

—Et puis ?

—Demain, je vous raconterai tout, demain, mais pas tout de suite, je vais me coucher.

—Sans souper ?

Déjà, Antoinette a passé le pas de la porte et devenue sourde aux appels de son estomac, s'allonge sur le lit sans égard au couvre-lit qu'elle lisse tous les matins. Quant à Lili, elle tombe littéralement le nez dans sa soupe et Marguerite, après l'avoir dévêtue, la borde dans son lit. Albert rit dans sa barbe.

—Ouais, le pèlerinage a été pas mal dur pour qu'Antoinette aille se coucher sans manger. Des plans pour qu'elle maigrisse et devienne sainte elle aussi !

Albert s'amuse aux dépens de sa femme, de sa dévotion aveugle à un petit religieux, malade et rabougri.

—Voyons donc, si ça se peut des histoires de même, c'est

berner le monde que de leur faire croire aux miracles. J'aime mieux contrôler mes affaires moi-même et si ça tourne du bon bord, je ne le dois à personne.

Le lendemain, Antoinette raquée de partout, se lève et accepte le déjeuner préparé par Marguerite.

—Bien du moins que tu me fasses mes *toasts* après tout ce que j'ai fait pour ta fille hier.

À la suite des questions insistantes d'Albert, elle raconte sa visite à l'oratoire, n'omettant aucun détail. Rien n'est épargné à ses auditeurs. Quand Lili se réveille, elle gobe un grand bol de gruau avec de la cassonade et de la crème. Son pied lui fait très mal et elle claudique encore plus. Albert taquine la pèlerine en chef.

—Personne ne peut inverser un miracle Antoinette, mais toi, tu as réussi. Regarde la petite, elle boite encore plus.

Le grand-père pousserait la plaisanterie encore plus loin, mais se retient de justesse.

—Ta douleur va passer ma belle, dit la grand-mère, faisant la sourde oreille à la pointe de son mari. On va être exaucées, mais une guérison ne se fait pas en criant *ciseaux*. Il faut de la patience ma petite poule.

C'est le premier surnom tendre qu'Antoinette accorde à sa petite-fille. Albert et Marguerite se regardent confirmant si l'un a bien compris ce que l'autre a entendu.

—Si mademoiselle Lili mange tout, ajoute Albert, je l'amènerai faire une promenade au parc et on se balancera.

Les yeux de la fillette s'agrandissent, son pépère est vraiment le plus gentil des tous les pépères du quartier. Il connaît ce qui plaît aux enfants, contrairement à sa mémère qui l'a entraînée à l'oratoire. Elle ne veut plus jamais y retourner et tant pis si son pied ne guérit pas. Maman ne l'achale pas avec ça ! Lili engloutit son déjeuner et court prendre la main de son grand-père afin de s'assurer que l'offre tient toujours.

—Un instant ma belle enfant, je termine ma tasse de thé.

Comme l'effet du pèlerinage à l'oratoire tarde à donner des résultats tangibles, Antoinette se met en tête d'obtenir son miracle d'une autorité plus haut placée, Notre-Dame-du-Cap. On ne sait jamais! La Vierge est peut-être plus pesante auprès du Seigneur que le petit frère. Et s'il faut aller encore plus loin, elle traînera Lili jusqu'à Sainte-Anne-de-Beaupré. Rien ne sera épargné dans sa quête de réparation à l'outrage de la nature envers sa descendance.

—Trop de confiance finit par nuire, ironise Albert. Tu penses qu'une question de poids auprès de Dieu va faire la différence? Ces folies tournent à l'obsession et la guérison de Lili devient une idée fixe. Il te faut un miracle à tout prix. Tu magasines les interventions des saints comme tu le ferais pour l'achat de n'importe quoi d'autre. Au lieu de voir l'infirmité de Lili, regarde-la donc grandir et profite d'elle. Elle ne vivra pas toujours avec nous.

—J'ai tout le temps pour faire du maternage, par contre la pauvre enfant va devoir s'accommoder toute sa vie d'un pied infirme. On la traite déjà de sorcière, comment veux-tu qu'elle reste insensible à toute cette méchanceté. Ça me crève le cœur de la voir hypothéquée pour le restant de ses jours.

—Lili est en santé et heureuse comme tous les enfants, dans sa tête elle est normale et Marguerite a accepté son pied bot. Toi seule t'accroches à des rêves et des miracles, vieille bonne femme.

—Insulte-moi pas en plus Albert Plante, tu es bien le dernier qui puisse me donner des leçons de bon sens.

Bien à contrecoeur, Antoinette se rend à l'évidence. Ses dévotions à l'oratoire se sont avérées pénibles, douloureuses et infertiles. Elle doit recommencer à souffrir, les prières, brûler de nouveaux lampions et cette fois, elle ne peut rencontrer de saints. Elle doit se fier à la seule force de ses supplications et espérer que, comme les nombreuses béquilles suspendues à la vue des pèlerins, elle accrochera les vieilles bottines déformées de Lili. Peut-être n'est-elle pas due pour une intervention surnaturelle ? Sa foi vacille. Durant qu'elle se démène corps et âme pour obtenir une satisfaction céleste qui tarde à venir, Antoinette reporte sa déception sur sa fille. Hors de la présence d'Albert, elle taraude Marguerite, la blâmant de se laisser vivre par ses parents, choisissant ainsi la voie de la facilité. Au moins, elle lui sait gré de s'occuper de sa fille, déjà ça de pris, mais la mère en a plus qu'assez.

—Marguerite, je t'accepte à la maison avec Lili, je ne compte pas le surplus d'ouvrage que cela m'impose, je passe sous silence ce que j'endure en commérages dégradants, et de plus, comme si cela allait de soi pour toi, je garde la petite à chacune de tes sorties. Je suis à bout. Il ne suffit pas de faire la belle et de dire qu'on se fout de tout le monde ; il faut assumer ma fille et je crois que l'heure est venue. Tu flânes ici du matin jusqu'au soir, tes trois repas chauds te sont servis, tu es blanchie, alors je pense que tu reçois beaucoup pour ce que tu rapportes. Tu dois travailler, ton père t'entretient depuis dix-huit ans.

—Est-ce un reproche ?

—Non, seulement une mise au point.

—Je déteste qu'on m'accule au pied du mur.

—Si c'est la seule manière de te faire réagir, eh bien, considère-toi comme tu dis, au pied du mur : tu travailles ou tu te trouves un logement.

Marguerite a souvent pensé à prendre son envol, mais la vie coûte cher. Même si elle travaillait, comment pourrait-elle arriver ? Faire garder un enfant, payer un loyer, manger, s'habiller, il ne restera que des miettes pour ses divertissements. Ses sorties ont considérablement diminué depuis la naissance de Lili et comme Raoul, le diable garde sa mémoire, payait tout, le problème se montre de taille. Souvent, Carmen l'invite à se joindre à elle et à ses amies de fille pour faire un tour, aller au club ou au grill, mais comme disent les anglais *no money, no candy*. Elle se contente de petits cinémas de quartier, de hot-dogs mangés à la cantine du coin qu'Albert paie, lui refilant quelques billets à l'insu d'Antoinette.

—Avec un peu plus d'argent, lui souligne Carmen, tout redeviendrait comme avant. Ta mère garderait ta fille et on puis on sortirait ensemble, mettrait nos belles toilettes et irait flâner au parc Lafontaine ou danser au club, rien que nous deux.

—Non merci pour ton parc, j'ai donné! Quoique je ne détesterais pas aller me trémousser au Mocambo.

—Alors qu'attends-tu? À la manufacture où je travaille, les Juifs engagent des couturières. Côté argent, tu deviendrais indépendante et qui sait, tu pourrais faire soigner Lili.

—Rien à espérer de ce côté-là, elle est née comme ça.

—J'ai entendu parler par Monique, qui tient la nouvelle d'un spécialiste, qu'on peut maintenant redresser un pied bot. Imagine comme ta Lili serait contente.

Carmen vient de créer l'étincelle qui allumera une veilleuse dans la tête de son amie. L'idée fait peu à peu son chemin et Marguerite se met à espérer pouvoir offrir des soins médicaux et un meilleur avenir à sa fille. Au diable les bondieuseries et le Frère André, la médecine fera le miracle. Lili deviendrait comme toutes les autres petites filles, on ne se moquerait plus d'elle. Toute la vie de l'enfant se déroule devant ses yeux. Présentement, elle est protégée par le cocon familial, qu'en sera-t-il à l'école, et les garçons? Personne ne voudra marier une boiteuse. Plusieurs jours de réflexion amènent Marguerite à prendre une décision qui, par le fait même, contribuera au bonheur de Lili.

—Carmen, demande donc à tes Juifs s'ils ont toujours besoin de main-d'œuvre, je suis décidée à travailler.

—On aurait du plaisir toutes les deux. On dînerait ensemble, proche l'une de l'autre. Tous les jours, toi et moi, y penses-tu Marguerite ?

—Écoute donc, es-tu en train de virer *fifine* toi ?

—Non, répond Carmen mollement.

—Tu ne m'as pas l'air bien convaincue.

—J'ai tout essayé, et tu peux en témoigner, pour trouver un homme qui possède un tant soit peu de bon sens et je n'ai attrapé que de maudits vicieux aux poches percées. Pas aussi chanceuse que toi, bien que, je me demande si vraiment on peut appeler ça de la chance. En tout cas, je suis tellement déçue par les hommes que je ne cracherais pas sur une femme. Au moins avec elles, je saurais de quoi je parle... Et puis y a-t-il une si grande différence entre un homme et une femme en ce qui concerne l'acte ?

—Tu me coupes le sifflet Carmen Trépanier ! Oui, il existe une différence et une grosse. Te voilà rendue maboule ou quoi ! Aimer les femmes, j'aurai tout entendu !

—L'important reste le coeur et pour le geste, que ce soit avec n'importe qui, ça n'a pas une grande importance.

—N'importe qui ? Et pas difficile en plus. As-tu si faim que tu ne regardes pas le morceau ?

—Non, j'aime le plaisir, un point c'est tout.

—Ouais, je ferme les yeux sur tes prétendues jouissances parce que tu es mon amie, mais ne t'avises pas de me toucher, sinon je t'écorche vive.

—Pas besoin d'utiliser la violence.

—Plus j'y repense, plus je trouve que ton affaire n'a pas une miette de bon sens et puis, ta vie te regarde après tout ! Et pour le travail, tu m'informes oui ou non ?

—Bien sûr, j'anticipe déjà la joie de manger mon sandwich au *baloney* avec toi, dit-elle en pouffant de rire.

La semaine passe très vite, Carmen fait diligence et obtient un travail de couturière chez les Jacob de la rue Saint-Laurent. Mise au courant de la possibilité de faire soigner Lili, Antoinette accepte de la garder le temps nécessaire pour que Marguerite ramasse l'argent indispensable. Tous les matins, la nouvelle employée prend le tramway, son sac de papier contenant son *lunch* et débarque devant la manufacture. Sa carte de temps poinçonnée, elle se rend devant la grande table de coupe. Comme couturière, elle ne valait pas un sou noir et les Juifs n'ont pas de temps à perdre. Ses compagnes, venues la dépanner à quelques reprises, ont été averties par le contremaître de retourner ipso facto à leur poste. Craignant d'être mise à pied, Marguerite plaide sa cause, insistant sur les soins médicaux à prodiguer à sa fille et évite de justesse le chômage. Monsieur Jacob l'a envoyé à la coupe et le contremaître constate rapidement qu'elle manie mieux les ciseaux que la pédale et les aiguilles. Devant elle, des rouleaux de tissu suffisamment grands pour habiller tout un quartier, un patron de carton et une paire de gros ciseaux noirs. Elle trace à la craie des dos, devants, manches et collets et taille le fin tissu de coton immaculé. De belles chemises sortiront des ateliers Jacob. Les Juifs offrent des salaires de misère pour de longues heures de travail. Marguerite s'en accommode assez bien ; sans charge familiale immédiate, sauf celle de sa fille, sa paye est tout de même suffisante. Tous les midis, on peut voir Carmen et Marguerite, sandwiches en main, assises sur un banc, jaser de la dernière mode, des films à l'affiche au cinéma, du récent spectacle de Maurice Chevalier ou de la beauté discutable d'Yves Montant. Carmen n'apprécie pas les chanteurs français, les jugeant trop snobs et préfère entendre Mary Travers, surnommée la Bolduc. Son grouillant lui met du pep dans le soulier et la couturière, pédale au pied, tente d'imiter les *turlutes* de son idole sans grand succès. Marguerite, encore séduite par les nuits chaudes de Montréal, fait des rencontres intéressantes, mais cette fois-ci, la prudence reste de mise ; elle garde à l'œil les coureurs de jupons qui promettent mer et monde. Le ciel elle l'a déjà vu. Marguerite paie une pension quasi symbolique à Antoinette et se garde quelques dollars pour une sortie au Monument National, ou un souper au restaurant italien. Le plus gros de ses gages est engrangé pour faire opérer sa fille. Elle a déjà rencontré l'orthopédiste suggéré par Carmen ; en effet, il est possible redresser un varus équin et de remettre les os droits en les cassant, mais cette pratique demeure encore expérimentale.

Antoinette, soulagée de voir sa fille se prendre en main, voit la tirelire de Lili se remplir avec joie. Chaque mois, Marguerite dépose dix dollars et chaque fois, l'argent entre de plus en plus difficilement dans la fente du cochon de plâtre rose. Lili pense qu'un jour, il explosera.

—Si le Frère André n'a pas fait son travail, l'argent le fera, dit Marguerite.

Le dimanche midi, Marguerite amène sa fille à la roulotte de patates frites du coin et elles se gavent de hot-dogs débordants de moutarde. Cette sortie hebdomadaire devient un véritable pèlerinage, la petite le préférant à celui de l'oratoire dont elle est restée marquée. Lili aime suivre sa mère, car cette dernière possède le sens de la fête et tous les jours de la semaine, impatiente, la petite demande quand dimanche arrivera pour manger des frites. La fillette, soumise aux dévotions imposées par sa grand-mère, est agacée d'être traînée de force à la messe et de marcher toute l'allée centrale jusqu'au banc d'en avant sous le regard des paroissiens. Sa mémère Antoinette ne fait que marmonner des prières, se levant, s'assoyant ou se mettant à genoux de façon incohérente, égrenant son chapelet béni par le Frère André et recevant l'hostie qui lui est toujours interdite. Rien pour faire aimer la messe à la petite boiteuse. Son pépère ressemble à sa maman. Drôle comme un singe, il s'amuse de la voir rire de ses grimaces et mimiques, mais surtout, il l'amène souvent se promener sur le trottoir ou au parc. En arrière de la maison près de la ruelle, il a construit un grand carré de sable. Sans gaieté de cœur, mémère a cédé de vieux chaudrons, un chinois rouillé et deux ou trois cuillères à soupe. Lili peut ainsi passer des heures, assise dans son enclos sablonné, chapeau sur la tête à parler toute seule et à s'inventer un monde à sa mesure, là où les gens ne se montrent jamais intolérants et font preuve de gentillesse et de courtoisie envers elle. Lili n'a pas de petites amies de son âge. Qui jouerait avec une boiteuse et une sorcière ?

—Maman, dis-moi ce qu'est une sorcière ?

—Ça ressemble à une mauvaise fée, toujours vieille, le nez crochu, des pustules sur les joues, des cheveux en bataille et un chapeau pointu. Souvent, il ne lui reste que quelques dents noirâtres. Elle vole sur son balai magique et s'amuse à jeter des mauvais sorts aux enfants méchants.

—Les voisins me traitent de sorcière, mais je ne veux pas être mauvaise. Moi, je suis gentille !

—Certainement, toi tu es comme la bonne fée, tu te souviens de la fée marraine, celle qui fait de la magie avec sa baguette et aide les enfants à se sortir du pétrin. Tu ressembles à celle-là.

—Ouf, j'ai eu peur !

—Lili, si on ose encore te comparer à une sorcière, n'écoute pas, ces gens ne savent pas que tu te trouvé du côté des bonnes fées. Ça reste notre secret. Quand j'aurai plus de sous, on ira toutes les deux faire un grand tour. Nous prendrons le train jusqu'à Québec, et on se payera du luxe. On mettra nos belles robes et nous coucherons au Château Frontenac, un soir, rien qu'un seul, dans une belle chambre avec un lit à baldaquin. Nous dirons à l'hôtelier : *Veuillez ne pas nous déranger, demain nous ferons la grasse matinée.* Puis je t'amènerai voir les chutes Montmorency.

—Tu les as vues toi les chutes Moncy ?

—Montmorency. Non jamais, nous les verrons ensemble

ma Lili.

—Et qu'est-ce qu'on mangera ?

—Des tonnes de crème glacée et nos dents deviendront glacées, notre front gèlera et nous rirons comme des folles.

—J'ai hâte maman de partir avec toi en train.

LÉO

Le bedeau Joseph Belhumeur n'en finit plus de creuser des tombes. Depuis des mois, les décès sont légion. On dirait que le gros docteur a perdu toute sa science et le curé Godin, de son côté, chante les *libera* de ses paroissiens, implorant le ciel de regarder ailleurs et d'oublier Sainte-Élisabeth pour un bout de temps. La grippe et la tuberculose déciment le village et même les plus forts tombent sous l'emprise du bacille. À Trois-Rivières, on a ouvert un centre pour accueillir les tuberculeux, mais l'hôpital Cook déborde.

Aujourd'hui, le bedeau creuse la fosse d'Irène, une bonne mère de quatre enfants. L'air de la campagne pourtant réputée comme étant salutaire, n'a pas réussi à guérir la femme de Léo. Maladive depuis son enfance, Irène bénéficiait d'une santé précaire. Son teint pâle et son apparence frêle avaient conquis le cœur du jeune fermier. Chacun de ses accouchements la laissait toujours plus faible si bien que toute capacité l'avait abandonnée après la naissance de Juliette, la petite dernière. Le docteur Laferrière lui a interdit toute nouvelle grossesse. Entre la médecine et l'Église, perdure un long combat qui n'est pas prêt de se résoudre. Le curé Godin ne ménage ses envolées oratoires, prêchant le salut par les naissances, en fait, une autre façon d'acheter son ciel. Dans l'intimité du confessionnal, le religieux attrape ses victimes et semblable à une araignée, il les emballe dans le fil de la culpabilité, les immobilisant et les réduisant à l'inaction. Le curé voit en Irène une proie idéale. À bout de force physique, elle n'en suit pas moins les recommandations de son pasteur, au détriment de sa santé vacillante. Léo tient à garder vivante la mère de ses enfants. À son avis, ils ont plus besoin d'une maman que d'une nouvelle soeur ou d'un nouveau frère. Dans le secret de la chambre à coucher, Léo jette sa semence en dehors de façon à contrôler les naissances. Irène se sent fautive d'empêcher la famille. Le curé Godin, en homme efficace, ne renonce pas facilement et s'il ne réussit pas par la voie de l'incitation à la fécondation, il règne dans l'art de la culpabilité. Parfois, la vie envoie d'autres occasions de gagner son ciel et Irène s'éteint, épuisée par les quintes de toux et les poumons dévorés par le bacille de Koch. Même si les enfants pleurent, implorent le ciel, leur maman est déposée dans le grand trou et Léo a de la peine à en mourir.

Péniblement, l'homme vit son veuvage et ne sait plus à quel saint se vouer. Il doit cumuler les charges, malgré le chagrin qui le tourmente et le fait vivre au ralenti. Il lui faut de l'aide ! Pour le grand gaillard, homme de famille avant tout, les parents et la fratrie sont importants. Chez les Plante, la famille est tissée serrée. Dans de longues lettres à sa tante Antoinette, il décrit sa douleur et son désarroi. Cette dernière, très attachée à son neveu, se creuse les méninges pour trouver un moyen de tirer le pauvre Léo de sa mauvaise passe. Un soir au souper, Antoinette relate à Marguerite les difficultés de son cousin perdu dans la campagne laurentienne, loin de la grande ville.

—Pauvre Léo, ça me fend le cœur de le voir si découragé, lui qui vouait un amour quasi sacré à Irène.

Marguerite retourne dans sa tête les malheurs de son cousin, évaluant en parallèle sa situation. Elle ne peut indéfiniment vivre chez ses parents et désire offrir une vie confortable à Lili, différente que celle qu'elle a vécu, non pas qu'elle la regrette, mais elle en a assez de la ville. Son envie incontrôlable de sorties, de boîtes de nuit et de néons a diminué avec la naissance de sa fille, puis finit par passer entièrement. L'air frais, les champs, le chant des oiseaux, voilà ce qu'il lui fallait! Tout ça se trouverait à portée de main si elle vivait à la campagne. Du même coup, elle offrirait son aide à Léo. Antoinette, mise au courant des intentions de sa fille, demeure perplexe.

—Il faut beaucoup de courage ma fille pour vivre sur une ferme isolée au fond d'un rang. Tu n'y connais pas grand-chose, toi habituée à la ville. Il faut aussi considérer que Léo élève quatre enfants, ce n'est pas rien et pense à Lili, tu voulais lui offrir les meilleurs soins.

—Je pense que ça nous ferait du bien à toutes les deux de changer d'air, de pacage comme on dit. Lili jouerait avec des enfants de son âge. Il n'est pas bon qu'elle soit continuellement avec des adultes. Je verrai à la faire soigner là-bas, à la campagne, et une autre opinion médicale ne nuira pas. Et peut-être bien que tout ce verbiage est inutile, Léo se remariera probablement dans quelque temps.

—Et ton travail à la manufacture Jacob?

—Bah! Il y a toujours de la demande pour ce genre de main-d'œuvre bon marché.

Marguerite ne fait ni une ni deux, prend sa belle main d'écriture. Elle offre son aide tout en faisant valoir ses talents de cuisinière et de ménagère, terminant sa missive par... *j'attends ta réponse cher cousin. Au plaisir de te serrer dans mes bras.*

Léo, au fond de son rang, reçoit la lettre de sa cousine de Montréal en se grattant la tête, signe d'un questionnement sérieux.

—Tabarouette, si je m'attendais à une offre semblable. Marguerite! Un bon bout que je ne l'ai vue, celle-là.

Dehors, un chien ne cesse d'aboyer. Laissant de côté son courrier, Léo jette un coup d'œil par la fenêtre au-dessus de l'évier afin de voir ce qui se passe et pourquoi la chienne jappe tant. Il aperçoit Juliette qui court après l'animal. Bâton en main, elle veut imposer au cabot une correction.

—Quelle merveilleuse façon de se faire mordre ! tonne Léo.

Criant de toutes ses forces afin d'enterrer les jappements du chien et les menaces de Juliette, il finit par les faire taire et attrape sa fille par le bras.

—Juliette, ce que tu fais là est dangereux. Finette aurait pu te mordre. Rentre à la maison tout de suite.

—Mais papa, elle a grugé la tête de ma poupée Lulu.

—Laisse et entre, je ne le répèterai pas deux fois.

—Mais…

—Pas de mais, sinon tu vois ça, dit-il en montrant sa main largement déployée, elle va te chauffer les fesses.

Juliette suit son père à reculons et monte à sa chambre pleurer sur le sort de sa pauvre catin et maudire Finette. Léo s'assoit au bout de la table et plie le linge raidi d'avoir séché sur la corde devant le poêle à bois. Faisant une pile de vêtements en équilibre précaire pour chacun des enfants, le jeune veuf reconsidère l'offre de Marguerite.

—Je pourrais respirer un peu.

Arrachant une page du cahier de sa fille Lucie, il répond à la cousine de la ville, l'assurant qu'elle est la bienvenue dans le rang nord de la Bayonne.

◈

Voilà la cousine de la grande ville qui débarque du train à la station de Berthierville. Tenant d'une main une fillette de quatre ans et de l'autre un carton à chapeau, elle descend d'un pas assuré. Marguerite jette un regard circulaire sur le quai de gare et aperçoit Léo, confortablement installé dans sa voiture, attendant son invitée en jasant avec tout à chacun.

—Léo! Hou hou, Léo!

Marguerite se tient là, élégante et toujours aussi belle. N'hésitant pas une seconde, Léo enjambe le bord de sa voiture au risque de se casser le cou et court vers sa cousine.

—Marguerite!

—Léo, tu n'as pas changé d'un poil, puis elle fait avancer sa fille qui se cache dans les replis de sa jupe. Je te présente Lili.

—Bonjour jeune fille, puis à Marguerite, qui est-ce?

—Ma fille.

—Euh... ta fille?

—Oui, je ne t'ai pas averti de l'aubaine : deux femmes pour le prix d'une, dit-elle en riant de voir la face du cousin.

—Ah! Euh... alors bienvenue à Sainte-Élisabeth, mademoiselle Lili.

Après avoir placé les deux valises et un grand sac de voyage à l'arrière de son transport, Léo se déclare prêt à prendre la route. Lili s'installe entre sa mère et Léo.

—Allez, hue Carotte! Amène ces dames au rang nord de la Bayonne.

Pour entamer la conversation et en même temps retrouver ses esprits, Léo juge que rien ne vaut une bonne diversion.

—À la première occasion, je vendrai cette maudite jument.

—Ah oui? dit Marguerite surprise par l'authenticité campagnarde de son cousin et de ses propos. À Montréal, les rues sont déjà achalandées par les automobiles beaucoup plus rapides, mais aussi plus bruyantes. Elles font des pétarades d'enfer et laissent une fumée noire au coin de la rue, par contre le tramway électrique remporte la palme. L'air sent bon ici, plus pur qu'en ville, je renifle déjà la différence, dit-elle en aspirant un bon coup.

—Attends d'être rendu à la ferme, tu seras hantée par les

effluves de fumier, mais séduite par celle du foin fraîchement coupé. La Bayonne dégage une odeur très particulière, un mélange de vase et d'herbe chauffées au soleil, quoique rien n'égale l'air sec et frais du milieu de février ou celle qui précède la tempête, ça sent la neige...

—Arrête, tu me séduis déjà avec tes parfums de campagne. Quand je pense qu'en élevant ma fille ici, je lui offrirai un peu de ce paradis.

—Puisqu'on parle de ta fille...

—Pour répondre à ta question, oui, je suis fille mère. Ne t'inquiète pas, je sais me tenir ma place et à bonne distance des commérages, j'imagine qu'ici les nouvelles circulent plus vite qu'à Montréal. Rien ne nous oblige à révéler ma vie privée à tout le comté. Il suffit de dire aux curieux que je suis ta cousine germaine, veuve depuis peu, venue te dépanner le temps que tu refasses ta vie. J'espère que personne ne sera suffisamment culotté pour me demander mon certificat de mariage, ajoute la cousine, se montrant pleine de ressources en ce qui concerne les grandes langues.

—Tabarouette Marguerite, ton attitude me plaît et ta petite fille trouvera chez moi une famille.

Un toit de bardeaux pointe à l'horizon. Grande et bien bâtie, la maison de bois semble faite pour défier le temps. En avant, de larges érables tendent leurs bras par-dessus la route de terre et la Bayonne coule paresseusement sans faire de bruit. Un gros tronc d'arbre tombé sur le rivage vient compléter ce décor rupestre, ajoutant au charme de la maison. Derrière, une grande cour où des vaches tenues à l'écart par une clôture de perches, broutent au soleil. Un immense bâtiment leur sert d'asile. Tout à côté, un petit poulailler percé de nombreuses fenêtres laisse pénétrer la lumière pour les poules couveuses. Pas très loin, trône la niche de Finette, gardienne de la maisonnée et à sa droite, un clapier. Après une brève visite de la ferme, Léo invite sa cousine et sa fille à entrer dans la maison.

—Demain, je te montrerai les bâtiments plus à fond, cela t'intéressera, tu verras. Voilà maintenant mon petit royaume !

—Ah messire, quel château !

Peu argenté, Léo a fait preuve d'imagination pour compenser son manque de ressources. La cuisine bien éclairée se veut accueillante. Sur l'armoire, rangés par ordre de grandeur et régnant en maîtres absolus, des pots de faïence sur lesquels de grosses lettres indiquent : farine, sucre, café et thé. Au-dessus de l'évier, une série de clous où pendent : lavette, torchon, linge à vaisselle et serviette. Le poêle à bois fait face à l'entrée et encore ici, des clous retiennent louches, fourchettes à viande et tout un assortiment de casseroles et de couteaux. L'étalage est complet.

—Irène aimait cuisiner et tabarouette qu'elle le faisait bien, soupire le veuf.

Écrasant une larme naissante, il entraîne sa cousine dans la chambre d'en bas près de l'escalier.

—Holà Léo, pas si vite !

—Tu occuperas cette pièce, cela préservera ton intimité et fera taire les commères, car les enfants vont vite colporter la nouvelle de ton arrivée. Cependant, je n'ai pas pensé à une chose, dit-il en se grattant la tête, j'ignorais l'existence de Lili et je ne possède qu'un lit.

—Parfait Léo, ne t'embête pas avec ce genre de détail. Nous y coucherons toutes les deux et trouverons nos aises dans ce grand lit. J'apprécie ton geste.

—Je te fais voir le reste ?

—Pourquoi pas ?

—Ici à côté de ta chambre, se trouve le salon. Je le tiens fermé, les enfants y sont interdits et l'hiver ça fait une pièce de moins à chauffer. Il y a un vieux piano qui s'empoussière, depuis que Irène est partie, je n'y ai pas touché.

—Viens vite ma belle Lili, dit Léo à la petite, tes cousins

arrivent avec la voisine. Cette femme généreuse, une amie très proche d'Irène me dépanne à l'occasion. Merci madame Viens d'avoir gardé les enfants.

—De rien monsieur Léo, si jamais le besoin se faisait encore sentir, ne vous gênez pas.

La voisine, hésitante à se retirer, désire visiblement en savoir plus sur la visiteuse.

—Je vous présente ma cousine Marguerite et cette jolie frimousse se nomme Lili.

Madame Viens serre la main de Marguerite y décelant effectivement un air de famille. Grande et jolie, la cousine affiche le même nez que Léo, le nez des Plante conclut la voisine qui sait s'y reconnaître en matière de ressemblance.

—Voulez-vous une tasse de thé madame Viens ? demande Léo ne sachant comment continuer la conversation et démontrer sa reconnaissance, mais du même coup, pousser la voisine vers la porte de sortie.

—Non merci, je ne veux pas déranger et ma tarte aux pommes va brûler dans le four. Je me sauve, au plaisir de vous revoir madame.

Les enfants de Léo sont excités. Juliette, presque du même âge que Lili, fait connaissance avec sa petite-cousine. La fillette prend Lili par la main, l'attire déjà dans sa chambre pour lui montrer sa poupée Lulu. Elle conseille à la nouvelle venue d'être prudente, car Finette mange les têtes de catins. Lili ne comprend rien au récit de Juliette, mais est drôlement intéressée de voir cette poupée sans tête. Après avoir examiné la décapitée, Lili désirant entretenir la conversation, montre ses doigts en disant :

—Moi, j'ai quatre ans.

Déjà, la bonne entente règne et Juliette présente trois

doigts de sa main encore potelée.

Léo présente ses deux fils, Victor et Marcel et offre une collation à la compagnie. Les garçons, peu intéressés aux affaires féminines et aux poupées, préfèrent remplir leur petit creux, car la tarte de madame Viens sentait drôlement bon et leur a aiguisé l'appétit. Deux gros biscuits Goglu trempés dans un verre de lait calmeront leur estomac jusqu'au souper.

—Voilà mes affamés occupés pour quelques minutes, maintenant il ne te reste plus qu'à rencontrer Lucie qui entre plus tard du couvent.

—Tu as une belle famille Léo.

Tard dans la veillée, à la lueur de l'ampoule électrique nue, les cousins reprennent le fil des années perdues. Marguerite raconte sa vie à Montréal : le Red Light, le Casa Loma et ses lumières, les spectacles au Monument National, les autos, le tramway. Léo, attentif, écarquille les yeux au fur et à mesure de la description. Marguerite passe sous silence ses amours, il y aurait trop à dire... et pas nécessairement toujours drôle. La jeune femme en met plein la vue à son cousin et ce dernier trouve son village bien petit après cette démonstration de grandeur.

—Quelle vie trépidante Marguerite ! Tu n'as pas peur de t'ennuyer ici ?

—Jamais de ma sainte vie, il doit y avoir amplement à se distraire sur ta ferme.

—Oui, mais pas forcément le même genre de distraction.

De son côté, Léo se libère le cœur et pour la première fois, met des mots sur la sensation de vide laissé par la mort d'Irène.

—Même petite et fragile, elle a créé un trou immense. Je ne pensais pas qu'elle partirait si vite. Le docteur lui interdisait une nouvelle grossesse, mais Irène était effrayée par les sermons du curé. Et moi, je crains la solitude dans laquelle son départ m'a précipité. Maintenant, la vie sera différente et ta présence nous fera reprendre un nouveau départ.

Pour un départ, c'en fût tout un. Le lendemain, après avoir fait déjeuner son petit monde, Marguerite prend les deux fillettes et les entraîne à l'étable. Cette fois, elle est bien décidée à devenir une fermière accomplie et à épater Léo. Elle a mis des vieilles bottes de caoutchouc trouvées près de l'escalier menant à la cave, une chemise de flanelette accrochée au clou près de la porte d'entrée et un chapeau de paille écorné. Léo n'a qu'à bien se tenir, Marguerite arrive ! Dès son entrée à l'étable, elle hume l'odeur du foin coupé et celui de la bouse de vaches entremêlés. La chaleur dégagée par les bêtes pousse la senteur à son paroxysme.

—Hmm… ça sent la ferme.

—Tu m'en diras tant, poursuit Léo riant de voir la cousine de la ville attifée comme une paysanne, puis il s'adresse à la fille de Marguerite. Viens vite Lili, je vais te montrer quelque chose.

Lili, la main de Juliette collée à la sienne, suit son grand cousin à travers les stalles des vaches laitières. Arrivées au bout de l'allée, elles découvrent un bébé, un veau à peine âgé de deux jours qui tête sa mère en poussant de son museau le pis maternel.

—Qu'il est joli !

—Moi, je l'ai vu dès sa naissance, affirme Juliette qui veut asseoir sa supériorité, il s'appelle Toto.

—Toto, se mit à ricaner Lili, un drôle de nom.

Béates d'admiration, les fillettes s'extasient devant le veau et Marguerite apprécie autant le spectacle que sa fille. Jamais l'occasion ne lui a été donnée de côtoyer des animaux et cette vision touchante renforce sa décision de vivre ici, tout en regardant grandir sa fille en compagnie de Toto. Mais voici qu'un lapin dont on a oublié de fermer la cage, se faufile entre les pattes des vaches. Finette, aboyant à s'en rompre les cordes vocales, veut ramener l'ordre dans sa cour et poursuit l'animal qui erre, ne sachant plus de quel côté se trouve son salut. Les fillettes ne perdent pas une seconde et se lancent à la poursuite de la chienne et du lapin. Tous les jours, Juliette assure l'entretien des lapins et veille à ce que la porte soit bien clenchée. Qui l'a ouverte sans sa permission ?

—Mon Dieu quelle vie il y a ici, dit Marguerite ravie ; je ne m'ennuierai jamais.

La fermière prend vite du galon. Elle s'occupe de la traite des vaches pendant que Léo coupe le foin ou répare les bâtiments négligés pendant la maladie d'Irène. Les petites Lili et Juliette, toutes les deux dans la même paire de bottines, ont appris à lever les œufs sans faire d'omelette et Marguerite a fourni du travail aux gamins qui se tournaient les pouces et flânaient, cherchant quel mauvais coup s'inscrirait au nombre de leurs anecdotes croustillantes. Désormais, Marcel devient responsable du bois et doit s'assurer à ce que la cuisinière ne manque pas d'approvisionnement. Victor, de son côté, s'est vu assigner la tâche de tondre la pelouse et la récolte des pommes. Par contre, les deux compères sont de corvée au jardin, aidant Marguerite au sarclage. Depuis que la cousine est arrivée, ce n'est guère fête tous les jours et les nouveaux employés se plaignent du mal de dos. Léo les réconforte à sa façon.

—Attendez d'aller aux petites fraises des champs, vous trouverez qu'ici c'est de la rigolade.

Lucie n'a pas été épargnée et bien qu'elle passe une grande partie de sa journée à l'école, elle fait son lit tous les matins et celui de ses frères et sœur. Sans rechigner, elle exécute sa tâche et part. Assidue, elle brille par ses résultats scolaires et souhaite, malgré son jeune âge, devenir institutrice. Ses cahiers, d'une propreté irréprochable, sont remplis de sa fine écriture, sans bavure ou hésitation. Marguerite aime ces quatre enfants comme les siens, les cajolant ou les réprimandant quand ils font une bêtise. Douce, elle a conquis leur affection et désormais, ils forment une seule et grande famille. Léo n'a jamais vu tant d'énergie dans sa maison et ne trouve rien à redire, au contraire, il suit le mouvement imposé par Marguerite et fournit le double de travail. En quelques mois il a remis sa ferme sur pied.

Moins de travail veut également dire plus de loisirs. Le pique-nique sur les galets de la Bayonne entre dans la nouvelle tradition dominicale. Léo a enfin acheté une machine à essence, ce qui lui facilite la tâche à la ferme, mais surtout les sorties deviennent plus agréables. Fini le charme de la vieille jument. Le bruit du moteur remplace celui des fers sur les cailloux et l'odeur de l'essence celle des *pommes de route*. Tout de suite après la messe, tout le monde monte à bord. Léo conduit sa marmaille quelques milles plus loin, là où les galets grisâtres gâtent les baigneurs. Marguerite sort alors de la caisse de la camionnette le repas préparé le matin. Elle étend sa nappe à carreaux sur une belle roche plate, dispose tout au tour de vieilles assiettes de grès, des verres épais et résistants et des ustensiles disparates. La cuisinière tire de son panier d'osier des victuailles, n'ayant d'égale que le magicien sortant un lapin de son chapeau. Chacun se rue sur le casse-croûte, se disputant un coin autour de la table improvisée. Comment ne pas se régaler de concombres frais, de tomates, de pain de ménage, d'œufs à la coque, de jus de gadelles, de confiture de bleuets, de biscuits et d'un petit extra : du sucre à la crème ? Après ces agapes dignes des grandes tables, les enfants s'impatientent en attendant les trois heures réglementaires avant d'aller se baigner. Les garçons passent le temps en faisant rebondir caillou par-dessus caillou sur la surface de l'eau, au risque que le lit de la rivière remonte. Le calcul des bonds effectués par la petite roche plate, donne souvent lieu à des discussions. Parfois, ces pendards repoussent l'interdit en se mettant les pieds dans l'eau, se disant que cette partie du corps reste à l'abri de la noyade causée par les crampes. Les fillettes préfèrent courir dans l'herbe et jouer à la cachette. Une vieille maison abandonnée, à demi mangée par les buissons, sert de refuge aux enfants et les chambres désertées depuis très longtemps reprennent vie au son des voix et cris enfantins. Le vieux toit affaissé par endroits laisse un enchevêtrement de planches qui pourrissent, donnant au lieu une odeur particulière. Lili associe cette senteur à celle de l'oratoire Saint-Joseph et du fond de sa cachette, la fillette chuchote à sa cousine le stress du pèlerinage. Juliette prend un soin jaloux de Lili. Avec son pied bot, celle-ci accuse un peu plus de lenteur pour trouver son refuge. Juliette n'a jamais passé de remarque sur l'infirmité de sa cousine. Elle est comme ça, un point c'est tout. Marcel et Victor, un peu gênés par le handicap de Lili, ont déjà abordé le sujet avec leur père. Celui-ci, ne répondant pas aux pourquoi des garçons, leur a enseigné le droit à la différence. Marguerite se montre reconnaissante envers Léo, il a accepté Lili sans poser de question.

Lucie, la future maîtresse d'école, organise des jeux et il va sans dire, en supervise l'exécution de manière à ce qu'il y ait toujours un gagnant. Elle va même jusqu'à prévoir, soit un bonbon ou une gomme baloune en guise de récompense, ce qui fait que ses jeux trouvent toujours preneurs. Quand tout le monde a bien digéré, la baignade est enfin autorisée. Attention, les galets sont glissants ! Recouverts de limon verdâtre, ils déséquilibrent les baigneurs, qui la plupart du temps, se retrouvent les fesses mouillées. Si un hardi résiste à la chute, il décrit alors avec ses bras des arabesques, ou ressemble à un moulin à vent désorganisé, provoquant l'hilarité générale. Durant des heures les enfants s'amusent, déplaçant des roches pour faire une cascade ici, une rigole là, ou un trou plus profond où ils emprisonnent des têtards. Fatigués par une journée passée à dépenser sainement leur énergie, ils embarquent dans la camionnette et on n'entend plus un son, sauf celui des bâillements. Le soir, chacun plonge dans son lit et tombe dans un sommeil sans rêve. Parfois, Marguerite doit soigner les coups de soleil sur les épaules et les petits nez picotés. Elle sort alors son pot de crème et applique généreusement du *Noxzéma* sur les parties endolories, mais avant que le baume pénètre la peau, les petits corps ressemblant à des spectres, sont invités à se calmer.

LE QUÉTEUX

Un des colporteurs qui hante les campagnes en quête d'un peu de monnaie, de nourriture ou bien d'un coucher se nomme bien à propos le quêteux. Certains éprouvent une peur terrible à l'égard du mendiant, par contre d'autres attendent impatiemment sa venue, bien que de façon générale, les gens ressentent un malaise en face de cet homme. Habillé avec les hardes de l'un et de l'autre données par une hôtesse généreuse, la barbe longue, traînant sa poche de place en place et d'une propreté douteuse, il porte à la retenue. Par un soir particulièrement peu clément, où la brume envahit le rang de la rivière Bayonne, accompagnée d'un petit crachin qui glace, un vieux quêteux se présente à la porte de Léo.

—Oui, oui, j'arrive. Tabarouette, qui ça peut bien être à cette heure-ci? La brume est tellement épaisse que je ne vois rien, dit Léo en ouvrant la lumière de la galerie.

L'éclairage augmente l'effet blafarde et enveloppant du brouillard, laissant Léo dans le doute. Dehors un vieillard attend patiemment. Apercevant l'homme les épaules rentrées dans son paletot, le fermier hésite. Il ne connaît pas cet individu, puis voyant l'air peu menaçant du bonhomme, il entrouvre la porte afin de savoir ce qu'il veut.

—La charité mon bon monsieur et si le cœur vous en dit, une place pour coucher.

—Tabarouette, je ne mettrais même pas Finette dehors par

ce temps de cochon.

Puis, Léo s'interroge encore. Marguerite, attirée par la réflexion de son cousin, laisse son tricot et va aux nouvelles.

—Un quêteux Marguerite et il demande à coucher !

—Mon Dieu Léo, ne laisse pas ce pauvre vieux sur le perron, fais-le entrer, répond celle-ci curieuse de voir son premier quêteux.

—Bon, ajoute Léo, restez sur le tapis et n'allez pas plus loin, ordonne-t-il toujours sur ses gardes.

Le vieux se plante au milieu du grand tapis natté et ne bouge pas d'un poil. Une de ses épaules, plus basse que l'autre, est accaparée par une poche grise et aussitôt la porte passée, Léo a remarqué qu'il boitait.

—Ne le laisse pas debout comme un lampion, intervient Marguerite, fais-le asseoir sur le banc le temps qu'il sèche et se réchauffe. Voulez-vous une bonne tasse de thé, monsieur ? J'en ai du frais sur le poêle.

Timidement, l'homme se rend jusqu'au siège indiqué en traînant une jambe. Rassuré par le comportement peu agressif de son visiteur, Léo s'enquiert de son nom.

—Je m'appelle Florent.

—Et d'où venez-vous ?

—Ça dépend ! Pour l'heure, j'arrive du cimetière où j'ai passé une partie de la journée, mais je suis originaire de Saint-Cuthbert.

—Pas la porte à côté ça. Depuis combien de temps êtes-vous parti ?

—Un mois je crois, et je pense que j'aimerais bien rester dans le coin un bon moment. Les gens de Sainte-Élisabeth sont accueillants.

—Rien de moins certain ! Notre curé Godin voit d'un œil différent la venue des quêteux et les expédie....

—Laisse faire le curé Léo, coupe Marguerite en donnant à

l'étranger une grande tasse remplie de liquide fumant. D'un signe de tête, le vieux remercie la dame et ses doigts crasseux s'enroulent autour de la tasse de grès.

—Mmm… vous faites du bon thé ma petite dame. Si ce n'est pas trop vous demander, j'aimerais coucher à la chaleur pour cette nuit.

Léo interroge sa cousine du regard. Celle-ci ne connaît rien aux quêteux et ne sait comment se comporter. Elle s'en remet donc à Léo.

—Écoutez, si vous couchez sur le banc et restez tranquille, je veux bien. Finette vous aura à l'œil.

Aussitôt que Léo mentionne son nom, la gardienne s'approche et s'assoit sur la natte de guenille. Le quêteux avance un bras maigre qu'il tend vers la chienne.

—Viens Finette, viens. Jamais les chiens ne m'ont fait de mal, dit-il en flattant le col de l'animal qui s'adonne aux caresses du vieux.

Léo se pose des questions légitimes sur la fiabilité de Finette. Cette tabarouette de chienne n'a pas pour deux sous de malice. Sa tasse de thé avalée, le quêteux prend sa poche, la pose sur le banc dur et s'étend en glissant son sac comme oreiller.

—Voulez-vous une couverture? demande Marguerite.

—Pas de refus ma bonne dame.

Doutant de la propreté de son quêteux, Marguerite lui donne une vieille couverture rapiécée, quitte à la jeter après son départ. Elle ne veut pas de vermine… Léo éteint toutes les lumières et chacun regagne sa couchette un peu inquiet. Cet homme les volera-t-il? Le lendemain matin, le quêteux encore assis sur son banc n'a pas bougé d'un iota. Lili s'est installée à ses côtés et écoute le bonhomme raconter.

—Tu sais, moi aussi je marche un peu comme toi, dit-il.

—Viens déjeuner Lili, intervient Marguerite mal à l'aise de voir sa fille avec cet itinérant.

—Maman tu sais quoi ? Florent boite comme moi et au lieu de lui crier sorcière, on l'appelle quêteux. On est presque pareils tous les deux.

—Oui Lili, viens manger, insiste Marguerite.

—Il m'a expliqué, poursuit la fillette sourde à l'ordre de sa mère, qu'il est né comme ça lui aussi et qu'en plus, une grosse bosse pousse dans son dos. J'ai un véritable ami, maman.

—Ne craignez rien, je n'ai fait aucun mal à votre petite fille et jamais cette idée ne me passerait par la tête. Votre Lili est bien élevée, madame.

—Oui, repend la principale intéressée, c'est ma mémère qui m'a éduquée.

—Quel grand mot pour une jolie demoiselle comme toi.

Juliette, réveillée par une voix inhabituelle, descend toute endormie, les deux yeux dans le même trou et la tête comme une charge de foin. Elle aperçoit un vieux monsieur assis sur le banc près de la porte. Lili, déjà en confiance, prend sa cousine par la main et l'entraîne vers le quêteux.

—Juliette, je te présente mon nouvel ami, Florent. Tu vas l'aimer toi aussi. Tu vois, sa jambe ressemble à la mienne et une grosse bosse pousse dans son dos. Moi je suis plus chanceuse que lui, je n'ai qu'un pied de croche.

Marguerite qui désire couper court aux familiarités de sa fille, invite Juliette et Lili à manger leur bol de gruau.

—Maman, Florent veut de la soupane lui aussi.

Ne sachant si elle doit offrir le déjeuner en plus du coucher, Marguerite demande à Juliette d'aller chercher son père, qui pour une fois, tarde au lit. Léo n'a dormi que d'un œil ne faisant pas confiance ni à Finette ni au quêteux. Descendant les marches en bâillant, il aperçoit son homme toujours sur le banc et Marguerite qui tourne en rond. Pour une rare fois, elle semble sans ressource et ne sait que faire. À voix basse, elle demande à son cousin :

—Léo, dois-je lui donne à manger ?

—Tabarouette, ça doit. Je ne suis pas habitué à ce genre de situation et ce qu'il faut faire avec un quêteux. On ne peut pas pour le mettre dehors le ventre vide. Donne-lui un bol de gruau et ensuite il partira.

Marguerite apporte donc à l'homme un plat rempli presque à ras bord de soupane bouillante.

—Voilà qui va vous mettre chaud dans le ventre avant de reprendre votre route.

—Merci madame, monsieur. Me donneriez-vous encore un petit peu de thé ? Mais peut-être que je demande trop ?

Léo remplit de liquide brûlant la tasse de la veille, puis voyant que le quêteux ne porte que des guenilles, il demande :

—Florent, accepteriez-vous du linge neuf ?

—Pas nécessaire monsieur, j'ai tout ce qu'il me faut, puis hésitant, mais si vous insistez, je ne saurais refuser.

Lucie, plantée dans l'escalier comme une chandelle, regarde la scène et hésite à bouger. Son père la tire de son étonnement :

—Ma fille, va chercher mes vieux pantalons noirs et mon manteau de laine.

—Oui papa, se dépêche à dire la jeune fille.

Lucie monte l'escalier à toute allure, ne voulant plus voir le quêteux, tant elle a peur. Elle tarde à revenir et finalement, surmontant sa répulsion elle tend les vêtements à bout de bras. L'itinérant les accepte en remerciant une fois de plus, puis les fourre dans son sac en prenant soin de les plier correctement. Après avoir bien mangé, Florent se lève et part comme il est arrivé, sans dire un mot, en boitant dans le brouillard matinal.

—Tabarouette, tu me parles d'un bonhomme, dit Léo. Il vient, puis il part comme si de rien n'était. Je ne le vois plus, ajoute celui-ci en regardant par la fenêtre.

—Au moins Léo, tu lui as fait la charité. Sais-tu, pour un quêteux, je l'ai trouvé avenant et poli.

Mais Lili ne voit pas le départ de son allié du même œil. Elle l'aime ce boiteux. Enfin, quelqu'un comme elle, qui comprend ce qu'elle vit et même encore plus, puisqu'il doit supporter cette vilaine bosse. Avec doigté, Marguerite change les idées de sa fille.

—Viens Lili, du travail nous attend, le lapin n'a plus rien à manger. Il faut lui trouver du plantain frais.

—Mais maman, je veux que Florent reste avec moi, je ne veux pas m'occuper du lapin.

—Arrête Lili, ce quêteux est crotté, sans maison, sans travail et ça ne peut être ton ami.

—Maman crie Lili, tu ne comprends rien ; puis elle court aussi vite que son pied le lui permet dans sa chambre et se jette sur son lit. Déçue, elle pleure comme une Madeleine et Juliette ne peut rien pour la consoler. Même la catin sans tête prêtée en toute amitié est refusée.

Florent poursuit tranquillement son chemin, regrettant son départ de cette maison. Même pauvre, on possède quand même un cœur, et il s'adonne que le sien se trouve à la bonne place. La petite Lili a tout bouleversé en lui. L'âme chavirée, il revit sa difficile jeunesse. Il aurait aimé jaser plus longtemps avec elle, mais la bienséance de quêteux veut qu'il se retire juste à temps et partir quand il sent qu'il n'est plus le bienvenu. Pour aller où ? Là où personne ne demande rien, ni ne pose de questions, où pas un mot plus haut que l'autre n'est prononcé et pourtant là où il y a foule... Dans le vieux cimetière, Florent pose sa besace sur le banc de pierre. Il s'arrête quelque temps, car de la Bayonne jusqu'au village, la route n'en finit plus. Il reste là, se recroquevillant afin de garder sa chaleur et somnole presque, quand sur le banc voisin, il entend une femme, chapelet en main, qui baragouine une litanie. Un vieux manteau élimé la tient au chaud, un foulard aux couleurs criardes cachant tant bien que mal des cheveux ternes et ses doigts noueux rongés par l'arthrite égrènent les prières. Vers le ciel montent les invocations. Ne sachant trop s'il peut aborder la dévote, Florent la regarde et sourit.

Éva, le menton enfoncé dans les épaules, tourne la tête tel un hibou.

—Bonjour madame.

Pas de réponse, Éva prie.

—Je me présente, Florent, quêteux.

Rien, aucune réaction de la pieuse. Florent se replie, ayant peur d'avoir offensé la dame, puis après quelques minutes, il reprend sa poche et continue sa route.

—Au revoir madame.

Cette fois Éva esquisse un bref salut. Le quêteux traverse la rue du Ruisseau adjacente au cimetière et à côté de la sacristie, puis s'arrête à la première maison. Sur le petit trottoir d'en avant, les dernières roses défient le froid automnal. Sachant fort bien que cette porte lui est interdite, il frappe à celle d'en arrière et attend. Dès qu'on ouvre, Florent reprend sa formule routinière.

—La charité ma bonne dame, pour l'amour du bon Dieu.

Eugénie, toujours aussi rigide qu'un I, le buste relevé, la taille ceinte d'un tablier, voit dans cet homme la possibilité de connaître les dernières nouvelles.

—Si c'est pour l'amour du bon Dieu, entrez, mais de grâce restez sur le tapis avec vos gros pieds boueux. Mais je vous reconnais! Si je ne m'abuse, vous passez une grande partie de la journée à traîner au cimetière. Vous avez décidé de quitter votre banc et de passer à l'action?

—Oui madame.

—Seigneur Dieu, vous dégagez une forte odeur.

—Pardon madame, je m'excuse. Je n'ai pas souvent l'occasion de me laver. On m'offre à coucher, à manger, mais rarement un bain.

—Eh bien quêteux! Comptez aujourd'hui parmi vos jours de chance. Prenez la chaudière sur le bord de la galerie et remplissez-la à la champlure à côté de la maison. Voici du savon *Barsalou* et allez-vous laver dans le hangar. Ne faites pas que flatter, frottez, faites de la mousse, je ne regarde pas à la dépense d'un peu de savon et quand vous sentirez la rose, revenez, j'ai affaire à vous.

—Merci ma bonne dame.

—Avez-vous d'autres vêtements, des propres j'entends; rien ne sert de vous laver si vous remettez du linge crotté.

—Oui madame, un brave homme m'en a donné ce matin.

Le quêteux part sa poche sous le bras, remplit sa chaudière d'eau froide tel qu'indiqué par Eugénie, la traîne jusqu'à la remise et referme la porte. Celle-ci n'est pas bien ajustée et laisse une fente, qui d'habitude permet à la curieuse de surveiller son bedeau. Cette fois-ci, le morceau semble de choix, non pas qu'Eugénie ressente un besoin urgent d'homme, son bedeau la sert bien, mais quelle aubaine que cet itinérant. En vitesse, la commère se faufile dans sa cuisine juste à temps pour préparer l'assiette du pauvre. Elle sort de l'armoire un vieux plat qu'elle garde pour ces occasions et un verre épais, portant une ébréchure. Un sandwich aux cretons et de l'eau devraient faire l'affaire, satisfaire l'homme et lui délier la langue. Elle termine le repas vite fait au moment où son invité vide l'eau crasseuse derrière le hangar. Il a mis les vêtements propres donnés par Léo et y a ajouté une chemise défraîchie qu'il gardait en réserve.

—Vous voilà plus présentable et vous n'empestez plus. Assoyez-vous, j'ai préparé un lunch au cas où vous auriez un petit creux.

—Merci madame, je vous trouve bien charitable et Dieu vous le rendra.

—Je l'espère bien! Vous ne m'avez pas encore dit comment vous vous appelez.

—Florent, madame.

—Florent qui, vous devez avoir un nom de famille comme tout le monde. Et d'où venez-vous ?

—On m'appelle simplement Florent le quêteux et je viens du cimetière comme vous l'avez dit tout à l'heure en m'accueillant.

Le pauvre vieux subit un interrogatoire en règle. Son bain et son sandwich seront largement payés en nouvelles. Devant l'auditrice intéressée, Florent raconte qu'il a passé la nuit dernière chez des gens bienfaisants, là-bas tout au bout du rang nord de la rivière…

—…Bayonne, coupe Eugénie. Poursuivez.

—J'y ai rencontré une fillette qui boite. Pauvre petite, une vie de misère l'attend et je sais de quoi je parle madame, de misère… Je ne connais rien d'eux, sauf qu'ils sont la bonté même.

Florent pose un sérieux problème à la curieuse. Les renseignements donnés, trop incomplets, ne peuvent être utilisés et elle soupçonne le quêteux d'en garder volontairement pour lui ou bien, ce maudit crève-la-faim ne sait pas grand-chose. Des nouveaux au nord du rang ? Eugénie doit absolument lui tirer les vers du nez ou trouver un autre moyen d'éclaircir cette affaire. Elle qui pensait connaître les nouvelles de tout le comté. Que cette fillette comme nouveauté, une infirme… en réfléchissant, ça vaut quand même son pesant d'or.

—Une boiteuse se retrouvera facilement. Comment se fait-il que je ne l'ai pas encore vue ? pense-t-elle tout haut.

—Pardon madame, je n'ai pas bien compris votre question.

—Rien, rien, je ne vous parlais pas.

Si ce bougre ne se montre pas plus utile que ça, il va faire un bout de chemin.... De toute façon, il traîne une partie de la journée au cimetière, elle pourra toujours le rattraper en temps et lieu. Gentiment, elle invite Florent à poursuivre sa quête ailleurs, jugeant qu'elle a assez donné. Après son départ, Eugénie trempe la vaisselle du vieux dans l'eau de Javel et brûle ses vêtements crottés dans le quart de vidange, craignant l'infestation de parasites.

❖ ❖ ❖

La fabrique verse à son employé un salaire peu élevé. Joseph trouve le surplus nécessaire à la subsistance de sa famille en percevant de petites sommes comme fossoyeur. Depuis qu'Eugénie s'est mise dans la tête de faire instruire son prêtre, tout l'argent du foyer y passe. Si à la fin de la semaine, il reste quelques cents au bedeau, il les dépense à boire dans l'entrepôt de Sylvio. Ce dernier entretient le vice de son ami en le cachant de sa femme. Un jour, Joseph achève de creuser un trou et aperçoit un homme, tout de noir vêtu, qui lui demande s'il n'aurait pas des vieilles fleurs fanées à lui donner. À première vue, il trouve cette demande bizarre. Bien sûr, à chaque jour le sacristain dépose dans une grande boîte en bois les fleurs qui ont largement passé leur temps, mais jamais personne n'a récupéré ces vidanges.

—Allez en arrière de la sacristie et vérifiez par vous-même, répond un Joseph intrigué.

L'homme continue son chemin en suivant les indications du bedeau. Sa journée terminée, Joseph entre à la maison où Eugénie l'attend déjà avec le *Barsalou* d'une main et le balai de l'autre.

—Pour l'amour du Saint-Ciel, laisse-moi te balayer avant d'entrer et va te laver les mains à la champlure dehors.

Prenant son balai, elle frotte avec ardeur les pantalons terreux de son mari, sans ménagement pour la particularité de son anatomie masculine, le faisant tourner d'un côté, puis de l'autre

398

afin de faire disparaître toute trace de saleté.

—Vinyenne ma femme, tu y vas raide.

—Je n'aime pas que tu me rapportes de la terre de mort à la maison.

—Parlant de terre de mort, ma femme, aujourd'hui j'ai rencontré un drôle de bonhomme qui semblait désorienté et cherchait des fleurs fanées.

De plus en plus intéressée par la nouvelle, Eugénie ralentit son balayage.

—Et puis?

—Je l'ai envoyé derrière la sacristie, dans la boîte de bois.

—Et puis? Rien d'autre? Dans ce cas, file te laver les mains. Incapable, tu ne peux pas me rapporter un fait d'aplomb, et Dieu sait que de nous deux, tu es le mieux placé pour ça.

Eugénie laisse toujours sur le robinet à l'extérieur de la maison, une vieille serviette et un verre posé en équilibre sur un clou. Les passants peuvent s'y désaltérer et on ne sait jamais... Joseph en profite pour se mouiller le gosier et réfléchir à la demande tout à fait loufoque du boiteux. Le repas terminé, Eugénie houspille son mari. Piquée au vif par l'histoire des fleurs, son entière satisfaction passe par la connaissance de l'intrigue. Le lendemain, plaquant en vitesse un foulard sur sa tête, elle enfile son manteau et ses gants et court droit à la sacristie s'enquérir du pourquoi et du comment de cette histoire macabre. Avant d'entrer, elle jette un coup d'œil dans la boîte à fleurs, non sans s'être assurée que personne ne la regarde. Vide, plus aucune fleur! L'affaire semble louche et demande éclaircissement. Peut-être le curé Godin est-il au courant de ce qui arrive aux glaïeuls fanés.

—Je l'ignore Eugénie, mais dis-moi, pourquoi s'inquiéter de cette disparition bien anodine ma foi?

—Pour rien monsieur le curé, pour rien.

—Joseph a dû vider la boîte ce matin.

—Impossible monsieur le curé. Oubliez ça... et dites-moi plutôt qui est mort cette semaine.

—Armand Vaillancourt, un autre terrassé par la tuberculose et qui laisse encore une fois des orphelins.

—La tuberculose, maudite soit-elle! ajoute la dévote en se signant.

Puis, comme si les pierres de la sacristie lui brûlaient les pieds, elle part sans saluer son curé ou faire une petite prière pour le nouveau défunt. Le seul nom de la grande Faucheuse la traumatise. Eugénie retourne vite chez elle et brûle des cierges pour que le Petit-Jésus-de-Prague les éloigne de cette terrible maladie et comme trop fort ne casse pas, elle ajoute des sels médicinaux afin d'éloigner tout microbe malveillant ayant échappé à sa vigilance.

—S'il fallait que mon quêteux d'hier m'ait apporté cette damnée plaie, je ne lui pardonnerais jamais.

Les jours passent et la boîte à fleurs se vide. Pas un seul matin, il ne reste une seule tige déposée par le bedeau. Eugénie, de plus en plus intriguée, décide d'élucider ce mystère même si elle devait y passer une partie de son précieux temps. Pour elle, le jeu en vaut la chandelle. Elle pose question par-dessus question, personne au village ne peut lui répondre.

—Tous aussi innocents les uns que les autres, grommelle Eugénie, ou peu intéressés par ce qui se passe dans notre paroisse. Ils lèvent les épaules en signe d'ignorance, la peur leur colle-t-elle aux fesses?

Voilà Eugénie, qui à la tombée du jour, arpente le cimetière. Son mari y a vu l'étranger pour la dernière fois et il pourrait revenir, on ne sait jamais. Peu rassurée par la pleine lune entourée d'un halo blanchâtre, la curieuse évite de se promener entre les tombes et préfère se tenir tranquille sur le banc, bien qu'encore là, elle se sente mal à l'aise. Ses angoisses, loin d'être calmées, lui rappellent que depuis quelques jours, elle a relevé plusieurs phénomènes anormaux. Toute sa science ne peut expliquer pourquoi le soleil n'offre que pâleur et timidité, portant lui aussi une auréole, alors que d'habitude, il brille. Et cette lune cerclée ? Et les chiens qui aboient la nuit, alors que normalement, le calme règne du côté du cimetière ? Eugénie fixe l'éclairage de la maison qu'elle a volontairement oublié, il ne faut rien négliger, sa sécurité en dépend. Le bedeau trouve que sa femme en fait trop à propos de ces fleurs et de cet inconnu, mais elle lui a demandé protection, alors il la surveille timidement par la fenêtre du salon. Eugénie entend les chiens hurler et se répondre comme s'ils orchestraient un plan d'attaque. Son cœur bat la chamade et elle évalue difficilement l'endroit d'où proviennent ces aboiements. Plus elle tend l'oreille, plus les bruits l'insécurisent. Et ce bruit feutré derrière elle, est-il le fruit de son imagination ou des pas d'homme ? Ceux de l'étranger ? D'un bond, elle déguerpit afin de retrouver la sécurité du foyer.

—Tu ne m'as pas défendu bien fort Joseph Belhumeur. J'ai eu une de ces frousses quand j'ai entendu quelqu'un marcher juste à côté de moi. Tu ne mérites pas ma confiance.

Le bedeau, sourd aux récriminations d'Eugénie, s'amuse :

—La peau des fesses te tremblait mon Eugénie ? Rien de plus drôle que de te voir revenir en marchant ou plutôt en courant, glissant les pieds au lieu de les lever, comme si tu patinais, les deux *foufounes* serrées bien dures. On dirait que ça pressait ma belle ?

—Ris de moi tant que tu voudras bedeau Belhumeur. Quand j'aurai élucidé le mystère, tu seras le premier à me demander qui vide ta boîte à fleurs.

—Si tu penses que je m'inquiète pour si peu, tu te trompes. Un bon samaritain m'évite de porter cette puanteur en arrière du charnier, alors je lui en sais grâce.

Quoi qu'il en soit, Eugénie préfère aller fouiner de jour au cimetière. Déçue, elle n'y voit rien qui puisse satisfaire sa curiosité affamée. Rien qu'une pauvre femme qui prie sur la tombe d'un mari défunt, debout devant la vieille pierre rongée par la mousse. Presque tous les jours, elle se tient là, parle seule ou égrène son chapelet. À l'occasion, elle se repose sur le banc près du calvaire sans un mot, les yeux baissés, on dirait qu'elle dort. Eugénie trouve que cette vieille affiche un drôle d'air, bien qu'en fait et à bien y penser, elle n'a pas de façon du tout. Étant quitte pour un déplacement inutile, Eugénie revient encore une fois bredouille.

⟡⟡⟡

Tous les jours ou presque, le noir boiteux attend la dame au chapelet. Il a fini par lui tirer un regard, puis un sourire et enfin une parole.

—Un de vos parents est enterré ici, ose Éva?

—Non, mais j'aime venir au cimetière et méditer. Ici règne le silence et j'y viens un peu pour vous.

S'il existe une façon de rendre Éva muette, c'est bien qu'un homme lui dise des mots semblables. Elle a déjà cotisé à l'amour.

—J'aimerais bien connaître votre nom madame, puisque nous sommes destinés à nous rencontrer sur ce banc.

—Éva.

—Enchanté Éva, moi je m'appelle Florent.

Il ne faut pas que Florent pousse trop vite, car Éva se refermera comme une huître au risque de pincer les doigts de l'aventurier. Plus l'automne avance et plus il fait froid sur le banc du cimetière. Florent grelotte en attendant Éva, car désormais, il ne vient que pour la rencontrer. Le vent glacial distance les visites de la femme et comme la période des grands ménages commence, Éva doit profiter du travail offert.

La veuve souffre, ses articulations rongées par l'arthrite lui font mal. L'eau forte a fait des ravages.

Poussant le rideau à plusieurs reprises dans une journée, Eugénie reconnaît le quêteux peu bavard qu'elle a décrotté. Vêtu de noir, il ressemble à un sombre corbeau qui niche au cimetière. L'itinérant reste assis des journées entières ; parfois, la vieille pieuse à ses côtés. Toujours la même dame qui gîte sur ce banc glacé et, fait rare pour la commère, elle possède peu d'informations sur cette femme. On dit qu'elle fait des ménages pour vivre, en fait, bien peu de choses… trop peu. Bizarre ! Deux vieux assis côte à côte et qui ne se parlent pas, cette amitié muette commence à chicoter Eugénie. Elle charge encore une fois son mari de rapporter des faits concernant ces deux tourtereaux du boulevard des Allongés. Sa position avantageuse lui sert d'alibi parfait.

—Joseph, tu surveilles le banc, et je me charge de la fenêtre.

—Eugénie, laisse ces deux vieux tranquilles, ils ne font pas de mal et ne dérangent personne.

—Au contraire Joseph, ils me perturbent et en ce qui me concerne je trouve anormale cette situation. Si ça a du bon sens de se faire la cour dans un lieu pareil ! Cet endroit est sacré et j'ai la chair de poule rien qu'à penser aux tombes…

❖⟡✦⟡❖

Puis un jour, plus froid que les autres, où Florent quête sa pitance, il frappe à un minable petit logis. Souvent, de grands cœurs s'y cachent. La porte s'ouvre sur la dame au chapelet. Aussi surprise que l'homme, Éva réussit à articuler :

—Florent ! Entrez voyons, ne restez pas dehors par ce temps et ne demeurez pas sur le tapis…

Pour Éva, plus jamais personne ne se tiendra debout sur un paillasson... Elle fourre son chapelet dans sa poche, rectifie sa coiffure et après avoir hésité un bref moment, elle invite son ami du cimetière à partager son maigre repas.

—Merci Éva, vous êtes bien bonne. Jamais on ne m'invite à la table et on ne partage pas les mêmes plats. On me tend les restants.

—Je ne vous considère plus comme un inconnu maintenant, nous avons un banc en commun, ajoute Éva en souriant.

Ce sourire vient d'illuminer la triste vie du boiteux. Reçu comme un roi, on l'invite à la table, ne le laissant pas sur le pas de la porte en lui offrant un autre siège que le banc de quêteux, il s'empêtre et ne sait comment remercier son hôtesse. Tout en savourant l'omelette offerte en toute simplicité, Florent ouvre un peu le livre de sa vie. Infirme de naissance, sa mère l'a délaissé dès son jeune âge. Combien de fois a-t-il été la risée du voisinage, encaissant la méchanceté des autres enfants ? Il ne peut décrire toutes les blessures qui n'ont jamais trouvé de guérison.

—Si vous me le permettez Éva, j'aimerais vous raconter une histoire plus gaie que la mienne. L'autre jour, j'ai quêté chez un fermier dans le rang nord de la rivière Bayonne, pas très loin d'ici et j'y ai rencontré Lili, une enfant de quatre ans infirme. Elle souffre d'un pied bot. Ça m'a déchiré le cœur de la voir ainsi et dans sa simplicité, cette enfant a ouvert de vieilles blessures. Sa famille ne l'a pas rejetée et sa mère la dorlote en lui parlant doucement. Pas de cri, pas de remarque dégradante, Lili est épanouie et ressemble à toutes les autres fillettes de son âge. Elle m'a raconté qu'avant de demeurer sur la ferme, elle vivait à Montréal, et que dans cette grande ville où l'anonymat aurait dû la protéger, on la traitait de sorcière. Pauvre petite Lili, elle s'attaquait à un monde bien difficile. Par contre, la campagne où on devrait la montrer du doigt la protège.

—Vous savez Florent, chacun porte en soi des coups de griffes de la vie et certaines laissent des cicatrices. Je ne veux pas renchérir sur la misère, mais à l'âge où on vit encore l'innocence et la pureté de ses actes, mes parents m'ont donnée. Je ne veux pas vous importuner en vous dévoilant mes malheurs, mais que peut-on y changer, la vie est ainsi faite. Elle donne des roses, mais offre aussi les épines qui font apparaître les gouttes de sang.

❖ ❖ ❖

Le curé Godin a maintenant matière à réflexion. De un, un quêteux rôde dans la paroisse ; de deux, sa boîte à fleurs fanées se vide ; et de trois, une boiteuse vivrait chez Léo Plante dans le rang nord de la Bayonne. Et cette Eugénie qui le tient en alerte avec cette histoire de quêteux, de corbeau et de vol de fleurs. Celle-là, elle lui fera certainement gagner son ciel et lui obtiendra un titre de bienheureux dans l'au-delà. Et quelle idée saugrenue de fouiller dans les poubelles de la sacristie ? Et encore plus de les surveiller. Il faut croire qu'Eugénie a trop de temps et aurait intérêt à le perdre autrement qu'en fouillant dans les ordures. Pour en avoir le cœur net, une solution, rencontrer ce quêteux.

—Joseph, dès que tu verras l'homme du cimetière, avertis-moi.

—Je ne le vois plus souvent monsieur le curé, la neige doit le faire fuir. Pas bien chaud un banc de pierre, d'autant plus que le cimetière est à découvert. Justement, que penseriez-vous d'y planter quelques arbres au printemps ? Eugénie a pensé…

—Laisse-moi tranquille avec tes arbres. Pas besoin d'en rajouter, l'administration du bon ordre dans cette paroisse me donne assez de problèmes comme ça. Ta femme ne me laisse pas une seule minute de repos. Elle s'informe à tout à chacun, bouleversant la paroisse pour découvrir qui vole les fleurs. Pire qu'un chien qui tient un os, sans compter qu'elle maintient tout le voisinage en alerte les prévenant qu'un corbeau rode dans le coin. Quand on lui demande de préciser ses mises en garde, elle ne se gêne pas pour se faire aller le mâche-patate. Un vrai scandale ! J'essaie de la remettre à sa place, mais on dirait un pissenlit qui repousse constamment, narguant avec tout l'éclat de sa corolle jaune.

—Si quelqu'un peut vous comprendre, c'est bien moi. Comment pensez-vous que je résiste ? Eugénie n'est pas une mauvaise femme, mais elle a une grande langue. Croyez-moi, si vous doutiez que le purgatoire existe, il ne se situe pas entre le ciel et l'enfer, mais bel et bien sur terre.

Pour la première fois, Joseph se vide le coeur et forme la paire avec le curé. Le bedeau termine son travail et s'acquitte de la tâche demandée par le curé, surveiller le quêteux. Puis, comme le dit le dicton : *quand on parle du loup, on lui voit les oreilles* voilà qu'il apparaît.

—Monsieur le curé, votre homme arrive.

—Retiens-le Joseph avant qu'il ne disparaisse au cimetière, je ne tiens pas à me faire geler les oreilles pour un itinérant.

—Attendez bien au chaud, je vous le ramène par la queue de chemise en un rien de temps.

Joseph laisse avancer le boiteux de quelques pas et l'intercepte amicalement.

—Bonjour monsieur, vous alliez au cimetière ?

—Oui bedeau, je peux ?

—Certainement, mais avant le curé voudrait vous parler. Suivez-moi.

—Après vous bedeau, dit l'homme ajoutant le geste à la parole.

Le prêtre se dépêche à s'installer derrière son bureau afin de montrer tout le poids que lui confèrent sa qualité de curé et l'influence de l'Église. Il accueille le quêteux avec politesse sans plus. Il déteste qu'un individu de ce genre traîne dans sa paroisse. D'un geste directif, il invite l'itinérant à s'asseoir.

—Comment dois-je vous appeler?

—Florent Bilodeau.

—Bien monsieur Bilodeau, je dois vous poser une seule question. Dites-moi que d'où venez-vous et que faites-vous comme travail?

—Votre interrogation est double, mais je répondrai de bonne grâce aux deux. Je viens de Saint-Cuthbert et je travaille à droite et à gauche, demandant un repas pour salaire.

—Vous quêtez donc?

—Si vous appelez ce genre de vie quêter, la réponse est oui. Sauf votre respect, je ne vois guère la différence entre solliciter un repas et tendre le panier de l'offertoire ou encore demander la charité pour la guignolée.

L'observation juste du dénommé Bilodeau pique le curé au vif. Étant déjà maussade, sa tolérance est mise à rude épreuve. Choisissant de ne pas relever l'attaque à peine voilée, il n'en durcit pas moins le ton.

—Vous savez que dans cette paroisse nous tolérons difficilement les mendiants comme vous. Nos pauvres nous occupent déjà beaucoup. Si on trouve des quêteux étrangers, nous leur suggérons de poursuivre leurs activités dans leur propre paroisse ou dans un autre village. De plus, votre infirmité porte aux commérages et certaines bonnes chrétiennes craignent que vous apportiez la maladie chez nous. La tuberculose qui décime nos rangs nous accapare suffisamment, inutile de rajouter à notre misère en entretenant les étrangers. Où demeurez-vous actuellement?

—Encore là, à gauche et à droite. Certains de vos paroissiens démontrent beaucoup de générosité comme madame Dupuis qui m'offre sa soupe et l'hospitalité.

—Éva! s'étouffe le curé.

—Oui, et je tiens également à vous remercier pour les fleurs que vous mettez généreusement à ma disposition, défie Florent. Croyez-moi, elles font œuvre utile. Je prépare une solution médicamentée, une décoction de fleurs, pour traiter une fillette qui a grandement besoin de soins.

—C'est donc vous? Et pour qui? s'indigne le curé.

—Lili qui demeure au rang nord de la rivière Bayonne.

—Chez Léo!

—Je pense que l'homme se nomme ainsi.

Le curé désire maintenant couper court. Cet homme l'énerve au plus haut point et visiblement le défie. Maintenant qu'il en sait un peu plus, il est temps de chauffer les oreilles des coupables, mais avant tout, congédier ce quêteux. Rudement, le saint homme encourage Florent à quitter prestement Sainte-Élisabeth et aller traîner sa besace ailleurs. L'homme ayant à peine passé la porte, le curé s'agite. Par quel bout doit-il prendre l'affaire et qui goûtera le premier à son bâton pastoral : Éva ou Léo?

—Réglons d'abord cette Lili et ensuite, il sera toujours temps de s'occuper d'Éva. Mais que lui prend-il à celle-là? Est-elle si en manque d'homme pour perdre tout sens de la retenue?

Un généreux donateur, un dénommé Harnois désirant demeurer discret, a offert au curé Godin une automobile toute neuve pour grâces reçues. Le religieux a grandement apprécié ce don et voit dans cet engin le début de son indépendance. Le prêtre conduit mal, maîtrisant difficilement le jeu des pédales d'embrayage et d'accélération. Le brave curé se dirige directement chez Léo. Sainte-Élisabeth doit tenir à son curé et le protéger, car dans une série de soubresauts et après avoir étouffé le moteur à plusieurs reprises, il finit par arriver sain et sauf à destination. Il gare sa voiture à côté du camion de Léo et se dirige tout droit vers la porte d'en arrière. Inutile de faire des finasseries. Une grande femme, jusqu'alors inconnue, lui ouvre la porte. Le curé connaît chacune de ses ouailles, mais celle-là ne vient vraisemblablement pas du coin.

—Bonjour madame, je suis le curé de la paroisse de Sainte-Élisabeth. Je visite mes paroissiens et je constate à regret que je ne vous ai jamais rencontrée.

—Vous m'avez certainement aperçue à la messe du dimanche, bien que je vous avoue ne pas y aller régulièrement.

—Madame, malgré mon âge, je possède encore une excellente vision et je regrette de vous dire que je ne vous ai jamais remarqué, rétorque froidement le curé. Vous pouvez me rappeler votre nom ?

—Marguerite Plante.

—Plante… une parente de Léo ?

—Mais assoyez-vous donc monsieur le curé, insiste Marguerite qui a décidé de faire sécher le curé avec ses questions. Vous prendriez certainement une tasse de thé ?

—Un verre d'eau suffira madame. Dois-je vous appeler madame ou mademoiselle ?

—À vous de choisir.

Pendant que Marguerite rafraîchit l'eau du robinet en la faisant couler, le curé en profite pour passer la maison en revue. Son œil averti lui indique que cette femme tient probablement la maison, car tout reluit. Après le départ d'Irène, Léo avait à peine le temps de faire chauffer une soupe.

—Vous demeurez avec nous, c'est-à-dire dans la paroisse, depuis longtemps mademoiselle ?

—Depuis le milieu de l'été, répond Marguerite sèchement.

—Ah bon… et vous vous plaisez ici?

—Beaucoup.

—Tout à l'heure, vous avez omis de me confirmer si vous étiez une parente de Léo.

Juliette et Lili font irruption dans la cuisine à un moment on ne pourrait plus inopportun. Se tenant toujours par la main selon leur habitude, les fillettes restent interdites et s'arrêtent brusquement devant cet homme, de noir vêtu et qui porte un drôle de chapeau avec une petite boule de poil au sommet. Marguerite intervient rapidement voulant à tout prix éviter les ambiguïtés.

—Les filles, enlevez vos bottes et allez jouer dans votre chambre.

—Pourquoi mademoiselle éloigner ces fillettes de moi, dit le curé suspectant une diversion avec l'intention de tromper. Laissez-les s'amuser ici, j'aime les enfants. Est-ce bien Juliette, la dernière de Léo? demande le curé en pointant la plus petite. Et cette gentille infirme, elle se nomme comment? La réponse de Marguerite se veut aussi tranchante que la lame d'un rasoir.

—Lili, Lili Plante.

Décontenancé par la virulence du ton, le curé est persuadé qu'il doit éclaircir l'affaire à tout prix. Décidément, le temps pressait pour qu'il vienne mettre bon ordre dans le rang.

—Vous me voyez embarrassé mademoiselle, poursuit le visiteur en insistant volontairement sur le mademoiselle, j'aimerais que vous m'expliquiez…

—Je suis la cousine de Léo, coupe Marguerite.

—Et par conséquent, Lili se trouve sa nièce, si je ne m'abuse. J'en déduis donc que cette enfant est née hors des liens sacrés du mariage et que depuis cet été vous partagez la maison de Léo dans la promiscuité, pourrais-je ajouter.

—Vous avez deviné juste. Prenez votre verre d'eau monsieur le curé, il vous aidera à faire passer la nouvelle.

410

Le curé suit le conseil de Marguerite et au risque de s'étouffer, une gorgée suit rapidement l'autre. Cette fois, la tâche s'avère énorme… pas facile de ramener tout ce monde à la raison.

—J'ignore mademoiselle ce qui vous a amené jusqu'ici, mais ce que je vois présentement choque le bon sens catholique et votre enfant illégitime en porte d'ailleurs les stigmates. Je vois également que vous opposez une résistance et démontrez peu de réceptivité à mon questionnement tout à fait légitime. J'ai charge d'âmes mademoiselle, ne vous en déplaise. Puis-je voir Léo afin que mon déplacement ne m'ait pas causé que de la frustration.

—Juliette, va chercher ton père à l'étable.

La fillette entraînant Lili dans sa course disparaît dans le bâtiment. Elle n'aime pas du tout voir l'homme noir se disputer avec Marguerite.

—Bonjour curé, lance Léo, quel bon vent vous amène? Excusez mon accoutrement, mais on ne s'endimanche pas pour tirer les vaches. N'ayez pas peur, dit-il en présentant sa main, elle est propre.

Le curé saisit la main tendue et reçoit un coup sec dans le bras. Léo possède une poigne ferme, celle que donne le labeur.

—Je passais à tout hasard et j'ai rencontré mademoiselle.

—Marguerite, ah oui! Elle est venue me donner un coup de main après le décès d'Irène.

—Si je comprends bien Léo, tu vis maritalement avec ta cousine, que dis-je, dans la concupiscence et tu considères cette petite infirme comme une des tiens.

—Un instant curé, je vous arrête. En toute déférence, vous allez un peu trop vite en affaire, d'autant plus que ce qui se passe dans ma maison ne vous regarde pas. J'ai la conscience en paix et je n'ai pas honte d'aller communier. J'ose imaginer que votre ministère vous occupe suffisamment et votre temps s'avère beaucoup trop précieux pour venir écornifler au bout du

411

rang. Et je vous interdis, par pure charité chrétienne que vous prêchez haut et fort bien à l'abri dans votre chaire, de traiter Lili d'infirme. Voilà, rien à rajouter, tout a été dit.

Et sur ces derniers mots, Léo retourne à son travail, laissant le prêtre en plan au milieu de la cuisine. Devant cette attaque quasi sauvage, le curé déstabilisé en est quitte pour une bonne leçon d'altruisme. La mine basse et la figure plus blanche que ses hosties, il n'a d'autre choix que de retourner à son presbytère. Loin de s'avouer vaincu, il considère cette visite comme un premier avertissement à son paroissien. Il met en marche le moteur de sa machine et au lieu de s'en retourner directement chez lui, il fait un crochet chez Éva. Autant battre le fer quand il est chaud…

La veuve arrive tout juste chez elle. Aujourd'hui, elle a fait du grand ménage chez la femme du juge et celle-ci s'est montrée particulièrement exigeante. Éva est fatiguée. Dès qu'elle monte les escaliers, elle aperçoit le curé debout devant la porte, attendant impatiemment son retour. La veuve lui trouve un air renfrogné.

—Bonjour Éva, je dois immédiatement te parler.

—Une minute, je trouve mes clés. Mon Dieu monsieur le curé, avez-vous mangé du chien enragé?

—Oui et non. En fait Éva, il y a une rumeur qui circule sur toi et qui me chicote, dit-il en se tirant une chaise sans y être invité. Qu'est-ce que cette affaire de quêteux et de cimetière?

—Vous parlez de Florent, j'imagine?

—Justement, du quêteux.

Éva encaisse sans broncher la manière dédaigneuse dont le curé vient de prononcer le mot quêteux.

—Il n'y a pas grand-chose à dire.

—Mais encore?

—Je vais prier sur la tombe d'Odilon…

—Oui, oui ça je le sais, viens-en au fait. Dois-je te tirer les

412

vers du nez, Éva ?

Éva en a plus qu'assez de se faire bardasser par tout à chacun et en particulier par le curé. Elle cache des griffes elle aussi, et le religieux en fera les frais.

—Écoutez monsieur le curé. Je n'ai qu'un seul ami et qui se nomme Florent, quêteux de son métier. Je lui donne asile et en contrepartie, il me rend des services. Je me sens bien en sa compagnie. Toute ma sainte vie, on a fait de moi ce qu'on a voulu : donnée, servante, nonne, encore servante, mariée sans amour, mère des enfants d'une autre et pour finir, veuve. J'ai toujours plié et essayé d'être à la hauteur de ce qu'on me demandait. Pour la première fois de ma vie, j'aime quelqu'un qui me le rend bien. Cet homme montre une douceur et une gentillesse hors du commun. Oui, il boite, oui, il est bossu, mais il peut faire la barbe à bien du monde en ce qui concerne la bonté de cœur et la charité chrétienne. La vie l'a blessé tout comme moi. Nous ne faisons rien qui puisse porter à commérage, rien de mal en tout cas et rien de ce qui se passe dans mon modeste logis ne vous concerne. Avez-vous à rajouter ?

Le curé regarde Éva comme si elle sortait directement de l'enfer.

—D'où tiens-tu ce langage ?

—Ces mots sortent directement de ma bouche monsieur le curé et de mon cœur. Depuis ma jeunesse, j'ai enfilé *Ave* pardessus *Ave*, prié jusqu'à en avoir les genoux usés, je n'ai récolté que de la peine. Avant de mourir, j'aimerais un peu de bonheur et Florent m'apporte ce bien-être. Ce n'est pas vous qui allez me mettre des bâtons dans les roues ou m'arrêter en brandissant la menace du péché. J'ai cotisé…

Le curé se lève et devant une telle déferlante, qu'une solution : le repli. Au volant de son automobile, il rage. Que se passe-t-il à Sainte-Élisabeth ? Sa paroisse est sens dessus dessous depuis que ce maudit quêteux y a mis les pieds, sans compter

413

cette Marguerite qui vient d'on ne sait où et de son infirme, sûrement l'enfant du Malin. Et Léo, qui a aussi perdu tout son bon sens? Le curé se dirige vers l'église demander une aide d'urgence au Christ. Il doit le soutenir afin de remettre ses ouailles dans le droit chemin. Mais la voix divine ne se fait pas entendre et boude le curé.

Eugénie doit également réfléchir et selon son habitude passe en douce par la sacristie et occupe le premier banc d'en avant. Rien ne sert de prier en arrière, le bon Dieu se trouve dans le chœur et si elle doit demander, autant se rapprocher du principal intéressé. Entamant un large signe de croix, elle aperçoit son curé à genoux devant la sainte table. Heureuse, elle espère de tout son cœur qu'il a une bonne pensée pour elle. Quel merveilleux messager vers le Seigneur! Alors, Eugénie redouble d'ardeur.

Irrité par la présence de la dévote, le curé se retire et sort au soleil de fin novembre. Il faut refaire le plein d'énergie, recharger sa batterie, sinon il ne donne pas cher de sa peau. Il reste là, planté vers l'astre à apprécier ses chauds rayons quand Eugénie, ses dévotions terminées, remarque le saint homme béat d'admiration, illuminé de clarté. Peut-être une grâce divine, pense la dévote. Lentement, sans faire de bruit, telle une mouche, elle s'approche du prêtre. Elle veut s'enquérir des nouvelles concernant le quêteux, la pieuse et cette boiteuse, ou encore les fleurs volées. Tiré de sa contemplation, le curé d'humeur massacrante sursaute.

—Et puis monsieur le curé, des nouvelles?

Sans répondre, le religieux se retourne d'un bloc et apostrophe la curieuse. D'un geste brusque, il lui prend le bras et l'attire au presbytère à l'abri des regards. Jamais Eugénie n'a reçu pareil traitement.

—Mais lâchez-moi, vous me faites mal !

—Assieds-toi, dit-il en lui indiquant la chaise dans le coin. Le siège, destiné aux visiteurs faisait face au pupitre qui sert d'écran protecteur au religieux, est trop bien pour cette démone. Irrité, le curé arpente son bureau de long en large.

—Arrêtez, vous me donnez mal au cœur, vous me faites penser à un lion en cage.

—Pour une fois, tu as raison Eugénie. Considère-moi comme un lion si tu le veux et regardes, j'ai des crocs, dit-il en montrant ses canines, ils mordent.

Puis, après le coup de tonnerre, l'orage éclate.

—Eugénie, la terre n'a jamais porté pire commère que toi. Rien qu'une égoïste, une bigote et une vipère, je ne compte plus le nombre de réputations que tu as ternies. Beaucoup doivent regretter de t'avoir connue et moi le premier. Parfois, j'hésite à déposer l'hostie sur ta langue acérée et espère que tu aies fait un sévère acte de contrition avant de te présenter la face. Tu manges ton prochain comme on mange le bon pain blanc. Tu as fait de Joseph ta marionnette et de sa vie un véritable calvaire. Tu as ruiné sa famille, et ce, dans tous les sens du terme… S'il boit Eugénie, tu dois en assurer la responsabilité et ton mari trouve refuge là où il le peut, car tu le houspilles sans arrêt. Et moi, je ne peux plus écouter tes questions inutiles et lapidaires. Regarde-toi Eugénie, tu me fais pitié. Dorénavant, le seul endroit où je suis disposé à t'entendre se trouve derrière la grille du confessionnal, parce que comme prêtre, je te dois au moins ce sacrement. Mais penses-y Eugénie, pense bien à ce que tu avoueras et n'oublie pas qu'un ferme propos et le repentir ne sont pas pour les anges.

Eugénie reste là dans le coin, ravagée par les paroles du

saint homme. Des larmes sont coincées dans ses yeux, car droite et digne, elle s'interdit tout fléchissement de la tête.

Sainte-Élisabeth abandonne son curé et le laisse dériver. La colère et l'emportement, la perte de contrôle et la situation qui lui échappe des mains portent le prêtre au bord du précipice :

—Tabarnak ! blasphème le curé en hurlant. Si Tu existes, montre-Toi et viens me sortir de ce merdier dans lequel Tu m'as fourré ! Tu m'entends ?

Le saint homme, celui qui a voué sa vie à Dieu, demande délivrance. Sa colère a engendré une profonde détresse. Il vient de mettre son Dieu au défi, allant même jusqu'à utiliser des mots inqualifiables. Il voit sa paroisse sombrer dans une tourmente dont il ne peut à lui seul la tirer. Ce marasme puant dans lequel il patauge depuis quelque temps le rend fou et comme pasteur, il ne peut plus répondre présent. Il vient de recevoir des coups de semonce qui lui ont fait perdre contenance et s'est emporté à un tel point qu'il en est arrivé à blasphémer et à proférer des menaces à son Dieu. Honte…

La réflexion et l'introspection poussent le curé au désespoir. Il reprend difficilement sa charge et souvent on le voit rôder sur les berges de la Bayonne. Personne ne peut venir à son aide… Le seul jugement qu'il attend est celui du Père et comme la perception du message divin tarde, il sombre dans une profonde léthargie anesthésiante.

On ne retrouva du curé qu'un tas de chiffon mouillé. Sur les bords gelés de la Bayonne, entre les roches recouvertes de frimas, là-bas, plus au sud, avant que la rivière ne déverse son eau glacée dans le grand fleuve, des lambeaux de soutane accrochés à une branche et une barrette qui flotte. Jamais, on n'a retrouvé le corps du pasteur. Sainte-Élisabeth a pleuré sa disparition prématurée et les soupçons concernant son décès donnèrent naissance à une légende populaire.

FIN

Table des matières

Aux Éditions la Caboche

1054 rue Cormier
Beloeil
Québec , J3G 3V3
Téléphone : (514) 258-4906
Courriel ; info@editionslacaboche.com
www.editionslacaboche.com

Autobiograhie

Blandine Leblanc   *Viens, que je te raconte*

Poésie

Armande Millaire   *Si l'on s'arrêtait*
Armande Milaire   *Au fil des jours*
Armande Millaire   *Au gré du vent*

Roman

Yvan Savignac   *Projet Panatium*

Théâtre

Claire Gosselin   *Gold Académie*

Autoédition

Récit

Lina Savignac   *Gens du voyage,*
                       une expérience de caravaning